Александр БУШКОВ

ЛУННЫЕ МАРШАЛЫ

Санкт-Петербург
«Издательский Дом „Нева“»
Москва
Издательство «ОЛМА-ПРЕСС»
2002

ББК 84. (2Рос-Рус) 6
Б90

*Иллюстрация на обложке публикуется
с разрешения художника и Агентства А. Корженевского*

Бушков А.

Б 90   Лунные маршалы: Повести и рассказы. — СПб.: «Издательский Дом „Нева"»; М.: «ОЛМА-ПРЕСС», 2002. — 383 с. — (Серия «Русский проект»).

ISBN 5-7654-1568-7
ISBN 5-224-02712-8

Альтернативная история, в которой октябрьский переворот провалился, инопланетная агрессия в России в начале XX века, закрытая для всех Страна Чудес на территории Сибири, — это и многое, многое другое, что потрясает воображение и не дает оторваться от чтения до самого финала, в сборнике лучших повестей и рассказов знаменитого мастера АЛЕКСАНДРА БУШКОВА.

ББК 84. (2Рос-Рус) 6

ДОЖДЬ НАД ОКЕАНОМ

3 вандемьера 2026 года.
Время — среднеевропейское.
Вторая половина дня.

И была Европа, и была золотая осень, именуемая по ту сторону океана индейским летом, и был солнечный день: день первый.

Фотограф тщательно готовил аппарат. Камера была старинного образца, из тех, что не начинены до предела автоматикой и электроникой, — ее хозяин по праву считался незаурядным мастером и в работе полагался лишь на объектив да на то неопределимое словами, что несколько расплывчато именуется мастерством. Или талантом. Те двое за столиком летнего кафе его и не заметили, не знали, что сразу привлекли внимание. Молодые, красивые, загорелые, в белых брюках и белых рубашках, бог весть из какого уголка планеты залетевшая пара, беззаботные влюбленные из не обремененного особыми сложностями столетия.

Он выжидал самый подходящий момент и наконец дождался. Пушистые и невесомые волосы девушки красиво просвечивали на солнце, четко обрисовывался мужественный профиль ее спутника, и этот их наклон друг к другу, отрешенная нежность во взглядах и позах, широкая и сильная ладонь мужчины в тонких пальцах девушки, крохотная радуга, родившаяся в узких бокалах, — все и было тем мгновением, которое следовало остановить. Подавив всплывшее на миг пронзительное сожаление о собственной давно растаявшей молодости, фотограф нажал кнопку. Едва слышно щелкнул затвор.

— Нас фотографируют, — сказала девушка.

— Это не то, — сказал ее спутник. — Это нимайер, тот самый. Будет что-нибудь вроде «Этюда с солнцем». Итак?

Играя его пальцами, девушка с беззаботной улыбкой продолжала:

— Когда он впервые изменил траекторию, в Центре поняли, что это искусственный объект. Внеземной искусственный объект. К нему приблизился «Кондор». Через две минуты связь с «Кондором» прервалась. Космолет дрейфует, такое впечатление, будто он абсолютно неуправляем. К нему вышли спасатели. Вскоре объект лег на геоцентрическую орбиту и постепенно снижается. Прошел в полукилометре от станции «Дельта-5», после чего связь со станцией прервалась. Датчики системы жизнеобеспечения сигнализируют, что экипаж мертв. Что экипаж сам разгерметизировал станцию...

— Его держат радарами?

— Да, лучи он отражает. Размеры — десять-двенадцать метров, правильных очертаний.

— Маловато для космического корабля, — сказал мужчина. — Автоматический зонд?

— Зонд-убийца... — сказала девушка. — Совет Безопасности заседает непрерывно. Сначала хотели просто сбить его, но потом все же рассудили, что открытой агрессивности он не проявляет — пострадали только те, кто оказался близко от него. Так что решено наблюдать.

— И при чем тут я? Неужели...

— Да, — сказала девушка. — Он начал торможение, если не последует новых маневров, через девять часов с минутами приземлится на территории этой страны. Поскольку резидентом здесь ты...

— То мне предстоит заниматься еще и инопланетянами. Прелестно, никогда и подумать не мог.

— Но ты же понимаешь, Ланселот...

— Понимаю, — сказал он. — Все прекрасно понимаю и помню, в какой стране нахожусь. Нейтралы с тысячелетним стажем, единственное на планете государство, сохраняющее национальную армию и разведку, одержимое прямо-таки манией независимости, которую они сплошь и рядом толкуют просто-напросто как противодействие любым начинаниям Содружества. И в ООН они соизволили вступить лишь пятнадцать лет назад.

— Тем более нельзя угадать, как они поведут себя сейчас, — сказала девушка.

— Ну конечно. Впервые в истории приземляется искусственный объект инопланетного происхождения, причем на их территории. Наверняка они не допустят к себе ни комиссию, ни, тем более, войска ООН.

— Но ведь на сей раз обстоятельства...

— Именно потому, — сказал мужчина. — Анна, я здесь сижу пять лет, я их знаю. Конечно, вопрос чрезвычайно серьезен, дипломаты заработают, как проклятые, но когда-то их еще уломают? И уломают ли? Не драться же частям ООН с их армией, не оккупировать же страну... И они это очень быстро поймут и будут держаться до последнего... Пошли.

Он бросил на столик банкнот, и они медленно пошли по набережной, держась за руки. По голубой воде плавно скользили яркие треугольники парусов, отовсюду неслась веселая музыка, воскресный день перевалил за полдень.

— Иногда я прямо-таки ненавижу свою работу, Анна, — сказал Ланселот. — Из-за того, что эти динозавры цепляются за идиотские традиции, мы вынуждены держать здесь наблюдателей, терять время и силы, чтобы ненароком не просмотреть какого-нибудь вовсе уж неприемлемого выверта...

— Советник сказал, что у тебя есть человек в их разведке. Он имел в виду Дервиша?

— Да, — сказал Ланселот. — И не только в разведке. Умные люди, которые понимают всю нелепость ситуации и, разумеется, не получают от ООН ни гроша. И тем не менее по здешним законам любой из них может угодить в тюрьму за шпионаж в пользу «неустановленного внешнего врага». И мы ничего не сможем сделать.

— Я, признаться, до сих пор не могу понять...

— Ну да, — сказал Ланселот. — Я через это да-авно прошел. Конечно, это саднит как заноза, это трудно принять и понять — на разоружившейся и уничтожившей границы Земле существует такое вот государство-реликт. Ну а что же делать, Анна? Принудить их никто не может. Прав человека они не нарушают. Завоевательных планов не лелеют, глупо думать, что их армия способна противостоять всей остальной планете. Остается наблюдать и надеяться, что им надоест, что найдутся политики-реалисты и сделают последний шаг. Что, наконец, случится нечто, способное встряхнуть как следует замшелые каноны. Этот случай, например.

— Ты так спокоен?

— Конечно нет, — сказал Ланселот. — Я понимаю, что такое случается впервые. Но я просто не могу представить, что за штука вот-вот приземлится и почему гибнут имевшие неосторожность оказаться на ее пути. Да и некогда мне гадать. Если он приземлится здесь, работа предстоит не из легких, нужно подготовиться...

Она посмотрела с тревогой, и это не была игра на посторонних:

— Я боюсь за тебя...

— Не надо, ладно? — сказал он. — Очень трудно работать, когда за тебя боятся. Да, если разобраться, какая работа? Мы всего лишь будем следить за всем, что они предпримут, подслушивать и подсматривать с Земли и со спутников. Рутина.

Она молчала, и Ланселот, резидент Совета Безопасности, знал, что она вспоминает о тех троих, все же погибших здесь, несмотря на специфику работы и столетия. Она перехватила его взгляд и отвернулась, и он понял, что лучше промолчать и не упоминать о банановой корке, на которой можно поскользнуться через два шага, и о прочих верных слугах ее величества теории вероятностей. Он только чуточку сильнее сжал ее теплую ладонь.

— Когда-нибудь все кончится, — сказал он. — А что до... Анна, милая, я как-то привык не погибать и добиваться успеха, само собой получается...

— Я знаю, — сказала она.

Прохожих почти не было. Ланселот остановился, повернул ее к себе и поцеловал. Она тихонько отстранилась и пошла вдоль парапета, ведя ладошкой по нагретому солнцем граниту. Ланселот неслышно шел рядом. Интересно, думал он, почему Себастьян стал так часто ее присылать — считает, что я чуточку захандрил? Многие ведь хандрят. Трудно быть чем-то вроде персонажа старинного фильма, пусть ты и прекрасно понимаешь, насколько это важно и необходимо. Какие там, к черту, супермены...

— Я не верю в инопланетную агрессию, — сказала Анна, не оборачиваясь.

— Я тоже, — сказал он. — Хотя бы потому, что приличная агрессия наверняка обставлялась бы не так... Что ж, нужно трубить сбор. В первую очередь разыщу Дервиша. Вот если бы еще и полковник был из наших... Есть тут один полковник, чертовски любопытный экземпляр. Стоп! — Он приостановился. — Вот с этого и нужно было начинать. Если эта штука все же плюхнется сюда, наверняка ею займутся именно этот генерал и именно этот полковник. Девять часов, океан времени. Пошли.

Они спустились по широкой гранитной лестнице, пересекли площадь, традиционно украшенную статуей какой-то знаменитости времен средневековья, завернули за угол и сели без приглашения на заднее сиденье белой «альфа-кометы». Человек за рулем повернулся к ним:

— Заседание только что закончилось. Решение прежнее — наблюдать. Спасатели догнали «Кондора». Экипаж мертв. Они сами отключили подачу кислорода, немотивированное самоубийство, как и на «Дельте».

— Объект?

— Нужно торопиться, Ланселот, — сказал человек за рулем. Лицо у него застыло. — Нет у нас девяти часов. Он увеличил скорость, идет по той же траектории. Теперь никаких сомнений — это не люди. Люди таких перегрузок не выдержали бы.

— Может быть, они нейтрализуют перегрузки, — сказал Ланселот. — Антигравитация, что там еще...

— Черт их знает. У нас — не больше часа.

3 вандемьера 2026. Часом позднее.
Радиопереговоры наземных служб фиксируются
орбитальной станцией «Фата-моргана»

— Я — Ожерелье-3. Объект миновал стратосферу.

— Я — Ожерелье-4. Объект миновал тропосферу.

— Я — Ожерелье-5. Объект совершил посадку. Ни с одним из известных типов космических аппаратов не ассоциируется. Место приземления в дальнейшем будет именоваться точкой «Зет».

— Я — Центр. В точку «Зет» мною выслан вертолет с оперативной группой. Арапахо — поддерживать непрерывную связь.

— Я — Арапахо. Объект имеет вид конуса высотой около пяти метров, диаметр основания около двух метров. Цвет — черный. Радиоактивного излучения, радиоволн не зафиксировано. Температура не отличается от температуры окружающей среды.

— Я — Ронсеваль. Бронедесантные поздравления завершили блокирование района.

— Я — Арлекин. Опергруппы вышли на исходные позиции.

— Я — Магистр. Со стороны ООН никаких демаршей не последовало. Прослушивание телефонов представительства ООН и его радиосвязи со штаб-квартирой проводится в соответствии с имеющимися планами. Дополнительные дешифровщики подключены.

— Я — Арапахо. Новых данных нет.

— Я — Икар. Три эскадрильи подняты в воздух и направляются в указанные квадраты.

— Я — Арапахо. Вертолет, производя беспорядочные маневры, удаляется от точки «Зет», резко меняя направление. Связи с экипажем нет.

— Я — Центр. Обеспечить наблюдение.

— Я — Арапахо. Только что вертолет разбился в восьми километрах юго-западнее точки «Зет».

— Я — Арлекин. Объект превратился в четыре автомобиля современных марок. Три проследить не удалось — затерялись в потоке автотранспорта. Четвертый движется на запад в квадрате три-шестнадцать.

— Я — Центр. Всем наземным опергруппам в квадратах три-четырнадцать и три-пятнадцать — немедленно на перехват. Разрешаю применять оружие.

— Я — Кадоген. Иду в три-шестнадцать.

— Я — Гамма. Иду в три-шестнадцать.

— Я — Дервиш. Иду в три-шестнадцать.

— Я — Икар. Ввиду наличия на шоссе большого количества машин боевой заход произвести невозможно. Звено барражирует в квадрате три-шестнадцать.

— Я — Арапахо. Даю ориентировку. Четвертый автомобиль — жемчужно-серый «грайне», модели «спорт».

— Я — Арлекин. Дополняю по данным полицейских постов. Номерной знак НВ-405-К-6. Приказу остановиться не подчинился. Движется на юг, по дороге 2-141.

— Я — Арапахо. Полицейский пост в квадрате три-шестнадцать на вызовы не отвечает. Вертолеты высланы.

— Я — Центр. Подключить посты квадратов два-десять, два-одиннадцать, два-двенадцать.

— Я — Дервиш. Нахожусь в квадрате три-шестнадцать. Блокирую дорогу 2-141.

— Я — Арлекин. Дервиш, он идет на вас, будьте готовы. Огонь без предупреждения.

— Понял, — сказал он.

Он вел машину уверенно, с небрежной лихостью знающего свое ремесло профессионала, и давно выработанный автоматизм позволял высвободить часть сознания, чтобы перелистать существующие только в памяти страницы ненаписанных писем. И слушать музыку.

Рядом с ним на сиденье поблескивал короткий черный автомат.

Бешеная гонка навстречу ветру или вдогонку за ветром так давно стала неотъемлемой частью его существа, что он задыхался, если приходилось пройти с черепашьей скоростью пусть даже короткий отрезок пути. И он просто боялся признаться себе, что гоняется за призраками, за пустотой. Хорошо еще, что на свете существует Ланселот и весь остальной мир. Может быть, наконец, и пришло настоящее?

Он протянул руку и тронул клавишу магнитофона. Звенели гитары, сухо прищелкивали кастаньеты, и на пределе печали звенел голос Рамона Ромеро:

> И сломать — нелегок труд,
> и подстроить.
> Не для каждой и сожгут
> город Трою.
> Пьем невкусное вино,
> судим-рядим.
> Слишком много сожжено
> шутки ради...

— «Поэма рассудка», — вспомнил он название. Иногда ему хотелось ненавидеть само это слово — рассудочность, рассудок. Рассудочно прикинули, слушали — постановили, погасили живое и нежное и назвали это приемлемым выходом. А на деле — всего лишь загнали глубоко на дно то, что всплывет погодя в другом облике.

— Я — Арлекин. Он приближается. Будьте осторожны.

— Я — Дервиш. Вышел на дистанцию огневого контакта.

Машина летела по черной автостраде сквозь солнечный день, навстречу жемчужно-серому спортивному автомобилю, и он приготовил автомат, но показалось, что женское лицо, мелькнувшее за стеклом, — то самое, нежность и беда, ненависть и любовь, жалость и злоба. Рассудок не преминул бы заявить, что он ошибается, но рассудок молчал, и он рванул руль, как узду, как рычаг стоп-крана, и машина дернулась, как-то нереально закружилась на асфальте, словно на скользком льду, словно конь, дробящий копытами распластанного вражеского воина, а через несколько то ли секунд, то ли веков время лопнуло, и машина провалилась в треск рвущегося металла, в ночь, в ночь...

— Я — Арапахо. Только что внутрь охраняемого периметра вошел, теряя высоту, легкомоторный самолет «Махаон-16». Наблюдали дым, выходящий из кожуха мотора. Перехвачена передача с борта, летчик сообщает, что по неизвестной причине потерпел аварию и идет на вынужденную посадку.

— Я — Магистр. Не исключено, что мы имеем дело с попыткой агентов ООН прорваться в запретный район.

— Я — Центр. Ваши соображения учел. Опергруппа послана. Одновременно ставлю вам на вид неправильное употребление терминов. Предлагаю пользоваться общепринятым определением «неустановленный внешний враг».

— Я — Ориноко. Психозондирование продолжаю. Даю развертку помех.

— Отсечь помехи.

— Есть. Выведено за пределы, но спонтанные прорывы не исключены.

— Я — Рейн. Пошел второй слой помех, более мощный.

— Я — Ориноко. Отсечка не дала результатов.

— Вы понимаете, что говорите?

— Увы, но это так. Может быть, Рейн?

— Я — Рейн. Даю развертку. Лицо. Женское лицо. Глушение результатов не дало. Кажется, я узнал ее, Доктор...

— Я — Юкон. Вношу предложение, Доктор: помехи не глушить, а наоборот, выпустить на поверхность. Не исключено, что это и является искомым.

— Хорошо. Ориноко, Рейн, Юкон — каскадное усиление помех второго слоя. Онтарио — в резерве. Начали!

— Я — Рейн. Воспоминания личного характера, связанные...

— Достаточно. Первым трем мониторам глушить помехи. Ищите следы свежего психического удара, вы слышите? Что его заставило так поступить?

— Результатов нет.

— Усилители на пределе, отключаю вторую группу.

— Черт бы вас побрал!

— У меня шальная мысль, Доктор. Что если именно это послужило причиной...

— Глупости.

— Почему бы и нет? Направленное воздействие на определенные группы нейронов, своего рода детонатор, вызвавший шок и неконтролируемые действия, повлекшие...

— Оставьте это для своей диссертации. Дервиш — из суперменов.

— Иногда ломаются и супермены. Супермену как раз тяжелее осознавать то, что он оказался суперменом не во всем.

— Глупости, Рейн. Генераторы на максимум. Всем мониторам, вы поняли?

...Доктор сидел за пультом в почти темной комнате, его лицо дико и причудливо освещала россыпь разноцветных лампочек. Врачей было много, а Доктор — один. Правда, сейчас от этого не стало легче, он ничего не понимал, собственное бессилие перед этой инопланетной тварью сводило с ума...

— Стрелки до красной черты, — сказал он. — Ремонтникам быть наготове.

— Я — Юкон. Оторвите мне голову, Доктор, но я ничего больше не могу. Я — инженер-медик, я не бог...

— Я — Арапахо. «Махаон-16» упал и взорвался в квадрате четыре-девятнадцать. Опергруппа вскоре прибудет на место.

4 вандемьера 2026. Утро

Он долго шел по коридорам, спускался и поднимался по лестницам, кивал знакомым, а многие незнакомые почтительно здоровались, и тогда он отвечал и им. Он шел мимо щелкавших каблуками охранников, мимо длинной стены — за ней тихо журчали компьютеры и девочки в белых халатах с ловкостью, на которую было приятно смотреть, нажимали клавиши. Он шагал — грузный, широколицый, редкие светлые волосы, прямая спина кадрового военного (никогда тем не менее не воевавшего). Просто генералов хватало, а Генерал был один. Еще его звали Король Марк, чего он терпеть не мог — не находил в себе ничего общего с преследователем Тристана и Изольды. А его все равно так звали, бог знает почему, пути прозвищ неисповедимы, и тот, кто первым пустил прозвище в обиход, затерялся в безвестности надежно, как изобретатель колеса.

Он распахнул белую дверь с изображенным на табличке кентавром — так здесь кодировали опергруппы и операции. Круглый зал, четверть которого занимает выходящее во двор окно. Толстые кожаные кресла. Восемь человек встали и через положенные несколько секунд сели вновь. Генерал заложил руки за спину, остановился перед первым рядом кресел и какое-то время смотрел поверх голов, а сидящие смотрели на него.

— Два часа назад некий объект внеземного происхождения совершил посадку в точке, отмеченной на выданных вам картах как точка «Зет», — сказал Генерал. — Высланная на вертолете группа наших сотрудников погибла — вертолет стал удаляться, маневрируя так, словно им управлял пьяный или сумасшедший, после чего разбился. Вскоре было обнаружено, что объект, конусообразный предмет, превратился в четыре автомобиля современных марок. Три мы упустили. Наш сотрудник Дервиш, выехавший наперерез четвертому, по неизвестной причине направил машину на обочину и потерпел аварию. В настоящее время — в бессознательном состоянии. Четвертый «автомобиль» обстрелян с воздуха истребителями и уничтожен. Перед этим он пытался превратиться в какое-то крупное животное, но был уничтожен, прежде чем метаморфоза совершилась. Остальные пока не обнаружены. Не исключено, что и они превратились в... нечто совершенно иное. Предварительные меры приняты. Район наглухо блокирован войсками, из него не выскользнет и мышь. Распоряжением премьер-министра я назначен руководителем особой группы по ликвидации опасности. Перед вами стоит задача — в двадцать четыре часа покончить с тремя объектами, условно обозначенными как «мобили». Далее. Уже после блокирования района внутри него произошел ряд непонятных автокатастроф и ряд случаев, которые можно охарактеризовать как молниеносное помешательство, после которого люди совершали самоубийства, немотивированные убийства, поджоги и прочие эксцессы. Из этого был сделан вывод, что «мобили» каким-то загадочным образом воздействуют на человеческий мозг. — Генерал сделал гримасу, которая могла сойти и за улыбку. — Чтобы вы не чувствовали себя воробьями, которым предстоит стесать гору клювом, поясняю: «мобилям» присуще тэта-излучение, не свойственное ни одному живому существу Земли. То, о котором до сих пор мы знали лишь теоретически. Ваши машины будут оснащены тэта-радарами. Инструктаж по обращению с ними много времени не займет, это ничуть не сложнее, чем наша обычная аппаратура. Найти, в общем, нетрудно. Опознать и уничтожить — это серьезнее... Прошу на инструктаж.

Он дождался, когда за последним захлопнется белая дверь, сел в первое подвернувшееся кресло и устало сдавил ладонями виски. Услышав шаги, торопливо отнял ладони и поднял массивную голову. Вошли Доктор и Полковник — седой растрепанный старичок в голубом халате и мужчина лет тридцати пяти, которого с первого взгляда почему-то хотелось назвать учителем физики.

— Итак? — глухо сказал Генерал.

— Мы не гении, но в этой голове кое-что есть. — Доктор похлопал себя по лбу и улыбнулся. — Впрочем, и техника у нас не самая худшая... Хотите разгадку, Король Марк?

Он был единственным, кто осмеливался так называть Генерала в глаза.

— Валяйте.

— Касательно Дервиша. «Мобиль» номер четыре сделал что-то, отчего воспоминания личного характера вспыхнули с такой силой, что подавили все остальное и привели к неконтролируемой вспышке эмоций. Второй случай, на шоссе номер пять...

— ...Там ему попался математик, озабоченный сложными перипетиями научного спора в своем институте, — скучным голосом продолжил Генерал. — И третий — с художником. И четвертый, и пятый... Простите, старина, но мои люди пришли к тем же выводам на полчаса раньше ваших. Один из них хорошо знал жизнь Дервиша, а там и потянулась ниточка... Я все могу сказать за вас — «мобили» поражают людей с высоким уровнем мозговой активности, яркие индивидуальности. Творческие личности. Влюбленных. Обладающих повышенной чувствительностью, тонкой нервной организацией, склонных к углубленной работе мысли. «Мобиль» пропустит лишь человека равнодушного, не склонного размышлять, страдать, любить, ненавидеть, творить, сопереживать. Их ведь не так уж мало, таких людей, старина... Я все правильно сказал за вас?

— Правильно, — сказал Доктор.

— Но они же все такие! — вдруг воскликнул Полковник. — Они же все такие, все восемь — повышенная эмоциональность, тонкая нервная организация, склонность к творчеству, почему же вы...

— Именно поэтому, — сказал Генерал, глядя в пол. — Да, это живцы. Их автомобили напичканы аппаратурой. Можно с уверенностью сказать, что мы будем знать, как «мобиль» наносит удар, механизм этого удара — словом, почти все. И не нужно смотреть на меня такими глазами. Восемь человек — и человечество. Случилось так, что именно нам предстоит защищать планету. Мы можем гарантировать, что этот конус — единственный во Вселенной? Что никогда не будет других? Мы все должны знать о нем. И потом, они не принесены в жертву, не такие уж они подсадные утки. Они предупреждены и вооружены. Так что правила игры остаются прежними — выигрывает тот, кто успеет первым...

Он сидел ссутулясь, а они смотрели на него. Потом Полковник сказал:

— Вы послали их на смерть.

— Ну да, — сказал Генерал. — Вернее, не совсем так — я послал их на задание, в случае неудачи — смерть. Но ведь мы сами называем себя последними солдатами Земли, верно? Вот и бой.

— И все же ты мог бы послать людей более холодного эмоционального спектра, — сказал Доктор.

— Мог. Но мне мало просто уничтожить врага. Нужно еще изучить его оружие, его сильные и слабые места. И не столько мне, сколько человечеству. Я ненавижу сакраментальный девиз иезуитов, но... Ты не военный, старина. Впрочем, и ты должен помнить, что для успеха армий жертвовали взводами, а то и батальонами. Законы войны. А сейчас идет война, — что из того, что большинство землян о ней ничего не знает?

— Вы считаете, что знай они суть дела, отказались бы? — спросил Полковник.

— Вполне возможны отдельные срывы, — сказал Генерал. — А возможно, и нет. Просто... иногда человек, который не посвящен во все детали, работает лучше.

— Ну что ж, все правильно, — сказал Полковник и стал еще больше похож на учителя физики. — Вы, Генерал, не можете запретить мне одной простой вещи. В третьей группе не хватает человека, их только двое. Кстати, я ведь человек «более холодного эмоционального спектра», вы сами так говорили, Доктор...

— Но не настолько, чтобы чувствовать себя в безопасности, — буркнул Доктор. — Ты тоже подходишь под определение мишени, если честно.

— Это означает только то, что я об этом знаю. — Полковник щелкнул каблуками. — Разрешите идти?

— Идите, — не глядя на него, сказал Генерал.

Белая дверь захлопнулась за Полковником, мелькнул на мгновение натянувший лук кентавр.

— Они уже все мертвые, Марк, — сказал Доктор. — Все.

— Может быть. А может быть, будущие мертвецы и будущие триумфаторы — в равной пропорции. Судя по уничтоженному истребителями «мобилю», они довольно-таки уязвимы. — Он положил руку на колено Доктору: — Старина, пойми же ты наконец — мы защищаем Землю...

— В обход ООН?

— Что?

— Ты думаешь, в ООН не знают? — спросил Доктор. — Считаешь, что его засекли только наши станции слежения? Что если перед посадкой он вызвал какие-то катастрофы и в Приземелье? Приземелье — улица с довольно оживленным движением...

— Я говорил с премьером, — сказал Генерал. — Он быстро ухватил суть, он умен. И политик отменный. При любых демаршах он обещал продержаться, как минимум, сутки. Вряд ли ооновцы прибегнут к прямому военному вторжению, так что мы все успеваем... Они ведь не вторгнутся.

— Наверняка нет, — сказал Доктор. — Но тебе не приходит в голову, что «ооновцами», если разобраться, ты именуешь все остальное человечество?

— Ну и что? Нет, ну и что? — Доктор видел, что Генерал искренне удивлен и рассержен непонятливостью собеседника. — Мы ведь защищаем Землю.

— Одни?

— А какая разница? Разве ооновцы применили бы другую аппаратуру? Другое оружие? Другие методы? Они действовали бы точно так же. Оставим специалистам по международному праву разбираться в том, насколько это наше внутреннее дело и насколько оправданным было бы вмешательство ООН. Ты можешь заверить, что ооновцы справятся лучше?

— Нет, — сказал Доктор.

— Ты согласен, что «мобили» крайне опасны?

— Да.

— Вот видишь.

— А ты можешь заверить на все сто, что тобой движет лишь забота о благе человечества? Без маленькой, без крохотной примеси? Никакого желания воскликнуть: «Ага! Вы долго смеялись над нами, но в конце концов успеха добились именно мы...» Так что же, никакой примеси?

— Никакой, — сказал Генерал.

И все же, все же... Человек, никогда не лгавший, не сможет перестроиться мгновенно, к тому же если человек этот отнюдь не подл и не плох. Коротенькая заминка, едва заметная неуверенность в голосе не почудились, они были. Доктор был хорошим психологом и не мог ошибиться.

— Между прочим, — сказал он, — ты использовал не лучший метод. «Зараженный» район не столь уж и велик, его нетрудно было бы прочесать армейским подразделениям, бронированным машинам, оснащенным теми же тэта-радарами. Но на это ты никак не можешь пойти. Во-первых, вся слава должна достаться твоей конторе. Во-вторых, не стоит раньше времени привлекать внимание ООН, — а вдруг они все же ничего не знают?

Генерал подошел к окну, заложил руки за спину и стал смотреть вниз. Там, внизу, посреди огромного, залитого асфальтом двора, стояли три сине-черных фургона, прямоугольные коробки на колесах едва ли не в человеческий рост, и к ним шли оперативники. Показался Полковник, подошел к Ясеню и Эвридике, что-то сказал им, все трое сели в кабину, и фургон медленно выкатился за ворота. Следом второй. Потом третий. Створки высоких зеленых ворот медленно сдвинулись, словно отсекая прошлое от настоящего, настоящее от будущего.

Не оборачиваясь, Генерал сказал глухо:

— Забыл тебя предупредить. До завершения операции никто не имеет права покидать здание управления.

— Я и не собираюсь, — сказал Доктор.

— Вот и прекрасно.

Доктор подождал несколько минут, потом встал и тихо вышел. Спасители человечества, думал он, неторопливо шагая по светлым коридорам. Защитники. Мессии. А человечество, похоже, и понятия не имеет о том, что его усердно спасают. Конечно, создался головоломный юридический казус, на котором может заработать нервное расстройство не один специалист по международному праву и вообще юрист, тут Король Марк полностью прав, и тем не менее... Не тот век на дворе. Нельзя спасать человечество, не выслушав даже его мнения по сему поводу, — конечно, речь не идет о всеобщем референдуме, это преувеличение, но в нынешнем составе играть просто невозможно. Нельзя одному человеку, хорошему, в общем-то, и честному, желающему на свой лад людям добра, брать на себя роль Спасителя. Не имеет он никакого права. Ох уж это «на свой лад» — сколько всяких неприглядностей совершено под сенью этого лозунга, сего знамени...

А ребята ничего не поняли. Очень хорошие ребята, искренне считающие сейчас, что спасают человечество. В их возрасте легко жить без сомнений и очень хочется побыть хотя бы недолго спасителем человечества. Так что же делать?

Он завернул в свой кабинет и поднял трубку городского телефона — просто так, проверки ради, никуда он не собирался звонить. Телефон молчал.

— Ну да, — сказал себе вслух Доктор. — Разумеется...

Он спустился этажом ниже, открыл дверь операторской, небрежно отстранил удивленно обернувшегося к нему радиста, сел во вращающееся кресло и сказал:

— Все три группы — на связь.

Радист, недоуменно поглядывая на него, защелкал тумблерами. Приборы тихонько посвистывали, подвывали, шуршали разряды, и наконец раздались громкие уверенные голоса:

— «Единица» слушает.

— «Двойка» слушает.

— «Тройка» слушает.

Доктор поднес к губам черное рубчатое яйцо микрофона:

— Говорит Доктор. Слушайте меня внимательно, ребята. «Мобиль» ударит по самому сокровенному, что хранит ваш мозг. Самые радостные и самые горькие воспоминания. То, что больше всего волнует. То, что сильнее всего запечатлелось. То, что...

Внезапно погасли все лампочки, стихли шорохи и треск помех. Рации превратились в холодные железные коробки. Доктор взглянул на радиста, но тот был удивлен не меньше. «Ай да Марк, — подумал Доктор, — догадался все-таки, хотя чуточку опоздал. Правда, я не сказал, как следует защищаться, чтобы уменьшить опасность, — принять нейротразин, он имеется в аптечке каждого фургона».

Но ребята должны догадаться, просто обязаны, они только что прослушали короткую лекцию о тэта-излучении, о его взаимодействии с биополем мозга, и не так уж трудно сделать следующий шаг — понять, что нейротразин до предела уменьшит контакт биополя с тэта-излучением...

Рации молчали. Доктор откинулся на узкую спинку кресла. Он подумал, что совершил должностное преступление, но, странное дело, не испытывал ничего даже отдаленно напоминающего стыд или угрызения совести.

За ним пришли через три минуты.

4 вандемьера 2026. Ближе к полудню

— Ну и что ты обо всем этом думаешь?

Купидон вел фургон с небрежной лихостью мастера, свесив левую руку наружу, и амулет на запястье, крохотный серебряный чертик, раскачивался над пунктирной линией разметки, летевшей под колеса трассирующей очередью.

— Все это в высшей степени странно, — сказал задумчиво Гамлет. — С одной стороны, голос, несомненно, принадлежит нашему эскулапу, но почему вдруг прервалась связь? Это наши-то рации способны отказать?

— И что ты этим хочешь сказать?

— А черт его знает, господа офицеры. Может быть, начались уже сюрпризы, а?

— Ты это серьезно?

— Я это серьезно, — сказал Гамлет. — Ничего ведь не знаем об этой проклятой твари. Вообще, в этом что-то есть — бить по сокровенному. Та же рукопашная — знай лупи по болевым точкам. Эй, Братец!

— Ну? — Братец Маузер отвел глаза от круглого голубого экранчика.

— Что у тебя самое сокровенное?

— Пива бы. С рыбкой домашнего копчения.

— Бездна воображения...

— А что делать? Вот вернемся — прямиком отправлюсь в «Гамбринус».

— Не каркай...

Они были чуточку суеверны. Они истово ждали своего часа, верили в свою звезду.

— Говорит «двойка», — раздался голос Виолы. — Как у вас, мальчики?

— Все прекрасно, девочки. — Гамлет лениво курил. — Катим себе без руля и без ветрил.

— Что собираетесь предпринимать по сообщению Доктора?

— Ровным счетом ничего.

— Лично мы едим нейротразин.

— Это еще зачем?

— Чтобы уменьшить возможность тэта-излучения влиять на мозг. Советуем и вам.

— Знаешь, — сказал Гамлет, — ты училась на биофизическом, тебе легко рассуждать о биоизлучениях и прочем, а я, признаться, плохо верю даже Доктору. К тому же это мог быть и не Доктор... Одним словом, мы посоветовались и решили — пусть каждый сам выбирает линию поведения. Кушайте таблетки, а мы подождем. Кстати, «тройка» к нашему мнению присоединяется. Мы...

Резко, пронзительно затрещал звонок, на экранчике заплясали алые зигзаги, и Братец Маузер повернул к ним побледневшее лицо:

— Тэта-излучение!

— Ага! — Гамлет выплюнул сигарету в окно. — Тройка, двойка, у нас клюнуло, идем по пеленгу! Рули, Купидончик, рули, все наверх!

Братец Маузер осторожно вращал верньеры. Хаотическое мелькание алых зигзагов постепенно становилось более упорядоченным, и вскоре экран крест-накрест пересекли две идеально правильные алые прямые, и он стал похож на оптический прицел. Гамлет перешел в кузов, нажал несколько кнопок. Рифленая стена кузова раздвинулась, в квадратное отверстие грозно глянул спаренный пулемет. Гамлет сдвинул предохранители и повел стволами вправо-влево, целясь в лес, мимо которого они мчались.

— Стоп! — рявкнул Братец Маузер, и Купидон мгновенно затормозил. — Где-то здесь, парни.

— И, судя по тому, что лес довольно густой, это уже не автомобиль...

Фургон стоял на обочине черной автострады. Перед ними был лес, немая стена деревьев, прятавших нечто неизвестное и непостижимое. Слабенький ветерок, синее небо и тишина, которую во что бы то ни стало нужно было разнести в клочья пулеметными очередями.

— Пошли, — сказал Купидон. — Гамлет, остаешься прикрывать. Братец, ты вправо, я влево.

Они вошли в лес, двигаясь среди стволов так, словно земля под ногами была стеклянной и, надавив подошвой сильнее, можно было провалиться вниз, где грузно клокочет кипящая смола. Они не знали, что увидят, и это было самое страшное — враг с тысячей лиц, тысячей обликов, помесь вурдалака с Протеем...

— Купидон! — зазвенел стеклянным колокольчиком девичий голос.

Он мгновенно развернулся в ту сторону, палец лег на курок, автомат нашел цель. И тут же опустился.

Между двумя раскидистыми дубами стояла девушка-кентавр, одной рукой она опиралась на тонкое копье с золотым наконечником, другой небрежно и грациозно отводила от лица упругую ветку. Лукавые, улыбчивые серые глаза обещали все и не обещали ничего, в волосах запутались зеленые листья. Она легонько ударила копытом в мох и рассмеялась:

— Ты не узнал меня, глупый?

— Конечно узнал, — сказал Купидон. — Ты — Меланиппа, амазонка из Фессалии, верно?

— Да, — сказала девушка, улыбаясь ему. — Ты, кажется, не удивлен?

— Нет, — сказал Купидон. — Я всегда верил в вас. Я знал, что были кентавры, была Атлантида, рыцари короля Артура, что древние сказители не выдумывали легенды, а описывали то, что видели. И вот — ты. Такой я тебя и представлял.

— И ты обронил как-то: «Увидеть фею и умереть...»

Ее лицо было юным и прекрасным, как пламя.

— Я красива? — спросила она.

— Ты прекрасна, — сказал Купидон.

— Спасибо, милый, — сказала Меланиппа.

И, улыбаясь нежно и ласково, метнула копье.

Вцепившись обеими руками в несуществующее древко, Купидон медленно осел в траву, успел еще ощутить щекой сыроватую прохладу мха, и Вселенная погасла для него, исчезли мириады звезд, закаты и радуги.

Братцу Маузеру оставалось всего несколько метров до верхушки дерева, у подножия которого валялся брошенный им автомат. Он целеустремленно лез вверх. Он знал — сбылось, он оказался-таки птицей, большой белой птицей, и наконец сможет взмыть к облакам, проплыть по небу, как давно мечтал. Наконец спала эта глупая личина прикованного к земле бескрылого существа, и можно стать самим собой, красавцем лебедем...

Он взмахнул руками и камнем полетел вниз с высоты десятиэтажного дома. Он жил еще около двух минут, но сознание потерял сразу после удара, так что эти минуты достались лишь измученному телу.

В кабине фургона на черной панели погасли две синие лампочки из трех — остановились два сердца. Гамлет прижал к плечу приклад и выпустил длинную очередь по лесу, по немым деревьям. Нужно было сделать что-то, а ничего другого он сейчас не мог. Меж стволов мелькнула, проносясь галопом, девушка-кентавр и, смеясь, погрозила ему пальцем. Гамлет прицелился в нее, но тут же отпустил гашетку — невидимые теплые ладони погладили ему виски, и теперь он совершенно точно знал, что ему следует делать. Он отодвинул пулемет назад, в глубь кузова, сел за руль и помчался к ближайшему городку.

На опустевшую дорогу вышла девушка-кентавр. Ее тело стало расплываться, терять четкие очертания, таять, вспухло куполообразное облако, пронизанное спиральными струями белого дыма, а когда оно растаяло, на дороге стоял синий автомобиль. Он взревел мотором и умчался в сторону, противоположную той, куда скрылся фургон.

Он двигался со скоростью, не превышавшей допустимую, он ничем не отличался от других автомобилей той же марки, и даже водитель был на своем месте, — по крайней мере, нечто похожее на водителя ровно настолько, чтобы не привлекать излишнего внимания. Синий автомобиль промчался по старинному мосту, возведенному некогда для собственного удобства захожим римским легионом, проехал через деревню, сбавив скорость до предписанной дорожным знаком.

Увеличил скорость. Дорога круто сворачивала вправо, за гору. И там, за поворотом, стоял поперек дороги сине-черный фургон. Из люка в борту торчали стволы спаренного пулемета, над прицельной рамкой — обрамленное рассыпавшимися по плечам черными волосами азартное личико Эвридики. Синие глаза поймали цель в перекрестье стальных паутинок, и ударила очередь, длинная, как те письма, что остаются неотправленными. Казалось, она никогда не кончится. Из кабины молотили два автомата.

Синий автомобиль налетел на пули, как на невидимую стеклянную стену, рыскнул вправо-влево и остановился с маху. Алые ручейки текли из десятков пробоин по раскрошенным стеклам, по дверцам, по радиатору, стекались в огромную лужу, маслянисто поблескивающую на пыльном асфальте. Оглушительно лопнула брошенная Полковником граната, и взлетели куски кузова.

И стало очень тихо. В алой луже громоздилась бесформенная груда. Полковнику почему-то захотелось вдруг пожать плечами, но он подавил это глупое желание и поступил точно по инструкции — вызвал вертолеты. Услышав стон, обернулся. Эвридика лежала на казеннике пулемета, сжимая виски тонкими пальцами.

Сначала он подумал, что это обыкновенная истерика, и приготовился оборвать ее пощечиной, но Эвридика подняла голову, по-детски жалобно и беспомощно пожаловалась:

— Было больно. Как иглы в виски.

— А теперь?

— Теперь уже нет.

— И то ладно, — буркнул Полковник.

Он снова посмотрел на бесформенную груду в кровавой луже — подсыхая, кровь принимала странный синеватый оттенок. И это все, так просто? Так, можно сказать, буднично? Он чувствовал легкое разочарование непонятно в чем. Может быть, в самом себе.

— Центр, я «тройка», — он включил рацию. — Следую в квадрат 3-14 как наиболее вероятное...

— «Тройка», слушайте приказ! — рявкнули, перебив его, динамики. — Купидон и Братец погибли. Гамлет идет в квадрат шесть. Десять минут назад он обстрелял автобус. Есть жертвы. Немедленно обезвредить, вы поняли? — Голос на несколько секунд отдалился и снова набрал силу: — Только что он бросил гранату в летнее кафе.

Полковник отодвинул Ясеня, сам сел за руль. Фургон взревел и прыгнул вперед.

— Стрелять на поражение, — сказал Полковник, не оборачиваясь. — Ясно?

— Но это же Гамлет, — тихо сказала Эвридика.

— Был Гамлет...

...Гамлет прибавил газу. Рядом с ним стволом в сторону окна лежал автомат, еще горячий от недавних очередей. Гамлет ощутил удовлетворение, вспомнив, как вдребезги разлетались стекла автобуса. Теперь он совершенно точно знал, что должен делать, и благодарил эту неизвестную силу, давшую ему холодную ясность знания. Он еще раз вспомнил все, что произошло три года назад, — зачастившего в дом элегантного штурмана торгового флота, интуитивно уловленную им перемену в поведении жены и, наконец, тот вечер, когда он вернулся на день раньше, чем предполагалось, и никаких неразгаданных умолчаний больше не осталось.

Он прибавил газу — навстречу на велосипеде ехала девушка. Гамлет резко бросил машину влево. Фургон снес девушку, как кегельный шар сбивает одуванчик, и помчался дальше. Улыбаясь солнцу, Гамлет губами вытянул из пачки сигарету. Он был счастлив — впервые в жизни не оставалось ровным счетом никаких сложностей и неясностей, он совершенно точно знал свое предназначение.

Женщин следовало убивать. Всех. Этим он уменьшал количество зла, мстил за себя и за других.

При въезде в городок он сбавил скорость до двадцати и вертел головой, выискивая цели. Одной рукой ловко вставил новый магазин и положил автомат на колени.

Девушка-регулировщица в аккуратной голубой униформе скучала на пустой площади, она с любопытством посмотрела на фургон явно не известной ей марки, шагнула даже в его сторону. Гамлет поднял автомат и выпустил очередь почти в упор. На тротуаре кто-то длинно и страшно закричал. Гамлет свернул в боковую улочку — над крышами домов он увидел острый шпиль колокольни и вспомнил, что сегодня воскресенье. Увидев перед церковью несколько экипажей, украшенных цветами и разноцветными лентами, он понял, что не ошибся, взял автомат и выпрыгнул из кабины.

Он вошел в прохладу церкви, короткий автомат в его руках затрясся и загремел. Люди шарахнулись, упала невеста, еще несколько человек, патер сползал по алтарю, цепляясь за резьбу, и его ладони оставляли красный след. Гамлет сменил магазин и, смеясь, стрелял, пока в церкви не осталось ничего живого.

— Вот так, — сказал он громко, повернулся и вышел. Вслед ему равнодушно и благостно смотрели с икон простреленные святые.

Он остановился на паперти и подумал: неужели от жары двоится в глазах, почему фургонов два? Тут же что-то нестерпимо горячее лопнуло в груди, колючие змейки боли пронзили тело, руки стали ватными, коленки подломились, он выпустил автомат и стал падать, запрокидываясь назад.

Полковник, держа кольт в опущенной руке, медленно пересек залитую солнцем площадь. Мельком он подумал, что выглядит точь-в-точь как шериф из старого вестерна. Эта мысль рассердила, и от нее стало больно, потому что это был Гамлет, потому что такого не должно было произойти.

Гамлет был еще жив, он разлепил глаза, и по их выражению Полковник понял, что Гамлет его видит. В глазах не было гнева — только безмерная досада человека, которого неизвестно почему оторвали от нужного и важного дела. Задохнувшись от жалости и гнева, Полковник выстрелил почти в упор.

Где-то поблизости завыла полицейская сирена, но, опережая ее, на площадь камнем упал военный вертолет. Полковник отвернулся и медленно отошел к фургону. Встретился взглядом с Эвридикой — глаза огромные и сухие.

— Тебе не кажется, что мы уже мертвые, мой колонель? — спросила она громко.

— А черт его знает, — сказал Полковник. Сам он не сомневался, что так оно и есть. — Разговорчики в строю...

— Хорошенькая компания, — сказала Эвридика, — несостоявшаяся художница, графоман и бывший студент, а ныне полковник. Плюс инопланетяне. Смеху-то...

— Помолчи, пожалуйста, — сказал Полковник устало.

— Молчу, молчу... — Она отодвинулась с места водителя и с подчеркнуто безучастным выражением лица включила магнитофон.

«Ша-агом!» Грязь коростой на обмотках мокрых.
«Арш!» Чехол со знаменем мотает впереди.
«Правое плечо!» А лица женщин в окнах
не прихватишь на борт, что гляди, что не гляди.
Даешь! Не дошагать нам до победы.
Даешь! Нам не восстать под барабанный бой.
Стая хищных птиц
вместо райских голубиц —
и солдаты не придут с передовой...

Полковник, опершись спиной на колесо, равнодушно следил за суетой возле вертолета и церкви. Он подумал, что все это как-то ничуть не похоже на классическую, каноническую, обыгранную в сотнях книг и фильмов агрессию коварных пришельцев из космоса. Ничуть не похоже.

— «Неистовый Роланд», — сказал Малыш.

— Что? — переспросил Ланселот.

— Поэма Лодовико Ариосто, — пояснил Малыш. — Шестнадцатый век. О рыцаре Роланде, который сошел с ума и носился по дорогам, убивая всех попадавшихся на пути. Похоже, правда?

— Я и не подозревал у тебя таких знаний.

— А это была одна лапочка, — безмятежно сказал Малыш, — она как раз по этим Роландам специализировалась. Так что, похоже? Можно так и закодировать операцию. Ты со мной согласен, о самый верный рыцарь короля логров?

Он перевернулся на спину и закусил травинку. Он был крепко сбитый, рыжий и самый молодой из троих. Даже когда он оставался серьезен, казалось, что он улыбчиво щурится, — бывают такие лица.

— Еще парочка подобных лапочек — и можешь поступать в Сорбонну, — проворчал Ланселот.

Едва слышно потрескивала рация. Поодаль, под деревьями, стоял «Мираж», скоростной и маневренный аппарат вертикального взлета. Оглянувшись на него, Малыш спросил:

— Тебе не кажется, что мы сами выдаем себя этой колымагой?

«Мираж» обладал великолепными летными качествами, но был чересчур дорог для серийного производства, и на Земле существовало всего около пятидесяти этих машин, использовавшихся в основном учреждениями ООН. Это было почти то же самое, что разгуливать с визитными карточками на лацканах.

— Все делалось в спешке... — сказал Ланселот.

— За географов или зоологов мы вряд ли сойдем, — сказал Малыш.

— Ничего, — сказал Леопард. — Тэта-излучения мы не испускаем, так что никто в нас стрелять не будет. Правда, сидеть в тюрьме у этих динозавров тоже не очень-то приятно.

Малыш снова оглянулся на «Мираж»:

— Я эту птичку продену сквозь игольное ушко. Воздушное пространство они практически не патрулируют. Как я прошел кордоны, а?

Малыш действительно виртуозно, едва ли не сквозь кроны деревьев, провел машину внутрь блокированного района.

— Я бы на их месте непременно выпустил в воздух на постоянное патрулирование две-три эскадрильи, — не унимался Малыш.

— А я бы на их месте эвакуировал население и провел массированную проческу, — зло сказал Ланселот. Он сидел обхватив подтянутые к подбородку колени и ни на кого не смотрел. — Только ничего подобного они, конечно, не сделают, будут прилежно разыгрывать спасителей земной цивилизации.

— Я не понимаю, — сказал Малыш. — Нет, правда. Одна-две дивизии наших десантников, подкрепленных брониками и авиацией, — и конец.

— Одна маленькая загвоздка — у этой страны существуют границы...

— Ну и что? Рывок! — Малыш взмахнул ладонью, словно разрубал что-то. — Обстоятельства таковы, что не до чайных церемоний. Не настолько они все же носятся со своей независимостью, чтобы начинать с нами войну, когда по дорогам мотается этот неистовый Роланд?

— Как знать, как знать...

— Шутишь?

— Может быть, — сказал Леопард. — Кто их знает...

— Вломиться к ним технически несложно, — сказал Ланселот. — Гораздо сложнее будет расхлебать последствия сего кавалерийского наскока. Я не о дипломатических демаршах — о том морально-этическо-юридическом лабиринте, в который мы угодим. Если уж решили уважать их суверенитет, пусть и выглядящий смешно...

— Но ситуация...

— А вот этого уже не нужно, — с ласковой угрозой сказал Ланселот. — Всякий раз, когда начинали ссылаться на чрезвычайные обстоятельства, позволяющие якобы отбросить мораль, право и писаные законы, получалось совсем скверно...

— Да нет, я все понимаю, ты не думай, — сказал Малыш. — Обидно просто, что все так глупо...

— Думаешь, мне не обидно?

Они замолчали и повернули головы к рации — показалось, что прозвучали позывные орбитальной станции «Фата-моргана», но это и в самом деле только показалось, нервы были как проволочки мины натяжного действия, реагирующие на легкое касание.

— Хорошо, — сказал Малыш. — Мои предыдущие высказывания отметаем, как продиктованные интеллектуальной незрелостью. Лапочек-специалисток по международному праву у меня еще не было. Но почему мы сидим, как барсуки в норе, командор? Кропотливо фиксируем все перипетии охоты, и только? Зачем мы здесь?

— Потому что нужно хоть что-то делать...

— Тогда почему мы не вступаем в игру?

— А что мы можем сделать сверх того, что уже делается? Помолчи, не создавай радиопомех... — Леопард швырнул в Малыша пустую пластмассовую бутылку из-под тоника, и Малыш, демонстрируя великолепную реакцию, отбил ее ребром ладони. Оба расхохотались. Ланселот отвернулся.

Бесполезно, подумал он тоскливо. Они не могут проникнуться всей серьезностью ситуации, и дело тут не в том, что Малыш практически не общался с имеющим некоторые скверные привычки жареным петухом, а Леопард не оперативник, — я и сам не могу проникнуться всей серьезностью, сидя здесь, на поляне, в мягкой траве, где отчаянно верещат кузнечики, а небо нереально синее, и никто не стреляет, нет страшных чудовищ, рева, огня и пламени...

— Я ничего не могу понять, — словно подслушав его мысли, сказал Леопард. — Конечно, я всегда был уверен, что Контакт будет не похож на все, что вокруг него нагородили, но все равно не покидает ощущение, что это больше всего смахивает на трагическую нелепость. Это не контакт, это и не агрессия, это и нельзя назвать непониманием, перешедшим в схватку, — это просто нелепость. Малыш прав — какой-то неистовый Роланд. Я не могу построить мало-мальски пригодной гипотезы — герой поэмы Ариосто, бешеный волк...

Малыш покосился на него с уважением. Леопард был не из оперативного состава — он работал в одном из секторов отдела стратегического планирования группы ксенологии при ООН, как раз и занимался в числе прочего разработкой вариантов гипотетического контакта, пытался просчитать все мыслимые и предугадать немыслимые. Подробностей Ланселот не знал. Он сам был узким специалистом, и его вполне удовлетворило заявление Ферзя, что Леопард — крупный специалист в своей области. Впрочем, подумал Ланселот, случая применить свои знания на практике у него не было. Да и сейчас нет. Просто, коли уж существуют на Земле ксенологи, их представителя следовало включить в состав опергруппы.

— Бешеный волк? — задумчиво повторил Малыш. Ланселот заметил, что ксенологу удалось никак не удававшееся ему самому — как-то незаметно он настроил Малыша на серьезный лад...

— Да, — сказал Леопард. — Какая-то грустная пародия на «космическую оперу». Знаете, на что я давно обратил внимание? Никто, собственно говоря, не рассматривает этого пришельца как Пришельца. К нему с самого начала отнеслись рационально и незатейливо — как к бешеному волку, которого следует поскорее обезвредить.

— Но это местные... — сказал Малыш.

— Увы, мы тоже. Нашим — да и мне самому, честно говоря — просто не приходит в голову устанавливать с ним контакт, используя все эти кропотливо разработанные методики. Мы не рассматриваем его как партнера — пусть и коварного партнера, злонамеренного. А потом удивляемся, что и он не рассматривает нас как партнеров.

— То есть ты уверен, что мы подошли неправильно? — спросил Ланселот.

— Я всего лишь хочу сказать, что сам ничего не понимаю. Все наши разработки при встрече с действительностью, как и следовало ожидать, полетели к черту, альтернативы мы пока не нашли. Может быть, сыграло свою роль и то, что это не космический корабль, сверкающий и загадочный инопланетный звездолет?

— Я — Коралл, — раздался голос радиста «Фата-морганы», и они настороженно замерли. — Один из фургонов сближается с источником тэта-излучения, совершающим странные эволюции. Квадрат семь-одиннадцать.

— Вперед? — Ланселот пружинисто выпрямился.

— Вы летите, а я пока идиллически посижу на полянке, — сказал Леопард. — Свяжусь через станцию с нашими, есть одна идея для «мозгового штурма». Оставьте один терминал.

— Может быть... — Поколебавшись, Ланселот вытащил пистолет, держа за ствол, протянул Леопарду.

— Нет, это не мой инструмент, — сказал Леопард. — «Мобиль» на меня вряд ли вынесет, а против местных ты сам не стал бы применять оружие, правда? Если и произойдет какой-нибудь инцидент, получится тот самый дипломатически-юридический казус — у меня документы сотрудника ООН, припаяют разве что незаконный переход границы.

— Ладно, — сказал Ланселот. — Сиди, если действительно нужно. Только не высовывайся. Мы постараемся скорее вернуться.

«Мираж» взмыл с шелестящим свистом, налетевший вихрь покачнул кроны сосен и погас. Леопард ничком лег в траву, подпер щеки ладонями и сосредоточенно следил, как недалеко от его лица взбирается по гибкой травинке зеленый кузнечик. Он любил думать в полном одиночестве и тишине.

Разноцветные кусочки никак не складывались в мозаику. Непонятно было, чего добивается Пришелец и стремится ли он вообще чего-нибудь добиться; непонятно было, в чем же должна заключаться миссия Ланселота и его собственная, — разве что случится нечто требующее вмешательства. Но что от них потребуется и окажутся ли они в состоянии это выполнить? Наконец...

— Встать, руки вверх! — рявкнули за спиной.

Леопард взмыл, словно его пятнистый тезка, инстинктивно полез в карман за удостоверением Института — нужно было что-то объяснить, как-то договориться. Он не успел, да и не собирался подумать, как расценят его резкое движение нервничающие, ничего не соображающие толком полицейские, не посвященные во все обстоятельства дела и порядком напуганные всей этой чертовщиной, о которой ходили самые дурацкие слухи.

Он успел еще увидеть азартно-испуганное лицо безусого капрала и пульсирующую на конце ствола желтую бабочку пламени. Треска очереди он уже не услышал — земля вывернулась из-под ног, словно он поскользнулся и сорвался с планеты в космическое пространство, небо закружилось и погасло.

Зеленый кузнечик прыгнул Леопарду на щеку и ускакал дальше. Полицейские осторожно приближались.

4 вандемьера 2026. Ближе к вечеру

Они сидели в траве возле фургона — тоненькая светловолосая Виола, спортивного типа человек — Гранд и угрюмый здоровяк Бронтозавр. Фургон стоял в распадке, вокруг были отлогие, поросшие лесом склоны.

— Ну пообедали, — сказал Гранд. — Что дальше, господа офицеры? Он же в прятки с нами играет, этот гад. Засекли четыре раза, и каждый раз смывается.

— Может, не стоило глотать таблетки? — спросил Бронтозавр.

— Не исключено, что это повлияло...

— Поздно теперь.

— Ребята уже одного хлопнули.

— И одну группу мы уже потеряли, — сказал Гранд. — Паршивый это счет, честно говоря, — око за око...

— Есть у меня идея, — признался Бронтозавр. — По части уловления. Пойду кое-что смонтирую. Посидите пока, это минут на пятнадцать.

Он, ворча, залез в кузов, принялся там чем-то греметь и звякать.

— Деликатный он у нас человек, верно?

— Ага, — засмеялась Виола и потянулась к нему. — Целуй скорее. Что с тобой сегодня?

— Сама знаешь.

— Ну конечно. Ты беспокоишься за меня, я беспокоюсь за тебя, а на небесах нет никого, кто беспокоился бы за всех... — Виола прижалась к нему. — Не думай ты об этом. В конце концов, в мире нет ничего вечного, кроме смерти, так что будем фаталистами. Обними меня.

— Я не хочу быть фаталистом.

— Ты не хочешь, я не хочу... А работа наша хочет. И жизнь наша тоже хочет.

— Извините, ребята, некогда. — Хмурый Бронтозавр стоял над ними. — Радар его поймал, эта сволочь где-то поблизости. Идея такая — мы сворачиваем вон туда, вниз, за поворотом выпрыгиваем и пускаем машину дальше на дистанционном управлении и ждем...

Идея была не самой плохой, тем более что других и не было. Они проделали все так, как было задумано, — спустились вниз по распадку, выпрыгнули из машины, и сине-черный фургон самостоятельно двинулся дальше по лесной дороге. Впереди пологий склон, за ним примерно в полукилометре — лес. И тишина.

— Бегом в лес, — шепотом приказал Гранд.

И вдруг лица им опалило сухим жаром. Деревья за их спинами вспыхнули, трескучее пламя разлетелось в обе стороны с нереальной быстротой, и тут же грохнул взрыв. Фургон взорвался — вместе с пулеметом, гранатами, радарами и приборами, призванными разгадывать тайны «мобилей». Они остались на пустынной дороге — три человека, три автомата, не так уж много патронов, и портативная рация, на всякий случай прихваченная Грандом.

— Перебежками, до леса! — крикнул Гранд. — Достал все же, сволочь! Но и мы его заперли тут. Не уйдет!

Они побежали. За спиной гудело пламя, рушились пылающие сосны. Они бежали и успели пробежать ровно половину расстояния, отделявшего их от деревьев. Там, куда они стремились, застрочили автоматы и очереди вспороли землю. Они залегли. Пожар прекратился так же необъяснимо, как и начался. Из того леса, куда они не добежали, появилась группа человек в двадцать в пятнистых маскировочных куртках и касках и, стреляя на ходу, в рост двинулась к оперативникам.

— Это же наши! — вскрикнул Гранд. — Нужно как-то объяснить...

— Парень, ты глупеешь на глазах, — плюнул Бронтозавр. — Какие там, к дьяволу, наши... Переиграл он нас, хамелеон чертов. Радируй!

Гранд включил рацию, но из динамика рвался лишь адский вой, свист и щелканье — помехи на всех диапазонах.

Двадцать автоматов у противника. По три магазина на человека — у них, да еще одна-единственная граната. Расклад боя был ясен, как теорема Пифагора, достаточно вспомнить известную формулу, гласящую, что нападающий теряет в три раза больше людей, чем обороняющийся. Отсюда следовало, что, потеряв даже половину своих фантомов, «мобиль» разделается с группой.

Гранд передернул затвор. Виола подползла ближе, ее плечо коснулось его плеча, и тоскливая грусть стала не такой беспросветной.

— А ведь не так уж и плохо, — печально улыбнулась она, — они жили недолго и умерли в один день...

— Ну, поехали? — сказал Бронтозавр.

Затрещали три автомата — «двойка» приняла бой.

4 вандемьера 2026. Ближе к вечеру. Центр

Генерал поднял голову — в кабинет вошел молодой офицер в белом распахнутом халате поверх мундира.

— Только что вернулась посланная к месту падения «Махаона» опергруппа, — сказал он. — Это не авария.

— То есть?

— Несомненная инсценировка. Самолет не падал. Его аккуратно посадили и взорвали уже на земле. Ошибка исключается.

Генерал посмотрел совсем не ласково. Лицо офицера выражало лишь азарт и удовлетворение шахматиста, разгадавшего замысел противника, и Генерала это неприятно задело — никакого осознания того, что они защищают человечество. Мальчишка, пустой, самовлюбленный юнец... И ты еще считаешь, Король Марк, ваше величество, что все, кто работает с тобой, насквозь осознали твои замыслы и прониклись сознанием, что однажды Земля просто не сможет без них обойтись? Ясно как день, что для мальчишки это не более чем захватывающая игра в сыщика и вора.

— Идите, — сухо сказал Генерал.

Ничего тут не было загадочного. Ни капельки. Чертовы наблюдатели из ООН попытались проникнуть в оцепленный район по воздуху, что и удалось. Аварию они могли инсценировать несравнимо более искусно, однако сработали крайне топорно. В их недосмотр или низкую профессиональную подготовку Генерал не верил. Вероятнее всего, они просто не считали нужным маскироваться более тщательно, и в этом был свой резон, — где их теперь искать? Где искать обыкновенных людей, если никакого прочесывания не будет? Хотя... Он подумал, что не зря все же отправил в блокированную зону несколько полицейских нарядов с приказом задерживать всех подозрительных.

Он нажал одну из клавиш селектора, но дверь отворилась даже раньше.

— Я вызывал вас, — чуточку растерянно Генерал кивнул на селектор.

— А я сам шел к вам, — сказал майор и положил на стол тонкую серую папку. — Генерал, происходят странные вещи. Внутри оцепленного района несколько часов находится «Мираж», скоростной аппарат вертикального взлета без опознавательных знаков. Как он туда попал, неизвестно. Кроме того, мы фиксируем интенсивный радиообмен.

— Кто с кем?

— Неизвестно. Используется аппаратура, до предела затрудняющая перехват и пеленгацию. Удалось лишь установить, что передатчики, ориентировочно три-четыре, почти непрерывно движутся со скоростью, превышающей скорость пешехода.

Вот оно, подумал Генерал. Спецгруппы ООН. И поздно что-нибудь предпринимать... или нет? Он снял трубку:

— Канцелярию премьера. Говорит Генерал. Срочно по прямому. Итак, ваше превосходительство? Нет? Да, в самом скором времени...

Премьера так никто и не побеспокоил, штаб-квартира ООН хранила полное молчание, и это могло означать только одно — там ничего еще не знали, возня вокруг района приземления «конуса» всего лишь привлекла внимание кого-то из внедренных сюда наблюдателей. Генерал яростно пытался убедить самого себя, что все обстоит именно так и никак иначе. Но даже если так и было, вряд ли потребуется много времени, чтобы докопаться до истины, и ООН...

Они обязательно вторгнутся, не могут не вторгнуться. Генерал именно так поступил бы на их месте. Они вмешаются, и инициатива перейдет к ним, и спасителями окажутся именно они, и уже никому не доказать, что...

Что-то рушилось в его душе, он шел куда-то в темноту и не мог остановиться, передумать — слишком многое было поставлено на карту.

— «Мираж» был замечен в местах контактов оперпрупп с «мобилями»?

— Несколько раз.

— Свяжитесь с Икаром, майор. Пусть пошлет истребители. «Мираж» — сбить.

— Я не могу отдать такого приказа, — ровным голосом сказал майор, и Генерал понял, что все его упорство разобьется об этот глуховатый ровный голос, что офицер, которого он знал одиннадцать лет, впервые в жизни не выполнит приказа. Сначала Доктор, теперь этот... Предавали самые близкие и верные.

— Так, — сказал Генерал. — У меня нет времени удивляться или сердиться. Значит, нет?

— Нет. Тэта-излучения «Мираж» не испускает. Это наверняка сотрудники ООН.

— Шпионы ООН, — таким же ровным голосом поправил Генерал. — Лицо, незаконно проникшее в запретную зону, классифицируется как шпион. Это одна сторона вопроса. А другая... Вы все же не можете дать стопроцентную гарантирую, что «Мираж» не является очередной метаморфозой одного из «мобилей»?

— Такой гарантии я дать не могу, — выговаривая старательно и четко, словно плохо знающий язык иностранец, сказал майор. — Но косвенные данные...

— Меня не интересует «но». Итак, стопроцентной гарантии, как вы сами подтверждаете, нет. Вызывайте Икара.

— Я отказываюсь выполнить приказ, — сказал майор. — Можете отдавать распоряжение о моем аресте.

— Убирайтесь. — Генерал не поднял глаз от стола. — Считайте, что вашу просьбу об отставке я удовлетворил вчера.

— Вынужден отклонить ваше любезное предложение. Предпочитаю быть арестованным за невыполнение приказа.

— В таком случае сдайте оружие коменданту здания и доложите, что вы арестованы, — сказал Генерал.

На миг им овладело острое желание расплакаться — они упорно не хотели понимать, сколь велики ставки, сколь серьезна игра. В момент, когда почти все завершено, вдруг появляется опасная помеха, посторонние люди, плохо информированные и оттого способные все разрушить, он полностью убедил себя, что там, в стеклянном параллелепипеде здания штаб-квартиры ООН, ничего не знают. По крайней мере, в данную минуту ему казалось, что он убедил себя в этом.

Он нажал клавишу:

— Икара. К вам поступили сведения о «Мираже»? Прекрасно. Сбейте его немедленно. Только вот что... Не нужно его решетить. Поделикатнее, насколько это возможно. Просто заставьте его приземлиться. Поручите это самым опытным пилотам. Я понимаю, полной гарантии, что никто не погибнет, нет, я не отдаю вам категорический приказ, я только говорю — сделайте все возможное, чтобы люди не пострадали. Это крайне желательно. Я рад, что вы понимаете всю деликатность и сложность ситуации. Выполняйте.

Потом он отдал приказ отправить в оцепленный район несколько оперrpyпп — одна, взаимодействуя с Икаром, должна была захватить экипаж «Миража», другим предстояло сделать почти невозможное — запеленговать кочующие радиопередатчики и задержать радистов. Затем он назначил на место майора дельного офицера. Перелистал оставленные майором скудные данные о «кочевниках». Несомненно, они поддерживали связь в основном с космическими объектами. Генерал встал из-за стола и почти метнулся в угол, к терминалу, выдвинул плоский блестящий пульт.

Да, не оставалось никаких неясностей. Орбитальная станция «Фата-моргана», осуществлявшая основной надзор за страной, выпустила два суточных спутника, служивших, очевидно, еще и ретрансляторами. ООН проводила широкомасштабную операцию.

Генерал не удержался от ругательства вслух. И тут же остыл. Вторжения до сих пор не последовало. Правда, нужно было немедленно убедить премьера привести войска в боевую готовность...

Он нажал клавишу и спросил:

— Что «двойка»?

— «Двойка» молчит, Генерал. Передатчик не пеленгуется, словно он не работает или его не существует. Согласно инструкциям, они должны были постоянно держать аппаратуру включенной...

И тут же ворвался второй голос, звенящий от беспокойства и напряжения:

— Генерал, на координатах «двойки» мощный источник непонятных помех!

И третий голос:

— Я — Икар. Передаю сообщение наблюдателей. «Мобиль» разделился на несколько объектов, имитирующих вооруженных людей. Между ними и вашими оперативниками идет бой. Один из ваших, похоже, вышел из игры.

— Кто сообщил?

— Мои истребители над распадком. «Автоматчики» «мобиля» значительно превосходят числом ваших людей. Жду указаний.

Генерал взглянул на экран дисплея. Икар, словно перехватив его взгляд, сказал:

— Ваши никак не продержатся до прибытия вертолетов с десантом.

Молчание. Генералу показалось, что связь внезапно прервалась, и он воскликнул:

— Икар!

— Слушаю, — сказал Икар. — Я просто молчу.

— Почему? — вырвалось у Генерала, и он тут же ощутил жгучий стыд — вопрос прозвучал донельзя глупо. Наверняка Икар ухмыльнулся — тридцатишестилетний командующий ВВС, месяц назад получивший первую генеральскую звезду, узколицый красавец, всегда напоминавший Генералу кондотьера со старинной фрески, хранившейся в городском музее. Генерал вдруг понял, что так и не знает, как же он относится к Икару.

— Просто молчу, — сказал Икар. — Жду приказа.

— Приказа? — машинально повторил Генерал.

— Мы военные люди, Генерал. Ваши люди там, в распадке, практически мертвы, а ситуация для уничтожения «мобиля» крайне благоприятная.

Генерал понял его, хотя так хотелось не понять... Времени на раздумья не оставалось, и Генерал испытал странное ощущение — словно какая-то опухоль, зловещее инородное тело возникло внутри и распухло, прорастало в организме холодными жгутиками, тянувшимися вверх — к сердцу, к мозгу все ближе подступал холод...

Генерал повернулся к селектору.

4 вандемьера 2026. Ближе к вечеру. Распадок

Бронтозавр лежал так, будто хотел в свои последние секунды одним прыжком добраться до врага, — он умер словно бы на бегу. Виола била одиночными. Гранд то стрелял, то с безумной надеждой принимался крутить верньеры рации. Напрасно — помехи заглушали все.

Их обоих ранило уже не один раз, а противников оставалось больше десятка. Они упорно стремились прорваться.

Гранд услышал знакомый свистящий рев и перевернулся на спину. В небе над распадком кружили несколько серебристых треугольников — пикировщики. Виола тоже увидела их, в ее глазах мелькнула надежда и тут же погасла. Гранд понял, о чем она думает, — он только что прикинул все сам.

Вертолеты с десантниками наверняка не успеют. А пикировщики не станут бомбить распадок, пока живы они с Виолой. Несомненно, «мобиль» это тоже сообразил — фантомы, прекратив огонь, торопливо подбирались ближе.

Гранд взглянул на Виолу, и она ответила ему грустным, но спокойным взглядом, попыталась улыбнуться и прошептала:

— Они жили недолго и умерли в один день...

Пикировщики кружили, словно птицы над разоренным гнездом. Рация завывала и хрипела.

Вокруг был лес, вверху было до боли синее небо, под их израненными телами — круглая и тяжелая, теплая планета, которую нужно было защитить, они оба твердо были в этом уверены.

Гранд подполз к Виоле, обнял, уткнулся лицом в мокрые от крови светлые волосы. Сжал левой рукой тяжелый цилиндрик. Помедлил несколько секунд. Ладонь Виолы накрыла его губы, и тогда он рванул чеку.

Пикировщики рванулись вниз, когда не успел еще опасть фонтан вырванной взрывом земли, и на распадок обрушились потоки жидкого огня, в котором исчезли трава, деревья, неподвижные тела фантомов и те живые, что в последнюю секунду снова попытались слиться воедино.

Гранд и Виола так никогда и не узнали, разумеется, что Генерал отдал Икару приказ бомбить распадок, и по чистой случайности этот приказ был получен пилотами лишь за несколько секунд до взрыва гранаты. Пожалуй, и к лучшему это было — что не успели они ничего узнать и ни в чем не разочаровались...

4 вандемьера 2026. Центр

Дверь распахнулась, и вошел Икар, подтянутый, чертовски элегантный, временами вызывавший у Генерала острые приступы ностальгии по собственной молодости — редкие и почти сразу проходившие, к счастью.

— Включите телевизор, Генерал. Девятый канал, — сказал он и, не дожидаясь ответа, сел в первое попавшееся кресло лицом к экрану. Генерал коснулся сенсора.

— ...сведения, что блокирование района продолжается, более того — переброшены дополнительные воинские части, — говорил человек, в котором Генерал сразу узнал лидера одной из оппозиционных нынешнему кабинету партий. — Всякая связь района с внешним миром прервана. Ходят слухи, что армия приведена в боевую готовность. Только что поступило сообщение: вертолет с операторами телекомпании, которая ведет эту передачу, обстрелян и сбит при попытке проникнуть в блокированный район. Судьба находившихся в нем неизвестна. Я считаю, что настал момент потребовать у правительства немедленного и недвусмысленного ответа: что происходит в стране? Следовало бы задать этот вопрос еще до наступления ночи, чтобы...

Икар встал и отключил звук.

— А ведь когда-то с такими крикунами поступали просто, — сказал он задумчиво, с непонятными интонациями. — Итак, Генерал, вы оценили ситуацию?

— Что это за вертолет с телеоператорами? — отчеканил Генерал.

— Шел напролом и не подчинился троекратному предупреждению и требованиям изменить курс, — пожал плечами Икар. — Соответствующим образом проинструктированные пилоты...

— Почему вы не сообщили?

— Просто-напросто не успел.

— Что с людьми?

— Мне еще не докладывали. Знаю только, что вертолет загорелся в воздухе. Вы сами сказали мне, что полной гарантии безопасности людей нет, но тем не менее следует применить оружие...

— Что?

— Вы, — сказал Икар. — Я расценил ваши слова как приказ, обязывающий моих летчиков проявлять решительность и жесткость по отношению к объектам, появляющимся в воздушном пространстве блокированного района.

Он говорил гладко, совершенно бесстрастно, и насмешки в глазах не было, но Генерал все же улавливал иронию в голосе.

— Мой приказ?

— Ваш приказ. — Икар не отводил взгляда. — Я военный человек, Генерал, я исполняю приказы, и у меня нет ни права, ни желания искать в них какие-то подтексты.

— Я не приказывал вам сбить вертолет.

— Однако приказали сбить «Мираж». Кстати, он сбит. — Икар покривил губы: — С максимальной деликатностью, как вы и приказывали. Мои пилоты видели, как раскрылись два парашюта. Дальнейшее — дело ваших наземных групп. Право, мне очень жаль, что так получилось с вертолетом, но существует критическая ситуация, и существует отданный мне приказ.

— Икар, — сказал Генерал, — а что если бы вы получили приказ нанести удар по целям за пределами страны?

— А вы? — Икар впервые откровенно улыбнулся, и Генерал понял, что чувствует не злость, а страх — перед этим невозмутимым и холодным взглядом, направленным словно поверх вороненого ствола. Холод поднимался все выше, охватывал сердце, и Генерал подумал, что он, кажется, вовсе не знал людей из своего ближайшего окружения.

— И все же?

— Все же? — повторил Икар. — Мне часто приходит в голову, что человечество совершило огромную глупость, повсеместно уничтожив армии. Испокон веков армия служила надежным средством борьбы против беспорядка, хаоса... Не волнуйтесь так из-за этого вертолета, право. Нужно торопиться, пока нам не посыпались на голову дивизии ООН. Если позволите, довольно о вертолете, перейдем к более важным вопросам. Этот болтун, — Икар мотнул головой в сторону телевизора, — неспособен, я считаю, причинить нам особые неудобства. Премьер придумает что-нибудь, оттянет на завтра чрезвычайную сессию парламента, если оппозиция добьется ее созыва. Тем временем мы успеем покончить с последним «мобилем». Премьеру еще не надоело быть премьером, и он понимает, что эта история...

— Икар!

— Ах, простите, я употребил неподходящий эпитет, — сказал Икар. — Я совсем забыл, что мы героически противостоим инопланетной агрессии. Генерал, а вам не приходило в голову, что эта тварь может оказаться всего-навсего взбесившейся мартышкой, удравшей из какого-нибудь галактического зверинца и кусающей встречных-поперечных? Очень уж не похоже все ни на серьезную агрессию, ни на разведку боем, право...

— Икар, — глядя в стол, сказал Генерал, — я решил отстранить вас от дальнейшего участия в операции. Разбором ваших действий, повлекших за собой гибель вертолета, мы займемся после ее завершения.

— Ну да, конечно. (Генерал отметил, что Икар ничуть не удивлен.) Я ожидал чего-то в этом роде. Надеюсь, я не арестован?

— Нет. Вы просто отстранены.

— Это уже легче. Хотя... Меня никогда в жизни не арестовывали, было бы даже интересно.

— Убирайтесь, — сказал Генерал.

— Даже так? Что ж, не стану вступать в пререкания со старшим по званию. Честь имею...

Он встал и зашагал к двери. Уже распахнув ее, вновь закрыл и обернулся:

— Генерал, ради бога, простите за ма-аленькую парфянскую стрелу. В своих мыслях о себе как о спасителе человечества вы дошли уже до будущего монумента в вашу честь? Или пока нет? Ответ меня, признаться, абсолютно не интересует. И еще. Вам сейчас принесут очередное донесение — я как раз проходил мимо дежурного, направляясь к вам... Полицейским патрулем в блокированном районе при попытке с бегству был застрелен подозрительный тип. При обыске найдены документы. Это ксенолог из научных учреждений ООН. Разумеется, во всем следует винить капрала, с перепугу открывшего стрельбу...

И дверь захлопнулась за ним. Генерал с застывшим лицом слепо шарил руками по столу. Пальцы нащупали авторучку. Авторучка хрустнула и переломилась пополам, платиновое перо вонзилось в мякоть большого пальца, но Генерал не почувствовал боли. Швырнул обломки под стол, в корзину.

Присутствие в блокированном районе ксенолога неопровержимо свидетельствовало: в ООН известно о Пришельце...

Что-то рушилось, большое, казавшееся дотоле незыблемым, земля уходила из-под ног. Он поймал себя на том, что не доверяет сейчас никому, за исключением Полковника — на того была вся надежда.

Только тут он заметил, что его ладонь оставляет на бумагах пятна крови.

Фургон несся по черной автостраде. Эвридика была за рулем, Ясень сидел у радара, и только Полковнику не нашлось никакого дела, так что оставалось швырять окурки в окно и думать от скуки.

Полковник украдкой покосился на Эвридику и подумал: что с ней станется, если «мобиль» нанесет удар? А что станется со мной? Что у меня в мозгу, какая мина, и как она может взорваться? Я прекрасно знаю свой мозг... или только думаю, что знаю? Неужели какое-то из воспоминаний, что-то из прожитого способно... Наверняка те трое тоже гадали так, интересно, оказались они в состоянии удивиться тому, что им открылось? Он вспомнил последний взгляд Гамлета и зябко поежился.

Снова, в который уж раз, его охватило странное, пугающее чуточку и в итоге неприятное ощущение — казалось, он стоит на месте, а жизнь проносится мимо, как скорый поезд (что за банальное сравнение, господи!), ослепляя вспышками солнечных зайчиков, пляшущих на стеклах, без надежды оставляя на обочине, отчуждая.

Не было никаких оснований, чтобы думать так. У него была работа, нравившаяся ему, требующая массу энергии и времени. У него были друзья, женщины, увлечения, развлечения, хобби, пытливые метания духа, радости и горести. Почему же тогда все чаще и чаще приходило ощущение зряшности, отстраненности от всей остальной Вселенной? Неужели виной всему один старый разговор?

— Может быть, помедленнее, Эвридика? — спросил он.

— А зачем? — Господи, снова этот отсвет безумия в синих глазищах! — Какая разница? И вообще, мне пора бы переменить псевдоним. Я — Надежда. Надежда на успех, шестеро уже легли, остались только мы, и нам пора иметь свою Надежду...

«Опять на нее накатывает, — безнадежно подумал Полковник, — я уже не раз говорил Генералу, что пора от нее избавиться...»

Нам осталось тринадцать часов, подумал он. А скоро начнет темнеть, и как минимум шесть часов пропадут впустую — ночной бой с этой тварью вести невозможно. Почему Генерал не пошел на широкомасштабную операцию, на облаву? Почему не предупреждено население? Почему никто не информировал ООН? Будь на месте Генерала кто-нибудь другой, у Полковника неминуемо возникли бы определенные подозрения, но он не мог думать о Генерале плохо. Наверное, какие-нибудь высшие соображения. Операция не столь уж неудачна — три четверти сил противника уничтожено, треть участников операции осталась в живых...

А воспоминания надоедливо лезут в голову, и никак от них не избавиться.

Не получилось никакого разговора, вспомнил Полковник. Сеял почти неощутимый противный дождь, мы стояли под этим дурацким навесом, зеленели влажные сосны, пригородного автобуса все не было, и она ждала, когда начну я, а я ждал, когда начнет она, и постепенно ожидание превратилось в обыкновенное молчание, нелепое и бесплодное. Скорее всего, один из нас обязательно решился бы начать, но подошел автобус, и он был набит битком, и уж в автобусе никак нельзя было вести этот разговор, а завтра нужно было улетать, а ей нужно было уезжать, так и не поговорили откровенно...

Неужели это и может оказаться той миной — сладкие и болезненные воспоминания о женщине со светлыми волосами, в светлом плаще? Тривиальнейшая ситуация, способная тем не менее взорвать мозг? Но ведь случилось же это с Дервишем — локомотивом, суперменом. Дервиш остался верен себе — никто из врачей не допускал, что он способен пошевелиться, у него нашлись силы — ровно столько, чтобы, воспользовавшись отлучкой сиделки, поднять руку и оборвать подключенный к хитрым медицинским аппаратам пучок проводов и пластиковых трубок...

«Ну, предположим, это и есть мина, — подумал Полковник. — Просто предположим. Если я знаю, где она и что она, она ведь может и не взорваться?»

Эвридика резко затормозила, и Полковник вмазался лбом в стекло. Так, что веер искр из глаз. Когда он вновь смог видеть дорогу, Эвридика уже бежала к разбитой вдребезги белой легковушке, уткнувшейся в валун на обочине автострады.

— Слабый фон тэта-ритма, — сказал Ясень.

Полковник даже не подумал хвататься за оружие — «мобиля» явно не было поблизости, наверняка он раскатывал в облике автомобиля, разбрасывая случайную смерть...

Эвридика вернулась бегом, прыгнула за руль и погнала машину, она гнала, азартно закусив нижнюю губу, выжимая из мотора все, что вложили в него конструкторы, и Полковник приготовил автомат. Неужели — все? — подумал он.

— Тэта-излучение, — сказал Ясень. — Усиливается... усиливается...

Эвридика мгновенно сбросила газ, но дорога была пуста — ни движения, ни тени, ничего. Машина катила все медленнее. Разноцветные лампочки светились на приборной доске, и ярче всех — три голубые, означавшие, что все трое пока живы. За спиной Полковника хлопнул выстрел, и крайний справа огонек погас...

Всю жизнь Ясень мечтал писать хорошие книги. И ничего не получалось — то, что он писал, мягко было бы назвать даже графоманскими забавами. Сейчас, за один миг всего, он словно бы прочитал книгу — самую гениальную в истории литературы, после которой человеку вроде него просто не стоило жить.

Сзади взревел мотор, и Полковник увидел в зеркальце уносящийся на бешеной скорости черный автомобиль. Он хотел крикнуть, но Эвридика уже разворачивала фургон, и разметка вновь летела под колеса бесконечной трассирующей очередью. «По-видимому, с Эвридикой ничего не произошло, — подумал Полковник. — А со мной? Кажется, и со мной тоже. Но почему такая милость судьбы, господи?»

Он оглянулся — голова Ясеня безжизненно моталась:

— Скорость! — выдохнул он.

— На пределе! — сердито обернулась к нему Эвридика. — Уходит!

«Мобиль» действительно уходил. Полковник высунулся в окно и дал длинную очередь из автомата, но ничего не вышло — ветер бил в лицо, выжимая слезы, да и не достать было на таком расстоянии. Все. До утра бессмысленно предпринимать что-либо.

— Я — «тройка», — сказал он в микрофон. — Остались вдвоем. «Мобиль» ушел.

— Переждите ночь где-нибудь, — сказал Генерал. — В шесть часов утра начнется облава — мотоциклисты и броневики.

— Значит, вы получили то, что хотели?

— Да, — сказал Генерал.

— Поздравляю. Это стоило нам не так уж и дорого — всего семь человек.

Генерал помолчал, потом сказал:

— Теперь у нас есть все данные. Есть что сообщить в ООН.

— Вы хотите сказать, что до сих пор ничего не сообщили им?

— Завтра мы попытаемся взять последнего живым, — сказал Генерал.

— Вы сообщили в ООН?

— Конец связи, — сказал генерал.

«Не может быть, — ошеломленно подумал Полковник. — Я верил в него, как не верят в бога. Неужели...» И тогда он сделал нечто удивившее его самого — отключил рацию и включил радио. Быстро нашел нужную волну — одной из независимых радиостанций.

— ...продолжается, — частил диктор. — Мы поддерживаем непрерывную связь с нашими корреспондентами, расположившимися у внешней линии оцепления. Полчаса назад прибыли еще два батальона бронепехоты. Установлено воздушное патрулирование. Продолжают циркулировать слухи о том, что внутри района в перестрелке с полицией убит человек с документами сотрудника ООН. — Он молчал секунд десять, целую вечность по канонам радиовещания. — Только что нам сообщили — двое из трех наших корреспондентов выдворены из района оцепления. Канцелярия премьер-министра не дает никаких комментариев по поводу визита к премьеру специального представителя Генерального секретаря ООН. Разговаривать с нашим корреспондентом отказались. Группа депутатов парламента продолжает настаивать на немедленном созыве чрезвычайной сессии парламента. Как заявил премьер, этот вопрос будет рассматриваться завтра утром. Повторяю, положение неясное. Комментаторы, допускавшие предположение о попытке военного переворота, отказались от этой гипотезы, но все сходятся на том, что армия и разведка как минимум три раза нарушили конституцию страны. Внимание! Нам только что сообщили — группа депутатов парламента намерена завтра утром лично посетить район и сделать попытку проникнуть в оцепленную зону. Если военные намерены применить оружие против парламентариев, они получат возможность сделать это перед телекамерами. В столицу продолжают прибывать специальные корреспонденты крупных информационных агентств. Информация о закрытии международного аэропорта не подтвердилась.

«Вот так, — подумал Полковник. — Шум на весь мир, ООН не поставлена в известность, следовательно... Генерал! Но ведь в это невозможно поверить...»

— Радар оставим включенным, — сказала Эвридика. — В случае чего — сработает звуковой индикатор.

— Что? А, индикатор... Слушай, что ты обо всем этом думаешь?

Эвридика помолчала, потом сказала:

— Боюсь, что Королю Марку представился шанс стать большой сволочью и он этим шансом воспользовался...

Полковник зло отвернулся, опустил широкие спинки сидений и лег. Было даже удобно. На приборной доске светились два синих огня. Эвридика откинула прикрепленную к борту койку, повозилась, устраиваясь. Стало очень тихо.

Над лесом появились первые звезды, в открытое окно тянуло холодом, но поднимать стекло он не стал. Спать не хотелось. Он снова подумал, что ничего не понимает, что что-то неуловимое, главное проносится мимо и не увидеть его, не узнать, не схватить и не сделать своим. Где еще одна дорога, по которой обязательно надо пройти?

Что такое «мобиль»? Агрессор из космоса? Глупости. Существуй где-то в космосе агрессивная раса, она обрушилась бы на Землю армадой, а не стала бы посылать одиночек-террористов. На разведчика он тоже не похож; даже если допустить существование иной логики, ни один разведчик не стал бы вести себя так глупо — всполошил противника, позволил узнать о себе все, загнать в угол...

Маньяк со звезд? Может быть, существуют такие. Вырвался из какого-нибудь уму непостижимого сумасшедшего дома на другом конце Галактики и случайно наткнулся на Землю...

Мысли путались, усталость брала свое, машина плавно покачивалась, темнота склеивала веки, и нет уже темноты, есть светлое раннее утро в городе далеко отсюда, ни одного прохожего, а она смеется неизвестно чему, в гостинице спит Дервиш, и все выстрелы и погони далеко отсюда, и все живы пока... а это уже позже, это берег реки, деревянные мостки, от которых отваливает голубой катер, и абсолютно живой Дервиш, улыбаясь, машет с кормы, только откуда эти черные птицы над водой, носятся, чиркая по спокойной воде концами крыльев, и не кричат, хоть бы одна крикнула, только пролетая, так и заглядывают в глаза, так и стараются поймать твой взгляд, и жутко почему-то становится...

4 вандемьера 2026. Ближе к вечеру

...И сначала они решили, что очередь будет предупредительной, но трасса прошла так близко от кабины, что это могло быть только огнем на поражение, и Малыш бросил машину в немыслимый вираж — истребитель пронесся мимо, но сбоку заходили еще два, и очереди грохотали непрерывно, «Мираж» хладнокровно сбивали. Ремни безопасности то стискивали Ланселота, перехватывая дыхание, то обвисали, небо и земля, сменяя друг друга, мелькали в диком круговороте, сердце то ухало в колени, то переставало биться, и вдруг — хлопок, треск, дым и запах гари как-то сразу, всплеском заполнили кабину, ветер ударил в лицо, рвал волосы. Малыш обмяк в своем кресле, его руки соскользнули со штурвала, перегрузка вмяла Ланселота в упругую спинку, потом наступила едва ли не невесомость. Он сообразил, что «Мираж» падает, к счастью, кабиной вверх, ощупью нашел и перекинул через плечо ремни двух прямоугольных футляров, протянул руку, сорвал с подлокотника кресла Малыша красный колпачок и нажал рубчатую кнопку катапульты, другой рукой ухитрившись проделать ту же операцию со своим креслом. Его подбросило, резко дернуло вверх, клацнули зубы. Падение замедлилось, он плыл к земле под полосатым ало-оранжевым куполом. Парашюта Малыша он не видел. Истребители умчались, зато внизу стояла машина с мигалками и номером на крыше. Трое возле нее, задрав головы, сторожили его приземление. Хорошо еще, что не стреляют. Слева грохнуло — достиг земли пустой «Мираж».

Скрипнули амортизаторы — кресло коснулось земли и завалилось набок. Удачно получилось, что парашют не накрыл его, и он видел, как приближаются те трое, держа оружие наизготовку. Пора начинать.

Сохраняя на лице выражение полной обалделости, он шарил по телу ладонями, расстегивая пряжки ремней, освобождаясь от футляров, движения были нечеткими — те трое должны с первого взгляда увидеть, что он в шоковом состоянии. Встал, сделал два шага, шатаясь, мотая руками, в то же время группируя тело для броска.

Он сыграл без изъянов — тот, что был ближе других, сунул пистолет в кобуру под мышкой и протянул руки, готовясь подхватить. Ланселот ощутил себя сжатой пружиной, и тут же пружина распрямилась — короткая и жуткая, почти беззвучная схватка, каскад молниеносных ударов.

Они тоже были отменно тренированы, но на него работала еще и дикая ярость. Ланселот стоял над ними, пошатываясь, шумно выдыхая воздух.

Разумеется, у них в карманах нашлись и наручники. Ланселот приковал запястье одного к лодыжке другого, а запястье второго — к лодыжке третьего. Попытался улыбнуться, представив, как будет передвигаться очухавшаяся троица, но улыбки не получилось. Он знал, почему не торопится подойти к креслу Малыша: перед глазами стояла кабина, пробитый осколками прозрачный колпак — несколько дыр пришлись как раз против кресла Малыша, Ланселот помнил это совершенно точно. Двадцать три года, авиационное училище, спецкурсы, родители в маленьком приморском городке. И ничего серьезного он не успел сделать для человечества — разве что умереть, когда это потребовалось.

Он все же прошел эти два десятка шагов, высвободил Малыша из скользкого вороха ало-оранжевого шелка, положил в траву и осторожно закрыл ему глаза. Некогда было произносить мысленно прочувствованные и печальные тирады. Он вернулся к приборам, предусмотрительно упрятанным в сверхпрочные футляры. Нажал клавиши.

— Они только что уничтожили третий «мобиль», — сказал оператор с «Фата-морганы». — Бомбили и своих. Дать запись?

— Пошли они... — сказал Ланселот.

— В таком случае на связи Ферзь.

— Слушаю, — сказал Ланселот.

Там, на другом континенте, где находился сейчас Ферзь — главный куратор операции, была уже поздняя ночь.

— Здесь Ферзь, — раздался глуховатый, какой-то действительно ночной голос профессора. — Докладывайте, что с Малышом. «Фата-моргана» сообщила, что вас сбили...

— Малыш погиб, — сказал Ланселот. — Нас намеренно сбили, профессор...

— Леопард погиб, — сказал Ферзь. — Полиция... Премьер не дал нашему представителю определенного ответа, отложив это до утра. Разумеется, они рассчитывают уничтожить за это время и четвертый.

Ланселот молчал.

— Все наши средства наблюдения должны были быть дополнены вашим присутствием в районе, — сказал Ферзь. — На всякий случай.

— Я все понимаю, — сказал Ланселот.

— К сожалению, мой возраст... мне просто запретили лететь самому.

— Я понимаю.

— Ты можешь покинуть район.

— Это приказ? — спросил Ланселот.

— На твое усмотрение. Мы пошлем «Мираж» с опознавательными знаками ООН, они не посмеют...

— Знаете, я останусь, — сказал Ланселот. — На случай чего-нибудь непредвиденного.

«Я останусь, — подумал он, — я обязательно доберусь до этой сволочи в эполетах и выскажу ему все в лицо. Пусть арестовывают. Я не гений, я вполне заменим. Иначе просто не смогу жить спокойно, дышать, любить Анну — если не выскажу все в лицо новоявленному спасителю человечества...»

— Только что поступил новый радиоперехват, — сказал Ферзь. — Они попытаются завтра утром захватить четвертый «мобиль». Придумали какие-то дистанционно управляемые ловушки, надеются... Если им ничего не удастся, разрешаю применить «Болид». Совет Безопасности санкционировал.

— Понял, — сказал Ланселот. — А что вы сами думаете о госте?

— Он ни на что не похож. Ни на одну теоретическую модель.

— А что вы сделали бы на моем месте?

— Не знаю, — сказал Ферзь.

— Спасибо, — сказал Ланселот. — Я не ждал от вас каких-либо откровений, простите, просто приятно было узнать, что я в данной ситуации выгляжу не умнее и не глупее других. И, следовательно, имею право решать по собственному усмотрению.

— Вот именно, — сказал Ферзь. — Никто вас не упрекнет за любое решение, если принимать его придется. Мы все в равном положении, знаем одно и то же, но вы ближе остальных к месту действия. Удачи.

— К черту, профессор, к дьяволу... — сказал Ланселот. — Я пошел. Конец связи.

Он забросил на плечи ремни футляров и направился к полицейской машине, не обращая внимания на лежащих.

5 вандемьера 2026. Раннее утро

Полковник вздрогнул и проснулся. Сон был кошмаром, только что перед глазами у него крутился, крутился, крутился на черном асфальте, как на льду, автомобиль Дервиша и летел с дороги в белую пустоту операционной...

Полковник достал сигареты из-под сиденья.

Это она подкинула то выражение насчет дождя над океаном, вспомнил он, память цепко держала все с ней связанное — разговоры, встречи, города, выражение лица, дождь...

Тогда как раз шел дождь, они оставили машину на обочине — все равно не было ничего привлекательного в езде по мокрой дороге — и укрылись на веранде крохотного пансиончика. Хозяйка, как догадался Полковник, почему-то приняла их за молодоженов и не докучала. Изредка в небе погромыхивало, с веранды открывался прекрасный вид, мокрые сосны выглядели свежо, и мутно-серая клочкастая туча, не в силах подняться выше, обволокла вершину не такой уж высокой горы.

— Мне иногда кажется, что нас нет, — сказала она. — Я имею в виду не только нас, но и всю страну. Мы которую сотню лет где-то посредине. Нейтральные, никакие. Давно нет войны и разного рода противостояний, а мы — нейтральны. По отношению к кому? К чему? Даже в ООН мы соизволили вступить пятнадцать лет назад, когда оттягивать далее было бы просто глупо. И все равно остались никакими. Утешаем себя тем, что нашли-де идеальное решение — сидим себе на обочине, отгородившись от шума планеты...

Он ничего не сказал и не стал дискутировать, ему попросту не хотелось. А может быть, очень уж он привык отгонять и намертво блокировать в подсознании мысли, над которыми не считал нужным задумываться, — никто не виноват, что жизнь сложилась так, а не иначе.

— Из вещества того же, что и сон, мы сотканы... — процитировал он.

— Но ведь это очень глупый сон, — сказала она. — За нами стоят поколения предков, видевших смысл жизни в том, чтобы отсидеться и не встревать в какую бы то ни было драку — за что бы ни дрались. Ну, разумеется, что-то делали и мы — невозможно совсем уж ничего не делать, полностью отгородиться от планеты. И все же наш вклад в жизнь Земли был крайне невелик, все мало-мальски значительное делалось без нас. Мы... мы большей частью бессмысленны, как дождь над океаном. Нельзя все время стоять посредине.

Полковник накрыл ее руку своей, покрутил на ее безымянном пальце серебряный с чернью перстень. Совсем ему не хотелось думать, он был в отпуске и намеревался не думать обо всем, что сложнее вопроса, сколько будет дважды два.

— Что же, и мы с тобой бессмысленны? — спросил он чуточку лениво.

— Как знать, — сказала она. — Может быть, и мы. Особенно ты. Разведка, которую, чтобы не отстать от других, завел себе когда-то мирок на обочине...

Он пожалел, что нельзя рассказать, как Генерал однажды отыскал его в старинном университете и после долгих бесед, временами переходивших в споры, увел-таки за собой. Очень уж заманчивой показалась идея. Генерал мечтал, отталкиваясь от специфики работы нейтральной разведывательной службы, создать на базе разведки нечто среднее между футурологическим центром и новой наукой, объединяющей десятка два прежде разобщенных дисциплин — от эвристики до космологии. Схожие попытки предпринимались в других местах и в другое время, но Генерал размахом и фанатизмом превосходил всех своих предшественников. А Полковник не был тогда полковником и был гораздо моложе. С годами он смог понять, что Генералом в значительной мере двигало и желание преподнести миру плод своих трудов именно как откровение, родившееся не где-нибудь, а в том самом мирке на обочине, сторонившемся всяких схваток. Но не было уже дороги назад, хотя и не оказалось у них таких уж значительных достижений, и попытки удивить мир мудростью своих открытий, похоже, провалились...

Ничего этого Полковник не мог ей объяснить, а через месяц она ушла: не к кому-то другому — просто ушла.

И вот теперь Генерал торопится разыграть свой великолепный козырь. Четыре туза и джокер. Он готов разбиться в лепешку, но доказать, что инопланетный агрессор уничтожен лишь благодаря их усилиям. Но может быть, ООН справилась бы лучше? И агрессор ли это?

«Мобили» ни на кого не нападали специально, они, если проанализировать, бесцельно рыскали по дорогам, и пострадали только те, кто неумышленно или нарочно оказывался поблизости...

Почему-то мы считаем, что странствия по космосу (которые нам пока недоступны) обязательно преследуют какую-то цель — устанавливать контакты, собирать научную информацию, искать какие-нибудь паршивые полезные ископаемые, наконец, интересно проводить отпуск. Но разве все наши поездки по Земле имеют цель? Разве нам никогда не случалось бесцельно мчаться неизвестно куда, чтобы потом выйти из машины, плюхнуться в траву на обочине и бессмысленно смотреть в небо? Наверняка дикарю, впервые в жизни увидевшему автостраду с оживленным движением, непременно показалось бы, что все эти сверкающие машины имеют ясную и конкретную цель, — а ведь многие гонят просто так, от скуки или от тоски, несутся вдаль только потому, что еще тоскливее стоять на месте...

Должно быть, так с ним и получилось — непереводимая в земные образы и слова тоска гнала его сквозь холодную черную пустоту, а потом, когда на его пути оказалась планета, он так же бесцельно носился по ее дорогам, и боль его, тоска его обладали такой силой, что передавались встречавшимся на пути, и те, кто был похож на него, становились его невольными жертвами? Может быть, это и есть разгадка? Что нам известно о нервном шоке или душевной болезни непостижимого нам инопланетного существа? Может быть, то, что он разделился на несколько объектов, — и есть следствие болезни, стресса?

Так поступает птица — садится в муравейник, распластав крылья, стойко терпит укусы и улетает наконец, избавленная муравьями от всех ютившихся на ней паразитов. Исцеленная. Может быть, мы вылечили его? Ведь я уже не пострадал, и Эвридика не пострадала, может быть, наступает улучшение?

Звуковой индикатор радара едва слышно засвиристел. Полковник отключил его и с удивившим его самого спокойствием смотрел, как алая линия на голубом экране становится широкой и четкой.

«Мобиль» был совсем рядом. Полковник открыл дверцу, спрыгнул на землю и отошел от машины метров на десять. Светало, скоро должно было взойти солнце.

Черная округлая фигура двинулась ему навстречу, но он не пошевелился. Великан с округлыми бочкообразными боками, короткими толстыми ручищами, без шеи, с маленькой головой, ушедшей в покатые плечи. Голем какой-то, подумал Полковник. Есть у него какая-то изначальная форма или нет?

Он не шевелился. Черный великан замер шагах в десяти...

«Я был прав?» — мысленно спросил Полковник. Почему-то он знал, что говорить вслух не нужно, достаточно подумать.

«Ты был прав. Ты похож на меня».

«Я более силен, я умею забывать».

«Как знать, как знать», — пришел ответ.

«Покажи мне твою тоску».

«Ты не поймешь».

«Все равно».

«Что ж...»

На Полковника обрушилось что-то, чему нельзя было найти названия, как нельзя было и осознать это, понять, сопережить. Словно все радиостанции мира вдруг обрушили свои передачи на крохотный транзистор, не способный справиться с этой лавиной. И все же угадываемая в океане чужих мыслей тоска, горе и боль сжали мозг ледяными ладонями.

«Я говорил — ты не поймешь».

«Детали — не спорю, но суть...»

«Может быть, может быть...»

«Ты хотел убивать?»

«Нет».

«Но мы гибли».

«Не все мои... (Полковник не понял) одинаковы. Иногда они просто копировали поведение людей. Впрочем, их больше нет».

«Тебе лучше уйти».

«Действительно, — подумал Полковник, — а что с ним делать еще? Контакта не получится, потому что не нужны ему степенные беседы с седовласыми академиками, контакт с чужими не нужен, потому что он и своих-то покинул, быть может, навсегда. Взявшись судить его по законам земной юриспруденции, мы угодим в жуткий лабиринт из сплошных тупиков. Контакт без контакта...»

«Тебе лучше уйти».

«Я знаю».

«Уходи».

«Мне нужно попасть на то место, где я приземлился. Мой (Полковник опять не понял) подействует только там».

Острое ледяное чувство опасности пронзило его, и Полковник обернулся рывком.

Из проема в борту фургона прямо на них смотрели дула спаренного пулемета, а над ними белело лицо Эвридики.

Полковник выхватил кольт, выстрелил навскидку и сжался, оцепенел, ожидая стального хлыста очереди. Нет. Мастерство не подвело его и на этот раз.

Деревянно переставляя ноги, он подошел к машине и заглянул в кузов. Она уже не дышала. На пульте сиротливо горел один-единственный голубой огонек.

«Я же не хотел, — подумал Полковник. — Проклятый автоматизм реакций. Но стала ли бы она слушать мои объяснения, поняла бы, что черного великана нужно спасти? Ради того, чтобы во Вселенной произошло на одну трагедию меньше. Ради того, чтобы в реке крови из древних шотландских легенд оказалось на одну каплю меньше. Остановить наконец эту фантасмагорию, нелепую и жуткую пародию на „космическую оперу". Пусть уходит восвояси — наилучший выход...»

Он уложил Эвридику рядом с Ясенем, тихо сказал:

— Прости... — и махнул рукой: — Залезай!

Черный великан осторожно забрался в кузов и сел на пол, касаясь головой потолка. Полковник включил мотор.

«Хочешь, я помогу тебе у в и д е т ь?»

И Полковник словно оказался в нескольких местах сразу. Он вел машину в рассвет.

Он видел белокрылый лайнер, идущий на посадку, и женщину со светлыми волосами, в светлом плаще, нетерпеливо смотревшую в иллюминатор на буро-зеленую, рассеченную тоненькими полосками дорог землю, и знал, о чем она думает — что ошиблась тогда, что напрасно мучила его и себя.

Он увидел откуда-то сверху стайки мотоциклистов, целеустремленных, затянутых в кожу, с автоматами, — они разъезжались из пункта сбора, и на руле каждого мотоцикла чернел сетчатый овал тэта-радара. Он увидел броневики. Он увидел Генерала, курившего трубку в салоне длинной серой машины, окруженной теми же мотоциклистами.

Он знал и понимал, что кольцо сжимается, что шансов почти нет, что в него непременно будут стрелять. Шевельнулось даже желание бросить все к черту — ведь белокрылый лайнер уже гасил скорость на посадочной полосе.

Он отогнал эти мысли и прибавил газу. Потом сделал нечто удивившее его самого. Включил мощную рацию на передачу и, торопясь, стал рассказывать обо всем, что произошло, — так, как рассказывал бы ей, световолосой, в светлом плаще, не скрывая своих сомнений, своей растерянности и того, что считал уже Генерала своим противником и ненавидел его теперь, что единственный выход, какой он видит, — отправить нежеланного гостя восвояси. Его наверняка слышали очень-очень многие.

...Отсюда, со скалы, местность великолепно просматривалась на несколько километров — извивавшаяся среди леса дорога, распадки, горы. Машину он оставил внизу, в укромном месте, а заметить его самого снизу было невозможно, если не искать специально. Но не было никаких признаков облавы — видимо, решили, что после гибели «Миража» деться Ланселоту из оцепленного района некуда и им можно будет заняться попозже, в спокойной обстановке. Тем более что теперь его знали в лицо.

Ланселот снял пломбы с третьего футляра, похожего на тот, в каком музыканты носят саксофоны. Достал толстый цилиндр с литой стеклянной рукояткой, прикрепил к нему оптический прицел. Действие лучемета он наблюдал на полигоне, так что хорошо представлял себе страшную силу этой штуки. Итак, хоть что-то напоминающее старинные фильмы о космических баталиях — там эти игрушки болтались на поясе каждого уважающего себя звездного пирата, не говоря уж о галактических шерифах и странствующих вдоль Млечного Пути рыцарях.

Подпустить ближе и ударить лучом. За Малыша, за Леопарда, за всех, кто погиб в течение этих суток. То, что в машине и Полковник, ничего не меняет — он уже перестал быть человеком, стал инструментом этого чудовища, орудием, пешкой. Нажать кнопку и смотреть, как разлетится, разбрызнется снопом раскаленных осколков сине-черный фургон...

И все же что-то надоедливо путало весь расклад, сбивало мысли с торной дороги, беспокоило — то ли инопланетянин, неизвестно зачем ехавший в фургоне, то ли вся эта история, этот залетный гость, чересчур непонятный, чтобы ненавидеть его по-настоящему, слишком нелепый и беспомощный, чтобы стать мало-мальски серьезной угрозой для человечества, и такой чужой, что его следовало попытаться понять, не нужный никому, может быть и самому себе...

Чем мы в таком случае отличаемся от древних, из трусливой предосторожности убивавших любого чужеземца? — подумал Ланселот. Правда, он убивает нас. Но сознает ли он, что совершает преступление? Есть ли хоть какая-то, одна-единственная, точка соприкосновения наших и его этики и морали, или они так и останутся параллельными прямыми? Он виноват — и не виноват ни в чем. Как и мы в своих действиях по отношению к нему. Просто-напросто ничего подобного прежде не случалось, и мы исходим из привычных земных аксиом — око за око, зуб за зуб; если есть жертвы, обязательно должны отыскаться и виновные... А если их нет?

И тут заработала автонастройка — он услышал передачу, которую вел Полковник. Ланселот вывел верньер на максимум, слушал, и ему казалось, что он слышит отражение своих мыслей, рассуждений и сомнений. Со скороспелой гипотезой о слепом исполнителе воли «мобиля», кажется, следовало расстаться. Там, в фургоне, был человек, полностью сохранивший рассудок и волю. И этот человек был прав. Птица в муравейнике. Контакт без контакта. Бесконечно жаль, что нам выпал именно этот вариант, что именно с этой страницы пришлось читать книгу, но что случилось, то и случилось, и нужно оборвать фантасмагорию, не громоздить нелепость на нелепость. Пусть уходит — иного выхода нет. Иначе нам грозит опасность уподобиться древнему царю, высекшему кнутами то ли реку, то ли океан. Тем двоим в фургоне нужно помочь — и ради них самих, и ради неких истин, что еще не открыты нами, но их приближение все же смутно ощущается. Дверь в большой космос распахнулась на минуту, и не стоит сводить это событие к примитивной драке с лазером в роли каменного топора. Кто знает, что мы приобретаем, дав ему уйти? По крайней мере, мы ничего больше не теряем, а это кое-что да значит...

Внизу по дороге мчался сине-черный фургон, и следом — настигающая его полицейская машина. Ланселот торопливо надел темные очки, левой ладонью охватил запястье правой, вытянул руки и поднял лучемет на уровень глаз. Нажал кнопку, досчитал до трех и отпустил. Мотнув головой, сбросил очки. Перед глазами плавали все же радужные пятна.

Дорогу перегородила глубокая оплавленная канава, из нее валил дым и пар. Машина косо стояла поперек дороги метрах в десяти от канавы. Вряд ли они скоро придут в себя — ослеплены вспышкой и ошеломлены. Но остаются другие группы, другие патрули...

Спотыкаясь, падая, съезжая по осыпям, раздирая в кровь бока и спину, Ланселот как только мог быстро спускался к тому месту, где оставил машину.

...Мотоциклисты появились из сизого рассветного тумана, словно призраки Дикой Охоты. Их было двое, они остановились, разомкнулись и вскинули коротенькие автоматы, но фургон уже пролетел меж ними, как метко пущенный в ворота футбольный мяч. Полковник окончательно смирился с мыслью, что охотятся уже и на него, что и он стал чужим.

> Дай вам сил, ох, дай вам сил, конногвардейцы,
> сторожить нас в это утро под дождем... —

пробормотал он сквозь зубы. Он выжимал из машины все, на что она была способна, он больше не терзался сомнениями, знал, что успел прыгнуть в свой поезд и мчится в нем, неизвестно только, удастся ли сойти на своей станции, но главное сделано — он в своем поезде...

Снова мотоциклисты. Пули высекли искры из лобового бронестекла. Полковник два раза выстрелил левой, и в передних колесах обоих мотоциклов жалобно зашипел уходящий из камер воздух.

...Ланселот мчался бок о бок с полицейской машиной той же марки, что и угнанная им. Четверо в ней смотрели недоуменно и зло, делали энергичные жесты, означавшие только одно — приказ убраться с дороги, смыться с глаз. Двое держали наготове автоматы, но ни один ствол не повернулся пока в его сторону. Далеко впереди мчался сине-черный фургон.

Тот, что сидел рядом с шофером, наклонился к рации и внимательно слушал, настороженно косясь на Ланселота, словно опасался, что тот может подслушать. Вдруг его лицо стало жестким и хмурым, он что-то коротко приказал, и полицейский на заднем сиденье навел на Ланселота автомат. Должно быть, им кое-что рассказали о нем, но отвлекаться на попытку его задержать они не могли, продолжая махать руками — с дороги, иначе стреляем!

Ланселот положил лучемет на сгиб левой руки, державшей руль. Они, без сомнения, прекрасно знали, что это за штука — страшно побледнели, но шофер не свернул. Ланселот не мог их не уважать. К тому же они не стреляли.

Он не мог нажать кнопку, но следовало что-то делать — прямой участок дороги скоро кончится. Швырнув лучемет на сиденье, Ланселот вцепился в руль. Он не хотел их убивать, а они упорно не желали затормозить, приказ гнал их вслед за фургоном. Скрежет и треск раздираемого металла, визжали тормоза, водитель полицейской машины был явно не из новичков и не из трусов и сопротивлялся как мог, искусно маневрируя; хрустнуло и разлетелось боковое стекло, и Ланселот с облегчением увидел в зеркальце, что полицейская машина вылетела на обочину, но не опрокинулась, упершись смятым бампером в облицованную яркой декоративной плиткой насыпь.

Но и его машину занесло, и она стала биться о бетонные столбики.

— ...Все. То самое место.

Полковник развернул фургон, нажал кнопку, поднимавшую заднюю дверь. Черное колесо с четырьмя толстыми спицами покатилось к лесу, туда, где Он, тоскующий, измученный непонятной болью, коснулся Земли сутки назад. Полковник дернул чеку, бросил гранату на сиденье и побежал прочь, бормоча: «Вот вам и пулеметы...» Взрыв толкнул его в спину тугой и горячей воздушной волной.

Желто-черное пламя перегородило дорогу, дым косой широкой лентой уходил в небо, колесо катилось и катилось. Полковник услышал шум моторов и побежал туда, на бегу выдергивая из кобуры кольт.

Мотоциклисты вылетели на взгорок, промчались по бездорожью, затормозили, взрывая дерн колесами, и передний вскинул автомат. Полковник выстрелил — в руку. Не промазал. Побежал к ним, махая рукой, крича что-то непонятное ему самому. Синяя трассирующая строчка брызнула ему навстречу, ноги подогнулись, в груди засело острое и горячее, и он, падая, увидел, как медленно распухает облако пыли, окутавшее стоящий у деревьев черный конус. Выстрел. И новая струйка трассирующих пуль в ответ. И свист, вой, ослепительный клубок огня, вертикально унесшийся в синее-синее, как ее глаза, небо.

Упираясь кулаками в бетон, Полковник попытался рывком встать, потому что женщина в светлом плаще уже десятый раз набирала номер, стоя в стерильной безличности зала ожидания, а в ответ ей упрямо пищали длинные гудки — тире, тире, тире... Словно трассирующая очередь.

Но руки не держали, и он уткнулся щекой в холодную твердую бетонку. Она будет плакать, когда узнает, подумал Полковник, полной грудью вдыхая сквозь боль горьковатые запахи осени, но она все поймет. Перед глазами встало мрачное шотландское ущелье, по дну которого текла темно-красная река — человеческая кровь, пролитая во всех войнах, зловещая река, только Томас из Эрсилдуна, бард и предсказатель, сумел с помощью королевы фей пересечь ее, а потом и вернуться назад, и юное лицо королевы фей, она улыбалась Полковнику, порхающие вокруг золотистые искорки сгустились, заслонили все, ослепили, оглушили, обволокли...

Длинная серая машина косо встала поперек шоссе, мотоциклист распахнул дверцу, и Генерал грузно выбрался наружу. Сзади полукругом стояли притихшие офицеры, неподалеку чадили догорающие обломки фургона, над лесом из сизого туманного марева вставало отливающее золотым и розовым солнце.

Генерал смотрел на мертвого Полковника, выбросившего руки вперед так, словно он хотел заслонить что-то и не успел. Потом перевел взгляд к лесу, на выжженный круг, черневший возле самых деревьев. За его спиной осторожно переступали с ноги на ногу оперативники, бесстрастно стоял Икар.

— Нужно позвонить, — сказал он глухо. — Как полагается...

— У него же никого нет, Генерал, — сказал адъютант. — Нам просто некуда звонить.

— А как по-вашему, хорошо это или плохо?

Адъютант растерянно молчал. Он хотел пожать плечами, но вовремя спохватился — Генерал не выносил таких жестов.

Дребезжа дверцей, подъехала полицейская машина — с выбитыми стеклами, помятая, словно по ней долго и упорно колотила кувалдами орава спятивших луддитов. Человек, вылезший из нее, тоже выглядел так, словно его пропустили через какую-то шалую мясорубку, — в мятой и рваной одежде, в пыли и подсохшей крови из многочисленных ссадин. Все смотрели на него, а он шел к ним, хромая, потом остановился и посмотрел Генералу в лицо. Глаза у него были синие, с дерзкой сумасшединкой.

— Ну что же, Генерал, — сказал Ланселот. — Как в глупом старинном фильме, право слово, — злодей и шериф медленно идут навстречу друг другу... Только какие из нас с вами ковбои? Одна видимость...

Генерал внимательно посмотрел на него, профессионально представив себе это лицо с аккуратной прической, без крови и грязи, перебрал в памяти пачку фотографий из досье, куда поступали материалы на вызывавших подозрения «внешних агентов». Спросил сухо:

— «Крыша» — научный обозреватель «Европейского еженедельника»?

— Да, — сказал Ланселот. — Резидент Совета Безопасности. Или, переводя на ваш жаргон, руководитель шпионской сети в вашей суверенной державе.

— Вы считаете, что такое определение вам не подходит?

— У меня нет намерения дискутировать на эту тему, — сказал Ланселот. — Можете называть меня как угодно, коли уж вы уверены, что вся планета идет не в ногу и постоянно лелеет черные замыслы касательно вас... Я просто-напросто хочу посмотреть вам в глаза и узнать, каково это — чувствовать себя спасителем человечества. Интересно, каково?

1982

ДЕТИ ТУМАНА

Вы побеждали и любили
Любовь и сабли острие...

М. Цветаева

День первый

Слева было море и акварельный, молочно-сизый туман, справа назойливо сменяли друг друга однообразные холмы и долины. Изредка серым зеркалом промелькивало озеро, по-местному — лох. Туман размывал, прятал линию горизонта. Савину казалась неуместной эта прямая, как луч лазера, насквозь современная дорога. То и дело под колесами мелькали синие, красные, желтые зигзаги, ромбы, волнообразные линии — старая уловка, призванная уберечь водителя от «гипноза дороги». Словно сам туман выстреливал их навстречу машине пригоршню за пригоршней, и запас, видимо, был неисчерпаем.

— И все же вы не ответили на мой вопрос, — мягко напомнил патер.

— Отвечу, — сказал Савин. — «Вы нападали на разум. У священников это не принято».

— Это цитата, судя по вашему тону?

— Да, Честертон. Правда... правда, цитата не вполне подходит к случаю. Вы давно уже не нападаете на разум. Вы просто-напросто определяете ему границы и рубежи. Когда мы преодолеваем рубежи, вы ставите новые. И снова. И снова. Вам не кажется, что эта ситуация весьма напоминает знаменитую апорию Зенона — ту, об Ахиллесе и черепахе?

— Возможно, — согласился патер. — Но в таком случае получается, что это вы гонитесь за нами, а не наоборот. Если пользоваться вашей терминологией, мы — определяем рубежи, вы — стремитесь достичь их и снести, и в тот момент, когда вам кажется, что впереди не осталось ни одного препятствия, мы воздвигаем новый барьер...

— Вселенная бесконечна, — сказал Савин. — Однако это еще не означает, что бесконечна и шеренга ваших барьеров.

Вы не боитесь, что однажды люди снесут ваш очередной барьер и не обнаружат нового? То есть — бога?

— Демагог ответил бы вам — господь по неисповедимым своим помыслам может надежно укрыться от людей.

— Вот именно, — улыбнулся патер. — Что поделать, демагоги встречаются и среди нас, но, поверьте, я к ним не принадлежу. И пусть вам не покажется демагогией мой вопрос: а вы, вы не боитесь в один прекрасный день обнаружить Нечто? То, что, скрепя сердце, вам придется признать богом, — разумеется, я не имею в виду сакраментального старца, восседающего на облачке, этот излюбленный вашими карикатуристами образ...

— Нет, — сказал Савин. — Лично я не боюсь. Уверен, что и другие тоже.

— К сожалению, мы вынуждены оперировать чисто умозрительными категориями. — Патер задумчиво улыбнулся. — Впрочем... У меня два шанса против одного вашего. Я могу стать и пригоршней праха, но могу и обрести загробное бытие. Вам суждено только первое — ведь второе вы решительно отрицаете.

— Отрицаем, — сказал Савин. — Очень даже решительно. И тем не менее — последнее слово не за вами. Насколько я понимаю, отвечать за свои грехи на Страшном суде придется и верующим, и атеистам?

— Безусловно.

— Отсюда следует: если бог существует, то даже не верящим в него гарантированы те же два шанса, что и вам. Не так ли?

— Из вас получился бы хороший схоласт.

— А если серьезно? — спросил Савин.

— Серьезно? Вы не верите в загробное бытие. Вы всего лишь пытались найти способ изящно отразить мой выпад. И отразили, согласен. Но может случиться и так, что этот ваш «ответный удар» станет первой трещинкой в мировоззрении атеиста, первым шагом по дороге, которая приведет к вере. Такие случаи бывали и в наше время — несгибаемые, казалось бы, атеисты становились верующими...

— Их слишком мало, — сказал Савин.

— И первых христиан можно было когда-то пересчитать по пальцам... Остановите здесь, пожалуйста.

Они уже въезжали в Монгеруэлл. Савин плавно подвел машину к тротуару — он не любил тормозить резко, в стиле детективов с телеэкрана. Солидный, чуточку опереточный полисмен бдительно отметил взглядом иностранный номер машины и прошествовал дальше.

— Хотите знать, в чем еще одно ваше преимущество? — спросил вдруг патер.

— Хочу, — кивнул Савин. Он не торопился — ему оставалось миль пятьдесят, а время едва перевалило за полдень.

— Вы такие целеустремленные. — В голосе патера явственно промелькнула ирония. — Вы несетесь на мощных машинах по великолепным автострадам, ни на секунду не забывая о высотных зданиях, сети Глобовидения и штурмующих Юпитер космических кораблях. Попробуйте остановиться и оглянуться, побродить среди холмов, которые ничуть не изменились за последнюю тысячу лет, у моря, вдали от грохота цивилизации и мельтешения ее огней. Попробуйте пожить медленнее, чтобы мир за окном машины не сливался в пеструю полосу. И кто знает, может, обнаружите...

— Что именно?

— Иногда это дает странные результаты. Я не зря упоминал о случаях, когда воинствующие атеисты становились верующими. Буквально два дня назад здесь, в Монгеруэлле, ко мне обратился один темпоральный физик, напрочь разуверившийся в своем деле и, по-моему, склоняющийся к богу... Всего вам наилучшего.

Он поклонился, захлопнул дверцу и неторопливо зашагал прочь — маленькая сухощавая фигурка в черной сутане, очень уместная среди старинных домов Монгеруэлла. Интересный попище, подумал Савин, трогая машину. Но о каком это Т-физике он говорил? Неужели? Вот это везение, если так, вот это удача...

За пределами Монгеруэлла он прибавил скорость. Жемчужно-серый, прямо-таки в тон погоде, «гарольд», словно кабан сквозь камыши, мчался сквозь редкие струи дождя по исчерченной разноцветными зигзагами черной автостраде. Ровное урчание мотора и сто раз испытанный, но всегда пьянящий охотничий азарт приятно щекотали нервы. Снова все нужно было начинать с нуля, впереди была Неизвестность, которой, хотела она того или нет, предстояло стать Информацией, на полчаса или час способной приковать к экранам сотни миллионов людей.

Савин остановил машину. Вылез, прошел метров двадцать и встал над обрывом. Бессмысленно метались чайки, далеко внизу волны разбивались о граненые скалы, ветер трепал плащ и волосы.

Он долго стоял так, потом вернулся к машине, сел за руль и закурил, не закрывая дверцы. Рассеянно щелкнул клавишей. Вспыхнул маленький цветной стереоэкранчик, автоматически включилась «панорама». Пять секунд — щелчок — переход на другой канал; пять секунд — щелчок — переход.

Услышав свою фамилию, Савин встрепенулся и тронул кнопку. Молодой диктор вещал с хорошо отрепетированной торжественностью:

— Итак, Золотой Кон в Шотландии! Вчера в Эдинбург прилетел Константин Савин, входящий в десятку лучших и всемирно известных репортеров Глобовидения, удостоенных высшей награды Международной организации журналистов — Золотого Пера. Машину Савина видели затем в Глазго и Баллахулише. Что ищет в Шотландии один из королей объектива? Пока неизвестно. Как удалось установить нашим репортерам, Савин не в отпуске, следовательно, он в поиске. Что на этот раз? Вспомним фильмы Савина последних трех лет. Их темы — поиски динозавров в сельве Амазонии и золота инков в Андах, репортаж о работе экспедиции «Селена-4», искавшей на Луне следы пришельцев, работа о тайнах архивов Ватикана, «По следам полковника Фосетта», «Вновь о Железной Маске», «Ценности РСХА», «Двойники и История». Что на этот раз? Неужели Шотландия даст Золотому Кону материал для нового фильма, не уступающего предыдущим? Что это за сенсация, которую проморгали мы? Посмотрим, будем ждать...

Он загадочно улыбнулся зрителям и исчез с экрана. На смену ему появились титры «Двойников и Истории». Савин ударил себя по колену: «Ах, черти!» — выключил стереовизор. Сердиться было бы смешно и глупо, — гоняясь за тайнами и сенсациями, будь готов к тому, что однажды тебя затянет в собственный механизм. В другое время и в другом месте это не имело бы для Савина ровным счетом никакого значения, но сейчас... А что, собственно, сейчас? Ты не детектив, сказал он себе, и твое нынешнее дело ничего общего с криминалом не имеет. И все же...

Савин разгладил на колене подготовленную отделом информации Глобовидения справку, перечитал еще раз. Полторы тысячи жителей, два отельчика, пять кабачков, три десятка рыболовных суденышек, давно заброшенный и не представляющий никакого интереса ни для туристов, ни для историков замок какого-то полубарона, полуразбойника XV века. Промышленных предприятий нет, сельским хозяйством не занимаются, каких-либо контор, равно как и любых других учреждений, нет...

Через пятнадцать минут Савин въезжал в городок — тихий, безмятежный и чистый. Дома и уличные фонари здесь были неподдельно старинными, как и вывески, решетки крошечных газонов, почтовые ящики. Даже кошка, неторопливо переходившая улицу, чем-то неуловимо отличалась от своих товарок из Глазго или Баллахулиша, Савин пугнул ее гудком — она и ухом не повела.

Отель назывался «Вереск». Три этажа в шесть окон по фасаду, вывеска, торчавшая перпендикулярно стене на затейливом литом кронштейне, — старинная орфография и вполне приемлемо нарисованный куст цветущего вереска. Любителей древностей здание непременно умилило бы. Савин не причислял себя к таковым. Старинные дома ему просто нравились. Не больше.

— Но некому готовить вересковый мед... — пробормотал он задумчиво, взял с заднего сиденья чемодан и вошел в отель.

Портье (он же наверняка владелец и все остальное) сидел за старомодной конторкой и читал выходившую в Глазго газету. Он был стар, но немощным не выглядел. Ему же просто нечем заняться, подумал Савин, никакого другого дела у него нет, вот и торчит здесь, отель наверняка приносит дохода на самую малость больше, чем автомат, торгующий в Гренландии льдом...

Старичок молча отложил газету и раскрыл солидный гроссбух.

— Константин Савин, — скучным голосом сказал Савин. — Журналист. В отпуске.

— Ну конечно, работы вам здесь не найдется...

Старик сказал то, что и должен был сказать, но Савин, предусмотрительно глядевший в сторону, на высокие старинные часы, ощутил быстрый взгляд — уколовший, изучающий, настороженный. «Так, — сказал себе Савин. — Запомним».

— Распишитесь, пожалуйста.

Почерк у старичка был мелкий, но очень разборчивый. Перед Савиным зарегистрировалось пятеро постояльцев. Двое давно съехали. Третий не интересовал Савина — он прибыл две недели назад и, следовательно, никак не мог оказаться тем человеком. А вот остальные двое... Один приехал три дня назад, другой — вчера. Имена незнакомые, но ничего это не доказывает — паспортов старикан не спрашивает, можно назваться хоть Наполеоном Бонапартом...

— Вы какой этаж предпочитаете?

— Первый. — Он взял ключ и поднял чемодан. Только зеленый новичок стал бы в первую же минуту соваться к старику с расспросами...

Легонько стукнула дверь.

— Ваш ключ, мистер Геспер, — сказал старик.

Савин лениво обернулся. Импозантный сухопарый джентльмен из тех, что довольно долго и устойчиво выглядят не более чем на пятьдесят. Безукоризненная черная тройка, булавка с жемчужиной в темно-синем галстуке. Итак, один из двух отпадает — мистер Герберт Геспер, как успел прочитать Савин, начальник отдела некоей лондонской частной торговой фирмы «Смизерс и сыновья».

Вот только что он здесь делает? Может быть, интересы Смизерса с чадами простираются и на Инвернесс, а может, он здесь родился и отдыхает после трудов праведных — какое это имеет значение?

Постучать в номер к тому, второму, попросить, скажем, спички? Нет, и это довольно примитивный ход. Как бы там ни было, Гралев мог уехать из Монгеруэлла только сюда...

На корректный поклон Савина Геспер ответил столь же корректно и удалился вверх по лестнице умопомрачительно светской походкой.

Савин вошел в свой маленький номер, чистый той самой стандартно-безликой чистотой отелей и гостиниц, от мыса Нордкап до Новой Зеландии, которую терпеть не мог. И сразу постарался разрушить ее, обжиться — повесил в шкаф одежду, разложил на столике и в ванной всякие мужские мелочи, достал и без особой необходимости проверил аппаратуру. Было удручающе тихо, простучала за окном тележка, запряженная одной лошадью, и снова наступила тишина. И серое небо над узкими острыми крышами.

Он лег на кровать, положил рядом блестящий пенальчик «Стилоса». Курил, глядя в потолок. Потом тихо сказал:

— Здравствуй, родная. Пишу из ужасной глуши — северо-западная Шотландия на этот раз, края непуганых эльфов у границы Инвернесса и Аргайла.

«Стилос» едва слышно засвиристел, из прорези выполз белый язычок бумажной ленты, исписанной размашистым почерком Савина.

Никакой романтически-тягостной истории в прошлом, ничего несбывшегося — адресата у письма не было. Просто... Просто те, кто придумал некогда исповедь, знали, что делали. Современный атеист, отринув бога, отринул заодно и исповедь, но довольно быстро сообразил, что потерял очень многое, утратил возможность выговориться перед другим человеком и снять с души груз, немалую подчас тяжесть... А разве одни лишь преступления, злодеяния лежат на душе тягостным грузом?

Словом, человек, который за годы странствий встречал сотни, тысячи людей, может со спокойной совестью поселить среди них одного выдуманного исповедника, чье лицо, если постараться, даже смутно припомнится, как лица сотен случайных знакомых; в реальном полузабытом многолюдье, череде прошлых встреч и разговоров уютно будет чувствовать себя насквозь вымышленный адресат, про которого к тому же вспоминаешь редко, очень редко... Но почему бы не написать ему, коли он вспомнился, и времени свободного хоть отбавляй?

— Вот я и побил все рекорды, — сказал Савин. — Десять фильмов за последние четыре года, и не какая-нибудь халтура. Неплохо, верно? И Золотое Перо, которое, как любая регалия, волнует всего несколько минут — пока длится вручение. И дороги, дороги, отели, города, люди, встречи. И — вперед, вперед, вперед! Так быстро и так долго, что иногда кажется, будто погоня за целью и стала самой целью, давно. Слава богу, в этой погоне мы щадим других, мы не щадим только самих себя. Мы не можем жить иначе, нам нравится так жить, и представить другую жизнь мы не в состоянии. Бойтесь желаний своих, ибо они сбываются. И потому возникает неразрешимый вопрос: что лучше — несколько желаний, которые могут исполниться, пусть после долгих трудов, или одно, заведомо невыполнимое? Так что же? Может быть, это не тот вопрос, которым стоит задаваться. Скорее всего, так. Есть другие вопросы, более важные. Но как быть с тем, что мы живем так, будто постоянно ожидаем чего-то? Все время ждем. Вот придет апрель, и можно будет ехать на съемки. Вот придет сентябрь, и выйдет новый фильм. Вот придет декабрь... Вечное ожидание, в котором песком сквозь пальцы протекает, уходит день сегодняшний, не оставляя памяти и следа. И ведь не хотим мы другой жизни; дай нам ее, иную, — честное слово, мы заскучаем, не будем знать, что с ней делать...

Легким прикосновением он выключил «Стилос» и долго лежал, уставясь в потолок, покрытый едва заметными трещинами, похожими на карту неизвестного государства. Встал, оторвал ленту, положил ее в массивную глиняную пепельницу, щелкнул зажигалкой. Вспыхнуло, заколыхалось и опало неяркое пламя, оставив сморщенную полоску пепла. Савин тщательно примял пепел авторучкой и растер — иначе и не поступают с письмами, которые некуда отправлять и некому получать. Через пять минут он вышел на улицу — джинсы, легкая спортивная курточка, тонкий свитер с воротником под горло. Беззаботное лицо, беззаботная походка.

Он легко и быстро нашел полицейский участок. Перед входом задержался, прикрепил к лацкану Золотое Перо и уверенно толкнул дверь с лаконичной черной надписью «Полиция».

Маленькая комната. Слева дверь с зарешеченным окошечком — камера, в которой наверняка, как мельком подумал Савин, давным-давно завелись мыши, грибы и привидения. Справа, у окна, девственно чистый стол. Какие-то печатные таблицы на стене над ним. Портрет премьер-министра.

Услышав стук двери, стоявший у окна человек в свитере вопросительно обернулся. Белобрысый парень, года на три моложе Савина. На кожаном поясе — светло-коричневая кобура с никелированной застежкой. Это же не Мак-Тиг, немного смятенно подумал Савин. Мак-Тиг — пожилой человек, он сам писал, кто же это такой и почему здесь?

Однако на лице его эти мысли не отразились.

— Здравствуйте, — с простецкой улыбкой сказал Савин, протягивая красивое удостоверение Глобовидения. — Константин Савин. Обычно меня зовут Кон.

— Сержант Лесли. Обычно меня зовут Роб. Садитесь. Хотите пива?

— С удовольствием.

Лесли достал из стола картонку с шестью банками, ловко сорвал жестяные язычки.

— Я вас знаю, — сказал он. — Вернее, знаю ваши фильмы. Сами понимаете, провинции в «информационном» значении этого слова не существует. Трудами вашего Глобовидения в первую очередь.

— Стараемся, — сказал Савин. Жестянка холодила пальцы, — видимо, холодильник был вмонтирован в ящик стола. — Хорошее пиво. Местное?

— Да, завод в Эндердейле. — Лесли взглянул на него: — Часа два назад по стерео говорили о вас, очень интригующе говорили, а вы вот объявились у нас...

— И вас, конечно, интересует, зачем и почему я объявился здесь?

— А как же, — сказал Лесли. — Разумеется, как прилежного зрителя, а не полицейского. Новый фильм?

— Да, — сказал Савин. — Чтобы не интриговать вас — мне нужны чудаки, Роб. Анахореты не от мира сего, которые за наглухо запертыми дверьми чертят проекты вечных двигателей или разгадывают письмена атлантов.

— Зачем они вам?

— Как бы вам объяснить... Помните известное присловье «Чудаки украшают жизнь»? И ведь украшают, черти...

И даже тем, кто подсмеивается над ними на людях, интересно узнать о них побольше — один на один с экраном. Потому что, мне кажется, чудаки воплощают в себе что-то не случившееся с нами, то, от чего мы отказались ради налаженного благонравного благополучия, но не перестали хранить в потаенных уголках памяти. Чудаки — воплощенная, живущая отдельно от нас наша романтическая юность, наши былые безрассудства... Это очень интересная тема, Роб.

— Очень интересная тема, — задумчиво повторил Лесли. — И разумеется, где-нибудь поблизости, скажем в Баллахулише или Монгеруэлле, в пивной или редакции, вы услышали от кого-то, что и у нас живет один из героев вашего будущего фильма? Или как?

Они долго смотрели друг другу в глаза. Стояла тягостная тишина.

— Вот даже как, — сказал Савин. — Вот даже как...

— Будете предлагать более приемлемую версию? — не без ехидства поинтересовался Лесли.

— Нет, — сказал Савин. — К чему?

— Ну и правильно. Вы ведь, как-никак, из асов... — Лесли встал и, заложив руки за спину, наискосок прошелся по комнате. — Что ж, для старины Мак-Тига, насколько я его знал, вернее, насколько я о нем слышал, ваша версия была бы идеальной. Бесхитростный был старикан, он с почтением взирал бы на одного из королей объектива и не подумал бы искать несоответствия...

— Вы из Лондона?

— Из Эдинбурга, — ответил Лесли, не прекращая размеренной ходьбы. — Кого вы ищете, Кон? Только не нужно... скороспелых версий. Вы ехали к нам крайне целеустремленно, не задерживаясь ни в каких редакциях и пивных...

— За мной следили? — безмятежно спросил Савин.

— Ну что вы, с чего бы вдруг? Простая прикидка во времени. Кое-кто из наших задал себе тот же вопрос, что и комментатор: «Что он здесь ищет?»

— Что случилось с Мак-Тигом? — резко спросил Савин. — Вы ведь машинально упомянули о нем в прошедшем времени, Роб. Даже если он слег с инфарктом, вряд ли на замену ему прислали бы человека аж из Эдинбурга. Можно было найти и поближе.

Лесли присел на угол стола, склонился над Савиным:

— Интересно, что мне с вами делать, Кон? Никаких оснований для того, чтобы задержать и допросить. А хотелось бы, признаюсь...

— Разве мы не сможем договориться по-хорошему? — Савин решил взять инициативу в свои руки. — Почему бы и нет?

— Если бы я был уверен, что выгода будет обоюдной...

— То же самое могу сказать и я, Роб.

— Ладно. — Лесли придвинулся ближе. — Кон, вы не мелкий ловец сенсаций, вы серьезная фигура. Это меня и привлекает...

— Ну что ж, — кивнул Савин. — Воспользуемся обычной формулой: я обещаю использовать все, что узнаю, только после консультации с вашим начальством в Эдинбурге. Устроит?

— Устроит, — сказал Лесли.

— Вы ведь не простой полицейский?

— Сержант уголовной полиции. Кого вы здесь ищете?

— У меня ничего криминального, — сказал Савин. — Недавно в одной из лабораторий темпоральной физики произошла очередная катастрофа, к счастью без жертв. Это четвертая за год. В конце концов, такое случается особенно часто, когда научная дисциплина насчитывает всего несколько лет от роду и поиски ведутся методами проб и ошибок...

— Темпоральная физика — это та, что занимается проникновением в четвертое измерение?

— Да, — сказал Савин. — Так вот, начальник лаборатории оставил странное письмо — смесь глубокого пессимизма, разочарованности и неверия в будущее. И сбежал — сначала мы не знали куда, потом донеслись слухи, что он где-то здесь, в Шотландии. У следственных органов нет и не было никаких оснований его искать. Зато у меня были основания — последнее время я занимался Т-физикой.

— Как его фамилия?

— Гралев.

— Тот самый? — с интересом спросил Лесли.

— Тот самый, — сказал Савин. — Основоположник, лауреат Нобелевской премии и все такое прочее. Вы знаете его в лицо?

— Помню только, что он — с бородой.

— Вот фото.

— Ну-ка... — Лесли присмотрелся и вдруг воскликнул: — Кон, это же Гролл, турист из Лондона! Он здесь снимает комнату. Может быть, ошибка?

— Он великолепно владеет английским, — сказал Савин. — Так что вполне мог выдать себя за англичанина.

— Вот как... — В голосе Лесли послышалось разочарование, — видимо, Савин не оправдал его надежд. — И все? Больше вы ничего не можете сообщить?

— Все, что имею, — развел руки Савин.

— В самом деле, Кон? Неужели мне придется колоть вас как банального воришку?

Его глаза были насмешливыми и жесткими. Разочарование и равнодушие оказались притворными, и Савин понял, что сержант переиграл его, что придется раскрыться до конца...

— Вы думаете, что у меня имеется еще что-то? — спросил он скорее утверждающе.

— Думаю, — сказал Лесли. — Когда я упомянул о Мак-Тиге, у вас на лице не мелькнуло и тени удивления, хотя так естественно было бы спросить: «А кто это — Мак-Тиг?» Вы этого не спросили, а минутой позже упомянули о нем как о моем предшественнике. Вы его знали, знали, чем он здесь занимается. Меж тем в этой части Шотландии вы никогда прежде не бывали, а Мак-Тиг за последние десять лет ни разу не выезжал за пределы графства — домосед был и нелюдим. Откуда же вы его знаете? Вы жили в разных плоскостях, Кон. Снова фантастическое совпадение?

— Если хотите, да, — сказал Савин. — Фантастическое совпадение в том, что в этой части Шотландии, в этом городке оказались и Гралев, которого я ищу, и Мак-Тиг, который написал мне письмо.

— Оно у вас с собой?

— Вот.

Савин помнил письмо почти наизусть, знал, что сейчас читает сержант.

«Уважаемый мистер Савин! Я смотрел все ваши фильмы и решил, что обратиться следует именно к вам как к наиболее подходящему человеку. Дело в том, что в нашем городке происходят донельзя странные и загадочные события, настолько странные, что меня могут объявить сумасшедшим, расскажи я об этом кому-нибудь постороннему. Вы, я думаю, не посторонний — вы давно занимаетесь загадками и тайнами. Я гарантирую, что мои сведения позволят вам создать фильм, превосходящий все ваши прежние. Очень прошу, больше того — умоляю вас приехать. Я не могу долее оставаться единственным хозяином тайны, но и не решаюсь предпринимать какие-либо шаги, прежде всего потому, что человеку в моем возрасте трудно предпринимать действия, которые на моем месте обязательно бы предпринял какой-нибудь юнец. Но и устраняться я не вправе. Я надеюсь, что ваш приезд положит конец неопределенности».

— Вот так, — сказал Савин, когда сержант положил письмо на стол. — К письму прилагалась медицинская карта — за неделю до его отправки Мак-Тиг ездил в Баллахулиш, в тамошнюю психоневрологическую клинику, и потребовал скрупулезного обследования, которое показало, что он полностью нормален. Прилагался и чек — стоимость билета в оба конца.

— И что же вы?

— Сначала не обратил особого внимания, честно говоря, — сказал Савин. — Глобовидение получает массу подобных писем, и в девяноста случаях из ста дело либо оказывается высосанным из пальца, либо не представляет никакого интереса. Потом я задумался — знаете, крайне редко прилагают медицинские карты и еще реже оплачивают проезд... И все равно я хотел вернуть чек и переслать в Шотландию, и я решил все же заглянуть попутно к Мак-Тигу. Вот теперь у меня действительно все.

— Очень интересно, — глухо сказал Лесли.

— Что же все-таки с Мак-Тигом? Вы уже дважды упомянули о нем в прошедшем времени. И вы представляете не просто полицию, а полицию уголовную, вас направили сюда из Эдинбурга...

— Мак-Тиг убит, — кривя губы, сказал Лесли. — Пять дней назад. Тело найдено милях в десяти от городка.

— Уголовщина?

— Если бы! — Лесли соскочил со стола, достал пачку фотографий и бросил Савину. — Во время путча в Санта-Кроче вы насмотрелись всякого, и нервы, думаю, у вас крепкие.

— Но это... Это... — Савин не узнал своего голоса в этом сиплом хрипе. Он кое-как сложил фотографии в стопку и положил ее на стол изображением вниз.

— Вот так. Это зверь, Кон. По мнению экспертов, так изувечить человека может только хищный зверь... которому просто неоткуда взяться в стране-острове, где даже волков извели начисто лет двести назад...

— Но следы-то? — поднял на него глаза Савин.

— Не было там следов, Кон, земля — почти сплошной камень. Труп в двадцати метрах от воды, вот здесь. — Он ткнул пальцем в карту. — Одежда сухая, так что исключаем ненароком заплывшую в залив акулу. Летающее чудище? Да откуда ему взяться в первой половине двадцать первого века, в стране без белых пятен? С Марса, что ли, прилетело? Так ведь нет там жизни... Молчите?

Савин молчал — сейчас он вновь был мальчишкой, бежавшим темным осенним утром в школу. Безлюдная улочка залита туманом, в котором прячутся мохнатые страхи и кто-то крадется следом на мягких лапах...

— Теперь, надеюсь, вы понимаете мое состояние и положение, в котором я нахожусь? — спросил Лесли. — Зверь, которого по всем божеским и человеческим законам не должно быть. Труп, которого не должно было быть. И тут еще вы... Спасибо вам, разумеется, за письмо, но ведь ничего оно не объясняет — сплошные недомолвки, еще больше запутывает...

— Роб, вам не нужен добровольный помощник? — спросил Савин с надеждой. — Я не за приключениями гонюсь, я...

— Ну да, у вас — работа... А что, собственно, вы собираетесь делать? В чем мне помогать? Сидеть со мной рядом, чтобы мне не было скучно бессмысленно пялиться в окно? Выставить вас отсюда я не имею права, посадить до раскрытия дела — тем более... — Он задумчиво прикусил губу. — Вы умеете стрелять?

— И довольно неплохо, — пожал плечами Савин.

— Пишите расписку. Номер оружия, номер вашего паспорта. — Лесли положил на стол черный пистолет.

— А вы не нарушаете никаких правил? Не нагорит? — спросил Савин.

— Самое смешное — нет, — бледно улыбнулся Лесли. — Сейчас я вам еще и временное удостоверение выпишу. Видите ли, в особых случаях закон позволяет полиции временно привлекать в помощь себе так называемых «специальных констеблей» из числа благонамеренных граждан. И даже вооружать их. Закону лет двести, и о нем крепко забыли, но отменять его никто не отменял, — мы с вами находимся в стране стойких традиций... Выставить вас я отсюда не могу, так что хотя бы вооружу, не преступая закон, — для очистки совести...

— Но что мне может угрожать?

— Господи, да хотя бы то, что убило Мак-Тига! Чем бы или кем бы оно ни было, оно способно убивать...

— Послушайте, почему бы не установить там автоматические кинокамеры вроде тех, которые применяют биологи? Я в таких вещах немного разбираюсь...

— Об этом думали, — сказал Лесли. — Но датчики камер начинают съемку при появлении любого живого существа, обладающего тепловым излучением, а там часто бывают рыбаки, в тех местах бродят лошади. Кстати, это запутывает дело. Мы обыскивали берег, на десятке квадратных миль копошились оперативники. Там негде спрятаться — нет никаких пещер, нет леса. Обитай там гипотетический хищник — непременно пострадали бы рыбаки или лошади. Но получается, что никого там нет...

— И тем не менее вы даете мне пистолет.

— Я не могу вовсе ничего не делать, — сказал Лесли, и горькая усмешка на мгновение сделала его лицо по-детски беспомощным, незащищенным. — И о вашей безопасности следует подумать...

— Вы живете здесь все эти пять дней?

— Да, — сказал Лесли. — Под видом туриста сюда внедрен еще один наш человек — вот, посмотрите. — Он протянул фотографию. — Он будет знать о вас.

— Ловко вы зачислили меня в сотрудники. Специальный констебль Савин — звучит...

— Кон, разве я вас принуждал или вербовал?

Савин сосредоточенно рассматривал пистолет.

— Я могу чем-нибудь помочь? — спросил он, не поднимая глаз. — У меня есть знакомые в Интерполе и Международной службе безопасности...

— Думаете, мы быстрее добьемся успеха, если сюда прибудет взвод оперативников и следствие будет вести не сержант, а майор? Разумеется, мы поставили в известность и Интерпол, и МСБ. Может быть, и их люди тоже здесь. Хотя не уверен...

— Простите...

— А, не за что... Пейте пиво, пока холодное. — Подавая пример, Лесли взял банку. — Вы верите в чутье, нюх, интуицию?

— В моей работе они играют большую роль, хотя и подводят иногда — например, случай с письмом Мак-Тига...

— Тогда вы меня поймете. — Лесли придвинулся к нему вплотную. — Начальство считает, что не стоит волновать население. Поэтому человек, нашедший тело Мак-Тига, будет молчать о... звере. Местным мы сообщили, что Маг-Тиг убит. Просто убит — без каких-либо подробностей. Но я хожу по улицам, сижу в кабачках, заглядываю людям в глаза и сам ловлю их взгляды, разговариваю о пустяках — и меня не покидает впечатление, что они ЗНАЮТ. Все поголовно. И никогда не расскажут. Допускаю, что все это мне только кажется, бывает такое от бессилия, и тем не менее чутье...

Он переплел длинные сильные пальцы, ссутулился. В углу рта появилась злая складочка. Савину хотелось сказать этому парню что-то хорошее, теплое, но он понимал, что любые слова бесполезны. Нужны были другие слова — конкретные, четкие, несущие информацию, влекущие за собой поступки, дела, результаты...

— Ну, я пошел? — осторожно спросил Савин.

— А знаете что? — Лесли поднял голову. — К вопросу о совпадениях. Как это ни странно, здесь действительно есть свой чудак.

— Да? — больше из вежливости спросил Савин. — Кто такой? И что у него — вечный двигатель? Или пытается подвести научную базу под ангелов?

— Он пытается подвести научную базу под «Летучего Голландца», — сказал Лесли. — Не знаю подробностей — не до него было, да и не интересуюсь я такими. Хотите адрес?

— Давайте, — сказал Савин. — И адрес Гралева-Гролла.

— Вот, держите. Да, а верхом вы умеете ездить?

— Умею.

— Тем лучше. Вы ведь все равно будете мотаться по окрестностям...

— У меня вообще-то машина, но «гарольд» — не для бездорожья.

— Вот видите. Здесь многие держат лошадей, однако советую вам обратиться к Беннигану, хозяину кабачка «Лепрекон». У него очень хороший конь, сошлитесь на меня. — Лесли вымученно улыбнулся, и его лицо застыло. — Помимо всего прочего — лошадь издали учует зверя...

— До свидания. — Савин быстро встал.

На улице он выругал себя за эту торопливость, но сделанного не воротишь. Ему стало страшно на секунду, правда не за себя — за Лесли...

Он медленно шагал по безлюдной улочке. Дурацкий пистолет неприятно оттягивал карман, солнце идиллически садилось за далекие горы, мир вокруг, да и он сам, Савин, — все казалось чем-то нереальным, чьим-то бредово-зыбким сном. Дело тут было не в риске — он рисковал жизнью постоянно, и чистой случайностью было, что миньокао, ужас болот, осколок юрского периода, уволок в гнилую трясину Пакито, а не его; рисковал жизнью, когда остался в занятом путчистами Санта-Кроче; рисковал жизнью, когда искавшая клады Атаульпы группа угодила под камнепад, потеряла продукты и рацию и жребий идти в селение за помощью выпал ему, — в те закутанные туманом шаткие овринги... Нет, к риску ему не привыкать. Тогда что же? Эта история ни на что не похожа — вот что. Ее и быть-то не должно, а она существует, проклятая...

Позвонить в штаб-квартиру? Сюда охотно примчатся двое-трое хватких парней из тех, кто сдал фильм и болтается без дела в поисках очередного сюжета. И станет гораздо легче.

Нет, не стоит. И не потому, что следует, подобно золотоискателю, держать в секрете свой «карман», свою жилу. Просить помощи, еще не зная, понадобится ли она, — признак слабости, идущей к тому же вразрез с профессиональной этикой. На такое пойти никак нельзя...

Он остановился перед кабачком Беннигана — полуподвал, очевидно бывший склад. Окна, на треть выступавшие над тротуаром, были ярко освещены, играла музыка. На вывеске ухмылялся толстенький лепрекон — шотландский гномик, безобидный, если не трогать его и не приставать к нему. Савин отцепил Золотое Перо, положил его вместе с пистолетом во внутренний карман и, осторожно ставя ноги, спустился по каменным, сбитым посредине ступенькам.

В зале стояло штук двадцать столиков, и занята была едва половина. Модно одетые парни, подгулявший блондин в форме моряка торгового флота, двое стариков, забывшие за шахматами о своем эле, компания оживленно толковавших о своих рыбацких делах мужчин в грубых свитерах — обычная публика. Только сероглазая девушка, лениво листавшая какой-то журнал, не вписывалась в стандартную картинку захолустья. Ох ты, восхищенно подумал Савин, и что ей тут делать?

Сидящие за столиками равнодушно оглядели Савина и вроде бы перестали обращать на него внимание.

На стойке выстроились именные пивные кружки, по старой традиции украшенные портретами владельцев-завсегдатаев. Над кружками возвышался бармен, внушающий своей комплекцией оптимизм мужчина, — посмотрев на него, хотелось жить долго и насыщенно. Вряд ли заведение такого невеликого масштаба нуждалось в официанте, так что это, надо полагать, и был сам Бенниган.

— Прекрасная погода нынче, — сказал Савин.

— Уж это точно, — прогудел Бенниган.

Савин взял кружку эля и рюмку «беллз». Он вспомнил, что давно не ел, и, словно угадав его мысли, Бенниган поставил перед ним тарелку с великолепным копченым угрем.

— У вас ловят? — полюбопытствовал Савин.

— Уж это точно, — сообщил Бенниган.

Савин выбрал столик, из-за которого мог видеть девушку, уплел угря, выпил эля и почувствовал, что живет в этом городе лет сто. В меру тихо, не мешая разговорам, играл мюзик-бок. Гралев мог подождать до завтра, девушка смешивала себе какой-то сложный коктейль, и в таинственного зверя Савин поверил бы сейчас, лишь просунь тот голову в окно.

Автомат заиграл лит-рит, и Савин решительно направился к девушке. Она подняла на него серые глаза, секунду подумала и встала.

Свободного места было не так уж и много, но лит-рит и не требовал сотни квадратных метров. Для захолустья девушка танцевала хорошо — танец был новый, недавно завезенный из Чикаго. У Савина сложилось впечатление, что поддерживать разговор она не настроена, но и холодком от нее не веет. Поэтому, когда мелодия вот-вот готова была оборваться, Савин решился на маленькое озорство. Он хорошо знал мюзик-боксы и, точно рассчитав момент, продолжая левой рукой обнимать девушку за талию, правой ловко нажал нужную клавишу. Мелодия зазвучала вновь, получилось элегантно и лихо. Ох, надают по шее, подумал Савин, зафиксировав хмурый взгляд из-за ближайшего столика.

— Вы настройщик мюзик-боксов? — поинтересовалась девушка.

— Нет, глотатель шпаг.

— Ну, шпагами вас сегодня обеспечат... — многозначительно намекнула она.

— Шпильками тоже?

И завязался обычный разговор — легкая словесная дуэль, изобретенная, надо полагать, еще в каменном веке. Когда танец кончился, Савин проводил девушку до столика и замешкался с хорошо рассчитанной неуклюжестью.

— Садитесь уж... шпагоглотатель. — Она впервые улыбнулась.

Не успел он поставить на ее столик свою кружку и сесть, резко скрипнул отодвинутый стул. Савин приготовился — на тот случай, если выяснение отношений начнется на месте. Бенниган равнодушно резал угря. Девушка отрешенно вертела в пальцах свой бокал.

— Прогуляемся? — Над Савиным навис крепкий парень в синей куртке.

Они поднялись по ступенькам. Савин умел кое-что и особенно не беспокоился, не нравилось другое — стычка с аборигеном могла осложнить дальнейшую работу. Он решил работать в активной обороне.

Парень, глубоко утопив руки в карманах куртки, покачивался рядом.

— Англичанин? — спросил он наконец.

— Русский.

— Турист?

— Вроде того.

— Расплатись и уматывай в отель. Или, если скучно, можешь идти с нами, мы сейчас перекочуем к «Дельфину». Тебя как зовут?

— Кон.

— Кристи. Давай думай.

— Я кому-то мешаю?

Кристи расхохотался:

— Но я же тебя зову с нами! Или у вас в России драку из-за девчонки обставляют как-то иначе?

— По-моему, везде одинаково, — сказал Савин.

— Тогда сам видишь, что не драться тебя позвали. Пойдешь с нами?

— Нет, спасибо, я лучше останусь.

— Положил глаз?

— Если и так, что тогда?

— Дурень, — сказал Кристи с пьяным благородством. — Мы тебе добра желаем, смотрим, парень чужой, не разбирается... Беги от нее, понял? Или будет плохо.

— Выходит, все же мешаю кому-то?

— Ну, дурень... Я же тебе добра желаю. Не связывайся. Пропадешь...

— В каком смысле?

— В таком, что и пуговиц не найдут. — Он огляделся и повторил: — Пуговиц не найдут, понял? Они и пуговиц не выплевывают, Кон...

— Брось. Глупости все это.

— Один тоже смеялся над суевериями...

— Кто? — резко спросил Савин.

— Откуда тебе его знать...

— Ну, я и не говорю, что знал Мак-Тига лично...

Сумерки еще не сгустились, и Савин хорошо видел лицо Кристи, словно протрезвевшего вдруг, пришедшего в себя. На лице были растерянность и страх.

— Ты-то кто? — медленно спросил Кристи. — Ты-то сам кто?

— Вампир по фамилии Фергюсон, — сказал Савин.

Кристи передернулся, нашарил ногой ступеньку и боч-ком-бочком стал спускаться. От двери крикнул:

— Как знаешь, я предупредил!

Пожав плечами, Савин вернулся в зал. Навстречу ему целеустремленно протопала, не глядя на него, компания Кристи.

— Целы? — спросила девушка.

— Ага. Очень вежливый мальчик. Скажите, вы в самом деле летаете на помеле?

Девушка обожгла его взглядом:

— Это он вам наболтал?

— Ну, не совсем так, — сказал Савин и добавил громче: — Я всегда верил, что ведьмы все же живут в Шотландии.

Что-то изменилось в зале — мгновенно. Люди торопились допить и уйти. Едва дверь захлопывалась за одним, кто-то другой, выждав несколько секунд, вставал и, бормоча что-то про неотложные дела или заждавшуюся жену, спешил к выходу. В несколько минут кабачок опустел. Бенниган, кажется ничуть не обескураженный массовым бегством клиентов, исчез из-за стойки, и сразу же погасли пять ламп из шести — видимо, там, в задней комнате, был выключатель. Глупо надрывался мюзик-бокс. Савин встал и выключил его. Вернулся к столику. Девушка хмуро смотрела на него.

— Как вас зовут? — спросил Савин, показывая всем видом, что уходить не собирается.

— Геката, — сказала она с вызовом.

— Не так уж и смешно.

— А вам хочется смеяться? Или пощекотать нервы? И судьба Мак-Тига вас не пугает? — Она звонко, невесело рассмеялась. — Что же вы молчите, Савин?

— Интересно, какое у меня сейчас лицо? — спросил он тихо.

— Улыбка у вас, во всяком случае, вымученная. — Она смотрела ему в глаза. — А мысли лихорадочно скачут, правда ведь? Ничего удивительного. Интересно, с чего вы взяли, что Лесли, с которым вы разговаривали, на самом деле тот настоящий Лесли, что приехал сюда пять дней назад? До двери далеко, она может оказаться запертой, и двадцать первый век останется там, снаружи... — Она поднялась, медленно отошла к стойке, встала спиной к Савину, обеими руками поправляя волосы. Резко обернулась. В сумраке ее лицо сияло зеленоватым фосфорическим светом. — А труп найдут на том же месте.

— Ни с места! — Савин механически отметил, что его рука с пистолетом не дрожит, но сердце стучит не тише, чем колотит в ворота гонец с черной вестью в сумке.

— Довольно! — Девушка улыбалась. — Слышите? Уберите эту игрушку, а то и в самом деле выстрелите. Это краска, понятно? Светящаяся, слыхали, надеюсь, про такую?

Савин осторожно, почти на цыпочках приблизился к ней, коснулся пальцем теплой щеки. Подушечка пальца засветилась тем же неярким зеленоватым светом.

— Здорово я вас? — Она отстранилась, смочила платок чем-то бесцветным из скляночки и стала вытирать лицо.

Савина душил жгучий стыд, и он попытался отогнать его:

— А все остальное — телепатия?

— Ни капельки, — сказала она. — Простите, я не на вас сердилась, просто подвернулись под горячую руку...

— Откуда же вы в таком случае меня знаете?

Он уже овладел собой, как-никак он был человеком с Золотым Пером, одним из королей объектива...

— По-вашему, только полицейский может быть сообразительным, а женщинам в уме вы отказываете? Хозяин «Вереска» — мой дядя. Он сам рассказал, как вы расспрашивали, где находится полицейский участок. С Лесли я уже знакома... Будете допрашивать?

— Вы что, принимаете меня за следователя Интерпола?

— Ах вы не оттуда? Поднимай выше — МСБ?

— Я действительно журналист, — сухо сказал Савин.

— А ведете себя как полицейский.

— Это получилось случайно, честное слово. Вот... — Савин зачем-то протянул ей на ладони Золотое Перо и бланк удостоверения специального констебля. — Просто глупое стечение обстоятельств...

— Хорошо, верю. — Она взяла его за палец и стерла платком краску. — Значит, вы в самом деле один из тех королей объектива, что ведут репортаж из пасти крокодила или кратера вулкана во время извержения... Верю — стечения обстоятельств бывают самыми дурацкими. Что дальше? Я вам нравлюсь, тем более что кольца на положенном пальце не имеется?

— Нравитесь, — сказал Савин. — Но это потом. Почему они все разбежались? В том числе и Бенниган, которому, я уверен, ничего не стоит убить головой быка? Почему и чего боится Кристи? Они-то, в отличие от меня, должны хорошо вас знать...

— Пойдемте, — сказал она. — Прогуляйтесь со мной до того места, где неизвестный монстр перегрыз глотку бедному Мак-Тигу. Ага, колеблетесь все-таки, несмотря на то что живете в насквозь антимистическом двадцать первом веке? Эх вы, король репортажа...

Она пошла было к двери, но Савин крепко сжал ее локоть.

— Сначала проясним один нюанс, — сказал Савин. — Кроме полиции, никто не знал об обстоятельствах смерти Мак-Тига...

— И кроме того, кто обнаружил труп. Так вот, это была я. Довольны?

— Как вас зовут?

Девушка устало, почти жалобно вздохнула:

— Ох, господи... Меня зовут Диана. И нет у меня желания с вами разговаривать, и все на свете мне надоело... Неужели так трудно понять, что у человека скребут на душе кошки? Да отпустите вы, король видеоискателя!

— Почему они вас боятся?

— Они не меня боятся, — устало сказала Диана, глядя сквозь него. — Они себя боятся, дурачки. Своих гор и рек, где когда-то обитали злые духи. И не улыбайтесь. Только что вы точно так же стучали зубами от страха.

— Я — другое дело. Я только что приехал, и на меня вместо привычной работы свалились фантасмагории. А они живут здесь.

— Вот именно — живут здесь... Ну, пустите.

Она дернула плечом, и Савин покорно отпустил ее. Отчужденно простучали каблучки, хлопнула дверь. Савин остался один в полутемном зале, среди столиков с неубранной посудой. Он с силой потер лицо ладонями, огляделся, подошел к стойке и налил себе из первой попавшейся бутылки. Из задней комнаты выглянул Бенниган.

— Закрываете? — спросил Савин.

— Уж это точно, — прогудел хозяин.

— Вы что-нибудь слышали? — (Бенниган молчал.) Бросьте, все вы слышали. Что у вас тут происходит? Почему вы ее боитесь? В частности, вот вы лично, Бенниган? Да вас можно послать корчевать джунгли вместо бульдозера, а вы ее боитесь...

— Хотите совет? — спросил Бенниган. — Уезжайте. Нет, я знаю, что и вы ничего не боитесь и готовы хвост у черта выдернуть, но не в страхе или отваге дело. Вы чужой здесь, понимаете? Я помню, что на дворе у нас — двадцать первый век. Но разоружение и полеты к Юпитеру — это еще не все. Верно, существует мир, опутанный каналами Глобовидения и трансконтинентальными скоростными магистралями, и вы кстати и некстати подчеркиваете, что благодаря этому Земля съежилась до размеров футбольного мяча. Однако стоит порой сделать два-три шага в сторону от магистрали — и вы попадете в другой мир. В домах стоят те же стереовизоры, на столах лежат те же газеты, но это чисто внешние приметы века. А внутри... Жизнь здесь остановилась. То есть это внешнему наблюдателю кажется, что жизнь у нас остановилась, а нам — что она продолжается, но не имеет ничего общего с жизнью внешнего мира. Свои сложности, свои проблемы, свои тайны. Да, свои тайны, и если мы отдадим их вам, это не облегчит нашу жизнь и наши проблемы. Городков, подобных нашему, хватает на всех континентах, их столько, что можно говорить о них как об особом мире. Наверняка в других уголках есть свои тайны, иные... Понемногу складывается своя мораль, своя этика, своя философия если хотите. Чужому нас не понять. Вы пришли из суматошного мира высоких скоростей и грандиозных целей. Вам некогда остановиться и оглянуться...

Наверное, ему очень хотелось выговориться, но никак не подворачивалось подходящего собеседника.

— Я как раз хочу остановиться и оглянуться, — сказал Савин.

— Вы чужой здесь и потому ничего не поймете.

— Так... — прищурился Савин. — Мы ничего не хотим понять, а вы ничего не можете объяснить. Удобная позиция, что и говорить. Вы предпочитаете тихо бояться, здоровые мужики, холите и лелеете свой страх... Что вас так напугало — труп у моря? Девчонка с тюбиком «светяшки»?

— Вы не имеете права так говорить.

— Ну да? — сказал Савин. — А вам не кажется, что вы просто-напросто упиваетесь своим страхом, как гурман — редким блюдом?

— Послушайте, вы! — Бенниган припечатал к стойке огромные ладони. Жалобно тренькнули бокалы. — Вас пугнула девчонка — и вы тут же схватились за пистолет, вместо того чтобы рассмеяться. Вы кое-что почувствовали... А ведь она всего лишь шутила, забавлялась...

— Кто же она? — спросил Савин. — Ведьма? Геката собственной персоной? И что она вам такого сделала — бурю насылала? Молоко створоживала? Утопленницей оборачивалась?

— Не в ней дело. — Бенниган заговорил тише. — Для вас существует один-единственный мир — насквозь известный, подчиненный десятку никогда не дающих осечки законов. У вас дважды два всегда четыре, дождь всегда падает вниз. Ну а если вы окажетесь в мире, где дождь сегодня падает вкось, а завтра — вверх? Где не существует устойчивых понятий и твердых истин? Где цветок может обернуться змеей, а кошка...

Лесли прав, подумал он. Все они знают. Единственный человек, для которого происходящее остается тайной, — сержант Эдинбургской уголовной полиции. Круговая порука, замешанная на страхе. И ничего не добьешься лобовыми атаками, шашками наголо...

— Я не собираюсь вас осуждать, — сказал Савин. — Не имею права, не знаю, что вам довелось пережить. Возможно, есть веские причины... Но вашей философии я никак принять не могу. Что это за разговоры о другом мире? Ваш мирок — ничтожная часть нашего, большого, так что извольте не играть в «затерянные миры». Мы ведь можем и не потерпеть такой, с позволения сказать, философии, вывихов ваших...

— Ну да, — сказал Бенниган. — В случае чего вы пошлете саперную роту, усиленную командой огнеметчиков, — и с проблемой покончено.

— Не утрируйте. Ничего подобного я и не предлагаю. Я требую не так уж много — можете вы мне рассказать что-нибудь конкретное?

— Ничего такого я не знаю.

— Ну что ж... — сказал Савин. — Дзен так дзен... Займемся насквозь прозаическим и не затрагивающим никакой мистики делом — мне нужен конь... У вас ведь хороший конь?

Высоко над равниной стояла большая и круглая желтая луна, вокруг нее колюче поблескивали крупные белые звезды. Вдали сонно замерло море. Савин остановил Лоханвара на вершине холма и смотрел вниз, на равнину.

Он был один. Отовсюду плыли холодные запахи ночи. Недалеко отсюда спал городок и светилось окно сержанта, — проезжая мимо, Савин увидел его за столом, но не зашел.

Савин тронул коленями теплые бока Лохинвара, и конь стал рысцой спускаться с холма. Внезапно он сбился с шага и сделал свечу, выбившую бы из седла менее опытного наездника. Савин усидел. Он навалился на шею коня, заставил-таки его коснуться земли передними ногами. До рези в глазах, до слез напрягся, всматриваясь вперед.

Ничего и никого там не было — голая равнина, залитая лунным светом, резкие тени от камней и кустов. И тишина, про которую не хотелось сейчас думать: гробовая. А Лохинвар плачуще, жалобно ржал, дергал головой, стриг ушами, шарахался из стороны в сторону. Савин хорошо знал лошадей и понимал, что конь испуган, взволнован, досадует на тупость седока, не желающего бежать от опасности.

Он вспомнил снимки, которые показывал Лесли. Вспомнил все известные ему древние легенды, связанные с этим краем, — псы с зеленой шерстью и горящими глазами, дышащие холодом брауни, блуждающий под землей зачарованный волынщик, кровожадный Морской Конь... Злясь и досадуя на свой бессильный страх, Савин выхватил пистолет и выстрелил по равнине поверх головы коня. И еще раз. И еще.

И — ничего. Лохинвар немного успокоился, словно прислушивался или приглядывался, потом снова принялся нервно приплясывать. Савин достал камеру «Филин», приспособленную для ночных съемок, и, не поднимая к глазам, стал водить ею вправо-влево, стараясь охватить всю долину. Другой рукой с зажатыми в ней поводьями он похлопывал коня по шее, шептал ему ласковые слова, но все усилия пропали втуне — Лохинвар был близок к тому, чтобы окончательно потерять голову и понести. Угадав это, Савин спрятал камеру, повернул коня и предоставил ему самому выбирать аллюр. Лохинвар сорвался в бешеный галоп. Ветер бил в лицо, длинная жесткая грива хлестала по щекам. Сначала Савин оглядывался, но вскоре перестал. Он только время от времени легонько натягивал поводья, давая коню понять, что по-прежнему остается хозяином.

Брызнула из-под копыт каменная крошка, подковы высекли пучок искр, Лохинвар замедлил бег, остановился наконец, запаленно водя боками.

Савин спрыгнул на землю, похлопал коня по влажной шее:

— Ну что ты, дурашка? Чертей испугался?

Лохинвар опустил ему на плечо длинную тяжелую голову, гулко всхрапнул. В его большом красивом теле затухал озноб испуга.

— Тебе легче, — сказал Савин. — Ты просто боишься. А мы еще и никак не можем понять, чего же мы, собственно, боимся...

В ответ на это рассуждение Лохинвар снова всхрапнул и попытался ухватить Савина за ухо. Савин легонько шлепнул его по губам, взял под уздцы, и они пошли к берегу, к тому месту, — репортер хорошо изучил карту.

Они миновали покосившийся каменный столб, поставленный неизвестно кем, неизвестно когда и неизвестно для чего. При скудном лунном свете можно было разобрать черты грубо вырезанного человеческого лица. С моря наплывал туман, волокнистый, колышущийся, выползал на берег и никак не мог выползти, словно боялся коснуться камня и песка.

Здесь, то самое место. Савин стреножил Лохинвара старым приемом техасских ковбоев — привязал поводья к правой бабке, — прошел к воде, встал лицом к морю, спрятав руки в карманах куртки. Поднял воротник, затянул «молнию» до горла — от воды тянуло сырым холодом.

Сзади громоздились граненые скалы. Впереди колыхалась зыбкая стена тумана, скрывавшая пучину, — глубина здесь начиналась почти от берега.

Вот тут его и нашли. Старый служака, не поднявшийся выше сержанта — или не захотевший подниматься выше, — замкнутый вдовец, почти без увлечений, если не считать кактусов и пива в умеренном количестве. С чем же он столкнулся и какое отношение к этому имеют обстоятельства его смерти.

Коротко заржал Лохинвар. Савин коснулся кармана. Нет, на сей раз это было радостное, приветственное ржание — конь учуял сородичей. Савин прислушался. Перестук копыт, обрывки едва слышного разговора, а со стороны моря — словно бы удары весел по спокойной воде. Лохинвар снова заржал, и ему ответили чужие лошади.

Савин вскочил в седло и рысью тронулся в ту сторону.

У берега покачивался широкий баркас, осевший почти до уключин под тяжестью широких тугих мешков. Трое в обтягивающих брюках и мешковатых куртках с капюшонами стояли возле пароконной повозки и горячо спорили. Это был даже не гэльский — какой-то местный диалект, Савину не известный. Однако по жестам Савин вскоре понял, в чем дело: двое с баркаса ругают третьего, возницу, за то, что он приехал один, — видимо, им не хотелось самим таскать мешки. Вдали, в тумане, смутно угадывался силуэт длинного корабля.

«Контрабанда», — сгоряча подумал Савин и тут же отбросил эту мысль как глупую и вздорную. Контрабанду не возят на допотопных повозках и лодках; сохранившиеся еще «рыцари удачи» предпочитают более скоростные средства передвижения. Да и Лесли предупредил бы о чем-нибудь таком. И наконец, контрабандисты не стали бы терять драгоценные безопасные минуты на нудное препирательство из-за того, кому таскать мешки...

Савин подъехал поближе. Спорщики замолчали и уставились на него.

— Добрый вечер, — сказал он с коня.

Ночные трудяги кивнули, и один, ничуть не удивившись, что-то горячо затарахтел. Акцент у него был ужасающий, на одно исковерканное английское слово приходилось три-четыре абсолютно непонятных, но Савин все же сообразил, что его приглашают помочь и даже обещают заплатить. Подумав, он слез с коня.

Один из моряков демонстративно устранился — сел на удобный камень, вытащил трубку и задымил. Второй, поворчав, стал подавать мешки, а Савин с возницей таскали из в повозку, метров за двадцать, — из-за валунов повозка не могла подъехать к самому берегу. Тяжеленные мешки были набиты какими-то твердыми свертками и ничем не пахли.

В приключенческом романе герой обязательно исхитрился бы вспороть мешок и утолить любопытство. Савину этого, разумеется, не удалось. Он лишь старательно ощупывал мешки, но так и не смог понять, чем они набиты.

Они пошли за двумя последними мешками. Моряк с трубкой вдруг пробормотал короткое непонятное слово и показал подбородком на что-то за их спинами. Поодаль маячил верховой, закутанный в длинный плащ с надвинутым на глаза капюшоном. Напарник Савина заметно заторопился.

Последние мешки легли на верх штабеля. Возница стал опутывать штабель веревками. Моряк, копаясь в кармане, шагнул к Савину. Репортер приготовился отстранить руку с кредиткой, но на ладони моряка блеснули монеты, а это меняло дело — Савин был страстным нумизматом.

Весла блеснули, и баркас отплыл, превращаясь в размытый силуэт, скользящий к еще более зыбкой тени корабля, — там черным крылом мелькнул, разворачиваясь, парус. Возница щелкнул кнутом, лошади тронулись. Лохинвар прощально заржал вслед. Верховой ехал рядом с повозкой. Донесся удаляющийся разговор — закутанный явно сердился, возница оправдывался. Савин стоял рядом с Лохинваром. Корабля уже не было, он растаял, как призрак. Словно лишний раз убеждая себя в реальности только что закончившейся погрузочно-разгрузочной операции, Савин встряхнул в ладони честно заработанные монеты. Они глухо звякнули — самые настоящие, полновесные.

Савин ссыпал монеты в карман, застегнул его на «молнию» и вскочил в седло.

Он давно уже должен был догнать тяжело груженную повозку, но... не было впереди никакой повозки. Слева тянулся внушительный скалистый обрыв, справа стелился по-над морем туман. Вот он, единственный на участке в несколько миль протяженностью пологий подъем, по которому только и могла подняться повозка, но Савин успел бы сюда раньше, неминуемо обогнал бы их!

Немилосердно понукая Лохинвара, Савин поскакал вверх. Перед ним, как и давеча, раскинулась посеребренная лунным светом равнина. И нигде не видно повозки. Позвякивали в кармане монеты, фыркал Лохинвар, где-то далеко слева, над островком косматых кустов, протяжно, пронзительно кричала какая-то ночная птица.

Савин хотел спешиться, но не смог — почему-то он чувствовал себя уверенно лишь на коне, слившись с теплым, живым, почти разумным существом. Лохинвар был свой, из знакомого и привычного мира... или и он? Если и он сейчас «во что-нибудь такое превратится»? Вокруг — не тронутые цивилизацией пустоши, до города далеко, печально стонет неизвестная птица, а луна похожа на череп...

Ну, это уж ты чересчур, одернул себя Савин. Ты видывал и не такое. Но, возразил он себе, все, что ты видел, было пусть и опасным, однако своим, а это — совсем чужое, неизвестное...

Лохинвар насторожился.

— Опять? — зло пробормотал Савин, всматриваясь. На этот раз он твердо решил не хвататься за пистолет — разве что неизвестный монстр вцепится в ботинок. Он только расстегнул футляр камеры и ждал.

Два черных зверя, поджарых и лобастых, неслись наискосок по склону холма метрах в двухстах от Савина — весело, игриво. Они шутя бросались друг на друга, останавливались с размаху, бороздя лапами дерн, рычали, кувыркались. Была в этом беге, непонятной игре под луной, ясная и постороннему радость, упоение своей ловкостью, силой, ночным простором.

Савин замер. Камера праздно болталась на ремне. Они были похожи на собак — но не собаки. Похожи на пантер — но не пантеры. Два стремительных зверя, диковинные и прекрасные, чужие в этом мире.

Он подумал о пистолете — и не пошевелился. Мельком вспомнил о камере — и не смог поднять руку. Это было все равно что подглядывать в замочную скважину. Чужая жизнь проносилась мимо, налитая чужим, непонятным азартом, чужой гармонией. Почему так спокоен Лохинвар? Он же их видит, а они не могут не видеть всадника, нелепой статуей застывшего посреди равнины...

Савин вдруг засвистел в два пальца. Взбрыкнул от неожиданности Лохинвар, а звери и внимания не обратили, и только тот, что бежал впереди и был чуточку крупнее, беззлобно рыкнул, словно отмахнулся, мотнул лобастой башкой, и оба скрылись за холмом. Савин поскакал следом. Камера больно ударяла по ребрам, это было очень важно почему-то — догнать, доскакать, пусть и без цели...

Лохинвар с маху влетел словно бы в невидимый упругий кисель. Воздух сгустился, сдавил, поволок, как волна, стал швырять вправо-влево, и Савин почувствовал, что копыта коня отрываются от земли. Пронзительный фиолетовый свет, потом мрак. Фиолетовое сияние и непроницаемая мгла сменяли друг друга, вспышками били в глаза, на секунду будто раздернулся занавес, и Савин увидел вокруг солнечный день, равнину, пересеченную узкими каналами — кажется, по ним плавали узкие, похожие на полумесяц лодки без мачт и весел, — уступчатое здание из алых и черных плит вдали, пышные деревья. Этот многоцветный феерический мираж стоял перед глазами не долее секунды — и вновь череда вспышек, пулеметное мелькание света и мрака, радужные круги, ослепившие, подмявшие волю. И — падение, сердце обрывается, лечу в пропасть, спасите...

Наваждение прошло, в лицо бил сырой ветер, и Лохинвар куда-то несся вскачь, жалобно ржал. С трудом Савину удалось остановить коня. Он сполз с седла и опустился на землю, тер ладонями лицо, и не было желаний, не было мыслей, лишь безграничная усталость и переходящее в опустошенность бессилие.

У самой головы осторожно переступили копыта, Лохинвар фыркнул в ухо, коснулся мягкими губами щеки — тревожился за него. Савин поднялся, огляделся — где они? Незнакомые холмы, не видно моря, в распадке, не очень далеко, — продолговатая темная масса. Замок, сообразил Савин. Замок с забытым названием — хозяина зарезали так давно, и фортеция, отнюдь не стратегически расположенная, простояла бесхозной так долго, что название ее помнил разве что компьютер какого-нибудь архива.

Теперь Савин мог сориентироваться. «Заколдованное место» каким-то образом перебросило его миль на пять к северо-востоку.

Желтый колючий огонек вспыхнул и погас на фоне черного замка. Савин посмотрел туда, пробормотал: «Ну я ж вас!» Прилив силы и злого азарта поднял его в седло. Он готов был сейчас встретиться с чертом, с нежитью, со страшилищем из легенды — лишь бы оно умело членораздельно объясняться на одном из знакомых ему языков.

До замка было совсем близко, когда всадник на коне темной масти двинулся навстречу Савину, словно отделившись от стены. Савин придержал Лохинвара.

> Черный Джонстон и в придачу
> десять воинов в доспехах
> напугают хоть кого.
> Только будет много хуже,
> если Джонстона ты встретишь
> ненароком одного... —

вспомнил он и, вопреки пришедшей на ум старинной шотландской балладе, подумал: наконец хоть какая-то определенность.

Всадник приближался, вскоре Савин увидел, что это женщина, а там и узнал ее. Он и рад был встретить ее, и чувствовал себя обманутым чуточку, что ничуть не снижало, впрочем, загадочности момента.

Он не успел придумать насмешливую фразу, и Диана заговорила первая:

— Гоняетесь за эльфами?

— И за ведьмами тоже.

— Ну, ведьма вас нашла сама.

— Повторяетесь? Во второй раз такие розыгрыши не проходят.

— Да-а? — Диана внимательно разглядывала его. — А вы в этом уверены?

На ней был черный плащ, схваченный у горла большой чеканной бляхой.

— Хотите, почитаю мысли? — спросил Савин. — В этих краях происходят странные вещи, согласен. Но вы-то тут при чем? Какая-то глупая случайность, глупое совпадение — и вас посчитали ведьмой, так что...

Он замолчал — Диана протянула к нему руку ладонью вверх, и на ее узкой ладони вспыхнуло синее холодное пламя, осветило лицо, юное и дерзко-насмешливое. Всхрапнул, попятился Лохинвар. «Это не гипноз, — подумал Савин, — я ему никогда не поддавался, даже сам Арумов, когда я делал о нем фильм, ничего не добился...»

— Это тоже не ново, — сказал он. — Аэлита...

Пламя сорвалось с ладони Дианы, метнулось к нему, голубое сияние опутало, оплело, подняло из седла. Опомнился он на растрескавшихся плитах замкового двора, похожих на такыр.

Коней не было. Диана, закутавшись в плащ, сидела рядом на низкой каменной скамье. Над ее головой в оконных проемах сонно возились, задевая крыльями камень, вороны.

— Итак, ведьма, — сказал Савин. — Но у меня сложилось впечатление, что ведьмы — непременно нагие и непременно на помеле.

— У каждого времени своя мода.

— Может быть, хватит пугать? Каюсь — кое-какое самомнение ты с меня сбила. И только. Никакая ты не ведьма, и в прекрасных инопланетянок я тоже что-то плохо верю.

— А я вот думаю, что мне с вами делать, — сказала Диана. — Ну что мне с вами сделать?

Савин хмыкнул, подошел к ней, довольно бесцеремонно взял за плечи и поднял со скамьи. Усмехнулся, глядя ей в глаза:

— Будь ты ведьмой или альтаирским резидентом, ты не комплексовала бы из-за отношения к тебе обывателей. А ты ведь комплексуешь, красавица, злит тебя такое отношение, вот и тянет бравировать, пугать...

Синяя вспышка отшвырнула его прочь, он весьма чувствительно брякнулся на каменные плиты и закричал, не вставая:

— Ну, еще? Давай, отыграйся! А потом в подушку поплачь, хочется же!

Бац! Невидимая рука в кольчужной перчатке отвесила полновесный свинг, совсем как в Санта-Кроче, но тот капрал был пьян, и под руку Савину, в полном соответствии с нехитрым трафаретом кабацкой драки, подвернулся стул, а капрал был один, без дружков, и все обошлось как нельзя лучше...

— Этим никогда ничего не докажешь... — прохрипел Савин, ощупывая саднящую скулу. — Тоже мне, Геката...

— Ну прости. — Диана помогла ему встать. — Иногда это получается машинально, так порой взвинтят...

Она была красивая, в амбразурах возились вороны, и где-то за стеной заржали кони. С ума сойти, какой фильм получится, подумал Савин. Но хватит о деле, ей же плохо, дурак догадается...

— Разумеется, ты не Геката, — сказал он. — Ты глупая девчонка, которой случайно попала в руки забытая хозяйкой волшебная метла. Ты слишком красивая, чтобы на тебя сердиться, и слишком взбалмошная, чтобы принимать тебя очень уж всерьез...

— Пытаешься найти больное место?

— Я его уже нашел, — сказал Савин. — Хорошо, ты — кошка, которая гуляет сама по себе. Только жизнь учит нас, что таким кошкам в конце концов смертельно надоедает одиночество, и, хотя они не признаются в этом, то ли из гордости, то ли из упрямства, понемногу это становится всего-навсего позой — изображать киплинговскую кошку. Только позой. А на деле — давно надоело, плохо, мучит... Я груб? Вряд ли. Скорее прямолинеен. Но все равно — прости. Меня с вечера бросает из чуда в фата-моргану, я немного ошалел и чуточку обозлился, иду напролом и...

Он охнул и полез в карман за пистолетом. В воротах стоял зверь и смотрел на них, топыря круглые уши. Тот самый, встреченный за несколько минут до миража.

Диана подняла руку, с ее пальцев сорвались золотистые лучики. Зверь попятился, бесшумно и грациозно исчез за стеной.

— Не бойся, — насмешливо усмехнулась Диана, — они же тебя не тронули тогда...

— А ты откуда знаешь?

— А они мне сказали, — передразнила она его интонацию. — Отпусти.

— Сама освободись.

— Ах, как смело — обнимать ведьму... И самоуверенности прибавляет, да?

— Глупости. — Савин повернул ее лицом к себе: — Я не спрашиваю, кто ты, мне это более-менее ясно — не с Марса ты прилетела. Но вот откуда все это у тебя?

— Хочешь, поцелую?

— Откуда это у тебя?

— Нашла на дороге, и не хватило силы воли выбросить.

— А конкретно? Детали, обстоятельства?

— Сроки, даты и температура воздуха в эпицентре? — передразнила Диана. — Тебе никогда не приходило в голову, что чудесное нужно беречь? Я ведь все твои фильмы видела. Нет, все это хорошо сделано, не о том разговор. Только зачем? Обсосать, размножить, бросить в каждый дом, чтобы любой мог смаковать...

Она высвободилась и пошла через двор к башне, черный плащ волочился за ней по выщербленным плитам, словно знамя капитулировавшей армии, никому уже не нужное, даже победителям. Савин вспомнил, как спускали в Санта-Кроче флаг сепаратистов, пробитый пулями, бесполезный, и как его потом бросили в чей-то огород... Он догнал Диану и схватил за локоть:

— Я все равно докопаюсь, слышишь?

— И будет еще одно, платиновое, перо?

— Глупости. Не ради этого работаем.

— Возможно, — неожиданно покладисто согласилась Диана. — Я верю, что вы работаете не ради золотых побрякушек. Только мало что это меняет — подглядываете в замочную скважину...

— Ничего подобного, — сказал Савин. — Просто то, что здесь происходит, не должно оставаться местной тайной достопримечательностью.

— А я вот не уверена. Знаю я людскую реакцию на чудеса...

— Твой городок — еще не все человечество.

— Ну как знать, как знать... — Она зябко повела плечами. — Я уезжаю в город. Если хочешь, можешь осмотреть замок — вдруг привидение поймаешь...

— Нет, спасибо, я устал, спать хочется адски.

Кони были привязаны снаружи, у ворот. Савин увидел метрах в ста поодаль все тех же зверей — один лежал, положив голову на вытянутые лапы, второй прохаживался рядом.

— Что они здесь делают? — как бы мимоходом поинтересовался Савин.

— Мы почему-то считаем, что свадебные путешествия — наше изобретение... — рассеянно отозвалась Диана.

— Это как понимать?

Постепенно она немного оттаяла, рассказала даже, как ездила поступать в один из эдинбургских колледжей, как провалилась на экзаменах. Савин слушал с интересом и как бы невзначай подкидывал наводящие вопросы, пока Диана не хмыкнула:

— Что, это так интересно?

— Конечно, женская душа — это всегда интересно.

— Вот только для вас она — потемки, — засмеялась Диана. — Мужские характеры вы даете хорошо, прямо-таки великолепно, а вот с женскими у вас не получается, видно вас, как голеньких...

«Признаться, это святая правда, — подумал Савин. — И слабым утешением служит тот факт, что это — недостаток не только мой, а подавляющего большинства нашей творческой братии. Девять десятых, если не больше, всех книг, репортажей, фильмов создано мужчинами о мужчинах для мужчин... Объяснение можно подыскать и такое: взявшись изучать женщину, поневоле придется и самому подвергнуться изучению с ее стороны, а как раз этого нам и не хочется. Женщины гораздо лучше умеют разгадывать нас, чем мы их, а сие ущемляет пресловутое мужское превосходство, поэтому постараемся отступить вовремя, поторопимся прыгнуть в седло...»

94

Савин проводил Диану, поставил Лохинвара в конюшню Беннигана и направился в отель. Он быстро шагал по темным улицам, распугивая попадавшихся на каждом шагу кошек. Настроение заметно поднялось — предстояла интересная работа, которая к тому же наверняка окажется более сложной и захватывающей, чем он сейчас думает. Неужели действительно существуют параллельные миры, тропинки сквозь четвертое измерение, в который уж раз оказались правы фантасты... и Т-физики? Да, Т-физики, но почему же тогда бросил все Гралев, почему — одни неудачи?

В окне его номера горел свет. Савин ускорил шаги. Хозяина не было за стойкой, только рядом с регистрационной книгой лежала придавленная пепельницей записка: «Мистер Савин, в вашем номере вас ожидают». Савин догадывался, кто его ждет, — кому другому мог отдать ключ хозяин?

Он приоткрыл дверь. Лесли спал, лежа ничком на неразобранной постели.

— Роб... — тихо позвал Савин.

Лесли мгновенно перевернулся на спину, открыл глаза:

— Жив?

— Ну конечно, — сказал Савин. — И даже весел. А вы меня уже похоронили? Напрасно. Вставайте. Сейчас мы будем смотреть кино. Слава богу, мы уже в том возрасте, когда пускают на ночные сеансы. Правда, сеанс, считайте, почти что утренний...

Он извлек из камеры тонкий гибкий видеодиск, распаковал маленький проектор. Пояснил торопливо:

— Лохинвар чего-то испугался, и я стал снимать...

Вспыхнул экран, на нем появилась равнина, выглядевшая почти как при дневном свете, только переходы от света к тени были более контрастными.

Они сидели плечом к плечу, затаив дыхание.

— Ага! — тихонько вскрикнул Савин.

Что-то темное мелькнуло над самой землей — густой пылевой вихрь, смерчик, не имеющий четких очертаний, он завивался размытой спиралью, рос, разбухал, занял почти половину экрана, выбросил ветвистые отростки и неожиданно стал сокращаться, худеть, гаснуть, развалился на несколько пляшущих пятен, снова разбух, стал на несколько секунд единым целым, словно бы в отчаянной попытке сохранить себя. И исчез.

Савин вернул диск к началу, включил раскадровку, но ничего нового не увидел — то же самое, только разложенные на фазы рождение и смерть смерча.

— Скорость съемки... — азартно сказал Лесли. — Может быть, нужна была замедленная съемка? Или наоборот — ускоренная?

— Кто его знает, — сказал Савин. — Вот так это выглядит. Я ничего не видел, значит, и конь ничего не видел — глаза у нас устроены одинаково, приспособлены для одного и того же диапазона волн. Однако конь что-то почувствовал, а камера что-то запечатлела, вдобавок конь пришел в ужас...

Он выключил проектор и коротко, по профессиональной привычке отсекая ненужные подробности, рассказал о баркасе, о зверях. О встрече с Дианой рассказал очень скупо.

— Вы были бы прямо-таки идеальным свидетелем, — задумчиво обронил Лесли. — Оно и понятно — вам тоже постоянно приходится профессионально работать с информацией... Звери — это весьма интересно...

— Больше, чем таинственные моряки?

— Да, а монеты? — спохватился сержант.

Их было семь — серебряные, одного размера и с одинаковым изображением. На аверсе — портрет бородатого лысого старика, на реверсе — непонятный вензель.

— И никаких надписей, — сказал Лесли.

— Это не самое странное.

— А что — самое?

— Я закоренелый нумизмат, — сказал Савин. — Не самый лучший, разумеется, но рискнул бы назвать себя довольно опытным. Не решусь обобщать — для всей планеты, но за Европу ручаюсь. Я не знаю в Европе таких монет. Вы, кстати, заметили, что они выполнены грубее современных? Веку к восемнадцатому я бы их отнес, но все европейские монеты восемнадцатого века я знаю.

— Но ведь они говорили по-гэльски?

— Есть одна загвоздка, — сказал Савин. — Я не знаю гэльского, поэтому не могу судить, были то шотландцы или иностранцы, плохо знающие английский. Знаете, — вдруг вспомнил он, — я думаю о темпоральной физике. Это как раз их сфера — фокусы с пространством. Правда, никаких успехов не наблюдается... И все равно это их сфера. Что вы об этом думаете?

— А ничего, — сказал Лесли. — Я полицейский, понимаете? Человек погиб, и нужно доискаться, что его погубило. Вы говорите, фокусы с четвертым измерением? Пусть так. Но именно эти фокусы вызвали смерть человека. Что они могут вызвать еще? В любом случае мой долг однозначен: сделать так, чтобы ничего подобного не повторилось. Я просто не могу углубляться в раздумья об эпохальном зна-

96

чении происходящего, пока в столе у меня лежат снимки изуродованного трупа. Вы только поймите меня правильно...

— Я понимаю, — сказал Савин, — я не имею права вас упрекать или что-то советовать... И не об этом нам надо думать, а... Вы догадываетесь о чем?

— Да, — сказал Лесли. — Нужно найти тех, кто нам поверит. А где у нас доказательства? Нам поверит только тот, кто испытает на себе то, что пришлось испытать нам. Существует инерция мышления и прочие милые вещи... — Он буркнул под нос что-то по-гэльски. — Вы рискнете позвонить в свою контору и рассказать о повозке, о зверях и прочих здешних чудесах, имея в доказательство только монеты да еще этот диск? — Он кивнул на проектор. — Ни смерть Мак-Тига, ни даже монеты ваши никого ни в чем не убедят. Ну как, рискнете?

— Нет, — сказал Савин. — Журналисты — самый недоверчивый народ на свете.

— Полицейские тоже, — грустно улыбнулся Лесли. — Между прочим, прелестная Диана, когда я пытался вызвать ее на откровенность и, очевидно, рассердил, спалила бумаги у меня на столе. Двинула пальцем, и бумаги сами собой вспыхнули... Вы поверили бы часов десять назад?

— Нет, — сказал Савин.

— Что вы о ней думаете?

— У меня сложилось впечатление, что и она ничего особенного не знает, — осторожно сказал Савин. — Пользуется чем-то, чем оказалась в состоянии воспользоваться, и все. Мы с вами пользуемся всевозможными техническими новинками, но не сможем рассказать, как они устроены и почему работают.

— Вот видите. И никто нам не поверит, пока мы не раздобудем что-то такое, что-то... — Не найдя слов, он постучал кулаком по столу. — Человечество тысячи лет купалось во лжи, создало массу профессий и общественных институтов, чтобы оградить себя от вранья, — пробирные палаты, полиция, нотариат. Да и вы тоже. — Он покосился на Савина. — Вы ведь в некотором роде тоже... нотариусы, заверяющие подлинность информации. И сидим теперь, ломаем головы, а против нас — многовековая привычка не верить на слово, просто на слово...

— Вообще-то, я знаю коллег, которые поверили бы на слово...

— Да и у меня есть такие, — сказал Лесли. — Сорвиголовы нашего возраста, верно? И многое, интересно, от них будет зависеть? Вызвать их сюда означает увеличить число людей, которые окажутся в нашем сегодняшнем положении. Эх, ну почему вы не пристрелили зверя?

— Не могу объяснить, — тихо сказал Савин. — Помешало что-то.

— Глупо, глупо... Так мы никого не убедим.

— Сначала нужно самим разобраться в происходящем, а уж после — убеждать кого-то.

— Предположим, мы докопаемся до истины, — сказал Лесли. — Но грош ей цена, если у нас будет одно знание, без доказательств. Необходимо что-то весомее слов, видеодисков и монеток... Сколько патронов вы израсходовали, три? Возьмите. — Он достал обойму и еще три патрона россыпью. — И не бойтесь стрелять прицельно.

— Я не хочу стрелять, — еще тише сказал Савин.

— Тогда уж лучше уезжайте. Мы ничего не добьемся, если станем предпочитать поступку размышление. И еще. Я хотел бы вспомнить о Гралеве-Гролле. Не странно ли, что физик, занимающийся полуфантастическими вещами, приехал именно сюда?

— Думаете, здесь он должен с кем-то встретиться?

— Да, — сказал Лесли. — Жаль, что я заинтересовался им только сегодня, после того, как узнал от вас, кто он...

— А что вы знаете о фирме «Смизерс и сыновья»?

— Вы и Геспером интересуетесь?

— Он не вписывается в здешний пейзаж, — сказал Савин. — И только.

— Ничего интересного. Штаб-квартира в Лондоне, торгуют и ведут дела в основном со странами Леванта — экспорт, импорт, организация морских перевозок. Вы не хуже меня знаете эти частные конторы — мелко плавают, оттого в свое время и не угодили под национализацию, но кое-какую прибыль получают. Смизерс умер лет сто назад, сыновья давно обанкротились, фирма не один раз переходила из рук в руки, но название не менялось. Как бы там ни было, у Интерпола на них ничего нет.

— Вы интересовались?

— Я гораздо раньше вас подумал, что он не вписывается в здешний пейзаж, — сказал Лесли. — А потом подумал — имей он причины что-то скрывать, обязательно постарался бы полностью вписаться... Вот так. Ну, на сегодня, кажется, все? Вернее на вчера. Сегодня нам предстоит новая работа.

Дверь тихо затворилась за ним. Савин погасил свет, подошел к окну. Облокотился на широкий подоконник. За стеклом был серый рассвет, была Шотландия, и где-то то ли далеко, то ли рядом — тайна.

День второй

Будильник поднял его в десять часов утра.

На столике рядком лежали монеты, четыре благообразных старческих лика, перемежающиеся тремя вензелями, — это Лесли разложил их так вчера. Савин побрился и вышел на улицу, прихватив одну монету с собой.

Путь до почты он проделал не особенно торопясь, хотя и испытывал сильное желание припустить вприпрыжку. Почтой заведовала очень милая девушка, скучавшая из-за хронической нехватки клиентов. В другое время Савин непременно задержался бы поболтать и попутно выудить, как у них говорилось, пригоршню бит, но сейчас было не до того. Он молниеносно оформил заказ, вежливо игнорируя все попытки очаровательной почтмейстерши завязать разговор, пронесся по залу и наглухо захлопнул за собой дверь кабинки.

Вспыхнул экран. За огромным столом сидел самый осведомленный человек на свете — Рауль Рончо, начальник отдела информации Глобовидения. На его лице читалась суровая готовность дать ответ на какой угодно вопрос.

— Как успехи, амиго?

— Успехов пока нет,— сказал Савин.— Но все возможно...

— Нужна моя помощь?

— Разумеется! — Савин перешел на испанский — вряд ли испанский знала очаровательная почтмейстерша, которая, скуки ради, могла и подключиться к каналу. — Рауль, вот что. Постарайся немедленно выяснить, есть ли в графстве, где я сейчас нахожусь, еще кто-нибудь кроме Гралева, имеющий отношение к темпоральной физике. Кроме того, ты выяснишь, какому времени и стране принадлежит вот эта монета. — Он продемонстрировал обе стороны, чтобы Рауль мог их заснять. — Пока все. Ответа жду немедленно. Если понадобится, сверни горы, понял?

В лавчонке за углом он купил булку, пакет фруктового молока и позавтракал, присев на скамейку возле чьего-то дома. Остаток булки он отдал крутившемуся поблизости пуделю. Подумал и отправился к Диане, сопровождаемый благодарным псом.

Он распахнул чугунную калитку. Пудель нахально проскочил мимо него и улегся возле клумбочки. В приоткрытую дверь маленькой конюшни выглянул конь, оказавшийся при дневном свете муругим, постоял и задним ходом отработал назад. Савин коротко позвонил. Дверь открылась сразу же.

— Я тебя в окошко увидела, — сказала Диана. — Рыщешь спозаранку?

— Ноги кормят. Ты не собираешься меня впускать?

Она отступила на шаг. Савин вошел и откровенно огляделся.

— Я представлял себе твое жилище как-то иначе, — сказал он. — Чучело крокодила под потолком, магический хрустальный шар, черный кот, знающий арамейский и латынь...

— Господи, как тривиально-то...

— Если честно, журналистика всегда была заповедником стереотипов. А тебе идет этот фартучек. Если ты еще и кофе угостишь...

Он тараторил что-то глупое — был возбужден, чуточку взволнован, как всегда в поиске, когда шел по горячему следу, зыбкое обретало контуры, а белые пятна становились аккуратными парками с каруселями и мороженым. Савин безудержно любил такие минуты — он и жил-то, наверное, ради них...

Он замолчал — стул согнул ножку и чувствительно пнул его в лодыжку.

— Так-то лучше, — сказала Диана. — Вот тебе кофе. Любопытно, что произошло? Ты прямо-таки ненормально весел.

— Ты можешь молчать сколько тебе угодно, — сказал Савин. — Одного ты недооцениваешь — на дворе двадцать первый век. Помимо всех прочих достоинств, его отличают жажда познания и целеустремленность. Здесь происходят слишком серьезные вещи, чтобы мы могли пройти мимо. Уже запущена огромная машина, понимаешь? Она никого не раздавит, не для того она предназначена. Она всего лишь не оставляет камня на камне от тайн, белых пятен и темных мест.

— Чего ты хочешь — своими глазами увидеть настоящее чудо?

— Неплохо бы, — насторожился Савин.

— Но при условии...

— Тогда не нужно, — быстро перебил он. — Никаких обещаний я давать не стану. И потому, что не хочу, и потому, что поздно.

— Ты не дослушал. Мы можем сегодня ночью побывать в городе, который может показаться сказкой, но тем не менее существует реально. Условие — никаких кинокамер. Ну?

— Согласен, — подумав, сказал Савин.

— Вот и прекрасно. Сегодня с наступлением темноты, у спуска, где каменный столб.

Савин стойко выдержал ее взгляд. На этом месте он помогал разгружать баркас. А рядом подняли труп Мак-Тига...

— Хорошо, — сказал он. — я знаю то место. Никаких кинокамер не будет.

Он аккуратно притворил за собой дверь, прошел по дорожке, чувствуя спиной пытливый взгляд Дианы. Он знал, что никому ничего не скажет...

Пуделя уже не было. Мимо прошел, конспиративно не узнавая Савина, напарник Лесли, внедренный сюда под видом туриста агент-коротышка со скучным и ничем не примечательным лицом мелкого клерка, лет сорока пяти. Он скрылся за углом, и городок снова стал самым безлюдным на свете. Поднимался ветер, из-за далеких зубчатых гор наплывала серая хмарь. Савин любил такую погоду, дождливый день всегда казался ему интереснее глупого солнцепека.

Он снова уселся в потертое кресло. Вспыхнул экран, на котором был яркий пражский день.

— Так вот, амиго, — сказал Рауль. — Объявлять всеобщую мобилизацию и свистать всех наверх не пришлось, не такие уж трудные твои загадки. Помнишь Кетсби? Ты просто обязан его помнить.

— Прекрасно помню, — сказал Савин. — Правая рука Гралева. Ты хочешь сказать, что он здесь?

— Он в Монгеруэлле.

Патер, вспомнил Савин. Физик, который решил вдруг обратиться к богу... Неужели Кетсби?

— А вторая моя просьба?

— Вот это интереснее. Такой монеты попросту никогда не существовало. Где ты ее взял?

— Господи, изготовил ради розыгрыша... — усмехнулся Савин. — Только лишь.

Насвистывая «Вересковый мед», он валкой матросской походкой пересек зал, мимоходом отметив, что с очаровательной почтмейстершей вовсю любезничает виденный вчера в «Лепреконе» морячок, явно успевший зарядиться с утра.

Савин ничего еще не знал определенно, но чертовски хотелось пройти на руках по немощеной улочке.

...Мистер Брайди, учитель географии на пенсии, чудак местного значения, находился на заслуженном отдыхе три года, а картотеку свою (так он ее именовал) собирал без малого семнадцать лет. Картотека представляла собой изрядное количество пухлых папок и хранилась на шести полках.

Савин сидел перед настоящим пылающим камином, который был здесь не экзотикой, а необходимой принадлежностью дома, перебирал содержимое третьей по счету папки. Не будучи ученым, мистер Брайди не стремился обобщать и делать выводы — он лишь собирал, классифицировал и сортировал в надежде, что появится человек, которому материалы пригодятся для теоретической работы. Учитывая, что мистер Брайди ни к кому не обращался с рассказом о своей картотеке, трудно было понять, каким образом и откуда появится благодарный теоретик. Однако Савину экс-географ ничуть не удивился, словно его визит был чем-то само собой разумеющимся. И вел он себя спокойно, без ненужной суеты, рассказывал, доставая одну папку за другой, без экзальтации и мельтешения по комнате. Савину это понравилось. Правда, картотека не так уж его и обрадовала. В ней содержались материалы самых разных степеней достоверности, от случаев, над которыми, безусловно, следовало серьезно задуматься, до «уток» сродни старинным матросским побасенкам о морском епископе. И многое, очень многое невозможно было проверить. Например, вырезки из газет полувековой давности — и герои событий, и описавшие события репортеры, и издатели давно находились в местах, куда при жизни попасть невозможно...

Лист номер семьсот девятнадцать. В одном из лиссабонских портовых кабачков вдрызг пьяный матросик, единственный спасенный из экипажа проглоченного Бискаем сухогруза, клялся и божился, что за пять минут до катастрофы встречным курсом почти впритирку пронесся парусник старинного облика. Паруса были изодраны в клочья, на топах рей пылали зеленые огни, а на шканцах гримасничали скелеты. Источник — одна из лиссабонских газет, ныне не существующая, а в те времена — отнюдь не самая уважаемая.

Лист номер семьсот девяносто девять. Яхтсмен, в одиночку совершавший кругосветное путешествие, однажды ночью увидел по левому борту странный парусник, словно бы стеклянный, светившийся изнутри. Парусное вооружение его нельзя было отнести к какому-либо из ныне существующих либо некогда существовавших видов (точный рисунок прилагается). Источник — журнал одного из международных яхт-клубов.

Лист номер восемьсот шестнадцать. Неизвестный, задержанный кейптаунской полицией за бродяжничество и беспаспортность, утверждал, что провел три с лишним месяца на борту «Летучего Голландца». В детали вдавался скупо.

При этапировании бежал и канул в безвестность. Источник — дурбанская газета средней руки.

Лист номер девятьсот сорок два. Один из участников Большой регаты позапрошлого года. Находился на яхте со своей девушкой. Оба уверяют, что ночью в тумане сблизились со смутно видимым, но, несомненно, парусным огромным кораблем, показавшимся «каким-то странным». Последовал короткий разговор, в ходе которого стороны задали друг другу вопросы о курсах кораблей и фамилиях вахтенных. Через месяц успевшие к тому времени пожениться яхтсмены отыскали все же фамилию своего собеседника — случайно, в судовой роли фрегата «Эндевор», одного из кораблей Джеймса Кука. Готовы присягнуть, что до регаты фамилии этой в связи с плаваниями Кука не слышали и вообще мало этими плаваниями интересовались. Источник — упоминавшийся уже журнал.

В таком примерно духе. Следующие папки Савин просматривал уже не так скрупулезно. Задумай он и в самом деле снять фильм о чужаках, Брайди было бы отведено минут десять, не более, а то и менее. Интересным, увлекательным, но не поддающимся проверке материалам — грош цена...

И то же самое скажет любой здравомыслящий человек, к которому обратятся со своими рассказами Савин или Лесли. Наша ахиллесова пята, подумал Савин, наш зигфридов лист. Настанет когда-нибудь время, когда люди будут безоговорочно верить просто словам, не подкрепленным какими бы то ни было доказательствами. Такое время обязательно придет, но эта Эра Доверия пока что не наступила...

— Можно вопрос? — спросил Савин.— А сами-то вы верите во все это? Или по крайней мере в те материалы, которые больше других похожи на правду?

— Вы полагаете, что я могу и не верить?

— Человек не всегда верит в то, что защищает...— сказал Савин.

Мистер Брайди сцепил на коленях сухонькие пальчики. Больше всего он напоминал жюльверновского профессора того идиллического времени, когда наука, не превратившись еще в пугало для слабонервных двадцатого века, оставалась в глазах многих безобидной забавой или панацеей от всех бед. Субтильный, с великолепной седой шевелюрой, подчеркнуто мягкий и вежливый мистер Брайди. Парадоксы географии, подумал Савин. Континенты, страны и горные хребты открывали мордастые мужики вроде Магеллана, жилистые стойки вроде Кайе, а увлекательно рассказывали об открытиях грассирующие старички дирижерского облика. Хотя главный парадокс географии в другом, — пожалуй, это единственная наука, становлению которой способствовало такое количество антиобщественных элементов: конкиста-доры, иезуиты, корсары, работорговцы, беглые каторжники, золотоискатели, все эти полукупцы, полупираты и просто бродяги...

— Вы не ответили, — мягко напомнил Савин.

— Действительно, случается порой, мистер Савин, лю-ди защищают то, во что не верят... Мне трудно ответить. Одним свидетельствам я верю, другим — нет. Собирать все это, — он плавным жестом указал на полки, — меня застави-ла не вера в чудеса, а любовь к Океану. Земля давным-давно исхожена вдоль и поперек, изучена, разграфлена, разложена по полочкам. С Океаном мы не можем себе позволить такого панибратства, он до сих пор во мно-гом остается загадочным. Земля, даже самая прекрасная, статична. Океан же — тысячелик. Пантеон земных сказоч-ных чудовищ, призраков, заколдованных мест неизмери-мо беднее свода морских легенд... Ничего хотя бы отдален-но напоминающего «Летучего Голландца» вы не найдете на земле. Разве что Прометей — по духу. Прометей и «Ле-тучий Голландец», каждый на свой лад, бросили вызов жестокой непреклонности божьей воли, тирании вседер-жителя... (Савин отработанно направляюще кивал.) Вы об-ратили внимание на одну любопытную деталь? Во всех наиболее достоверных рассказах присутствует туман. (Са-вин вздрогнул.) Парусники выступают из него на считан-ные мгновения и снова скрываются в нем — дети тумана... С загадками и тайнами на твердой земле почти поконче-но, остались мелкие, третьестепенные осколки, требующие уточнений частности. Настоящие тайны нужно искать в Океане, может быть, их столько, что хватит следующему поколению...

— Хорошо, — сказал Савин. — Это интересно, заман-чиво. Но есть ли у вас конкретные тезисы? Свое объясне-ние «наиболее достоверным случаям»? Что такое, по-ваше-му, «Летучий Голландец» — реальный корабль, необъясни-мым образом пронзающий века, как иголка — парусину? Проекция из иного измерения? Из прошлого? Журнали-стика требует не меньшей, чем в науке, отточенности фор-мулировок.

— Мне казалось, что она требует еще и поиска, — мягко прервал его Брайди. — Некоторой общности с работой де-тектива, сыщика, если можно так выразиться.

— Можно и так выразиться, — сказал Савин. — И как раз этим я занимаюсь... Скажите, а материалы по Шотландии в вашей картотеке найдутся?

— Пожалуйста. — Брайди протянул синюю папку.

Савин методично просмотрел листы. Ничего там не было о графстве, городке, где он сейчас находился, сопредельных участках побережья.

— А в ваших краях ничего подобного не случалось? — Савин впился внешне безразличным взглядом в лицо собеседника, которое оставалось, увы, безмятежным.

— У нас? — В голосе экс-географа звучало нешуточное и неподдельное удивление. — Впервые слышу. А разве...

— Нет, ничего подобного, — поспешно сказал Савин. — Ни о чем-либо похожем я не слышал. Просто я подумал... Представляете, как это прозвучало бы? Загадочные события происходят и там, где живет создатель уникальной картотеки. Законы жанра, что поделаешь...

Похоже, Брайди ему поверил.

— Кто-нибудь интересовался до меня вашей работой? — спросил Савин с давно и великолепно отработанной небрежностью.

— Да. Вас, признаться, опередили. Неделю назад ко мне обращался Мортон из монгеруэллской «Инвернесс стар». Очень экспансивный молодой человек. — Брайди улыбнулся. — И я бы сказал, довольно хваткий. Он обещал позвонить, когда появится статья, но пока не звонил. Интересы Глобовидения, я думаю, это не затрагивает?

— Ни в коей мере. — Савин взглянул на часы и заторопился. — Прошу прощения, я заказал разговор с Лондоном, подходит время... Я приду к вам еще, если позволите.

Вот так оно и бывает, с грустной иронией думал Савин. Человек семнадцать лет собирал материалы о загадках далеких морей, но понятия не имел, что совсем неподалеку от его дома, от городка причаливают к берегу те самые загадочные корабли, о которых сообщают пожелтевшие газетные вырезки — как о курьезах и дутых сенсациях. Вот так всегда. А потом кто-то изобретает давно изобретенное, открывает давно открытое...

И тут он остановился, словно его с маху ударили в лицо. Он вспомнил трехлетней давности историю, вспомнил человека, который — теперь никаких сомнений — еще три года назад побывал на борту одного из тех кораблей, что растворяются в тумане и выныривают из него уже в другом мире. Но тогда Савин ему не поверил — так уж сложились обстоятельства. Удобнейшая формулировка: так уж получилось, так уж вышло, вот незадача-то...

Савина охватил жгучий стыд, от которого не убежать теперь, не заслониться, не освободиться никогда. Остается цитировать печального человека Екклесиаста, который, по мнению Савина, вовсе не считал жизнь гонкой по замкнутому кругу, а полагал, что за совершенные однажды ошибки чаще всего воздается той же монетой — стоит только угодить в схожую ситуацию. Идет ветер к югу и переходит к северу, кружится, кружится на ходу своем, и возвращается ветер на круги своя...

Возвращается на круги своя. Когда-то у тебя не хватило дерзости мысли, чтобы поверить, — теперь не поверят тебе. Вот тогда ты взовьешься, поспешишь задним числом оправдаться и заверить, что отныне готов безоговорочно принять любую, самую сумасшедшую гипотезу и драться за нее как угодно и где угодно. И хорошо, если опомнишься ты вовремя, когда еще не поздно исправить ошибки, загладить вину и выиграть бой...

Как же звали того летчика? Ведь забыл! А он верил в меня, доверял больше, чем другим, потому и пришел. Верил, что я, человек, который профессионально занимается тайнами и загадками, пойму, не усомнюсь и поверю. Как же его звали? Ведь забыл начисто!

Три года назад, на другом конце света. История в стиле картотеки Брайди — пилот упавшего в море легкого спортивного самолета несколько часов проболтался в спасательном жилете на волнах, посреди тумана. Он особенно напирал на то, что туман был каким-то странным, но никак не мог объяснить, в чем эта странность выражалась. Неизвестный парусник возник из тумана, и летчика подняли на борт. Там говорили на непонятном языке и не понимали ни одного из тех, которыми владел пилот. Пилота они высадили на берегу, эти странные люди в диковинной одежде, и парусник словно растаял в тумане.

Врачи, с которыми говорил Савин, разводили руки. Они компетентно и ненавязчиво объяснили, что долгое пребывание в воде, экстремальные обстоятельства, страх смерти — все это, вместе взятое, часто вызывает в схожих ситуациях разного рода галлюцинации. Прецедентов более чем достаточно — господин Савин может ознакомиться со следующими классическими трудами (демонстрировались классические труды). Такое случалось и в мирное время, и в военное, с потерпевшими кораблекрушение моряками, с летчиками упавших в море самолетов. Галлюцинации. Зрительные и слуховые. Бред, в реальность которого потерпевший свято верит. Что касается данного случая — не подлежит сомнению, что волны и ветер вынесли незадачливого пилота на берег. Ветер и волны, только лишь.

Затем к беседе подключились представители спасательной службы — моряки, профессионалы. Они объяснили: в наш век большие парусники, подобные «подобравшему» пилота, столь же редки, как особо крупные алмазы, — их мало, единицы, они известны наперечет, и ни один из них не ассоциируется с галлюцинацией вашего бедняги, господин Савин...

Снова подключились врачи, снова в ход шли примеры, накопленные флотскими психиатрами за два столетия. Количество и качество прецедентов внушало уважение, Савин сам был профессионалом, привык доверять профессионалам, кое-какие его сомнения и колебания уничтожили наступавшие сомкнутым строем врачи и эксперты морского министерства той страны. Так что он крайне вежливо, но решительно отказался от пилота, у которого к тому же с точки зрения психиатрии было что-то не в порядке с родословной — то ли дедушка пил запоями, то ли прабабушка регулярно убегала с драгунами... Краем уха Савин слышал, что летчик не успокоился, обивал еще какие-то пороги, напечатал даже статью в местной бульварной газетенке, которую никто не принимал всерьез (другие газеты отказались), а потом исчез, растворился в девятимиллиардной толпе на широкой, нескончаемой улице города Земля. И Савин начисто забыл об этой курьезной истории — любой журналист знает, что нет смысла помнить решительно все курьезы, с которыми сталкиваешься. А вот теперь пришлось вспомнить...

Савин закрыл глаза — ему стало невыносимо душно от стыда. Он вспомнил лицо летчика, когда тот убедился, что ас телекамеры, мягко говоря, тяготится его обществом и не верит — удивленное лицо, жалко-растерянное. Словно его грабил на большой дороге кто-то невидимый, которого не ухватить за руку...

И поздно бежать вдогонку, хватать за рукав — на Земле миллионы улиц, и в заполняющей их толпе бессмысленно искать полузабытое лицо. Самому бы найти кого-то, кто поверит...

Он сел за руль своего застоявшегося «гарольда». Развернуться здесь не удалось бы, пришлось проехать до конца улицы. Звероподобная жемчужно-серая машина промчалась по протоптанной в давние времена датскими пиратами дороге и выскочила на автостраду. Моросил нудный дождь, туман повис над морем. Савин крепко сжимал руль, чтобы, слившись с машиной, забыть ненадолго город на другом конце света и загорелого человека в голубой каскетке с эмблемой аэроклуба...

Через тридцать минут он въехал в Монгеруэлл. Еще через два часа вышел из вычислительного центра, принимавшего и частные заказы. Сел в машину, бросил на сиденье рядом пачку ненужных уже бумаг, положил руки на руль, подбородок на руки и смотрел на тихую улочку.

Что-то произошло за последние сутки. Очень мало осталось от прежнего охотника за тайнами, смотревшего на жизнь уверенно и чуть насмешливо. Впервые за долгие годы Савина покинула стойкая уверенность в себе, и он не знал, что будет через час, что он станет делать завтра. Трудно было бы назвать причину и определить, что же стало поворотным пунктом: девушка на коне посреди ночной равнины, смутный силуэт полураскрытого туманом парусника или отчаянное недоумение в глазах молодого сержанта уголовной полиции? Может быть, все вместе, вся эта история...

Перед глазами вставали лица людей, о существовании которых он и не подозревал всего тридцать два часа назад.

Диана. Ведьма поневоле, не испытывающая никакой радости от своего ведовства, ведьма, которую нужно расколдовать, вот только как это сделать?

Сержант Лесли. Человек перед глухой стеной. Дон-Кихот двадцать первого века — рассудочный, трезво-логичный, но одержимый яростным стремлением бороться со злом и всем, что злу сопутствует.

Милый мистер Брайди, жюльверновский дирижер, запоздавший родиться и оттого упустивший самое подходящее для себя время — девятнадцатый век, наивно и непреклонно считавший науку панацеей от всех абсолютно бед и недугов.

Кристи, Бенниган и остальные, опутанные древними страхами. Ну как их всех бросить? Никак невозможно...

Проходивший мимо полисмен задержался, привлеченный странной позой водителя, присмотрелся к машине. Савин заверил его жестом, что все в порядке. Посмотрел на бумаги, полученные в вычислительном центре, — столько вариантов, и никакой зацепки.

...«Гарольд» вывернул на ведущую к автостраде улицу, и Савин бегло взглянул в зеркальце, чтобы еще раз посмотреть на упорно сопровождавший его в деликатном отдалении неброский серый «белчер».

«Белчер» не отвязался и на автостраде, то пропадал ненадолго за поворотом дороги, то снова возникал в овальном зеркальце. Савин потерял его из виду лишь милях в трех от городка...

На этот раз он тщательно запер машину, что, откровенно говоря, было не более чем глупой игрой в «сыщики и вора», — в машине не было ничего, что стоило бы защищать от посторонних глаз. При нем вообще ничего такого не было, разве что полученный от Лесли кольт, — его Савин носил при себе исключительно из чувства ответственности за выданную под расписку серьезную казенную вещь.

Он отпер дверь, по инерции сделал шаг в комнату — мозг еще не успел осознать то, что увидели глаза.

— Так. Ну так... — сказал он вслух и просвистел что-то бессмысленное.

Зрелище было, надо сказать, весьма непривлекательное. На кровати валялась груда осколков металла, пластика, стекла — остатки первоклассной аппаратуры от лучших фирм (видимо, на кровати все и разбили, чтобы шумом не привлечь внимания). Принадлежащую отелю обстановку не тронули, но весь багаж Савина постигла та же участь, что и аппаратуру, — разорвано, разломано, разбросано по полу. Монеты исчезли со стола. На стене распят большой черный кот, над ним чем-то бурым, очевидно кошачьей же кровью, размашисто выведено: «Не уберешься отсюда — прибьем точно так же».

Савин присел на краешек кровати, закурил, поглядывая на оскаленную кошачью пасть и остекленевшие желтые глаза. Итак, тут было кому наступить на мозоль, и он ухитрился это сделать — так ощутимо, что таинственный противник сделал ответный ход.

Почему-то Савин был твердо уверен, что наглые визитеры не шутят и при необходимости пойдут на крайние меры. Может быть, на такие мысли наталкивало место действия — в пестром и шумном курортном городе у теплого моря несерьезно выглядели бы и несчастный кот, и выведенные кровью угрозы. Но не здесь, в краю серых дождей и угрюмых скал. Здесь все выглядело очень серьезно. Как бы там ни было, следовало в дальнейшем осторожнее вести себя на загородных прогулках — не шарахаться от каждого куста, но и не набиваться в компанию к незнакомым морячкам со странных судов, вряд ли числящихся в регистре Ллойда...

Бахвальством было бы утверждать, что он ничего не боялся сейчас, — неприятно ожидать удара, не зная, откуда он последует и кто его нанесет. Но и уважать себя перестанешь, если сбежишь. Да и поздно бежать — это уже стало твоим, закружило, понесло...

Савин тщательно собрал все осколки, обрывки и клочья, свалил на кровать, положил сверху несчастного кота. Связал углы покрывала, подхватил узел и решительно вышел из комнаты. К счастью, хозяина за стойкой не было и не понадобилось объяснять причины столь странного обращения с инвентарем отеля — покрывалом.

...Туман, как обычно, подступал к самому берегу, касался камней, походил на слепого, осторожно нащупывающего дорогу в незнакомом коридоре. На секунду он показался живым, и Савин с некоторым усилием подавил странное чувство, в котором было больше тревоги, чем страха.

Бродивший неподалеку Лохинвар резко поднял голову, насторожил уши, вглядываясь в темноту, и Савин услышал деловитый перестук копыт. Вскоре всадник выскочил из-за скалы, Савин узнал Диану, и рука, протянувшаяся было к пистолету, отдернулась. «Кое-чего „те“ уже добились, — зло подумал Савин, — начинаю шарахаться от каждого куста и каждого шороха...»

— Привет, — сказала Диана, соскочив с коня. — Условие выполнил? Я предупреждала — никаких кинокамер.

— Выполнил, — сказал Савин. — Помогли мне его выполнить, знаешь ли. Вся моя аппаратура, равно как и вещи, покоятся в растерзанном виде на дне. Вон там.

— Шутишь?

— И не думаю. Какой-то неизвестный доброхот уничтожил все и оставил вместо визитной карточки любезную надпись — предлагает убраться отсюда или мне оторвут голову. У тебя есть чересчур ревнивые поклонники? Кажется, я кому-то мешаю.

Диана задумалась, опустив голову. Савин смотрел на нее, но думал не о таинственном противнике.

— Странно, — сказала она наконец. — Ни с чем из того, что мне известно, я это связать не могу...

— А о тех, кто выгружает здесь ночами контрабанду, тебе что-нибудь известно?

— Господи, нашел о чем говорить, — сказала она досадливо. — Какая это контрабанда? Люди возят в разные места свои товары, и вообще этот мир для них не более чем придорожная скамейка, где можно присесть и передохнуть. Что ты к ним привязался?

— Вовсе я к ним не привязался, я им даже помогал таскать тяжелые мешки.

— Прекрасно! Объясни, как это ты ухитряешься постоянно оказываться там, куда тебя никто не приглашал?

— Работа такая — совать нос во все приоткрытые двери. Плюс профессиональное везение. Но сегодня здесь меня, если не ошибаюсь, ждали и приглашали сюда?

— Ждали, ждали... Постой тихонько, не мешай.

Она повернула лицо к морю и прислушалась к чему-то, неслышному для Савина. Савин послушно молчал. У него вертелся на языке не один вопрос, но он знал, что никаких ответов сейчас все равно не получит, и чутье подсказывало, что торопиться не следует.

Чистый серебряный звук, похожий на далекий сигнал трубы, донесся с моря, и мгла сгустилась в узкий высокий силуэт. Корабль с зарифленными парусами бесшумно скользил к берегу, приобретая все более четкие очертания, поворачивался бортом к ним, и Савин, не будучи специалистом в морском деле, тем не менее мог бы с уверенностью заявить, что узнал его, — с него прошлой ночью выгружали свой таинственный груз незнакомые моряки, расплачивающиеся странными монетами.

Прогремела цепь, шумно плюхнулся в темную воду небольшой якорь, борт навис над Дианой и Савиным (орудийных портов, отметил Савин, не было), молча зашевелились знакомые уже фигуры в мешковатых коротких куртках с капюшонами, опустили сходни у самых их ног.

— Ну? — с любопытством и явной подначкой спросила Диана. — Что-то ты не торопишься...

— Только после вас, миледи, — галантно сказал Савин и шагнул к трапу следом за ней.

«Что, если они меня переиграли, — подумал он, осторожно нащупывая ногами грубо тесанные плашки-ступеньки. — Выманили на берег, как последнего дурака, и Диана с ними заодно, и до скончания века никто не отыщет следов пропавшего без вести репортера Глобовидения, впутавшегося в чужие непонятные игры...»

Глупости. Это тоже называется — шарахаться от каждого куста. Исходи угроза от этих самых корабельщиков, «честных контрабандистов», они не приглашали бы помочь и не расплачивались бы честно за помощь. Что им стоило вчера хлобыстнуть по затылку чем-нибудь тяжелым и отправить на угощение рыбам? Нет, забеспокоился кто-то другой... Хотя бы тот, кто принимал доставленный товар. Цепочка из нескольких звеньев, где каждое звено обладает определенной самостоятельностью и, не исключено, преследует различные цели, каждое — свои. И для моряков он не представляет ровным счетом никакой опасности, помехи или угрозы, зато не нравится приемщикам груза — а это означает и то, что они могут принадлежать этому миру, постоянно живут здесь и потому не склонны восторженно приветствовать случайных свидетелей... Вполне логично.

Снова провизжала цепь, вползая в клюз, резко свистнула сзади боцманская дудка, матросы отрывисто перекликались, карабкаясь по вантам. Тяжело захлопали паруса, разворачиваясь и наполняясь тугим прохладным ветром.

Они стояли у борта, никто к ним не подходил, не пытался заговорить, и Савин не понимал почему, — он был чужаком, но Диана?

Мимо деловито прошагали двое матросов, не бросив в их сторону и взгляда.

— Нас словно игнорируют, — сказал Савин вопросительно.

— Отнюдь нет. Просто к чему навязывать свое внимание? Если мы плывем с ними, значит, так нужно. Да и о чем бы ты с ними говорил? И вообще, ты часто заговариваешь с шоферами такси?

— Контакт... — почти машинально сказал Савин.

— Ну вот, как обычно, — вспомнил один из расхожих штампов, и все стало на свои места. Контакт, изволите ли видеть. А зачем? О чем могут говорить двое незнакомых друг другу прохожих, случайно встретившихся на перекрестке? О погоде разве что, и то это уместится в две-три фразы. Приподняли шляпы, поклонились друг другу и разошлись...

Она была не права, определенно не права, но Савин не стал спорить — не был уверен, что сможет ей что-то сейчас доказать. «Наверное, ей когда-то очень не повезло в жизни, — подумал он, — обидели когда-то или что-то еще в том же роде, мне ее почему-то жаль, но нельзя ей этого сказать».

Корабль скользил в тумане как призрак, и Савин крепко сжал обеими руками тугие ванты, привязывая себя к реальности. «Уходят из гавани Дети Тумана...» — вспомнил он мимолетно. Туман был не просто туман, странные ощущения пронизывали тело и сознание, они не были болезненными, пугающими или неприятными. Просто ничего похожего прежде испытывать не приходилось и сравнивать было не с чем — словно за бортом тихо плескалось само Время, прохладной изморосью оседало на лице, было соленым на вкус, проникало в каждую клетку тела, растворяло в себе...

Туман редел, явственнее проступали вокруг темные волны, над мачтами показались звезды, исчезло странное ощущение текущего сквозь тело Времени. Все оставалось прежним, и все изменилось на неощутимую толику — чуть-чуть не так пахнул морем воздух, чуточку иначе взлетали соленые брызги, в резком крике промелькнувшей справа чайки послышались незнакомые нотки, да и была ли это чайка? Савин знал, что он в другом мире, и последние сомнения на этот счет развеялись, когда парусник выскользнул из тумана, и небо оказалось усыпанным неизвестными созвездиями, и слева, почти в зените, стояла снежно-белая луна, раза в два меньше земной, а справа, почти над самыми волнами, — вторая, зеленоватая, с вишню размером. А впереди, прямо по курсу, вырастало над горизонтом странное зарево — спокойное светлое сияние, пронизанное в тысяче мест сполохами чистых спектральных цветов, и корабль на всех парусах шел туда, матросы весело перекликались, палуба озарилась отсветами приближающегося зарева, выраставшего из морских глубин и упиравшегося в звезды. Савин смотрел во все глаза. Впереди был белый свет исполинского маяка, и освещенные радужными огнями башни, и лес мачт, увешанных гирляндами разноцветных фонариков, — невероятный, сказочный порт гриновского города. Шутихи со свистом проносились над топами мачт и гасли в воде, вертелись огненные колеса, музыка становилась все громче.

— Карнавал какой-то? — спросил Савин.

— Как каждый год в этот день, — сказала Диана. — Доволен?

— Да не очень, — сказал Савин. — Я ведь не для себя коплю впечатления — для других...

— Подождут твои другие...

Убирали паруса. Возле каменного мола отыскалось свободное местечко, и рулевой виртуозно пришвартовал парусник, двое матросов сноровисто перемахнули через борт, опутали канатом изящные литые кнехты.

— Прошу, — показала на трап Диана. — Добро пожаловать в Город Тысячи Кораблей...

Они прошли по пирсу мимо бесчисленных ярко иллюминированных кораблей — их наверняка было гораздо больше тысячи у причалов и на рейде — вошли в широкие ворота и окунулись в бесшабашное веселье. На стенах домов горели разноцветным необжигающим пламенем без копоти и дыма гроздья факелов, фонтаны, украшенные каменными изваяниями неизвестных зверей, испускали веера искр, десятки песен сливались в Мелодию Карнавала, пели и танцевали люди в масках и незнакомых нарядах — двух одинаковых не было, и Савин не знал, что они такое — праздничная одежда или карнавальные костюмы? Может быть, и то и другое. Диана крепко держала его за руку, повеселевшая, смеющаяся, куда-то далеко отлетели все заботы и сложности, Савин стал беспечной молекулой карнавала.

Кто-то в черном трико и красных кружевах, проносясь мимо, сунул им в руки тяжелые чеканные кубки, весело крикнул что-то и растаял в толпе. Они пробились к овальному бассейну фонтана, присели на парапет. Искры ливнем сыпались на них и гасли, не причиняя боли. Савин вздрагивал сначала, но вскоре привык. За спиной плеснуло — в бассейне кружило длинное гибкое животное, похожее на тюленя. Приостановилось, всплыло на поверхность, глянуло в лицо Савину, испустило звонкий веселый визг и снова, извиваясь, заскользило вокруг постамента с каменным зверем.

— Ваше здоровье! — сказал ему вслед Савин.

Вино было густое и ароматное.

— А ты быстро освоился, — сказала Диана. — Хвалю...

— Стараюсь, — пожал он плечами.

— И пореже вспоминай свои холодные скучные слова вроде «контакта». Просто приплыть сюда, провести ночь посреди феерии. Как и все те, кого ты здесь видишь. Пойдем танцевать?

— Как бы друг друга не потерять в этой толчее...

— Не беспокойся, даже если и потеряешься, тебя утром проводят в порт. Или я сама тебя найду, закон карнавала — двое, приехавшие вместе, обязательно встретятся. Пойдем?

— А я смогу? Музыка какая-то незнакомая...

— Ничего, привыкнешь...

Танцующие вокруг фонтана пары импровизировали каждая свое, подстраиваясь под ритм. Музыканты не сидели на одном месте — приплясывали, держась не очень тесной кучкой. Мелодия стала отдаленно похожей на «Голубые снега» Пелчицкого, медленный танец. Диана положила Савину руки на плечи, ее глаза были совсем близко, и не хотелось сейчас думать обо всех загадках и удручающих деталях, но суровая действительность отрешала его от толпы. Он уже не думал о будущем фильме, да и не будет, кажется, никакого фильма, все сложнее. И глобальнее — иные миры, иные цивилизации, которые земляне собирались искать в космосе, были рядом, за зыбкой туманной дверью. А Земля об этом не знала — знали только Савин с Дианой да еще кучка каких-то неизвестных темных личностей. Это было невыносимо — чувствовать себя едва ли не единственным хранителем тайны, поразившей и обрадовавшей бы все население планеты, и это при том, что его работой как раз и было — рассказывать людям о разгаданных тайнах...

— Я так не могу, понимаешь? — сказал он. — Знаем только мы с тобой...

— Ты так думаешь? Мы не первые, и не в этом веке сюда впервые попали земляне, — может быть, тысячу лет назад...

Возможно, многие древние легенды о путешествиях в таинственные миры основаны на реальных фактах, подумал он. Даже наверняка. Может быть, и Томас Лермонт, знаменитый бард из Эрсилдуна — овеянная легендами, но реально существовавшая когда-то личность, — тысячу лет назад ходил по этим улицам. Почему об этом городе молчали побывавшие здесь тысячу лет назад, понятно: кто знает, вдруг та река крови, которую пришлось пересечь Томасу, уходя за королевой фей в ее страну, — всего лишь не очень сложная метафора, отражавшая дух определенных времен?

— Но это же неправильно, — сказал он. — Сюда никак нельзя было приходить, а им рано встречать?

— Вот это уже довод посерьезнее, — сказал Савин. — Но ведь непременно должны существовать и более близкие нам по возрасту миры? А то и ушедшие вперед?

— Таких я не знаю, — сказала Диана. — Наверняка они есть, но там я не бывала. Хватит, ладно? А то рассержусь...

Савин замолчал. Он никак не мог заставить ее выйти из роли, которую она сама себе навязала. В чем-то он мог ее понять, в чем-то она была права, но — не в главном. И ничего нельзя было сделать...

Танец сменился более быстрым, напоминающим старинный тулузский ригодон, образовался хоровод, но внезапно к фонтану прихлынула новая толпа — хохочущая, гомонящая, пускающая шутихи. Может быть, они только что приплыли. У них были свои музыканты, мелодии двух оркестров причудливо переплелись, хоровод рассыпался, возникла толчея, вызвавшая лишь новые взрывы хохота, — все перемешалось, Савин выпустил руку Дианы и тут же потерял ее из виду. Растерянно затоптался, оглядываясь, его окружила и потащила за собой смеющаяся кучка парней и девушек, нимало не удивленных его одеждой, — сунули в руку новый кубок, уволокли прочь от фонтана. Он не мог сопротивляться — так подчиняло себе их бесшабашное веселье — и вскоре оказался далеко от фонтана, на какой-то другой площади. Там высилась посредине статуя всадника — на низком и широком пьедестале плясали, а самый отчаянный ухитрился взобраться на шею коня и размахивал шаром на длинной палке, испускавшим веера искр, прекрасных и необжигающих, как радуга.

Здесь Савину удалось покинуть своих веселых похитителей. Он присел на каменное крыльцо расцвеченного яркими огнями дома, отхлебнул вина и поставил кубок рядом с собой на ступени. Прихватить его с собой? — мелькнула мысль. Но ведь ничего этим не докажешь — всего лишь кубок. Впрочем, и монеты, честно говоря, никого ни в чем не убедили бы — таинственные налетчики явно опасались в первую очередь его аппаратуры, а монеты, несомненно, прихватили, решив быть последовательными до конца в своей наглой лихости...

Осторожно обходя танцующих, прошел и скрылся в боковой улочке черный зверь, как две капли воды похожий на одного из резвящихся там, на том берегу, на вересковых пустошах Шотландии. Никто не обратил на него внимания, словно и он был здесь равноправным гостем...

Савин грустно смотрел на танцующих вокруг памятника, хотелось крикнуть им: «Ну что же вы прячетесь? Вам будут только рады!» Но и этого он не мог...

Внезапно неподалеку от него возникла фигура в таком причудливом костюме и маске, что нельзя было даже по движениям понять, мужчина это или женщина. Поманила Савина рукой.

— Вы меня? — немного растерянно спросил он.

Фигура вновь призывно повела рукой, и Савин только сейчас увидел, что рядом с ней стоит предмет на треноге, чрезвычайно похожий на фотоаппарат, правда, довольно старинный. Или на кинокамеру старой модели. Сердце захолонуло от радости. Он вскочил, но фигура отступила, сделала знак, несомненно означавший просьбу соблюдать определенную дистанцию, и пошла в боковую улочку. Савин шагал метрах в десяти сзади, послушно сворачивал вслед за своим таинственным поводырем в какие-то переулки, дворы, где уже не было ни веселых толп, ни карнавального фейерверка. Музыка осталась далеко позади, стала едва слышной. Фигура беззвучно скользила впереди, загадочный футляр висел на ремне у нее за спиной.

Сердце лихорадочно колотилось. Это фотоаппарат или кинокамера, сомнений нет. Какой-нибудь торговец? Но почему таится — запрещено открыто торговать фотоаппаратами, что ли? И откуда ему известно, что именно Савину нужно? Какой-то таинственный друг, неизвестно откуда знающий, чем может помочь? Слишком неправдоподобно.

Или нет? Ну почему у его врагов-невидимок, уничтоживших аппаратуру, не может оказаться своих врагов, которые, согласно известной пословице, автоматически посчитали себя друзьями и союзниками Савина?

Улица длиной метров в сорок, вернее, проход меж глухими каменными стенами — задними стенами каких-то строений. На каждой стене по десятку фонарей — голубых шаров.

Когда Савин достиг примерно середины прохода, все и произошло. Справа застучали по крыше шаги, полетела вниз, разматываясь, толстая веревка с привязанной на конце за середину палкой, тот, что заманил сюда Савина, ухватился за нее обеими руками, сел на палку, и его мгновенно подняли на крышу.

Из-за угла выехал всадник в широком черном плаще с капюшоном, чрезвычайно похожий на того, что встречал прошлой ночью на берегу корабль «честных контрабандистов», развернул коня вдоль прохода и остановился. Савин оглянулся — с другой стороны проход загораживали двое пеших в таких же плащах, и в руках у всех троих были короткие металлические предметы, холодно отсвечивающие тусклыми бликами...

Оттуда, где стоял всадник, донеслось тихое стрекотание, и несколько ламп по обе стороны прохода звонко лопнули, погасли. И с другой стороны, сзади, тихо застрекотало, лампы гасли одна за другой, но только те, что висели ближе к выходам, — те, что были в середине и освещали Савина, остались нетронутыми.

Он понял их замысел, и некогда было раздумывать. Он отскочил, выстрелил по трем лампам, и они лопнули — висели невысоко, и попасть было нетрудно. Упал на спину, перекатился, выстрелил по трем оставшимся. Проход погрузился в темноту. У Савина остался один патрон в стволе и семь в запасной обойме — слабовато против трех автоматов-бесшумок... И еще кто-то на крыше, двое как минимум. Но что им мешало просто выстрелить в него с крыши? Хотят взять живым, узнать, что ему известно, что он успел рассказать и кому? Сомнительно, что после такой беседы его отпустят с миром, — чересчур уж удобный подворачивается случай покончить с ним, надо же было так глупо попасться, и никто ничего никогда не узнает, до чего обидно, господи...

Он выстрелил во всадника, но промазал — было слишком темно. Всадник отъехал за угол, исчез из виду. Исчезли и пешие. Злость и опасность до предела обострили рассудок, и он догадался — сейчас в игру вступят те, что на крыше, сбросят что-нибудь сверху, оглушат...

Савин вставил новую обойму, отполз к стене, прижался к ней спиной. Он не знал, с какой стороны ждать удара, он ничего не мог, не знал, что же делать, никогда еще он не оказывался в таком паскудном положении. В бога он, разумеется, не верил, но сейчас самое время помолиться — хотя бы шотландским духам...

Стрекотнуло высоко над головой, сверху посыпалась каменная крошка. Значит, не стараются попасть, хотят брать живьем...

— Брось оружие. Встать и руки за голову, — раздалось над самой головой.

— Черта лысого! — рявкнул Савин.

— Дурак, — расхохотались вверху. — Сейчас сбросим факелы, будешь как муравей на тарелке. А палить можешь сколько угодно — карнавал, никто ничего не заподозрит. Да и вряд ли ты сюда с мешком патронов плыл, их у тебя наверняка кот наплакал, а? Давай быстрее...

Резкий свист оборвал ехидно-уверенные реплики, и над самой головой Савина загрохотали удаляющиеся шаги. Застучали копыта в той стороне, где скрывался за углом всадник. А через несколько секунд с другой стороны послышался иной конский топот — кто-то мчался сюда галопом.

В проходе сверкнул яркий, пульсирующий свет факелов. Несколько всадников с гиканьем и азартными воплями промчались мимо, явно преследуя убежавших. Трое на всем скаку, царапая ножнами мечей стены, завернули в проход, увидели Савина, все еще лежащего, натянули, откидываясь назад, широкие поводья, и храпящие кони взвились на дыбы, разбрызгивая пену.

Савин медленно поднялся, не пряча пистолета, настороженно всматриваясь в нежданных избавителей. Вряд ли нападавшие стали бы применять столь изощренную хитрость, подсылая к себе на смену сообщников, так что в том, что прискакали спасители, сомневаться не стоило. Как и в том, что это полиция или какой-то патруль, — блестящие кирасы, шлемы с невысокими султанами, поножи, налокотники, мечи.

Двое остались в седлах, высоко подняв факелы, третий спешился и валкой походкой старого кавалериста подошел к Савину. Старший, очевидно, — какая-то эмблема на золотой цепи поверх кирасы, еще какие-то инкрустации золотом. Грузный пожилой мужчина с солидными висячими усами.

Савин опустил пистолет, хотел сунуть его в карман, но старший протянул лапищу в кожаной перчатке, перехватил его руку и забасил непонятное — указывая на пистолет, широким жестом обводил окрестности, негодующе качал головой и цокал языком, выражал крайнее неодобрение, как только мог. Смысл его тирады легко дошел до сознания Савина, которому во время скитаний по планете нередко приходилось объясняться жестами с теми, кто не владел известными ему языками. Патрульный горячо растолковывал, что здесь, во время карнавала, категорически запрещается устраивать безобразия, подобные только что прерванному на самом интересном месте.

Савин закивал в знак понимания, виновато пожал плечами, но тут же спохватился — кто знает, какая у них система жестов, означает же у болгар кивок — отрицание... Но нет, патрульный его прекрасно понял и заговорил тоном ниже, укоряюще, но уже не особенно. Потом оборвал поучения, очевидно сочтя их законченными, и коротко, по-деловому задал несколько вопросов. Видя, что Савин не понимает, выдернул из-за голенища сапога свиток, развернул и, не оборачиваясь, щелкнул пальцами. Один из всадников подъехал ближе, наклонил факел. Старший протянул свиток Савину.

Там было изображено человек сорок, все в разных костюмах. Детали выписаны очень тщательно, и под каждым — короткая строчка непонятных знаков. Дело у них поставлено неплохо, видимо, это и имела в виду Диана, предупреждая, что заблудиться здесь невозможно... Савин всмотрелся и вскоре уверенно ткнул пальцем в человека, одетого, несомненно, по земной, хотя и немного устаревшей моде. Старший удовлетворенно крякнул и знаком велел одному из своих людей спешиться, кивнул на лошадь Савину — видимо, здесь автоматически подразумевалось, что каждый обязан уметь ездить верхом.

Впрочем, он первое время ехал рядом, присматриваясь к посадке Савина, но вскоре, оценив его умение держаться в седле, гикнул и пустил коня размашистой рысью. Через несколько минут, огибая людные места, они достигли порта, проскакали мимо ряда иллюминированных кораблей и остановились у того, на котором Савин сюда прибыл. Его вежливо проводили на палубу, но вежливость любой полиции имеет свои пределы. Так и здесь — один из патрульных занял позицию неподалеку, явно намереваясь дежурить, пока не отчалит корабль с возмутителем спокойствия. Его коня увел в поводу напарник. Матросы временами появлялись на палубе, упорно не обращая внимания на Савина. Он примостился у борта и ни о чем особенном не думал — не хотелось, остывал после схватки. Часа через два стало утихать буйство фейерверка, людской поток хлынул на корабли, вскоре вернулась и Диана. Савин уверенно объяснил, что после того, как их неожиданно разлучили, он бродил по городу и вот только что вернулся, ориентируясь на маяк. Диана ничуть этому не удивилась, так что особенно лицедействовать не пришлось. К тому же она особенно и не расспрашивала, сидела грустная, и понятно было отчего — кончился карнавал, которого ждешь целый год, и еще год теперь предстоит ждать ясных огней до небес...

Обратный путь, «переход», разговоры с Дианой о каких-то пустяках, короткое сдержанное прощание на берегу — все это проплывало мимо сознания, не оставляя следа. Ничего сейчас не имело значения — кроме миров, которые он не мог подарить Земле...

День третий

Савин осторожно постучал в потемневшую от времени и здешней стойкой сырости дверь. Почти сразу же послышались тяжелые неторопливые шаги, дверь потянули на себя, открыв до половины. Перед Савиным стоял высокий крупный человек, растрепанной черной шевелюрой и бородой напоминающий то ли актера, утвержденного на роль Емельяна Пугачева, то ли цыгана. Он наверняка встал буквально за несколько минут до появления Савина — рубашка застегнута кое-как, через пуговицу, лицо мятое, сонное, глаза запухшие.

Конечно же, он сразу узнал Савина, он явно намеревался буркнуть что-нибудь вроде: «Ну вот, опять вы...» — лицо стало уже стягиваться в грустно-отрешенную улыбку. Но он только что проснулся, соображал хуже, чем обычно, и это позволило Савину опередить, заговорить первому:

— Почему вы не сбрили бороду? И волосы не выкрасили, скажем, в рыжий?

Гралев недоуменно моргнул:

— Почему я... что?

— Не сбрили бороду. И не изменили цвет волос. — Савин очень деликатно, но непреклонно придвинулся вплотную, и Гралев, так ничего и не поняв, отступил в прихожую. Савин закрыл за собой дверь. Полдела сделано — его впустили.

— Это было бы логическим продолжением, Гралев, — сказал он. — Люди, вдруг решившие скрываться под вымышленной фамилией, обычно стремятся и внешность изменить. Что же вы не довели дело до конца?

— Что за глупости? — спросил Гралев. — Зачем мне менять внешность?

— А зачем вам понадобилось менять фамилию, мистер Гролл?

На лице Т-физика изобразилось что-то похожее на смущение:

— Сам не знаю... — Он подергал плечами, ища слова. — Вырвалось неожиданно для меня самого, здесь ведь не спрашивают документов. Видимо, в подсознании сидело, что Гралев — конченый человек, в сущности...

— И человечество, безусловно, выиграет оттого, что на его месте возникнет ничем не примечательный Гролл, — продолжил за него Савин, — который найдет себе в глуши место, скажем, учителя физики — на это у лауреата Нобелевской премии способностей хватит — и будет разыгрывать современного отшельника в хламиде из эластовитола.

Даже учитывая состояние Гралева, следовало ожидать вспышки — Савин знал характер физика, похожий на камчатский гейзер, — но Гралев как-то очень тускло улыбнулся и спросил спокойно:

— А что вы предложите?

— О, я многое могу предложить... — сказал Савин. — Но пока предложу для начала сварить кофе нам обоим.

— Я только что сварил. На вас хватит.

— Вот и отлично. В таком случае будем считать, что увертюра прозвучала и занавес поднят... Где ваша комната, сюда? Благодарю.

— Как вы меня нашли? — без всякой радости, но и без особой враждебности (что придало Савину уверенности) спросил Гралев, расставляя чашки.

— Представьте, я вас вовсе не искал. То есть искал, конечно, но сюда приехал по другим делам и никак не ожидал встретить вас в городке. А сюда меня привели другие обстоятельства... — Он поколебался и закончил твердо: — Правда, чрезвычайно похоже на то, что все обстоятельства стянулись в один тугой узел, с которым, кажется, следует поступить как с гордиевым...

— Как это понимать?

— Не могу объяснить пока, — сказал Савин. — Вернее, не могу пока сформулировать четко — запутанно, как черт те что, до того туманно...

Он замолчал, отхлебнул кофе и пристально, откровенно оглядел комнату — гралевских вещей здесь было не больше, чем обычно бывает у мужчины в гостиничном номере. Видимо, каковы бы ни были его дальнейшие намерения относительно своего будущего, прочно обосновываться в этом городе Гралев не собирался.

И тут Савина осенило.

— Почему вы оказались именно здесь, на берегах Ферт-оф-Лорна? Именно в этом графстве?

Гралев молчал, буравя взглядом свои ботинки.

— Почему именно здесь? — повторил Савин настойчиво. Он не хотел и не собирался быть деликатным — слишком серьезная шла игра, слишком велики были ставки.

— Городок я выбрал случайно, — сказал Гралев, не поднимая глаз. — Захотелось почему-то к морю — серому, знаете ли, скучному. В тон настроению, что ли.

— Понимаю, — сказал Савин. — Но из Глазго вы могли преспокойно отправиться в Эр или Андроссан. Это гораздо ближе, и там тоже сколько угодно серого скучного моря. Или, если уж вам хотелось забраться как можно дальше на север, можно было воспользоваться прямыми рейсами на Фрейзерборо или Дернесс. Улететь на острова, наконец. Но вы предпочли остановиться где-то посредине между Глазго и северной оконечностью страны. Машины у вас нет, значит, вы воспользовались монором или автобусом — при самом лучшем раскладе, как минимум, три пересадки по пути из Глазго, я хорошо изучил расписание, потому и взял машину. Вы целеустремленно добирались сюда... или в Могнеруэлл?

— Ну, предположим, в Монгеруэлл. Не вижу причин это скрывать.

— Так. Сюда вы приехали из Монгеруэлла, потому что здесь было скучное серое море. А кто вам нужен был в Монгеруэлле?

— Послушайте, вам не кажется, что вы все больше начинаете походить на полицейского?

— Вполне возможно, — сказал Савин. — Это оттого, что я надеюсь все же опередить Интерпол или Международную службу безопасности — это все же не их дело.

— При чем здесь Интерпол? Он-то какое может иметь отношение к спорной научной гипотезе, которую так и не удалось подтвердить экспериментально?

— И вы так именуете работу, за которую в тридцать один получили Нобелевскую? — как бы между прочим поинтересовался Савин.

— Это было четыре года назад. Тогда мы были оптимистами. А теперь получается, что получил я ее незаслуженно. Словно бы за проект вечного двигателя, понимаете вы это?

Его голос сорвался, он наконец поднял глаза — в них были боль и злое отчаяние от собственного бессилия. Нет, это не ты, подумал Савин. Не ты подкладывал бомбы. Ты не стал бы никогда собственными руками разрушать дело всей своей жизни. Есть кто-то другой...

— Значит, вы признаете, что трудились над пустышкой? Что те, кто присуждал вам Нобелевскую, — бездари, не способные отличить эпохальную идею от проекта перпетуум мобиле?

— Не хочу я этого признать! Не могу! — Гралев склонил голову и закончил тише: — Но факты, факты...

— Что ж, поговорим о фактах. Но раньше скажите все же, кого вы искали в Монгеруэлле? Кетсби?

— Да, — сказал Гралев. — К чему делать из этого секрет?

— Ваш бессменный помощник, верный оруженосец... — сказал Савин.

— Если быть точным, я не искал его, не гнался за ним. Он сам мне написал. Я поехал не сразу, мне...

— Было неловко и стыдно, — закончил за него Савин. — Потому что вы, отец-основатель, бросаете дело, а скромный инженер остается на своем посту. Я правильно понял? И правильно его охарактеризовал?

— В общем-то, да. Теоретиком он никогда не был. Но исполнитель он идеальный и экспериментатор неплохой.

— Настолько, что вы все эти четыре года практически передоверяли ему всю основную работу по монтажу установок?

— И не вижу причин об этом жалеть, — сказал Гралев.

— Ну-ну... Итак, он просил вас приехать, и вы после некоторых колебаний приехали. Вы встречались с ним?

— Разумеется. Два раза.

— И что же?

— Я его не узнал. Мне показалось, да и сейчас кажется, что он не вполне нормален психически. Бессвязный бессодержательный получился разговор — и в первый, и во второй раз. Осталось такое впечатление, словно он все время порывался рассказать что-то важное, начинал сложными зигзагами подводить меня к чему-то, и вдруг — будто захлопывается какая-то дверь или, наоборот, впереди разверзается пустота. Издерган до крайности, стряхивает пепел на пол, — это он-то, образец аккуратности! — озирается с таким видом, словно кто-то сейчас появится за его спиной прямо из стены. Кажется даже, что он вооружен...

— У вас не создалось впечатления, что он чего-то или кого-то боится?

— Если даже и так, то это чисто нервное, не имеющее отношения к реальности, — задумчиво сказал Гралев. — Скорее всего, у него тоже не выдержали нервы, но проявилось это еще болезненнее, нежели у меня. Ему давно пора лететь к Полачеку в Брно, а он почему-то торчит здесь и не хочет уезжать.

— Полачек? — сказал Савин. — Настолько я помню из наших прошлых бесед, это тот, кто шел за вами, так сказать, по пятам? Ваш наследник престола?

— Собственно говоря, да, — сказал Гралев. — После того как распалась моя группа, многие перешли к Полачеку, в том числе и Кетсби. Но он никак не хочет уезжать. я хотел даже купить ему билет и посадить в самолет, но решил немного подождать. Не стоит его отправлять в таком состоянии, пусть немного придет в себя...

— У него здесь родственники? Женщина, может быть? Друзья?

— Никого. Я бы знал. — Гралев поставил на хлипкий столик пустую чашку, досадливо помотал головой: — Послушайте, Савин, хватит об этом, хорошо? Все-таки речь идет о человеке, который работал со мной четыре года...

— Я думал, вы все же скажете «о моем хорошем друге», — сказал Савин. — Нет?

Наступило неловкое, напряженное молчание. Савин отвернулся и равнодушно рассматривал выцветшие литографии на стене.

— Нет, — сказал наконец Гралев. — Вы не подумайте, что я к нему плохо относился или недолюбливал... Он хороший парень, прирожденный инженер, с ним было легко работать и интересно общаться за стенами лаборатории, и все же... И тем не менее друзьями мы не были. Боюсь, что «хороших друзей», как вы выразились, у него вообще не было. У него были только хорошие знакомые. Вы понимаете разницу?

— Понимаю, — сказал Савин. — Продолжайте, прошу вас.

— Создавалось впечатление, что на нем надет панцирь, разместившийся где-то между кожей и скелетом, в Монгеруэлле, мне показалось, это проступило особенно остро.

— Ага! — Савин стукнул ладонью по колену. — Вы отгоняете мои последние сомнения, Гралев, последние уничтожаете, теперь я уверен, что не ошибся... — Он чувствовал, что впадает в пустословие, но не мог сразу остановиться, это было своеобразной разрядкой. — И если это окончательно подтвердится, если это подтвердится...

— О чем вы?

— Исключительно о вас и ваших делах. — Савин овладел собой. — Можно еще кофе? Благодарю... Понимаете, Гралев, я провел вчера два часа в вычислительном центре Монгеруэлла. Машинное время сейчас гораздо дешевле, чем в прошлом веке, и все равно мне пришлось выложить трехмесячный оклад — у меня были сложные задачи, осложнявшиеся еще и тем, что не всегда я мог конкретно объяснить, что мне нужно... Начнем по порядку. Если бы месяц назад я спросил у вас, кто, по-вашему, является сегодня лучшим Т-физиком планеты, что бы вы мне ответили, избегая обеих крайностей — ложной скромности и излишнего самомнения?

Гралев ответил не сразу:

— Месяц назад я ткнул бы себя пальцем в грудь.

— И абсолютно справедливо, — сказал Савин. — Так и поступайте впредь, вы слышите? Минуту! — Он резко вскинул ладонь: — Без самобичующих реплик, Гралев, ясно? И не перебивайте, понятно? Слушайте и отвечайте на вопросы. Потом можете говорить все, что угодно. Итак, рассмотрим ситуацию. Родилась и уверенно набирает силы новая отрасль физики, занимающаяся проникновением в иномерные миры, параллельные пространства. Есть теория, математический аппарат, хорошие специалисты, оборудование и, что немаловажно, признание в научных кругах.

— Не везде, — сказал Гралев. — Иные метры поверят в нашу правоту не раньше, чем сами побывают в одном из иномерных миров. И они отнюдь не бездари, просто существует такая вещь — определенные свойства человеческого мышления... Вы ведь знакомы со многими хрестоматийными примерами? Против существования метеоритов или возможности постройки летательных аппаратов тяжелее воздуха выступали отнюдь не одни бездари...

— С хрестоматийными примерами я знаком, — сказал Савин. — Не будем отходить от главного. Итак, на протяжении последних примерно двух с половиной лет в лабораториях, идущих, казалось бы, по единственно верному пути, произошел ряд катастроф, которые можно расценить как признак провала, результат неверного пути. Признак того, что великолепная магистраль оказалась на деле примитивным тупиком, так что просто неизвестно теперь, где же она — укатанная дорога, ведущая к сияющим вершинам. Те, у кого мышление в полной мере обладает «определенными свойствами», возликовали и вновь развернули задохнувшееся было наступление. Те, кто относился к вам с доброжелательным пониманием, те, кто присуждал вам Нобелевки и помогал отвоевывать место под солнцем, — даже они под давлением неопровержимых фактов... Смутились и задумались, скажем так. И наконец, в ваших рядах возникло дезертирство, причем полководец, сиречь вы, покинул поле боя, даже не дождавшись окончательного развала армии. Я не говорю уж о том, что средства массовой информации перешли от неумеренных восторгов к выжидательному молчанию — в лучшем случае. Я исчерпывающе обрисовал ситуацию?

— Да. Факты...

— Подождите. Ответьте еще на несколько вопросов. Какие меры безопасности принимались в тех лабораториях, где вы работали?

— Обычные меры согласно технике безопасности.

— Я не о том, — сказал Савин. — Какие меры у вас принимали против возможной диверсии?

— Против чего?

— Против диверсии, — внятно повторил Савин. — Против бомбы, которую кто-то мог подложить, против того, что кто-то мог сознательно привести установку к взрыву? Это и есть неучтенный фактор, понятно вам? Никто не думал о бомбах, потому что никто ничего не знал о тех, кому выгодно подкладывать бомбы...

— Вы с ума сошли? — спросил Гралев скорее деловито, чем удивленно. — Мы же не персонажи криминального романа.

— Ну да, — сказал Савин. — А между тем кандидаты в гипотетические диверсанты преспокойно существуют, Гралев! Просто мы ничего о них не знали, и по вполне уважительной причине — наш противник значительно старше Т-физики и, пока ее не было в помине, оставался абсолютно неуязвимым. Угроза для него возникла буквально девять-десять лет назад, и он понимал, чем это ему грозит, но оставался для вас невидимым, вы о нем и понятия не имели, а он действовал...

— Да о чем вы? — почти крикнул Гралев.

— О вашем противнике, — сказал Савин. — Наверное, я первым на него вышел — даже не догадываясь об этом. Я не искал вас, Гралев. Вернее, искал после того, как вы улетели в Глазго, но сюда я попал из-за одного очень странного письма...

Он говорил уверенно и четко, с профессиональной сноровкой отсекая, безусловно, интересные, но второстепенные, в сущности, детали, задерживаясь только на главном, на ключевых моментах. Говорил и вот теперь-то уж действительно сверлил лицо собеседника взглядом — жадным. Гралев слушал с любопытством, пока — только с любопытством...

— Вот так,— сказал Савин.— Никаких доказательств у меня нет — все стащили. Диана, я уверен, будет молчать и дальше. Я понимаю, насколько трудно даже вам верить во все это, но верить необходимо. Ради вас самого, ради вашего дела.

— В это трудно верить... — сказал Гралев.

— Господи! — горько усмехнулся Савин.— Ну и тривиальщина — и это вы недавно жаловались на «определенную инерцию человеческого мышления»...

— Вы не дали мне кончить. Я готов вам верить, я только не могу понять, каким образом ваши корабли ухитряются попадать в тот мир и возвращаться назад — без установок, без расхода огромного количества энергии... Вот это гораздо труднее понять.

«В том-то и дело,— подумал Савин.— Ты большой ученый, лауреат и все такое прочее, но тебе еще предстоит понять, что твои коллеги лет через двести, отдавая должное твоим заслугам, будут все же смотреть на тебя так, как ты сам сегодня смотришь на Декарта, не умевшего, увы, пользоваться компьютером... Понять, что ты только начинаешь, что твой ручеек растечется в будущем сотней многоводных рек, что... Ладно, не будем сейчас об этом».

— Ну а при чем здесь мы? — спросил Гралев.

— Господи, поневоле начинаешь по аналогии вспоминать профессоров из иных старинных романов — гениев, которые рассеянно ели суп вилкой... Вы на абсолютно правильном пути, понятно вам? На единственно верном пути. И «те» это знали, потому-то и портили ваши установки! Не знаю, что они привозят с «того берега» и что дают взамен, не знаю, как им вообще удалось открыть путь к «тому берегу». В одном уверен — они хотят остаться монополистами, и ваши лаборатории для них — кость в горле. Знаете, чем я занимался в вычислительном? Изучал со всех сторон все ваши катастрофы — насколько это доступно дилетанту, искал закономерности, надоел программистам хуже горькой редьки... А догадка пришла после, когда я увидел на улице полисмена в мундире. Вдруг подумалось почему-то о криминальном характере дела,— может, еще из-за пистолета, который я здесь вынужден таскать... Итак, вы и Кетсби. Вы с ним работали в пяти лабораториях — одна за другой они взлетали на воздух. Без жертв. Я уверен, так и было запланировано — непременно без жертв, вы должны были остаться в живых и убедиться наконец, что изобретаете вечный двигатель. Убийство Галилея из-за угла произвело бы несравнимо меньший эффект, нежели его принародное отречение... А вы к тому же отреклись добровольно, без крылатой галилеевской фразы. Я вас ни в чем не виню, вы и понятия не имели, что существует противник из плоти и крови... И подозревать вас считаю непроходимым идиотизмом — вы не стали бы своими руками разрушать дело всей своей жизни. Подозреваемый у нас один. Назвать вам его имя?

Судя по лицу Гралева, в этом не было нужды.

— Но как он мог... — сказал Гралев беспомощно. — Бомбы, диверсии... Дурной сон.

— Мы почему-то подсознательно убеждены, что с разоружением и национализацией концернов и крупных фирм волшебным образом сгинуло все подлое и злое, накопленное человечеством за тысячи лет, — сказал Савин. — Нет, выкорчевывать еще многое предстоит... Это Кетсби, я уверен, и уверен, что его сейчас пытаются заслать к вашему «наследнику» Полачеку. Не знаю, что за ключик к нему подобрали, но не сомневаюсь, что это он. Что у него в конце концов не выдержали нервы. Может быть, и мучит совесть за то, что проделал с вами. А тут предстоят новые диверсии. Сюда он приехал, скорее всего, за инструкциями... или умолять своих хозяев оставить его в покое. Отсюда все метания, отсюда попытки замолить грехи, обратившись к богу.

— И все же я не могу поверить...

— У вас есть его адрес? Отлично, едемте. — Савин встал. — В полицию или МСБ нам просто не с чем пока обращаться, так что нам нужен живой свидетель.

— Но даже если все правда, вы рассчитываете, что он сразу же признается?

— Вы же сами рассказали, в каком он состоянии. Если ему осточертело подкладывать бомбы, у нас есть шанс... К тому же я некоторым образом имею отношение к местной полиции, я — официальное лицо. Не знаю, имею ли я право, с точки зрения закона, допрашивать его, но взятки с меня гладки, в случае чего меня всего лишь выгонят в шею за превышение полномочий... Едемте. Только бы на его хозяев нам не напороться...

Савин достал кольт из кармана брюк, загнал патрон в ствол, поставил пистолет на предохранитель и сунул его во внутренний карман куртки.

— Ого! — произнес Гралев то ли с уважением, то ли с долей насмешки. — Как в стерео...

— Какое там стерео... — сказал Савин. — После сегодняшней ночной пальбы на карнавале я отношусь к нашему противнику довольно серьезно... Наш противник хорошо вооружен и вряд ли до сих пор никого из нас не прикончил исключительно из гуманизма. Пойдемте...

«Гарольд» мчался по расцвеченной яркими полосами дороге, слева было море и сизый туман, справа — холмы и долины. А сзади — неброский серый «белчер»...

— Вообще-то в этом нет ничего странного, — говорил Гралев. — В том, что ваши таинственные корабли как нож сквозь масло проходят в иные миры. Едва ли не все, что изобрели мы, природа выдумала до нас — посылала радиоволны за миллионы лет до Попова, наделила дельфинов и летучих мышей локаторами, но комплекса неполноценности из-за этого испытывать, я думаю, не стоит. То, что придумали мы, — это наше, мы сами до него докопались. Так и с темпоральной физикой...

Что ж, пусть возвращается к нормальной жизни, думал Савин, пусть размышляет, вновь обретая себя...

— Вы не слушаете?

— Нет, что вы, — сказал Савин. — Внимательно слушаю, с интересом...

— Вам не кажется, что вон та серая машина давно бы уже должна нас обогнать? А она упорно держится в хвосте.

— Такая уж у нее привычка, — сказал Савин. — Они водят меня до Монгеруэлла и обратно. Теперь убедились, что противник осязаем?

— А что если остановиться? — неожиданно азартно спросил Гралев.

— Зачем? Хотя...

Савин плавно затормозил. «Белчер» остановился позади — как раз на таком расстоянии, чтобы нельзя было рассмотреть лиц сидящих в машине. Савин, чувствуя прилив злого азарта, вылез и целеустремленно направился к преследователям. Страха не было — вряд ли они решатся на крайние меры здесь: убийство, равно как и таинственное исчезновение известного журналиста и известного ученого, неминуемо привлечет внимание...

Он успел пройти метров десять — «белчер» рыкнул мотором (судя по звуку, нестандартно мощным для серийной малолитражки) и стал пятиться со скоростью пешехода. Савин плюнул и вернулся к «гарольду».

— А если это полиция?

— А на кой черт мы полиции? — спросил Савин. — Зачем ей следить за собственным «специальным констеблем»... Выполняйте завет Оккама — не умножайте сущностей сверх необходимого...

Они въехали в Монгеруэлл, и «белчер» исчез.

— Странно, — сказал Савин. — Какая-то догадка крутится в мозгу и никак не может перелиться в слова... Ну что ж, показывайте, где обитает ваш бессменный оруженосец...

Они вошли в холл отеля «Роберт Брюс», небольшой и не блещущий роскошью, как и само скромное трехэтажное здание. Портье со скучным лицом поднял на них взгляд от растрепанного детектива, Савин кивнул Гралеву, и тот, как и было условлено, сказал спокойно, даже чуточку вяло:

— Мы хотим видеть мистера Кетсби. Тридцать второй.

С лица портье словно смахнули сонную одурь, он подобрался и сказал сухо:

— Простите, кем вы приходитесь мистеру Кетсби?

— Я же был у него два раза... — начал было Гралев, но Савин, ничего еще не сообразив, однако ощутив нехорошее напряжение происходящего, отодвинул Гралева, рывком выдернул из кармана удостоверение «специального констебля» и взмахнул бланком, разворачивая:

— Полиция! Нам необходимо...

— Если не возражаете, я хотел бы взглянуть, — прервал его уверенный голос.

Савин оглянулся. Его с интересом рассматривал невысокий человек средних лет, скромно, но элегантно одетый. Второй стоял поодаль, между гостями и входной дверью.

— Простите. — Незнакомец ловко выдернул из пальцев Савина бланк, бегло просмотрел. — Кто вам выдал удостоверение? Еще какие-нибудь документы у вас есть? А у вас?

— Пожалуйста. — Савин достал удостоверение Глобовидения. — А с кем имею честь?

Незнакомец раскрыл бордовую книжечку.

— Ричард Стайн, старший инспектор уголовной полиции Монгеруэлла, — прочитал Савин вслух для сведения Гралева. Что-то случилось, что-то плохое. Только бы они не вздумали допрашивать нас порознь, ничего хорошего из этого не получится...

— Итак, кто вам выдал удостоверение? — невозмутимо повторил Стайн. Выслушав Савина, кивнул своему спутнику и жестом пригласил Савина: — Прошу в тридцать второй. И вы, разумеется, тоже, мистер Гралев.

— Не говорите ничего лишнего, — сказал Савин Гралеву по-русски, — ни слова о здешних чудесах. Я искал его, потому что работал над фильмом о вас, а вы... ну расскажите все, как было.

Инспектор Стайн шел впереди. Не оборачиваясь, он сказал по-русски почти без акцента:

— Пожалуй, вы правы, Савин, — чудеса интересуют скорее церковь, чем полицию, к чему о них упоминать...

Савин споткнулся от растерянности. Инспектор обернулся и, даже не скрывая иронии, добавил опять-таки по-русски:

— А еще лучше было бы немедленно потребовать адвоката и отказаться давать любые показания. Ваше право — вас ровным счетом ни в чем не подозревают, вы не задержаны.

— В чем, собственно, дело? — спросил Гралев.

— В трупе. — Инспектор открыл дверь. — Прошу.

Они вошли в небольшой номер, и с порога бросился в глаза меловой контур на полу — очертания распростертого человека, старинный способ фиксации позы трупа, до сих пор применяющийся наряду с голограммой в таких вот захолустных городках. И бурые пятна на полу.

Следом за ними вошел молодой блондин — «моряк торгового флота в отпуске», тот, что сидел тогда в «Лепреконе», а на другой день увивался вокруг очаровательной почтмейстерши. Сейчас он, правда, был в штатском.

— Инспектор Пент, — сказал блондин. — Все в порядке, Дик. Самодеятельность Лесли. Итак, специальный констебль Савин, что вас интересует? А вас, мистер Гралев-Гролл?

Савин молчал. Ничего удивительного не было в том, что шотландский инспектор полиции знал русский, что он знал в лицо Гралева, и все же... Создавалось впечатление, что за душой у этих двоих нечто большее, нежели удостоверение уголовной полиции. Или он ошибался?

— Что с ним случилось? — спросил Гралев.

— Застрелился в четыре часа утра, — сказал Пент. — Такие вот дела... Я с удовольствием выслушаю рассказ мистера Гралева о его встречах и разговорах с покойным в Монгеруэлле, но это подождет. Сначала я хотел бы задать вам, Савин, несколько вопросов. Что побудило вас, всемирно известного репортера Глобовидения, стать, пусть на короткое время, специальным констеблем? Уж наверняка не мальчишеское желание поиграть в сыщика... Зачем вам оружие? У вас пистолет во внутреннем кармане. Можете вы объяснить, что происходит в городке, где вы поселились? Чем вызвано и чем обосновано стремление сержанта Лесли привлечь вас к сотрудничеству?

— Это допрос? — спросил Савин.

— Ну что вы...

— Следовательно, я могу не отвечать?

— Ваше право. Но в таком случае немедленно возникает очередной вопрос: почему добропорядочный человек, уважающий закон, отказывается помочь полиции? Это по меньшей мере странно, не так ли?

— Как знать... — сказал Савин. — Скажите, как ваша контора относится к очень странным — скажем так — заявлениям, не подтвержденным никакими доказательствам?

— С недоверием, — ответил Стайн без особых раздумий.

— Вот видите. Если бы у меня были доказательства, я с радостным воплем бросился бы вам на шею...

— Вот как? Вы намекните, мы постараемся понять.

— Ну что ж, — сказал Савин. — Как вы отнесетесь к тому, что неподалеку от вас открылся — или существовал с незапамятных времен — проход в иномерное пространство, которым пользуются контрабандисты?

Савин смотрел в глаза Стайну и увидел в них именно то, чего боялся: отстраненность, недоверие, вежливую скуку.

— Определенные свойства человеческого мышления... — сказал Савин. — Что ж, мне нечего больше сказать.

Он прошел к распахнутому настежь окну, выглянул наружу. Окно выходило на балкон. С него можно было без труда перелезть по фигурной литой решетке на балкон второго этажа, оттуда спрыгнуть на землю с высоты не более двух метров, преспокойно уйти лабиринтом проходных дворов.

Савин обернулся и встретил взгляды обоих инспекторов — профессионально ухватистые, настороженные. Нет, что-то неладное было с этим самоубийством...

— Он всегда держал окно открытым? — спросил Стайн Гралева, на секунду опередив Савин.

— Да, — сказал Гралев. — Старая привычка.

— Это запутывает дело... — невольно подумал Савин вслух, и снова на нем скрестились взгляды инспекторов. И ему показалось, что в глазах Пента мелькнуло что-то похожее на понимание. Он же сам живет в городке, подумал Савин, не мог совсем ни о чем не слышать...

— Предположим, что запутывает, — сказал Стайн. — Если дело можно запутать еще больше. Очень уж много загадок за последнее время свалилось на тихий захолустный уголок. Гибнут при загадочных обстоятельствах полисмены, стреляются физики, метры Глобовидения играют в частных детективов, священники выступают с направленными против нечистой силы темпераментными проповедями.

«Он не англичанин, — подумал Савин, — он превосходно владеет английским, но все же проскальзывает акцент, и отнюдь не шотландский и не валлийский. Если они представляют ту контору, о которой я сейчас подумал, дело несколько облегчается — но самую чуточку...»

Инспекторы занялись Гралевым, расспрашивали его о том же, что и Савин сегодня утром, — сколько раз и когда тот встречался с Кетсби, их взаимоотношения, душевное состояние покойного в последние дни. О Савине словно бы забыли, но он чувствовал, что это не так.

— Ну что ж, — сказал Стайн, — у меня больше нет к вам вопросов. Простите за беспокойство, не смею задерживать далее. Думаю, что нет необходимости напоминать — узнавать в городке инспектора Пента не следует.

Они шли к двери, и Савин ощущал устремленные в спину хмурые взгляды. Ему было немного стыдно, но особой вины он не чувствовал — они все равно не поверили бы...

— Почему вы ничего им не сказали? — спросил Гралев в машине.

— Потому что они не поверили бы ни единому моему слову. — Савин не включал мотор. — Вот что, Гралев. Вам необходимо срочно исчезнуть. Я вас отвезу в соседний город, откуда ходит прямой монор на Глазго.

— Шутите?

— Какие там, к черту, шутки? Денег вы с собой не взяли? Вот, возьмите на дорогу. Вещи бросьте к чертовой матери, вряд ли там у вас есть что-нибудь особо ценное. Я сейчас черкну записку ребятам в Глазго, чтобы устроили вас понадежнее и не выпускали на улицу два-три дня.

— Но...

— Молчите! — Савин с треском выдрал листок из блокнота. — Я не верю, что это самоубийство. И полиция, судя по всему, тоже, что-то у них есть — иначе не держали бы они отель под наблюдением, к тому же у меня сильные подозрения, что это не полиция, а более серьезная контора... А что касается вас — вы наверняка станете следующей мишенью, как только «те» сообразят, что вы начали кое-что понимать. Если вы вслед за Кетсби «покончите самоубийством», этому особенно и не удивятся, учитывая ваше состояние и это бегство к серому скучному морю... И ничего нельзя будет доказать. Поэтому не вступайте в дискуссии, а отправляйтесь немедленно в Глазго.

— А вам не кажется, что это — бегство?

— Глупости, — сказал Савин. — Чем вы поможете мне, оставшись здесь? То-то... У вас другие задачи и другой окоп.

Вы уже убедились, что находитесь на верном пути, и ваша сверхзадача — беречь вашу голову.

— А вы?

— Обо мне не беспокойтесь, — сказал Савин. — Я — человек приметный, знаете ли. В то, что я покончил самоубийством, не поверит ни один из тех, кто меня знает, а устраивать мне «несчастный случай» — тоже в итоге чревато. Я все обдумал и просчитал. Ну, Гралев? Я не смогу работать, если не будет уверенности, что вы в безопасности. Могу я на вас полагаться?

— Можете, — сказал Гралев.

— Вот и отлично, — сказал Савин. — Я верю, что очень многое — впереди... А вот позади, к сожалению, пристроилась явная сволочь. Только не оглядывайтесь, Гралев. Это что-то новенькое, они еще не эскортировали меня по улице...

Он тронул машину, искоса поглядывая в зеркальце на серый «белчер».

— Они, — сказал Гралев.

— Вот то-то и оно.

— Обратитесь к первому полицейскому, — сказал Гралев. — Или задержите их сами.

— А за что? — спросил Савин. — За то, что они меня преследуют? Это еще нужно доказать... Ладно, поскольку я уверен, что это не полиция, можно пойти на небольшую грубость, отвечу-ка я им за ту пальбу в тихом переулочке любезностью того же толка...

Он увеличил скорость — не превышая предписываемой правилами, но создавая впечатление, что пытается оторваться от преследователя. Свернул вправо, резко притормозив так, что машину качнуло — с визгом тормозов, в классическом стиле детективных фильмов. Он ехал к окраине города, с удовлетворением отмечая, что машин и пешеходов на улицах становится все меньше.

Свернул на абсолютно безлюдную улочку, резко затормозил, не выключая мотора, едва не вмазавшись лбом в стекло. Он задумал сначала стрелять по шинам. Но это было бы скверное кино, не безопасное для жизни тех, кто сидел в «белчере», — а ведь никаких доказательств, что они принадлежат к шайке Геспера, не имелось. Стрелять по живым людям в этом тихом городке? Хватит с этих мест выстрелов, право...

Савин выпрыгнул из машины, встал посреди улочки, безмолвной, как лунная поверхность, широко размахнулся. Ало-синий параллелепипед закувыркался в воздухе — двухпинтовый пластиковый пакет фруктового молока летел навстречу мчащемуся «белчеру», мягкий хлопок — и ветровое стекло автомобиля закрыла разлапистая белая клякса. Нехитрый прием из арсенала знаменитого Ника Кабалло, героя тридцати серий «Опасного путешествия». Оказывается, и детективные фильмы способны научить чему-то полезному...

«Белчер» рыскнул вправо-влево и под душераздирающий визг тормозов врезался в высокую витрину табачной лавочки, наполовину ушел внутрь, где и замер, живописно усыпанный битым стеклом. Из двери бомбой вылетел пожилой хозяин, крайне темпераментно выкрикивая что-то, но рассматривать дальнейшее течение событий, имея к ним самое прямое отношение, было бы несколько неэтично, и «гарольд» помчался прочь.

— Господи, действительно как в стерео, — сказал Савин. — Ну, надеюсь, у них хватит денег расплатиться за витрину.

Диана выслушала его бесстрастно, опустив глаза.

— Вот такие дела, — закончил Савин. — Как видишь, не так уж безобидны и безопасны твои тропки к сияющим в ночи городам. Что они возят сюда, эти неразговорчивые морячки?

— Не знаю, — сказала Диана. — И никогда не интересовалась. Насколько я могу судить, это абсолютно безобидные дела. Что ты к ним прицепился, в конце концов? Здесь просто-напросто перевалочный пункт меж двумя мирами, на которые не распространяется земная юрисдикция. К чему же вмешиваться?

— У меня глубокая уверенность, что кто-то уже вмешался, вернее, подключился.

— В любом случае это безобидно и не затрагивает земных дел. Над тобой могли и подшутить, в проблемах Т-лабораторий ты разбираешься не более меня, нет доказательств, что того человека убили. Все верно?

— Вообще-то, да, — сказал Савин. — А интуицию вы в расчет не принимаете, леди?

Она молчала. Сидела, откинувшись на вогнутую спинку мягкого кресла, рассеянно теребила высокий воротник свитера, красивая и отчужденная.

— Что с тобой такое? — спросил он. — Вчера еще была обыкновенная и веселая, а сегодня...

— Ты меня раздражаешь.

— Своим присутствием?

— Нет, что ты. Мне с тобой интересно — пока ты не пытаешься вторгнуться в заповедные миры помимо их желания, просто потому, что они существуют.

— Но ведь такова жизнь, — сказал Савин. — Рано или поздно мы сами откроем эти тропинки...

— И столкнетесь со множеством сложных проблем.

— Естественно.

— А не лучше ли ждать, когда вас пригласят?

— По-моему, никак не лучше. Я не верю в то, что эти дела с перевозками настолько уж безобидны. Предчувствия. У вас разве не бывает предчувствий, милая ведьма?

— Господи, какая ведьма, — сказала Диана устало. — Вот что, я могу и сегодня взять тебя — туда. Хочешь?

— Конечно, — сказал Савин. — Будем надеяться, что сегодня ночью в меня там палить не станут, а?

— Я все же думаю, что над тобой кто-то подшутил.

— Думай как тебе угодно, — сказал Савин. — А если они решат довести свою шуточку до логического конца, приди, пожалуйста, как-нибудь на кладбище с цветами. Мне будет приятно, если ты проявишь обо мне заботу — пусть даже таким образом.

Диана смотрела на него устало и грустно.

«Видимо, тебе все же крепко не повезло в жизни, — подумал Савин. — И вот, получив от своей загадочной, то ли доброй, то ли злой, феи необыкновенный дар, ты решила, что все это — твое, и только твое. Что вторжение чужаков неминуемо разрушит едва-едва возведенную крепость самоутверждения. Целую философскую теорию сочинила и сама в нее поверила...»

— Ну, я пошел, — сказал он. — Итак, в то же время и на том же месте...

Он медленно шел, окунаясь временами в полосы света из окон. Стояла свежая тишина, и Савин почувствовал, что обжился здесь. Так было всегда — первые день-два незнакомый город казался загадочно-неизвестным и чужим насквозь, потом становился близким и уютным, в конце концов, просто жаль было уезжать. Если бы только не думать сейчас о пистолете в кармане...

Окно полицейского участка светилось, но Савин не стал заходить туда — он ничем не мог порадовать Лесли, разве что преподнести еще одну загадку...

Савин вошел в холл «Вереска», не обнаружив за стойкой хозяина, снял с доски ключ и пошел к себе.

Ключ не вошел в замок. Савин растерянно погремел ручкой двери. Нагнулся к скважине. Дверь была заперта изнутри. Он взглянул на номер комнаты — нет, никакой ошибки, — снова нажал на ручку. Послышались шаги, не крадущиеся, громкие, скрежетнул ключ, дверь распахнулась.

— Прошу вас, — сказал мистер Геспер так радушно и уверенно, словно действительно был хозяином этой комнаты. Невыносимо элегантный, нестерпимо благообразный джентльмен.

Савин, держась с таким же ледяным спокойствием, вошел, сел в кресло у окна и закурил. Он и в самом деле не удивился — визит Геспера мог иметь одно-единственное объяснение...

— Начнем с презренного металла, — сказал Савин. — Вы мне должны, округляя, три тысячи шестьсот пятьдесят — за аппаратуру. Уборка номера тоже за ваш счет. — Он показал на стену с полусмытыми пятнами крови и угрожающей надписью.

— Разумеется, — Геспер молча и степенно выписал чек. — Вы мне нравитесь, Савин. Вы хорошо владеете собой.

— Пустяки, — сказал Савин. — То, что вы здесь, может означать только одно, верно?

— Вы правы, давайте играть в открытую. Прежде всего я хотел бы извиниться за глупую выходку моих людей там, на карнавале. К сожалению, человек, руководивший ими, обладает неистребимой страстью к театральным эффектам, мне следовало учесть это заранее. Правда, у них был приказ, как бы это выразиться...

— Чуточку припугнуть? — любезно помог ему Савин.

— Ну если хотите, да. Приказ он выполнил несколько своеобразно... Я могу принести за него извинения...

— Не утруждайте себя, — великодушно махнул рукой Савин.

— Что ж, тогда давайте поговорим по-деловому. Вы, без сомнения, уже догадались, что невольно вмешались в дела разветвленной и сильной организации.

— Догадался, — заверил Савин.

— Естественно, не было необходимости являться к вам лично, можно было и подождать...

— Со временем я бы обязательно на вас вышел, вам не кажется?

— Не исключено, — сказал Геспер. — Пятьдесят на пятьдесят. Но, понимаете ли, мне не нравится, когда на меня выходят. Так что мое появление здесь продиктовано не бравадой, а свойством характера. Я это подчеркиваю для того, чтобы вы не чувствовали себя победителем, а меня — загнанным в угол. Истинное положение дел далеко от такой картины.

— Согласен, — сказал Савин.

— Я считаю, что появился вовремя, не раньше и не позже. Сейчас как раз то время, когда мы можем договориться.

— Не уверен, — сказал Савин.

— Вы заранее отметаете всякую попытку соглашения?

— Да нет, — сказал Савин. — Просто, по-моему, серьезный разговор еще не начался, идет преамбула...

— Вы правы, перейдем к делу. Итак, вы впутались в чужие игры...

— У меня впечатление, что уголовное право именует эти игры несколько иначе...

— Да? — Геспер посмотрел на него почти весело. — Интересно, найдется ли в земном уголовном праве хотя бы один параграф, запрещающий вести торговлю с иномерными пространствами? Как по-вашему?

— Вы правы, — медленно сказал Савин. — Занятный юридический казус... Чего же вы в таком случае боитесь?

— Не прикидывайтесь простачком, — сказал Геспер. — Предав происходящее здесь гласности, вы все разрушите, и вы прекрасно это понимаете.

— Понимаю.

— Вот видите, — сказал Геспер. — Вы переступили уже тот рубеж, за которым вас следует опасаться. Куда вы отправили сегодня вашего подручного?

Савин хорошо владел собой, но на этот раз едва сдержал удивление: Геспер понятия не имел, что Гролл — это Гралев! Может быть, Геспер полностью передоверил диверсии своим людям и не вникал в детали. Может быть, и сам Геспер не более чем среднее звено в цепочке. Возможно также, что те, кто поддерживал контакты с Кетсби и следил за Савиным в Монгеруэлле, просто не успели доложить Гесперу, кем на самом деле является скромный турист, незаметный Гролл. Как бы там ни обстояло дело, у Савина имелся лишний козырь. Правда, особых преимуществ это не давало...

— Мой помощник? — сказал Савин. — Не беспокойтесь. Он уютно разместился неподалеку, запасшись кое-какими документами, которые, я уверен, помогут предотвратить кое-какие случайности...

— И сделают вашу преждевременную кончину отнюдь не бессмысленной? — понимающе добавил Геспер. — Да, вы прекрасно понимаете, что принадлежите к людям, которые не могут умереть или исчезнуть незаметно...

— Вот именно, — сказал Савин.

— Это придает вам уверенность, не спорю. Но может настать момент, когда эти соображения не смогут больше служить защитой.

— Не исключено,— сказал Савин.

— Рад, что вы это понимаете. Теперь, мне кажется, самое время попробовать договориться. Думается, бессмысленно соблазнять вас суетными благами, которые пока все еще ценятся частью человечества. И на испуг вас не возьмешь. Ну а на логику?

— То есть?

— Это же так просто,— сказал Геспер.— Что противозаконного в том, что мы получаем оттуда товары, посылая в обмен свои? Что противозаконного в том, что несколько деловых людей подключились к цепочке, идущей неизвестно откуда неизвестно куда? И если бы мы попросили вас по-человечески — оставьте нас в покое, ради бога, не кричите о нас на всю планету? Не предлагая взятку и не угрожая — просто попросили. Что вы на это скажете?

— Любопытно,— сказал Савин.

— Мы могли бы предоставить вам материал для двух-трех фильмов, аналогичных вашим прежним,— загадки Истории, которые до сих пор не раскрыты. Не считайте это взяткой — всего лишь компенсация за вашу здешнюю неудачу. Итак?

— Трудно решать... — сказал Савин.— Знаете, я, в конце концов, тоже человек. И не стремлюсь к одному — любой ценой сделать сенсационный репортаж. И ваша деятельность в самом деле не подлежит разбору в уголовном суде, но... — Он наклонился вперед и, сторожа взглядом лицо собеседника, закончил резко: — Но вот организация диверсий и убийств — это уже совсем другое дело...

Взгляд Геспера метнулся, как спугнутая птица. Он тут же овладел собой, но эта секундная растерянность сказала о многом, расставила все точки и отбросила последние имевшиеся у Савина сомнения.

— О чем вы? — спросил Геспер совершенно спокойно.

— Бросьте,— сказал Савин столь же спокойно.— Вы прекрасно понимаете, о чем я,— о бомбах, которые Кетсби подкладывал в лаборатории, и о том, что он убит, а не покончил с собой. Вы же первый предложили играть в открытую.

Лицо Геспера стало таким, что невольно захотелось пересесть подальше и вынуть пистолет. Но и это продолжалось одно мгновение, он снова стал чопорным и благообразным пожилым джентльменом.

— Вот даже как... — сказал он.— Вот даже как... Что вам рассказал Кетсби?

— Значит, вы признаетесь?

Геспер ничего не ответил. Он смотрел мимо Савина, в окно. Потом сказал чуточку осевшим голосом:

— Боже, до чего не повезло... Все было так хорошо, так безоблачно шли годы, и вдруг появилась это проклятая Т-физика... Я очень сожалею, но мы вынуждены были так поступать. У нас не было другого выхода.

— Еще немного, и я начну вас жалеть, — сказал Савин.

— Не иронизируйте, мальчишка! Вам не понять, что это такое, когда рассыпается дело, которому отданы десятилетия. Да, нам пришлось так поступать, потому что ничего другого не оставалось.

— Бедные жертвы фатума...

— Если хотите, да, — сказал Геспер. — Итак, вы знаете гораздо больше, чем мы думали... Но преимуществ это вам не дает никаких. И наш разговор автоматически переходит в другую плоскость. У вас нет никаких доказательств. Я уверен, что и письменных показаний Кетсби у вас нет. Вы бессильны, вы даже не можете арестовать меня. Даже продолжать съемки вы не можете — нет аппаратуры. Вы в цейтноте, Савин. И диктовать условия, как это ни прискорбно для вашего самолюбия, будем мы. Либо вы завтра утром уедете отсюда и никогда больше сюда не вернетесь и перестанете заниматься этим делом, либо... — Он сделал многозначительную паузу. — Вы стали для нас опасны, и при крайней необходимости нам, как это ни прискорбно, придется пойти на крайние меры. Не забывайте, мы всегда можем уйти туда, где земное правосудие бессильно...

— Можете, — сказал Савин.

— Я не хочу выглядеть торжествующим победителем, но вы проиграли и должны это признать. Вариантов, повторяю, всегда два: либо вы уезжаете утром, получив компенсацию, о которой мы говорили, либо Глобовидение лишится одного из лучших репортеров, а городок... — Он холодно улыбнулся. — А городок лишится своей первой красавицы. Не смотрите на меня зверем, Савин, — правила игры таковы, что поделать... Соглашайтесь. Никогда не стыдно отказаться от борьбы, если знаешь наперед, что никаких шансов у тебя нет...

— Но вы понимаете, что такое положение не сможет сохраняться долго?

— Разумеется, — кивнул Геспер. — Но, во-первых, лет через двадцать меня перестанут интересовать какие бы то ни было проблемы...

— Вы рассчитываете задержать развитие Т-физики на двадцать лет?

— Попытаемся. Кетсби — не единственный сговорчивый партнер. А во-вторых, как я уже говорил, в любой момент я могу оказаться вне досягаемости земной юрисдикции. И хватит об этом. Думайте лучше о себе... и о ней. Я не сторонник экстремальных мер, но у меня есть компаньоны, и кое-кто из них довольно суров... Итак, завтра утром я приду к вам и мы обсудим вопрос о компенсации. Что касается сегодняшней ночи — можете ее использовать для улаживания личных дел. До завтра, Савин...

Дверь тихо затворилась за ним. Савин подошел к окну, распахнул его и жадно вдохнул свежий, прохладный воздух... Да, из него, Савина, не получилось частного сыщика, способного шутя загнать противника в угол. Скорее уж его самого в угол загнали, но особой его вины в этом нет — противник с самого начала был в более выгодном положении. Геспер прав — никаких улик, никаких доказательств, даже съемки продолжать невозможно. И в том, что они в любую минуту могут оказаться по ту сторону тумана, их сила, Геспер прав и здесь.

Но Геспер многого не знает. Не знает о Гралеве. Не знает, что и смертью Кетсби, и загадками туманных берегов заинтересовалось серьезное ведомство. Все это, вместе взятое, позволяет питать определенные надежды и не опускать руки. Одно плохо — времени они ему не дают. Предположим, удастся выторговать у Геспера завтрашний день, сославшись на личные дела, — и что дальше, что этот день даст? Есть два пути: можно укрыться в Монгеруэлле и оттуда, поддерживая контакт с Лесли, готовить Гесперу ловушку; можно попытаться уговорить Диану помочь — хотя бы раздобыть сегодня на том берегу нечто осязаемо вещественное, несомненное доказательство. К Лесли идти опасно, но, может быть, у Дианы отыщется фотоаппарат? Идиот, выругал он себя. Что тебе стоило купить сегодня в Монгеруэлле кинокамеру? Одну серьезную ошибку ты все-таки сделал — посчитал, что время работает на тебя, что противник не всполошится так быстро. Но кто мог предполагать? Предугадать сегодняшний визит? Я же не сыщик, в конце-то концов, вся уголовщина, которой мне приходилось до сих пор заниматься, относилась к былым столетиям, а Санта-Кроче не в счет, там все было по-иному...

Он взглянул на часы — пора идти седлать Лохинвара.

...Луна стояла уже высоко. Лохинвар легко взял подъем, и Савин натянул поводья. Что-то шевельнулось неподалеку в густой тени невысокого округлого холма, легонько звякнуло. Савин подумал, что представляет собой идеальную мишень, сунул руку в карман, коснулся теплого металла. Теперь он явственно различал силуэт человека в короткой куртке, с непокрытой головой.

— Эй! — негромко окликнул Савин, наполовину вытащив из кармана пистолет.

— Тихо! — откликнулся человек из темноты голосом сержанта Лесли. — Тише, Кон, они близко, в тень!

Ничего пока не соображая, Савин повернул коня в тень от ближайшей скалы. Лохинвар нетерпеливо приплясывал, подкова звонко брякнула о камень.

— Тише!

Два черных силуэта, два зверя неслись по равнине, преисполненные нездешнего, непонятного веселья, гибкие, сильные, чуточку, казалось, хмельные от этой силы, ловкости, вересковой лунной ночи. Савин замер — как и в прошлый раз, он не смог бы облечь в слова свои ощущения и мысли.

И тогда неожиданно звонко застучал автомат.

Он был такой маленький, что Лесли без усилия удерживал его в вытянутой руке. Зеленая струйка трассирующих пуль коснулась переднего зверя, и зверь покатился кубарем, распластался, замер. Вспыхнули фары, заревел мотор — к ним неслась машина. Перекрывая ее гул, раздался яростный тоскующий вопль — в нем не было ничего человеческого, но и звериного ничего не было. Вразнобой захлопали пистолетные выстрелы.

Лохинвар взметнулся на дыбы, Савин полетел на землю, ударился плечом. Его ослепил на секунду свет фар, он вскочил и, прихрамывая, побежал туда, где кричали люди и ревел мотор. Застучали копыта — мимо него пронеслась Диана, с маху спрыгнула с седла у машины. Фары погасли, вспыхнули несколько мощных фонарей, осветили скрюченное в темной луже тело, покрытое короткой лоснящейся шерстью, широко раскрытые застывшие глаза. Тяжело дыша, Лесли обогнал Савина. Несколько человек стояли вокруг зверя, одни смотрели на него, другие озирались, держа пистолеты наготове.

Снова послышался не то рев, не то вопль, и кто-то наугад выстрелил в темноту.

Савин бежал и слышал крик Дианы:

— Подонки! Убийцы!

Кто-то осторожно и неловко попробовал оттеснить ее от неровных, колышущихся пятен света. Она оттолкнула полицейского и вскочила в седло. Храпящий конь понес, едва не сшибив грудью Савина. Савин понял, куда она скачет. Кажется, ему что-то кричали вслед, но мир для него сейчас состоял лишь из удаляющегося стука копыт, сумасшедшего бега вниз по склону и плеска ударявших по спокойной воде весел.

Стена тумана колыхалась довольно далеко от берега, и к ней на всех парусах уходил корабль, неправдоподобное видение — прозрачный, словно отлитый из стекла, и освещенный изнутри мерцающими радужными сполохами. Отблески приплясывали на волнах. Алый, удивительно чистый и ясный свет переходил в синий, лимонно-желтый — в оранжевый, фиолетовое, сиреневое, зеленое, лиловое пламя трепетало, пробегая по прозрачным реям и вантам, буйствовало беззвучной фантасмагорией на хрустальных полотнищах выгнутых парусов — рассветный сон, прекрасный призрак, игрушка со стола волшебника... И силуэт девушки на корме. Она не смотрела на покинутый берег.

Савин рванулся вперед, вслед, забрел по колена в воду и не почувствовал ее холода. Все, чего не было и никогда уже не будет, уплывало с этим волшебным кораблем — целая жизнь, любовь и нежность. И не было за туманом другого берега, был только один, этот, посеребренный прохладным и равнодушным лунным светом.

Корабль вошел в туман, растворился в нем, погасло многоцветное сияние, и туман неспешно поплыл к берегу. Савин не шевелился. Волны шлепали его по коленям, словно выпроваживая на землю. «Ну почему так должно было случиться? — горько подумал он. — Почему мы не решаемся говорить то, что думаем, и верить тому, что слышим?»

Полицейская машина подъехала вплотную к воде, полоснула по ней снопом света, показавшимся удивительно белым после красок корабля. Савина не грубо, но непреклонно вытащили на берег и заставили влезть в фургончик. Там на двух металлических лавочках лицом друг к другу сидели люди в штатском. Между ними на полу лежало накрытое брезентом длинное тело.

Савина знобило.

Фургончик петлял, повторяя загогулины обвивавшей холмы дороги, подпрыгивая на камнях, и полицейские придерживали каблуками тело под брезентом, чтобы оно не ерзало по полу. Лесли сидел рядом с водителем, у него было напряженное лицо всадника, сосредоточенно несущегося к цели, которой, впрочем, могло и не оказаться там, впереди...

Они сидели у заваленного прошлогодними журналами столика в маленькой стерильно-безличной приемной и опустошали второй по счету кофейник. Из-за двери слышалось постукивание, лязг.

— Ты не сомневайся, — сказал Савину Лесли. — Доктор Данвуди — это такой мастер, каждую молекулу отпрепарирует, не только клетку...

— Да, — сказал Савин, чтобы только не молчать.

— И очень интересный человек, — продолжал Лесли с упорством, в котором слышалось что-то жалкое. — Сильный клиницист. Отказался от весьма высокого поста в Министерстве здравоохранения.

Они помолчали.

Потом Савин повторил:

— Да.

Перед глазами Савина упрямо стоял все тот же корабль и зеленая строчка трассеров.

Бесшумно отворилась узкая белая дверь, в приемную шагнул доктор Данвуди, снявший уже халат и перчатки, — грузный громадный блондин с оплывшим лицом, таким замкнутым сейчас, что оно казалось добродушным. Он удивительно тихими для своего веса шагами подошел к столу, сел и шепотом рявкнул в пространство:

— Сигарету!

Его толстые пальцы дрожали на белоснежной крышке стола. Лесли торопливо, расплескивая, налил ему кофе, Савин подал пачку «Модекс». Доктор шумно опорожнил чашку, губами вытянул из пачки сигарету и, не оборачиваясь, захлопнул каблуком приоткрытую дверь операционной — туда попытался было заглянуть Лесли.

— Огоньку, — сказал он сварливым басом. — Спасибо. Что ж, ребята, не сержусь за то, что подняли среди ночи, — работу вы подсунули насквозь интересную. Многие биологи продали бы душу дьяволу, чтобы только оказаться на моем месте. Лесли, за каким чертом вам понадобилось сбивать летающую тарелочку? Что она вам такого сделала? Бедняжка пилот...

Савин смотрел на сержанта. Он видел однажды такое лицо — в Амазонии, на Укаями, когда миньокао, химерическим созданием взмывший из вонючего болота, схватил Пакито, вздернул в воздух, и автоматные очереди бесцельно распороли гнилую зеленую трясину — динозавр молниеносно исчез со своей жертвой, а они оцепенело застыли в хлипкой лодочке, качавшейся на взбаламученной жиже... Он думал, что никогда больше не доведется увидеть таких лиц.

— Да, — сказал доктор Данвуди, уграбистой ладонью придавив плечо Лесли. — Сидеть! Без истерик — некогда...

Вот именно, Роб. К той твари, что изглодала Мак-Тига, ваш зверь не имеет никакого отношения. Да и какой это, к дьяволу, зверь... Совершенный мозг и речевой аппарат. Вы ухлопали разумное существо, ребята. — Он упер в столешницу внушительные кулаки, губы свело в грустной усмешке. — Когда мы только похороним эту ублюдочную привычку — палить по непонятному... Не пытайся пригвоздить к креслу свою душу, Роб. Виноват в итоге не сержант уголовной полиции Робин Лесли как конкретная личность, а старые предрассудки, болтавшиеся в мозгу бог знает с каких времен...

— Доктор прав, — сказал Савин. — Но как бы там ни было, зачем ты стрелял? Разве не было других средств? Газ, сети? Однако ты взял автомат...

— А ты, когда стрелял там, где испугался Лохинвар? Почему-то ты в первую очередь подумал о пистолете, хотя это мой инструмент, а не твой.

— Но я же не знал, что там может оказаться!

— А я знал? Я что-нибудь, выходит, знал?

— Тихо! — рыкнул доктор Данвуди. — Ребята, я, конечно, понимаю, что искать конкретного виновника — профессиональная черта журналистов и полицейских, но я не уверен, что есть конкретный виновник...

— Ладно, — сказал Лесли. — Конкретного виновника нет, а убил его я. На этом и остановимся. Пишите подробный отчет, доктор.

— Разумеется, — прогудел доктор Данвуди. — На вашем месте, Роб, я бы немедленно позвонил в Дублин, штаб-квартиру Международной службы безопасности. Или сначала в их лондонское региональное.

— Буду соблюдать субординацию, — сказал Лесли. — Утром позвоню начальству в Эдинбург, и пусть все идет своим чередом... Спокойной ночи, доктор. Ты едешь, Кон?

Савин вышел следом за сержантом, сел в машину. Полицейских там уже не было, но радио работало, выплескивая в ночь лазурные неаполитанские синкопы. Они курили, слушали легкую, как дым костра, неуместную здесь музыку, над крышами повисла круглая желтая луна, светилось окно больницы, и не существовало Времени.

— Ты видел... корабль? — тихо спросил Савин.

Лесли промолчал так, что это было красноречивее слов. Сигаретный дым, смешиваясь с музыкой, уплывал за окно.

— Почему ты не сказал раньше, куда плавал с ней?

— А что это изменило бы? — спросил Савин. — Ты можешь ручаться, что не стал бы стрелять? Можешь ручаться?

— Нет... — сказал Лесли после короткого молчания. — Называй меня как угодно — подонком, сволочью. Я застрелил разумное существо неизвестно из какого измерения, верно. Но, господи... — вырвалось у него едва ли не с мольбой. — Как ты не понимаешь — у меня служба, нужно же как-то завершить это дело...

— Вот ты его и завершил. Глядишь, в лейтенанты произведут.

— Замолчи! Если бы ты рассказал все раньше, я пошел бы к Диане... да, черт возьми, я бы на коленях перед ней стоял, только бы она взяла меня туда...

— И что? — спросил Савин. — Она все равно не разрешила бы взять кинокамеру, а привезенные оттуда кубки или монеты доказательством служить не могут. И Геспера ты арестовать не можешь, верно?

— Не могу, — сказал Лесли. — Даже если ты напишешь заявление об имевших место с его стороны угрозах, кто мне даст санкцию на арест? На арест главаря шайки контрабандистов, торгующих с иномерным пространством... Мы снова перед глухой стеной, и даже то, что я сегодня убил...

Что ж, подумал Савин. Теперь, когда не нужно бояться за Диану, фигур в игре осталось только две — он и Геспер. Лицом к лицу. И не нужно никуда уезжать завтра, нужно выманить противника из укрытия, вызвать огонь на себя...

— Поехали? — спросил он.

Лесли включил мотор, и машина рванулась вперед, в ночь.

День четвертый

В дверь барабанили громко и настойчиво — это и была приснившаяся Савину пулеметная пальба. Чертыхнувшись, он рывком встал и, промаргиваясь, пошел к двери, ночью он лег не раздеваясь, положив пистолет под подушку, думал, что уже не уснет, но под утро сморило все же.

Замок щелкнул, словно взводимый затвор.

— Мистер Савин? Вам срочная.

Перед ним стояла очаровательная почтмейстерша. Савин отпустил банальный комплимент, тут же забыл его, расписался и получил большой синий конверт. Захлопнул дверь, вернулся к столу и только теперь проснулся окончательно. На часах — двенадцать с половиной. Похоже, он проспал короткий тихий дождь — крохотный газон под окном влажно поблескивал. Диана, вспомнил он. Зверь — который не зверь. Автоматная очередь. Он скрючился на стуле, прижался лбом к колену, пытаясь смять, погасить вставшее перед глазами видение — на всех парусах уплывал в туман сказочный корабль, а с ним ответы на вопросы, касавшиеся только его, такого восхитительно бронированного, такого, оказывается, открытого для простых человеческих чувств. А скачка продолжалась, гремели копыта, враг был настоящим, пули тяжелыми, цель не оправдывала средств, но, безусловно, оправдывала усилия.

Он разорвал конверт, вытряхнул бланк фототелеграммы. Размашистый знакомый почерк Рауля: «Приезжай немедленно, жду в Монгеруэлле, кое-что прояснилось». Подписи не было.

Савин поднялся. Восторга он не чувствовал — отгорело. Он спустился вниз, пробегая мимо конторки, ловко повесил на ходу ключ, выскочил на крыльцо. Поежился, запахнул куртку. Обрывки серых облаков плыли над городком. Он шагнул к «гарольду».

— Мистер Савин! Эй!

К нему вприпрыжку бежал второй законспирированный полицейский агент — плащ расстегнут, шляпа едва держится на затылке. Четверо горожан, стоявшие на углу, проводили его внимательными взглядами. Савин, посмотрев на них, подумал, что впервые видит на улице такое скопление местных жителей...

— Мистер Савин! — полицейский подбежал и схватил его за рукав, словно боялся, что Савин задаст стрекача. — Я стучал, вы не открыли, я думал, вы ушли... Роб...

Он захлебывался словами...

Сержант уголовной полиции Робин Лесли (двадцать пять лет, холост, в политических партиях не состоял) застрелился на восходе солнца — точнее не смог определить время рыбак, живший рядом с участком и услышавший выстрел.

Рауль подождет, думал Савин, размашисто шагая рядом с агентом, — тот был низенький, задыхался, семенил. Подождет Рауль, главное решается здесь...

Улочки были безлюдны, но там и сям вдруг едва заметно приподнимались занавески, и Савин чуял настороженные взгляды. Теперь и он верил — они все знают что-то о тех странностях, что происходят в городке, но молчат, притворяясь друг перед другом, что жизнь течет в русле извечной тривиальности. Он был зол на них, но не решался решался тут же осудить, пригвоздить и заклеймить — на них давили века фанатических страхов и заброшенной отдаленности.

Все еще давили. Вряд ли они способны, дай им полную волю, отправить на костер Диану и выгнать камнями из города его, чужака, — это они оставили позади, но и от страха перед Неизвестным так и не избавились. Нет, не мог он их судить, права не имел, он всего лишь боялся меньше...

Немощеные улочки, старинные дома... Савин внимательно слушал агента. Восстановить происшедшее оказалось не так уж и трудно. После того как они вернулись в городок, Лесли пошел в участок. Сварил себе кофе, выпил немного виски, много курил, писал письма. Когда взошло солнце, сел за стол и выстрелил себе в висок из служебного пистолета марки «Конг», калибра 8,0.

Он не должен был поступать так, думал Савин, но он решил, что именно так должен поступить, он не сбежал от трудностей, он просто не мог жить с тем, что сделал...

Они подошли к участку. У дома стоял полицейский микроавтобус, полицейский в форме курил, сидя боком на сиденье, другой, в штатском, нахмуренный и злой, писал что-то, примостив папку на колене. Доктор Данвуди сидел на крыльце и прихлебывал кофе из широкогорлого, разрисованного пингвинами термоса. И никого больше, только тишина.

Агент мягко подтолкнул Савина к двери. Никто не сделал попытки воспрепятствовать, значит, так и нужно было, и Савину на секунду показалось, что это неправда, что смерти нет, сейчас все расхохочутся, распахнется дверь и выйдет Роб Лесли, веселый и совершенно живой.

Но он не вышел, потому что вокруг была реальность и ушедшие навсегда возвращаются лишь в сказках. «Я был несправедлив к нему», — подумал Савин, но агент уже открыл перед ним дверь.

Лесли сидел за столом, уронив голову на руки. Пистолет из руки у него уже вынули. Агент молча показал на три письма в запечатанных конвертах с грифом полицейского управления — один был адресован в Эдинбург, начальству, второй тоже в Эдинбург, женщине, на третьем было написано просто: «К. Савину, здесь».

Савин рванул конверт, оторвав большой кусок, запустил туда пальцы и вытащил узкий, сложенный вдвое листок. Агент деликатно приблизился, но Савин невежливо отодвинул его локтем.

«Прости, не могу иначе. Передаю эстафету».

И ничего больше, только это.

Савин щелкнул зажигалкой. Клочки бумаги неярко горели в большой глиняной пепельнице, и на щеке Лесли шевелилась тень его спутавшихся волос. Посапывал за спиной агент, слышно было, как в машине трещит рация и полицейский громко отвечает далекому голосу, что они сейчас закончат. Савин подумал: нужно сказать что-то, что-то сделать — что? Бумага догорела, остались невесомые черные чешуйки пепла.

Он повернулся, медленно вышел на крыльцо, в прохладный шотландский день.

— Хотите кофе? — спросил доктор Данвуди. — С ромом и по особому рецепту.

Савин присел рядом с ним на крыльцо, без особой охоты отхлебнул обжигающей смеси.

— Он звонил в Дублин? Или хотя бы своему начальству в Эдинбург?

— Не знаю, — сказал Савин.

— Плохо, если нет, — доктор выругался вполголоса. — Под утро какая-то сволочь подожгла больницу. Полыхнуло на совесть, — видимо, они воспользовались чем-то посерьезнее канистры с бензином. Все сгорело, один пепел остался, у нас опять ничего нет, так что никаких доказательств...

Грохнуло совсем рядом, раскатисто, страшно, они физически ощутили, как шатнула старые дома не нашедшая на узкой улице выхода взрывная волна, вышибла стекла, расплескала огонь по стенам. Клубок дымного пламени взлетел неподалеку над острыми крышами, и Савин, чуя сердцем беду, прыгнул вслед за доктором в зарычавшую мотором машину — вряд ли полицейский отреагировал так быстро, скорее всего, он включил зажигание машинально, от неожиданности.

На том месте, где стоял «гарольд» Савина, пылали вздыбленные лохмотья железа, сохранившие очень отдаленное сходство с машиной. Дымились стены отеля и дома напротив, аккуратные газончики засыпаны битым стеклом. Примчавшаяся с похвальной оперативностью небольшая пожарная машина поливала пламя пухлой струей белой пены. Сбегались люди, Савина толкали, а он стоял как столб. Он должен был в момент взрыва оказаться там, внутри. Телеграмма, судя по всему, настоящая, но люди Геспера наверняка нашли способ с ней ознакомиться, и она прекрасно вписалась в их не такой уж замысловатый план — «гарольд» должен был взорваться на автостраде на полпути между городком и Монгеруэллом, над одним из многочисленных обрывов, пылающим комком сорваться в море, ищите следы и улики хоть до скончания времен...

Толпа понемногу разбухала. Савин выбрался из нее, подошел к микроавтобусу.

— Ну, я пошел, — сказал он сидевшему там доктору Данвуди (оба полицейских стояли в толпе). Подумав, спокойно снял с крючка над водительским местом кобуру и без угрызения совести переправил в карман полицейский пистолет и запасную обойму.

— Хотите сыграть в шерифа-одиночку?

— Ничего подобного, — сказал Савин. — Вы же практически все знаете. Поймите меня правильно. Ведь нельзя иначе. Как по-вашему, удастся мне или вам уговорить здешнюю полицию немедленно устроить засаду там, на берегу?

— Сомнительно, — покачал головой доктор после недолгого раздумья. — Вы думаете, что «те» попытаются уйти?

— Коли уж они занялись поджогами и взрывами... Их нужно поймать за руку на горячем. Отправляйтесь немедленно в Монгеруэлл к инспектору Стайну. Вы все знаете, кое-что видели сами, постарайтесь убедить их немедленно выслать опергруппу. У них, в Монгеруэлле, есть вертолеты...

— Хорошо, — сказал Данвуди. — Сматывайтесь побыстрее, сейчас вернутся полицейские. Желаю удачи. Я сделаю все, чтобы...

При одном взгляде на него становилось спокойнее — такие основательные громадины не подводят.

— Подите вы... к лепреконам, — традиционно ругнулся Савин, пробрался сквозь толпу к переулку, нырнул туда и деловой рысцой направился к дому чудака местного значения мистера Брайди. При нем были два пистолета, двадцать один патрон, немного сигарет, зажигалка и монета, которой не полагалось быть, а она тем не менее нахально существовала. Вопреки устойчивым штампам, он не чувствовал отчужденности от всех других людей и дел — просто сложилось так, что один из каверзных участков полосы препятствий предстояло преодолеть в одиночку. И только. Такая уж подвернулась полоса...

Теперь ясно, почему один за другим лопались мыльными пузырями проекты межзвездных кораблей — потому что никаких межзвездных кораблей не было и не будет. Возможно, межпланетные и останутся — оставили же себе люди велосипеды, даже изобретя более скоростные виды транспорта, — но межзвездных кораблей не будет. К далеким планетам ведут другие пути — никаких кораблей, никаких стальных скорлупок, только туннели в том самом пресловутом подпространстве, которое фантасты открыли лет сто назад и которое стало наконец реальностью. Просто туман. Просто ночь. И еще что-то, чем в конце концов научатся управлять, и это будет долгожданная дорога к самым далеким звездам...

Он позвонил. Подождал, снова нажал кнопку, и еще раз. Слышно было, как в глубине дома мелодично тренькает звонок. Никакой реакции. Савин опустил глаза — дверь была приоткрыта, всего на несколько сантиметров. В таких городишках почти никто не запирает двери уходя, но он вспомнил, что дверь закрывается довольно плотно, а экс-географ, как большинство стариков, педантичен в мелочах.

Савин скользнул в прихожую.

— Мистер Брайди! — негромко позвал он. — Мистер Брайди!

Ноздри защекотал неприятный шершавый запах горелого — бумага, пластик, что-то еще. Савин рванул дверь.

Мистер Брайди, несчастный жюльверновский дирижер, сидел в своем любимом кресле и строго и серьезно смотрел сквозь Савина куда-то вдаль, в те манящие края, где плавают зачарованные корветы, звенят толедские клинки и древние, как Мафусаил, попугаи хрипло орут давно забытые самими флибустьерами ругательства. Крови не было. Маслянисто поблескивала затейливая золоченая рукоятка всаженного в сердце кинжала. В камине огромная куча серо-черного пепла, а полки, где хранилась картотека, пусты...

Бедный вы мой, тоскливо подумал Савин. Эта смерть была самой неправильной — жюльверновские чудаки никогда не умирали от ножа злодея, всегда находился кто-то, умеющий надежно защитить. И оттого следовало в первую очередь мстить за эту смерть... Бедный, бедный...

Безусловно, девять десятых собранных Брайди сведений и гроша ломаного не стоили, но остальное значило так много, что Геспер без колебаний пошел на очередное убийство...

Безупречно спланировано — погибает Савин, погибает Брайди, в огне исчезают картотека и труп загадочного существа, самый гениальный сыщик в растерянности останавливается перед пустотой, а Гралев остается один...

Но ведь это было бы — ненадолго. Рано или поздно, здесь или на другом конце света другие люди — сыщики, ученые, журналисты — ступят на ту же тропу... Понимает ли это противник? Противник, от поступков которого веет другим временем — прошлым, старинным, сгинувшим, — все эти распятые коты, кинжалы, монеты грубой работы, пароконные повозки... Что если Геспер вовсе не наш современник, если он пришел из прошлого, фантастическим образом продлив жизнь?

Наверное, любой из шумерских или иерусалимских торговцев мог бы со временем приладиться и к этому веку — принципы частной торговли, ее суть остаются прежними. Людей, знающих электронику, можно просто нанять. Языкам — научиться. А вывеска — с исчезновением с деловой арены Смизерсов она остается как удобное прикрытие...

Человек, хорошо знакомый с земной историей, без труда вспомнит загадочных, словно бы не подвластных времени странников, угодивших на скрижали наверняка помимо своего желания. Они появлялись ниоткуда и уходили неизвестно куда. Они будто и не старели. Случалось, что человек, знавший их в свои юные годы, вновь вдруг встречался с ними десятилетия спустя, — только он был уже стар, а они нисколечко не изменились. Чужаки везде и всюду, не помнящие родства скитальцы, Агасферы...

Предположим, думал Савин, что есть люди, давным-давно овладевшие некими секретами пространства-времени и использовавшие эти секреты, это знание ради примитивной наживы. Законспирированная каста бродячих торговцев, сумевших как-то продлить жизнь, чтобы на протяжении столетий мотаться сквозь четвертое измерение с тюками контрабанды на спине, приспосабливаясь к любой власти, к любому строю, к любым иным мирам. Земные корабли кружат вокруг Юпитера, а для этих — ночные караваны. Люди эти всецело принадлежат прошлому, как о том свидетельствует древненаивная и древнежестокая логика их поступков.

Агасфер, подумал Савин. Было время, когда имя Агасфера, Вечного Жида, обреченного за жестокосердие по отношению к Христу на нескончаемые странствия, было вернейшей «легендой», «крышей». Вздумай кто-либо прикрыться этим именем, это надежно избавляло от необходимости придумывать более изощренные версии. История хранит память о таинственных бродягах, именовавших себя Агасферами, — за последнюю тысячу лет они появлялись неоднократно: в Англии, во Франции, в Богемии, в Московии, на Арабском Востоке, при папском дворе, в Америке. Вена, Испания, Армения, Любек, Париж, Гамбург, Брюссель... Цели их, как и род занятий, остались тогда неизвестными. Один это был человек или несколько? Пойди теперь установи...

Человек, долго проживший под каким-то именем, привыкает к нему и, может случиться, меняя его в очередной раз, оставит в новом что-то от прежнего. Или подберет созвучное. Агасфер — Гасфер — Гесфер — Геспер... Проложивший сквозь века и пространства разбойничье-торгашескую стежку. Шальная гипотеза, даже чересчур. Но если она имеет какое-то отношение к истине?

Ну что же, пора.

Он шагнул было прочь и остановился. Из-под двери в другую комнату, где Савин еще не был, тянулась короткая багровая полоска. Савин потянул на себя ручку.

Инспектор Пент, в той же форме моряка торгового флота, лежал навзничь головой к двери, разбросав сильные руки. Широко раскрытые глаза уставились в потолок, светлые волосы над правым виском слиплись от крови — все ясно с первого взгляда, ничем уже не помочь, поздно...

Бормоча самые страшные ругательства, какие только знал, Савин встал на колени рядом с трупом и без колебаний расстегнул китель. Кроме обычных мелочей, какие можно найти в карманах едва ли не каждого мужчины, он обнаружил серьезное оружие, из которого можно было стрелять и очередями, — пятнадцатизарядный «вигланд» с удлиненным стволом в кобуре под мышкой. И удостоверение Международной службы безопасности — старший следователь управления «Дельта» (Европа) капитан Манолис Сгурос. Вот так...

Он ощутил страшную опустошенность и одиночество, почувствовал себя одиночкой под наведенными издалека стволами.

Однако он справился с собой, превозмог слабость и тоску. Его теперешнее положение не имело ничего общего с ковбойскими фильмами, где шериф-одиночка грустно тащится на заморенном коне меж равнодушных отрогов Большого Каньона Колорадо. Ничего похожего. Просто умный и опасный враг метким огнем проредил ряды атакующих, но атака не имеет права захлебнуться, пока жив хоть один человек. А он ведь был не один...

Савин поднялся с колен, сбросил куртку и надел под нее кобуру с «вигландом» — карманы и так оттягивали два пистолета. Значит, МСБ заинтересовалась, не исключено, что и Стайн оттуда... Скорее всего, они не знают ничего конкретного, но поняли, что здесь происходит что-то неладное. Это облегчает задачу доктору Данвуди... но можно ведь и самому!

Он прошел в комнату, где сидел мертвый Брайди, полистал справочник и снял телефонную трубку.

— Уголовная полиция Монгеруэлла, — сразу же откликнулся деловитый голос.

— Мне нужен инспектор Стайн.

— В управлении его нет. Он будет через час.

— Где же он?

— Кто говорит?

— Где он, я вас спрашиваю?

— Кто говорит? Не вешайте трубку.

— И не собираюсь, — сказал Савин. — Вы можете срочно его отыскать?

— Кто говорит? — в третий раз спросил дежурный, судя по голосу очень молодой и оттого ревностно соблюдавший все правила.

— Я говорю, — сказал Савин. — А вы слушайте. Немедленно найдите Стайна. Сообщите ему, что капитан Сгурос убит. Возможно, Сгурос был известен и вам как инспектор Пент...

В трубке явственно прозвучал короткий гудок особого тона — дежурный подключил к селектору кого-то еще. А парень не такой уж болван, молодец парень, подумал Савин и продолжал:

— Скажите ему, что преступники бегут. Я попытаюсь их задержать, но я не супермен, и у меня нет пулемета...

— Кто говорит? — ворвался другой голос.

— Савин, — сказал Савин. — Может быть, слышали?

— Откуда вы говорите?

— Установите номер, дело минутное, — сказал Савин. — Трубку я не положу, оставлю рядом с телефоном. Сейчас к вам приедет доктор Данвуди и объяснит все подробно. Здесь два трупа.

— Вы можете подробнее? Я пошлю сейчас же машины отыскать Стайна...

— У меня нет времени, — сказал Савин. — Посылайте вертолеты как можно быстрей. У меня все.

Он положил трубку рядом с телефоном и решительно пошел к двери. Нужно торопиться. Без всякого сомнения, Геспер и его люди попытаются уйти туда, где земное правосудие бессильно. Уйти немедленно, в этом убеждают все совершенные ими за последние часы гнусности, — и то, что они подожгли больницу, и то, что подложили бомбу в машину Савина, и то, что убили Брайди и Сгуроса, и то, что уничтожили картотеку. И то, что они даже не стали обыскивать мертвого Сгуроса — им наплевать уже на все, что происходит здесь, на этом берегу, который они считают навеки покинутым. Правда, до ночного тумана еще далеко, но, видимо, есть другой способ уйти к тому берегу сейчас, средь бела дня, иначе не обнаглел бы так Геспер... Так что нужно поторапливаться.

...Над хмурым берегом мельтешили чайки, пронзительно вскрикивая. А гусей-то и не видно, подумал Савин. По старинному преданию, за Агасфером повсюду, куда бы он ни направлялся, летели с печальными криками семь диких гусей — семь Трубачей, души семи иудеев, помогавших при казни...

Савин зажег очередную сигарету. Демаскировать себя он не боялся — в пронизанном сыростью воздухе, на туманном берегу трудно заметить издали дым. Да и увидеть противника Савин сможет заблаговременно. Если только он все рассчитал правильно. Если только Геспер будет прорываться здесь, где нашли тело Мак-Тига, где Савин помогал разгружать тот баркас, где стоит покосившийся каменный столб с грубо вырезанным человеческим лицом, поставленный неизвестно кем, неизвестно когда и неизвестно для чего.

Он понимал, что отсюда можно и не уйти живым. В соответствии с устоявшимися штампами следовало бы методично и обстоятельно перебрать наиболее четкие и дорогие воспоминания, но оказалось, что ничего не получается — просто не получается, и все тут. Мелькали бессвязные обрывки, заставлявшие то улыбнуться — «белчер» в витрине, то беззвучно вскрикнуть — сияющий корабль, идущий на всех парусах к зыбкой стене тумана. Потом и эти клочья пропали, остался только серый берег, скучные утесы, проникший сквозь куртку холод скалы, к которой он прижимался спиной, тяжесть пистолетов в карманах и томительное ожидание, сознание того, что иначе было нельзя...

> Живу, и гибну, и горю — дотла.
> Я замерзаю, не могу иначе —
> от счастья я в тоске смертельной плачу.
> Легка мне жизнь, легка и тяжела...

Хотя Луиза Лабэ написала это шестьсот лет назад, все остается как встарь: жить нужно — дотла...

Больше всего сейчас Савин ненавидел даже не своих противников. Они, в сущности, были забравшимися внутрь сложного механизма тараканами. Ярость и гнев вызывало это проклятое наследство сгинувшего прошлого, опасное прежде всего потому, что было нематериальным, не воплощенным в пушках или золоте. Отчужденность, недоговоренность, разобщенность, страх откровенности, паническая боязнь верить на слово — все это сохранилось со времен, когда ложь и недоверие считались едва ли не добродетелью, когда без них подчас было просто не выжить. Человечество нашло в себе силы освободиться от ракет и крейсеров, транснациональных концернов и газетных империй, от многих язв и пороков, но людям, каждому в отдельности, предстоит еще многое изжить в себе — потому что доверию не научишь указом, приказом, предписанием...

Будущее — это доверие, подумал он. Мир, в котором тебе не придется в доказательство правоты своих слов выставлять почтенных свидетелей или предъявлять бумаги с печатями. Мир, где все верят друг другу, потому что знают — человек не лжет.

Увы, даже сегодня, несмотря на то что на дворе двадцать первый век, остается мечтой Эра Доверия. Все трагические случайности и утраты этой уложившейся в неполных четыре дня истории были результатом воспитанного тяжелыми веками недоверия к Слову, просто Слову, не подкрепленному солидными вещественными доказательствами. И недоверия людей друг к другу, идущего от вовсе уж диких столетий. В первую очередь из-за недоверия стал невольным убийцей и жертвой Роб Лесли, погибли Брайди и Сгурос, страх опутал городок, уплыла в неизвестный туман Диана, грохотали взрывы и трещали пожары, тяжелые шторы наглухо закрывали окна от внешнего мира, и Савин оказался сейчас один у серой скалы — своего окопа. Но хотя он многих потерял, он верил, знал, что ему не дадут остаться одному, не бросят, — потому что жил он все же в двадцать первом веке, когда самые опасные повороты пути уже преодолены. Потому что он вовсе не был суперменом из дешевых боевиков — он всего-навсего прибежал на пожар раньше других и принялся тушить огонь, не дожидаясь подмоги. Просто сложилось так, что человеку, хоть он и один, никак нельзя отступить. Разве те одинокие скелеты, сжимающие ржавые винтовки, скелеты, которые до сих пор откапывают на его родной земле, — останки суперменов? Человек остался один, но не бросил оружия — и все тут...

Шум мотора? Да. Вот и все. Ребристый язычок предохранителя отведен большим пальцем вниз, патрон, цокнув, входит в ствол, и никаких недомолвок. И тридцать шесть патронов.

Савин плавно отодвинулся в укрытие, которое давно наметил.

Знакомый серый «белчер» резко затормозил, чуть позади остановилась машина пороскошнее — длинный голубой «воксхолл». Так. Четверо в «белчере», трое в «ваксхолле», и один из них, кажется, Геспер. Ну да, так и есть — собственной персоной. Многовато их, черт... Почему они не выходят, все же опасаются засады, надо полагать?

Доктор Данвуди из тех, кто умеет добиваться своего, умеет убеждать. Да и соответствующие службы уже кое-что поняли. Опергруппа должна успеть. Савин представил себе это, он видывал подобное в других уголках света — вертолеты над скалистым берегом, прыгают на землю автоматчики в бронежилетах, свист лопастей и рев мегафона, приказывающего положить руки на голову и не рыпаться. Как бы там ни было, но Гралев в безопасности, он вновь верит в себя, и это все-таки главное...

Четверо лбов выбрались из «белчера», настороженно озираясь, держа наготове слишком хорошо, увы, знакомые Савину коротенькие автоматы-бесшумки. Из «воксхолла» никто не вышел — бережется Геспер, не зря мотор его машины продолжает работать. Что ж, он все рассчитал — смоется при первом признаке опасности, прямых улик против него нет, ищи его потом по всей земле, а он тем временем, не исключено, может воспользоваться какой-нибудь другой потаенной стежкой, — кто знает, сколько их, тропинок, к тому берегу? Этих молодчиков нужно поймать на горячем, а пока что против них нет ровным счетом ничего, даже в эту минуту они преспокойно могут заявить, что нашли свои автоматы на дороге и прямо-таки умирали от желания доставить их в полицию...

Четверо, видно, убедились, что все спокойно и никакой засады нет. Они принялись вытаскивать из багажников обеих машин чемоданы, какие-то большие пакеты, аккуратно упакованные тючки. Им помогали двое из «воксхолла», но Геспер из машины так и не вышел, покуривал себе на заднем сиденье, мусолил сигару. Интересно, что за багаж увозит на тот берег эта импозантная сволочь? Наши ассигнации там хождения, надо полагать, не имеют. Что тогда? Будем надеяться, я смогу это узнать...

Разгрузка окончена. Из одного пакета достали треногу, установили, укрепили на ней какую-то странную трубу, напоминающую длинную витую раковину из разноцветного стекла и блестящего металла. Эт-то еще зачем? Вызывают корабль?

Все, подумал Савин, нельзя больше медлить. Он чуть приподнялся и крикнул во все горло:

— Полиция! Специальный констебль...

Договорить он не успел — рухнул на камень. Пятеро упали наземь, мгновенно рассредоточившись, застрекотали почти неслышные очереди, справа и слева от Савина взлетели осколки камня, — правда, пока что довольно далеко, его еще не нащупали, но волки безусловно были битые.

Савин тщательно прицелился и прострелил шину «воксхолла», потом — шину «белчера». Удовлетворенно улыбнулся — все было в порядке. Добропорядочные и законопослушные граждане так себя не ведут: не палят очертя голову из автоматов по человеку, заявившему, что он — сотрудник полиции. Так что все оборачивается как нельзя лучше. Оснований для возбуждения судебного дела со стандартной формулой «Король против Герберта Геспера» более чем достаточно. Вооруженное нападение на специального констебля, незаконное владение оружием — для начала хватит, а дальше к этому, несомненно, добавится и кое-что посерьезнее...

Савин помедлил секунду — ему впервые приходилось целиться в живого человека, — нажал на спуск. Тип, пытавшийся сделать что-то с той загадочной трубой, прижался к земле, зажав левой простреленное правое запястье.

— Ах ты, контра, — с ласковым бешенством сказал Савин. Выстрелил, не попал, и в ответ снова застрекотали автоматы.

Второй отполз за «белчер», волоча ногу, — тоже неплохо, тоже неплохо, только не давать им подойти к треноге, не дать зайти в тыл. Старые военные учебники гласят, что нападающий теряет втрое больше, чем тот, кто занял оборону, но, поскольку ты один против пятерых, нужно постараться исправить это соотношение.

Савин стрелял, перебегал меж валунов, стрелял, стараясь не поддаваться азарту, расходовать патроны экономнее — мало их было, еще меньше осталось. Зато противник недостатка в патронах не испытывал — четыре автомата неудержимо плевались огнем, словно митральеза. Всплеск каменного крошева будто нагайкой хлестнул по щеке, Савин, падая, пребольно ушиб колено, но на такие пустяки не следовало обращать внимания.

Он понимал, что так не может продолжаться долго, — как ни экономь патроны, нужно отвечать, и настанет момент, когда в стволе окажется последний. Или еще раньше, пользуясь тем, что их четверо, враги попытаются зайти с тыла. Вся надежда на вертолеты — не самое выдающееся изобретение человечества, но в данный момент самое желанное. Или это будут машины? Все равно, лишь бы успели, потому что рано еще умирать, потому что теплится отчаянная надежда вновь увидеть блистающий корабль, плывущий из тумана к берегу, потому что зло должно обязательно проигрывать не только в сказках. Потому что Савин родился в том самом маленьком сибирском городке, где некогда формировали полки, которые потом защищали на Бородинском поле батареи Раевского, а это, согласитесь, кое к чему обязывает...

Воспользовавшись короткой паузой, Савин взглянул на небо — так, словно оглядывался на свое прошлое и пытался заглянуть в свое будущее. И ничего там не увидел. Еще одна перебежка к тому валуну — оттуда лучше видна дорога, и со спины к тому месту не зайдут, отвесные скалы не позволят...

Савин угодил-таки третьему в плечо. Оставались еще трое. Они чересчур уж нагло рванулись вперед, и пришлось охладить их пыл, выпустив тремя очередями обойму «вигланда». Так, а теперь за тот камень...

Савин прыгнул, и что-то нестерпимо горячее, острое обожгло, прошило левое плечо. Он рухнул за камень, отбросив пистолет полицейского, для которого больше не было патронов, и достал полученный от Лесли кольт — табельное оружие специального констебля. Последние семь патронов. Семь пулек, как в Сараеве, подумал он, вспомнив Швейка, и нашел в себе силы улыбнуться.

Здесь он был как в ловушке, но, во-первых, он и не собирался никуда бежать, а во-вторых, с тыла нападающие не зайдут — скалы не позволят...

Почему они прекратили огонь?

— Сдавайся! — услышал он голос, показавшийся знакомым — по карнавалу, тому проходу. — Сдавайся, гарантируем...

— Савин, это наверняка вы! — прервал его крик Геспера. — Не валяйте дурака, у нас совершенно нет времени! Обещаю жизнь! На размышление секунды!

Савин с радостью отметил истерические нотки в его голосе и, не приподнимаясь, громко ответил парочкой фраз, услышанных в одном из ливерпульских портовых кабачков и отнюдь не украшавших язык Вальтера Скотта и Голсуорси. Новых предложений со стороны противника не последовало.

Теперь он стал ощущать боль. Темное пятно быстро расползалось, ширилось, и он чувствовал, как намокает рукав рубашки, как от плеча к локтю ползет горячее, липкое. И нечем перевязать, нельзя отвлекаться на то, чтобы разорвать рубашку.

Он выстрелил. Голова в берете проворно исчезла за валуном. Не попал. Жаль. Что же, неужели все? И ничего больше не будет — земли, моря, неба, меня?

Они попытались подкрасться ближе — еще два выстрела. Осталось четыре патрона. По числу дней, прожитых им в этом городке. Неужели прошло неполных четыре дня с той поры, как он заявился самоуверенным королем объектива в эти места, где предстояло встретить и настоящую любовь, и неподдельную тоску, и неподдельную ненависть? Проникнуться настоящей боевой злостью. Все это до сих пор, признаться, было чуточку отвлеченными понятиями. Он больше фиксировал жизнь, чем жил. Теперь...

В него стали стрелять, и он ответил. Осталось три патрона. Враги подозрительно притихли, скорее всего готовили какой-нибудь пакостный сюрприз. Жаль, что небо такое скучное и серое, жаль, что так мало патронов... Какая это, оказывается, ценность — патроны, маленькие, тяжелые, коричневые гильзы, из которых высовываются конические пули.

Савин услышал слабый гул, совсем слабый, словно чудом долетевший сюда отзвук бушующей на марсианской равнине битвы, и сердце застучало чаще. Правда, из своего укрытия он мог видеть лишь крохотный кусочек неба, однотонно-серого. Это мог быть и просто шум в ушах — он потерял много крови. Но это могли быть и долгожданные вертолеты. Что если из-за этого и притихли враги?.. Что ж, пройдет пять минут, и все станет ясно...

Он не мог еще уверенно сделать вывод, понять, что за шум слышит, но яростно верил — это только начало и самое главное — впереди...

ПЕРВАЯ ВСТРЕЧА, ПОСЛЕДНЯЯ ВСТРЕЧА

Паровоз заухал, зашипел, зафыркал, пустил дым, дернул разноцветные вагоны, и они поплыли мимо поручика Сабурова, навсегда уносясь из его жизни. Поезд длинно просвистел за семафором, и настала тишина, а дым развеяло в спокойном воздухе. «Чох якши», — мысленно сказал себе по-басурмански Сабуров, и от окружающего благолепия ему на глаза едва не навернулись слезы. Для здешних обывателей тут было скучное захолустье, затрюханный уезд, забытый Богом и губернскими властями. А для него тут была Россия.

Ему вдруг неизвестно почему показалось, будто все это уже было в его жизни — красное зданьице вокзала с подведенными белыми полуколоннами и карнизами, пузатый станционный жандарм, изящная водонапорная башенка с кирпичными узорами поверху, сидящие поодаль в траве мужики, возы с распряженными лошадьми, рельсы, чахленькие липы. Хотя откуда ему взяться, такому чувству, если Сабуров здесь впервые?

Он подхватил свой кофр-фор и направился в сторону возов — путь предстоял неблизкий, и нужно было поспешать.

И тут сработало чутье, ощущение опасности и тревоги — способность, подаренная войной то ли к добру, то ли к худу, награда ее и память. Испуганное лицо мужика у ближнего воза послужило толчком или что другое, но поручик Сабуров быстро осмотрелся окрест, и рука было привычно дернулась к эфесу, но потом опустилась.

Его умело обкладывали.

Пузатый станционный жандарм оказался совсем близко, позади, и справа надвигались еще двое, помоложе, поздоровше, ловчее на вид, и слева двое таких же молодых, ражих, а спереди подходили ротмистр в лазоревой шинели и какой-то в партикулярном, кряжистый, неприятный. Лица у всех и жадно-азартные, и испуганные чуточку — как перед атакой, право слово, только где ж э т и видели атаки и в них хаживали?

— Па-атрудитесь оставаться на месте!

И тут же его замкнули в плотное кольцо, сторожа каждое движение. Сапогами запахло, луком, псарней. А Сабуров опустил на землю кофр-фор и осведомился:

— В чем дело?

Он нарочно не добавил «господа». Много чести.

— Патрудитесь предъявить все имеющиеся документы, — сказал ротмистр — лицо узкое, длинное, щучье.

— А с кем имею?

Он нарочно не добавил «честь». А вот им хрен.

— Отдельного корпуса жандармов ротмистр Крестовский, — сообщил офицер сухо и добавил малую толику веселее: — Третье отделение. Изволили слышать?

Издевался, щучья рожа. Как будто возможно было родиться в России, войти в совершеннолетие и не слышать про Третье отделение собственной его императорского величества канцелярии! Лицо у ротмистра Крестовского выражало столь незыблемое служебное рвение и непреклонность, что сразу становилось ясно: протестуй не протестуй, крой бурлацкой руганью или по-французски поминай дядю-сенатора, жалуйся, грози, а то и плюнь в рожу — на ней ни одна жилочка не дрогнет, все будет по ее, а не по-твоему. И поручик это понял, даром что за два года от голубых мундиров отвык — они в действующей армии не встречались. Теперь приходилось привыкать наново и вспоминать, что возмущаться негоже — глядишь, боком выйдет...

Документы ротмистр изучал долго — и ведь видно, что рассмотрел их вдоль-поперек-всяко и все для себя определил, но тянет волынку издевательства ради. «А орденка-то ни одного, а у меня три, и злишься небось, что в офицерское собрание тебя не пускают», — подумал поручик Сабуров, чтобы обрести хоть какое-то моральное удовлетворение.

— По какой надобности следуете? Из бумаг не явствует, что по казенной.

— А по своей и нельзя? — спросил поручик, тараща глазенки, аки дитятко невинное.

— Объясните в таком случае, — сказала Щучья Рожа. Бумаги пока что не отдала.

Поручик Сабуров набрал в грудь воздуха и начал:

— Будучи в отпуске из действующей армии до сентября месяца для поправления здоровья от причиненных на театре военных действий ранений, что соответствующими бумагами подтверждается, имею следовать за собственный кошт до города, обозначенного на картах как Губернск, и в документах таковым же значащегося...

Он бубнил, как пономарь, не выказывая тоном иронии, но с такой нахальной развальцой, что ее учуяли все, даже состоящий при станции пузатый.

— ...в каковом предстоит отыскать коллежского советника вдову Марью Петровну Оловянникову для передачи оной писем и личных вещей покойного сына ее, Верхогородского драгунского полка подпоручика Оловянникова, каковой геройски пал за Бога, царя и Отечество в боях за город Плевну и похоронен в таковом...

— Ради Бога, достаточно, — оборвал его ротмистр Крестовский. — Я уяснил суть анабазиса вашего. Что же, дали мы маху, господин Смирнов?

Это тому, партикулярному. Партикулярный чин (а видно было, что это не простой уличный шпион — именно статский чин) пожал плечами, вытянул из кармана потрепанную бумагу:

— Что поделать, Иван Филиппович, сыск дело такое... Смотрите, описание насквозь подходящее: «Роста высокого, сухощав, белокур, бледен, глаза голубые, в движениях быстр, бороду бреет, может носить усы на военный манер, не исключено появление в облике офицера либо чиновника». Подполковника Гартмана, царство ему небесное, н а ш как раз и успокоил, в офицерском мундире будучи...

— Интересная бледность — это у девиц, — сказал поручик Сабуров. — А я, по отзывам, всегда был румян.

— Может, это вы попросту загорели в целях маскирования, — любезно сообщил господин Смирнов. — А несчастного Гартмана бомбою злодейски убивая, были бледны.

— Господин Гартман, надо полагать из ваших? Отдельного корпуса то бишь?

— Именно. Питаете неприязнь к отдельному корпусу?

— Помилуйте, с чего бы вдруг, — сказал поручик Сабуров. — Просто я, как-то так уж вышло, по другой части, мундиры больше другого цвета — хоть наши запылены да порваны иногда...

— Каждый служит государю императору на том месте, где поставлен, — сказала Щучья Рожа.

— О том самом я и говорю, — развел руки поручик. — Чох якши эфенди.

Губы Щучьей Рожи покривились:

— Па-атрудитесь в пределах Российской империи говорить на языке, утвержденном начальством! Патрудитесь получить документы. Можете следовать далее. Приношу извинения, служба.

И тут же рассосались жандармы, миг — и нету, воротился на свое место пузатый станционный страж, Крестовский и Смирнов повернулись кругом, будто поручика отныне не существовало вовсе, и Сабуров услышал:

— Отправить его отсюда, Иван Филиппыч, чтоб под ногами не путался.

— Дело. Займитесь, — кивнул Крестовский, ничуть не заботясь, слушал их Сабуров или нет. — Выпихните в Губернск до ночи сего вояжера. Черт, однажды уже нахватались в заграницах такие вот гонористые, дошло до декабря... Закрыть бы эту заграницу как-нибудь.

Смешок:

— Так ведь императрицы — они у нас как раз из заграниц, Иван Филиппыч...

— Все равно. Закрыть. Чтоб ни туда и ни оттуда.

— Ну, этот-то — от турок. Азия-с.

— Все равно. И там свои вольтерьянцы. Правда, там их можно на кол, попросту...

И ушли. А Сабуров остался в странных чувствах — было тут что-то и от изумления и от гнева, но больше всего от ярости. Выглядел поручик в этой истории как нижний чин: ему вахмистр хлещет по роже, а он в ответ — упаси Боже, руки по швам и молчи...

Плюнул и решил выпить водки в буфете. Подали анисовую, хлебушка черного, русского (у болгар похож, а другой), предлагали селянку, но попросил сальца — чтоб с мясом и торчали зубчики чеснока, пожелтевшего уже, дух салу передавшего. Выпил рюмку. Еще выпил. Медленно возвращалось прежнее благодушное настроение.

О чем шла речь, он сообразил сразу. Давно было известно по скупым слухам, что в России, как в Европе, завелись революционеры. Как в Европе, кидают бомбы и палят по властям предержащим, пытаются взбунтовать народ, но ради чего это затеяно и кем — совершенно непонятно. Никто этих революционеров (называемых также нигилистами) не видел, никто не знает, много их или мало, то ли они в самом деле наняты Бисмарком, жидами и полячишками, то ли, как пятьдесят четыре года назад, мутню начинают люди из тех, кто, по тем же слухам, вписан в Бархатную книгу — а разве такие люди наемниками быть могут? Но вот какого рожна им нужно, если и так выполнено все, за что сложили головы полковник Пестель сотоварищи, — крестьян освободили, срок службы сбавили и произвели всевозможные реформы? Поручик Сабуров не знал ответов на эти вопросы. В Болгарии все было просто и ясно, там он понимал все сверху донизу, а в этих слухах сам черт ногу сломит...

— Господин Сабуров!

Смирнов стоял над ним, улыбаясь как ни в чем не бывало.

— Собирайтесь, господин Сабуров. Оказию мы вам подыскали. Не лакированный экипаж, правда, ну да разве вам привыкать, герою суровых баталий? Никто нас не упрекнет, что оказались нечуткими к славному представителю победоносного воинства российского.

Сабуров хотел было ответить по-русски и замысловато, но посмотрел в эти склизкие глаза и доподлинно сообразил, что в случае отказа или ссоры следует ожидать любой пакости. Да Бог с ними... Лучше уж убраться от них подальше. Он вздохнул и полез в карман за деньгами — уплатить буфетчику.

— А вот скажите, господин Смирнов, — решился он, когда вышли на воздух. — Эти ваши... ну, которые бомбами...

— Государственные преступники? Нигилисты?

— Эти. Что им нужно, вообще-то говоря?

— Расшатать престол в пользу внешнего врага, — веско сказал Смирнов. — Наняты Бисмарком, жидами и ляхами, — он подумал и добавил: — и французишками.

Все вроде бы правильно, и Смирнов был человеком государственным, облеченным и посвященным, да уж больно мерзкое впечатление производил сыщик, нюхало, стрюк, разве может такой говорить святую правду?

Оказия была — запряженная тройкой добрых коней купецкая повозка из Губернска. Гонял ее сюда купец Мясоедов со снедью для господского буфета — то есть купец владел и хозяйствовал, а гонял повозку за сто верст приказчик Мартьян, кудряш-детина, если убивать — только из-за угла в три кола. Да еще безмен с граненым шаром под рукой, на облучке. Иначе и нельзя в этих глухих местах, где вовсю пошаливают, такой приказчик тут и надобен...

Сенцо было в повозке, Мартьян его покрыл армяком, повозка — вроде ящика на колесах, чего ж не ехать-то?

На прощание попутал бес, поручик достал золотой, протянул Смирнову с самой душевной улыбкой:

— За труды. Не сочтите...

Глядя Сабурову в лицо, Смирнов щелчком запустил монетку в сторону, в лопухи — блеснул, кувыркаясь, осанистый профиль государя императора. Сыщик улыбнулся, пообещал:

— Бог даст — свидимся...

И ушел.

— Это вы зря, барин, ваше благородие, — тихонько, будто самому себе, не особо-то и глядя в сторону седока, сказал Мартьян. — Эти долгопамятные...

— Бог не выдаст — свинья не съест. Кого ищут?

— А кого б ни искали, все лишь бы не нас. — Он весело блеснул зубами из цыганской бородищи. — Тронемся, ваше благородие, аль как? Три дня здесь торчу, пора б назад. Мясоедов в зверское состояние придет.

— А что ж ты три дня тут делал? — спросил поручик для порядка, хотя ответ на лице приказчика был выписан.

— Да кум тут у меня, вот и оно...

— Ну, трогай, — сказал Сабуров. — В дороге налью лудогорского.

— Это какое?

— Там увидишь.

— Э-эй!

Тронулись застоявшиеся сытые лошадки, вынесли повозку из огороженного жердями заплота, остались позади и мужики, с оглядкой искавшие в лопухах улетевший туда золотой, и стеклянный взгляд Щучьей Рожи. А впереди у дороги стоял человек в синей черкеске и овчинной шапке с круглой суконной тульей, держал руку под козырек по всем правилам, и это было странно — не столь уж привержены дисциплине казаки Кавказского линейного войска, чтобы нарочно выходить к дороге отдавать честь проезжающему офицеру, да еще чужого полка. А посему Сабуров велел Мартьяну попридержать и присмотрелся.

Казак был, как все казаки, — крепкий, с полным почтения к его благородию, но смышленым и хитроватым лицом исстари вольного человека. Себе на уме — одним словом, казак и все тут. Свернутая лохматая бурка лежала у его ног, и оттуда торчал ружейный ствол в чехле. На черкеске поблескивали два знака отличия военного ордена святого Георгия — совсем новенькие крестики на черно-оранжевой ленте.

Вот что выяснилось после беглого опроса. Платон Нежданов, урядник Тарханского полка Кавказского линейного казачьего войска, участник турецкой кампании, был командирован сопровождать военный груз при штабном офицере. На здешней станции по несчастливому случаю вывихнул ногу, спрыгивая на перрон из вагона — непривычны казаки к поездам, на Кавказе этого нету, объяснял он. (Поручик, правда, подозревал, что дело тут еще и в вине, к которому казаки как раз привычны.) Был оставлен офицером на станции, неделю провалялся в задней комнате у буфетчика. Невольный наем сего помещения, лекарь, еда и принимаемая в чисто лечебных целях, для растирания больного места, анисовая — все это, вместе взятое, оставило урядника совсем без капиталов. Вдобавок на вокзале не имелось никакого воинского начальства — ближайшее находилось лишь в Губернске. Таким образом, чтобы выправить литер на бесплатный воинский проезд, приходилось отправляться за сто верст, но что тут поделаешь? Не продавать же господам проезжающим черкесскую шашку в серебре? Они-то купят, да жаль ее и казаку бесчестье.

Словом, урядник, встав на ноги, собрался подыскать оказию, помня, что на Руси служивого жалеют и помогут, если что. Но тут он как раз оказался свидетелем геройской атаки господ жандармов на господина поручика, потом усмотрел господина в партикулярном, подрядившего Мартьяна везти его благородие в Губернск. Так что вот... Он, конечно, не наглец какой, но господин поручик, быть может, не сочтет за труд уделить местечко в повозке военному человеку, прошедшему ту же кампанию? Что до бумаг, то — вот они, в полном порядке...

Бумаги действительно были в порядке. Поручик Сабуров, сидевший уже без кепи и полотняника*, проглядел их бегло, приличия ради. Все ему было ясно: какой-то тыловой хомяк в чинах чего-то там нахапал и благодаря связям отправил домой под воинским сопровождением. Казак наверняка, дабы поразить воображение населения женска пола, красовался на всех остановках при полном параде, а здесь соскочил на перрон, углядев достойную осады фортецию. Офицер-сопровождающий, несомненно, тоже какая-нибудь интендантская крыса (строевой не бросил бы на вокзале покалечившегося, а велел бы занести в вагон), не хотел лишних хлопот с больными, погань тыловая.

* Официальная летняя одежда офицера — белый мундир чуть выше колен. Введен в 1860 году для всех родов войск.

Место, понятно, нашлось, его бы еще на четверых хватило. Вскоре поручик Сабуров достал оплетенную бутыль лудогорского. Мартьян малость похмелился — на лице его обозначилось, что эта водичка — без должной крепости и все же не то, что добрая очищенная; но из вежливости, как угощаемый, да еще офицером, промолчал. Платон же Нежданов, наоборот, отпробовал болгарского как знаток и любитель, с некоторым форсом. Употребил немного и Сабуров.

Гладкие лошадки бежали ровной рысью, Платон пустился в разговоры с Мартьяном — про болгарскую кампанию да про турок. Привирал, ясное дело, нещадно — и насчет янычар, которые-де, если их накажут, должны перед пашой отрезать собственные уши и тут же съесть с солью, и насчет своих успехов у тамошних баб, которые, друг Мартьяша, и устроены-то по-иному, вот, к примеру, взять...

Трудно сказать, насколько Мартьян верил — тоже был мужик не без царя в голове, но врать согласно пословице не мешал. Сабуров тоже слушал вполуха, бездумно улыбаясь неизвестно чему. Лежал себе на армяке поверх пахучего сена, рядом аккуратно сложен орденами вверх полотняник, повозку потряхивало на кочковатой российской дороге, вокруг тянулись леса, перемежавшиеся пустошами, а кое-где и болотинами. Болота здесь были знаменитые — правда, единственно своими размерами и проистекающей отсюда полной бесполезностью. Оттого и помещиков, настоящих, многоземельных, как мимоходом обронил Мартьян, здесь сроду не водилось. Мелких было несколько, что правда, то правда.

— Так что, и не жгли, поди? — съехидничал Платон.

— Да кого тут жечь и за что... Жгут в первую голову из-за земли, а народ у нас не пашенный. У нас — ремесла, торговлишка, так оно сейчас, так и до манифеста было. А господа... Ну вот один есть поблизости. В трубу небеса обозревает, скоро дырку проглядит, право слово, уж простите дурака, ваше благородие. И ездят к нему такие же блажные...

— А такого случайно не было? — в шутку спросил Сабуров, испытывая свою прекрасную память. — Роста высокого, сухощав, бледен, глаза голубые, белокур, в движениях быстр, бороду бреет, может носить усы на военный манер, не исключено появление в облике офицера и чиновника...

— Что-то вы, барин? Про себя говорите, ведь все приметы ваши, окромя бледности? — Мартьян вылупил глаза, будто и впрямь дурак дураком, но в лице его что-то дрогнуло, в глазах что-то блеснуло. И правда, не за то Сабурову платят, чтобы помогал господам в голубом, которых зацепил стихом поручик Тенгинского полка Лермонтов. Да и офицерской чести противно соучаствовать тем стрюкам...

Они ехали остаток дня, ехали. Болтали, молчали, опрокинули еще по стаканчику, и путь помаленьку стал скучен — оттого, что впереди оставалось больше, чем позади. Вечерело, длинные тени деревьев ложились поперек дороги там, где она проходила лесом; а болотины покрывались редким пока что по светлому времени жиденьким туманом. Солнце укатилось за горизонт.

— Блажной барин говорил как-то, что земля круглая, — сказал Мартьян с плохо скрытым превосходством тороватого и удачливого над бесталанным и блажным. — А я вот езжу — сто верст туда, сто верст назад. И везде земля, как тарелка. Ну, не без горок кой-где, но чтобы круглая...

— Оно так... — лениво поддакнул Платон. — Но вот если возьмем...

Его прервал крик, долгий вопль на одной ноте, донесшийся издалека. Затих, потом вновь зазвучал и приблизился. Человеческий крик. Но звучал он не так, как если бы человек нос к носу столкнулся с чем-то страшным — словно кто-то давно уже вопит после какой-то ужасной встречи, давненько орет, подустал даже...

Поручик Сабуров извлек из кофр-фора кобуру, из кобуры вытянул «смит-вессон» и взвел тугой курок. В кофр-форе лежал еще великолепный кольт с серебряными насечками, взятый у чернобородого юзбаши трофей, но пусть себе лежит. Оружия и так достаточно для захолустных разбойников.

Дорога заворачивала, по ней завернула и тройка, и они увидели, что навстречу движется человек — то бежит, то бредет, то снова побежит, и машет руками неизвестно кому, и мотает его, как назюзюкавшегося...

— Тю! — сплюнул Мартьян. — Рафка Арбитман, и таратайки его при нем нету...

— Это кто?

— Да татарин с Поволжья, приблудился тут... Разной ветошью торгует-продает, — Мартьян вроде и поскучнел чуточку. — Шляется тут туда-сюда. Вот ты Господи, у него ж и...

Он осекся.

— Что, хошь сказать, у него и брать-то нечего? — подхватил смекалистый Платон. — Думаешь, придорожные подраздели? Знаешь поди кого?

— Да ничего я не знаю, отзыдь! Пр-р! — Мартьян натянул вожжи. — Эй, Рафка, чего у тебя там?

Старик подошел, ухватился за борт повозки, поручик Сабуров, оказавшийся ближе, наклонился к нему и едва не отпрянул — таким из этих раскосых азиатских глаз несло ужасом, смертным отрешением тела и духа от всего сущего.

— Слушайте, — сказал старик. — Едьте отсюда совсем скоро, иначе здесь будет дьявол, как лев рыкающий, он придет, и смерть нам всем. Все кричат на старого татарина, что он поджигал Рязань, но я вот думаю: поджигал Рязань шестьсот лет назад совсем другой татарин, так почему и откуда на старого Рафку выскочил такой шайтан... Молодые люди, вы только не смейтесь и не держите меня за безумного — бежать нужно, иначе мы умрем этим ужасом!

Они переглянулись и покивали друг другу с видом людей, которым все ясно и слов не требуется.

— Садись вот, Бог с тобой, — сказал Мартьян и положил безмен на колени, освобождая место на облучке.

Старик подчинился, вожжи хлопнули по гладким спинам, и лошади рванули вперед; но торговец, едва убедившись, что назад они не поворачивают, скатился с облучка и с диким воплем кинулся прочь, махая руками. Они кричали ему вслед, но старик не остановился.

— Да ладно, — махнул рукой Мартьян. — Не хочет с нами, пусть пешим тащится. Медведей с волками тут от Мамая не бывало, никто его ночью не съест. А в болото ухнет — на нас вины нет. Честью приглашали. Но-о!

Двенадцать копыт вновь грянули по пыльной дороге. Поручик Сабуров положил «смит-вессон» рядом, стволом от себя, а Платон ради скоротания дорожной скуки негромко затянул песню.

Вдруг лошади, заржав, шарахнулись в сторону, повозку швырнуло к обочине, Сабуров треснулся затылком о доску, и в глазах действительно притуманилось. Мартьян удерживал коней, кони приплясывали и храпели, а Платон Нежданов уже стоял на дороге, взяв ружье на руку, пригнувшись, зыркал туда-сюда.

Сабуров выскочил, держа револьвер стволом вниз. Хлипконькая двуколка торговца лежала в обломках, только одна уцелевшая оглобля торчала из кучи расщепленных досок и мочальных вязок. Возле валялась ветошь и разная домашняя рухлядь. А лошади не было: так, ошметки — тут клок, там кус, там набрызгано кровью, и таращит уцелевший глаз длинная подряпанная голова. Сгущались сумерки, с болот наплывал холод.

— Ваше благородие! — выдохнул урядник. — Это что ж? И медведь так не разделает...

— Да нет у нас медведей! — закричал Мартьян с облучка.

— Я и говорю. Но как-то же разделал?

Он глянул на Сабурова, по долголетней привычке воинского человека ожидая команды от старшего, коли уж старший находился тут, но что поручик мог приказать? Он стоял с тяжелым револьвером заграничной работы в руке, и ему казалось, что из леса пялятся сотни глаз, что там щерятся сотни пастей и в каждой видимо-невидимо клыков, а сам он, поручик, маленький и голый, как при явлении на Божий свет из материнского чрева. Древний, изначальный страх человека перед темнотой и неизвестным зверем всплывал из глубины, туманил мозг. Перед глазами секундным промельком вдруг возникло то ли воспоминание, то ли морок — что-то огромное, в твердой чешуе, шипящее, скалящееся...

Все же он был боевым офицером и, прежде чем отступить, скомандовал:

— Урядник, в повозку! — запрыгнул сам и крикнул: — Гони!

Лошади дернули, погонять не пришлось, Мартьян стоял на облучке, свистел душераздирающе, ухал, орал:

— Залетные, не выдайте! Господа военные, пальните!

Громыхнуло черкесское ружье, поручик Сабуров поднял револьвер и выстрелил дважды. Лошади летели во весь опор, далеко разносились свист и улюлюканье, страх холодил спину. Бог знает сколько продолжалась бешеная скачка, но наконец тройка влетела в распахнутые настежь ворота постоялого двора, и на толстых цепях заметались, зайдясь в лае, два здоровущих меделянских кобеля.

Хозяин был, как все хозяева придорожных заезжих мест, где хиляки не сгодятся, — кряжистый, с дикой бородой, жилетка не сходилась на тугом брюхе, украшенном серебряной часовой цепкой; на лице извечная готовность услужить чем возможно и невозможно. Мартьяна он встретил как давнего знакомого, но, услышав про лошадиные клочки, покачал головой:

— Поблазнилось, не иначе. Медведи-волки еще при Катерине перевелись.

Хозяин стоял у широкого крыльца рубленного на века в два этажа постоялого двора, держал в руке старинный кованый фонарь, которым при нужде нетрудно ушибить насмерть среднего медведя, и был похож на древнюю степную каменную статую, и все вокруг этого былинного кожемяки — дом, конюшня, тын с широкими воротами, колодец, коновязь, сараи — казалось основательным, вековым, успокаивало и ободряло. Недавние страхи показались глупыми, дикая скачка с пальбой и криками смешной даже, стыдной для балканских орлов. И орлы потупились.

— Ну а все-таки? — не глядя на хозяина, спросил Сабуров.

— Да леший, дело ясное, — сказал хозяин веско. — У нас их не так чтобы много против Волыни или Мурома — вот там кишмя, но и наши места, чать, христианские, лешего имеем.

— А ты его видел? — не утерпел Платон.

— А ты императора германского видел?

— Не доводилось.

— Так что же, раз ты его не видел, его и нет? Люди видели. Есть у нас леший, обитает вроде бы за Купавинским бочагом. Видать, он и созоровал.

Мартьян, похоже, против такого объяснения не возражал. Сдавалось поручику, что и Платон тоже. Сам Сабуров в лешего верил плохо, точнее говоря, не верил вообще, но, как знать, вдруг сохранился от старых времен один-единственный и обитает в этих местах? Люди про них рассказывают вторую тысячу лет, отчего слухи эти держатся столь долго и упорно, не бывает ведь дыма без огня?

В таких мыслях было виновато не иначе это подворье — бревна рублены и уложены, как при Владимире Святом, живой огонь мерцает в кованом фонаре, как при Иване Калите, ворота скрипят, как при Годунове они скрипели, словно не существует за полсотни верст отсюда ни паровозов, ни телеграфа, словно не полсотни верст отсчитали меж вокзалом и постоялым двором, а полсотни десятилетий...

Поручик Сабуров мотнул головой, стряхивая с себя оцепенение, звякнули его ордена.

— Прошлой ночью, баяли, огненный змей летал в Купавинский бочаг, — добавил хозяин. — Непременно к лешему в гости.

Сообщение это повисло в воздухе, не вызвав возражений, что-то не тянуло спорить о лесной нечисти, а хотелось поесть и завалиться на боковую. Вечеряли наскоро, в молчании, сидя на брусчатых лавках у толстенного стола. Подавала, тоже молча, корявая баба, ввергнувшая урядника в разочарование — он явно надеялся, что хозяйская супружница окажется попригляднее.

Разошлись. Поручику Сабурову досталась «господская» во втором этаже, с тяжеленной кроватью и столом, без всякого запора изнутри. «У нас не шалят, нам это не надобно», — буркнул хозяин, зажигая на столе высокую свечу, — Сабуров ее выговорил за отдельную плату.

Кто его знал, не шалят или вовсе наоборот. Темные слухи о постоялых дворах кружили по святой Руси с самого их устройства — про матицу, что ночью спускается на постель и душит; про тайные дощечки, что вынимаются, дабы просунуть руку с ножом и пырнуть; про раздвижные половицы, переворотные кровати, низвергающие спящего в яму с душегубами; про всевозможные хитрые лазы, кучи трупов в подвалах, а то и пироги с человечиной, подаваемые следующим гостям. В большинстве своем это, понятно, были враки.

И все же Сабуров положил на стол «смит-вессон» со взведенным курком, а потом, Бог весть почему, вытащил из ножен саблю, недавно отточенную заново, но зазубрины остались, не свести даже со златоустовского клинка следы встречи с кривым ятаганом или удара о немаканую голову.

Он поставил саблю у стола, чуть передвинул на другое место револьвер. Непонятно самому, чего боялся — сторожкий звериный сон, память от Балкан, позволил бы пробудиться при любом подозрительном шорохе, а местные душегубы наверняка неуклюжее янычар-пластунов. А зверя почуют собаки — во дворе как раз погромыхивали цепи, что-то грубо-ласково приговаривал хозяин, спуская меделянцев. И все равно — страх, непохожий на все прежние страхи, раздражавший и мучивший как раз потому, что не понять, чего боишься...

Он проснулся толчком, секунды привыкал к реальности, отсеивая явь от кошмара, свеча сгорела едва наполовину, вот-вот должен был наступить рассвет, потом понял, что пробудился окончательно. Протянул руку, сжал рукоятку револьвера и ощутил скорее удивление — настолько несшиеся снаружи звуки напоминали давнее дело, ночной налет янычар Рюштю-бея на балканскую деревушку. В конюшне бились и кричали лошади — не ржали, а именно кричали; на пределе ярости и страха надрывались псы.

Потом понял — не то, другое. Дикие вопли принадлежали не янычарам, а до смерти перепуганным людям — и в доме, и во дворе. Опасность, похоже, была всюду. И еще несся какой-то странный не то свист, не то вой, не то клекот. Что-то шипело, взвывало, взмяукивало то ли по-кошачьи, то ли филином... да слов не было для таких звуков, и зверя не было, способного их издавать. Но ведь кто-то же там ревел и взмяукивал!

Поручик Сабуров, не тратя времени на одевание, в одном белье вскочил с постели. Голова стала ясная, тело все знало наперед — он натянул лишь сапоги, сбил кулаком свечу и прижал к стене. От сабли в тесной комнате толку мало, и потому ее Сабуров взял в левую руку, изготовившись колоть, а правой навел на дверь револьвер. Ждал с колотящимся сердцем дальнейшего развития событий, а глаза помаленьку привыкали к серому предрассветному полумраку.

Лошади кричали почти осмысленно. Псы замолкли, но какое-то шевеление продолжалось во дворе; и вопли утихли, но что-то тяжелое и огромное шумно ворочалось внизу, в горнице, грохотало лавками, которые и вчетвером не сдвинуть.

Поручик Сабуров передвинулся влево и сапогом выбил наружу раму со стеклами, обеспечив себе отступление. Адски тянуло выпрыгнуть во двор, но безумием было бы бросаться в лапы неизвестному противнику, не увидев его прежде.

Дверь отошла чуть-чуть, и в щель просунулось на высоте аршин полутора от пола что-то темное, извивающееся — будто змея, укрыв голову за дверью, вертела в «господской» хвостом. Потом змея эта, все удлиняясь, стала уплощаться, и вот уже широкая лента зашарила по стене, по полу, подбираясь к постели, к столу. Сабуров понял, что ищут его, и рубаха на спине враз взмокла. Медленно-медленно, осторожно-осторожненько, боясь чем-то потревожить и вспугнуть эту ленту, похожую на язык, поручик переложил револьвер в левую руку, а саблю в правую. Примерился и сделал выпад, коротко взмахнул клинком, будто срубал на пари огоньки свечей.

Темный лоскут отлетел в сторону, лента молниеносно исчезла за дверью, и поручик успел выстрелись вслед. Внизу словно бы отозвалось визгом-воем-клекотом, тяжелым шевелением, и тут же совсем рядом громыхнуло ружье. Жив урядник, воюет, сообразил Сабуров, отскочил к окну и выпустил три пули в неясное шевеление во дворе — он не смог бы определить, что видит, одно знал: ни человеком, ни зверем э т о быть не может.

Кусочек двора озарили прерывистые вспышки пламени, будто заполыхало что-то в одной из комнат нижнего этажа.

Огонь разгорался. «Зажаримся тут к чертовой матери, — подумал Сабуров, — нужно на что-то решаться, вот ведь как...»

Внизу все стихло, только во дворе что-то ворохалось, гарь защекотала ноздри.

— Поручик! — раздался крик Платона. — Тикать надо, погорим!

— Я в окно! — заорал Сабуров.

— Добро, я в дверь!

И в этот миг с грохотом рухнули ворота. Сабуров прыгнул вниз, присел, выпрямился, осмотрелся, но ничего уже не видел — что-то темное, большое, низкое скрывалось за высоким забором, и что-то — вроде бы смутно угадываемое человеческое тело — волочилось следом, как пленник на аркане за скачущим турком. Сабуров выстрелил вслед, вряд ли попал. Во дворе повозка лежала вверх колесами, земля была в бороздах и рытвинах. Пламя колыхалось в окне хозяйской комнаты, в конюшне бесновались лошади. Сабуров нагнулся посмотреть, на чем он стоит левой ногой, — оказалось, на мохнатом собачьем хвосте, а самих собак нигде не было видно, ни живых, ни мертвых. Поручик кинулся в дом, пробежал через горницу, мимоходом отметив, что неподъемный стол перевернут, а лавки разбросаны. Черепки посуды хрустели под ногами.

Урядник уже таскал воду ведром из кухонной кадки, плескал в хозяйскую комнату — там, должно быть, разбилась керосиновая лампа и зажгла постель, занавески, половики. Повалил едкий дым, и они, перхая, возились в этом дыму, наконец затоптали все огоньки, забили их подушками, сорвали голыми руками, обжигаясь, горящие занавески. Вывалились на крыльцо, на воздух, плюхнулись на ступеньки и перевели дух — измазанные копотью, усыпанные пухом, мокрые. Долго терли глаза, кашляли.

— Хорошо, стены не занялись. А то бы...

— Ага, — хрипло сказал поручик.

Они глянули друг другу в глаза, оба в нижнем белье и сапогах, грязные и мокрые, и поняли, что до сих пор были мелочи, и лишь теперь только настал момент браться за настоящее дело. Мысль эта не радовала.

— Оно ж их утянуло... — сказал Платон. — Всех. И собак. Собак не видно.

— Ко мне в комнату — лента...

— И ко мне. Стрельнул, оно утянулось.

— Я — саблей...

Сабуров вспомнил и побежал наверх, урядник топотал следом. Отрубленный кусочек ленты отыскался у кровати.

Поручик осторожно ткнул его концом сабли, наколол на нее, и это словно бы вызвало в куске последнюю вспышку жизни — он вяло дернулся и обвис. Так, на сабле, поручик и вынес его на крыльцо, где светлее.

Осторожно стали разглядывать, морщась от непонятного запаха — не то чтобы омерзительного, но чужого, ни на что не похожего. Лента толщиной с лезвие сабли, и на одной стороне множество мелких острых крючков, похожих на щучьи зубы, словно бы пустых внутри.

— Значит, как зацепит — и конец, — сказал поручик. — Этих щупалец у него ведь не одно. Два самое малое — и к тебе лезло в комнату, и ко мне. И — зубы. Должно быть, у него зубы — ту клячу в клочки, у пса хвост отгрыз... Мартьян где?

— Нету Мартьяна, упокой Господи его душеньку. Один безмен остался, — урядник перекрестился, за ним и Сабуров. — Смотрите, вашбродь...

Граненый шар безмена оказался перепачканным чем-то темным и липким, пахнущим в точности, как кусок щупальца.

— Отчаянный был мужик, — сказал Платон. — Это ж он с безменом на чудо-юдо...

— Чудо-юдо?

— Так не черт же. — Платон смотрел грустно и строго. — Что ж это за черт, если его можно безменом хлопнуть и кусок от хвоста отрубить? Да и черт вроде бы серой пахнет, а этот не поймешь чем, но не серой, право слово, не пеклом. И пули он боится. И железа острого опасается. Нет, барин, зверюга это, хоть и непонятная. Вот оно, стало быть, как...

Поручик отыскал штоф, и они хватили по доброй чарке за упокой христианских душ. Похрустели капустой, помотали головами, набираясь смелости.

— Три православных душеньки загубил, сучий потрох, — сказал Платон. — Вольно ж ему бегать...

— Воинскую команду бы... — сказал поручик Сабуров.

Но тут же подумал: какая в Губернске воинская команда? Инвалиды при воинском начальнике, стража при тюрьме, да пара писаришек. Может, интенданты еще отыщутся — вот и все. Небогато. Да сначала еще нужно тащиться за сотни верст и доказывать где следует, что они с урядником не страдают помрачением рассудка от водки, что по здешним лесам в самом деле шастает что-то опасное! Придется сначала уломать какое-нибудь провинциальное начальствующее лицо, чтобы хоть прибыло сюда и обозрело,

178

а что такому лицу предъявить в качестве вещественного доказательства — кусочек щупальца, безмен в вонючей жиже?

Жандармы, что на вокзале? Слабо в них, как в слушателей и союзников, верилось, точнее, не верилось совсем. Вот и получается, что помощи от начальства ждать нечего. Должно быть, чудище объявилось недавно, рано или поздно оно наворочает дел, и паника поднимется такая, что дойдет до губернии, и зашевелится она в конце концов, и поверят шитые золотом виц-мундиры, а тогда и возможности изыщут, и вытребуют войска, и леса обложат боевой кавалерией, эскадронами и сотнями, а то и картечницы Барановского подтянут — как всегда, после драки замашет кулаками Россия-матушка... Но допрежь того немало воды утечет, немало кровушки, и кровушка будет русская, родная. А присягу они с урядником принимали как раз для того, чтобы защитить отечество от любого врага.

— Так что же? — сказал Платон. — За болгарских христиан сколь крови выцедили, а тут свои...

Светало. И подступала минута, когда русское молодечество должно рвануться наружу — шапкой в пыль, под ноги, соколом в чисто поле, саблей из ножен. Иначе — не носить больше саблю, воином не называться, самому себе не простить. Раз выпало — грудь в грудь, до виктории или геройской смертушки...

— Урядник, смир-на! — сказал Сабуров.

Урядник опустил руки по швам. Оба они были в нижнем белье и сапогах, но это не имело значения. Как-то в восемьсот двенадцатом казаки голышом опрокинули французов, так что не в штанах дело.

— Слушай приказ, — сказал поручик Сабуров. — Объявившуюся в здешних местах неизвестную тварь, как безусловно для людей опасную, отыскать и уничтожить. Выступаем немедля.

— Слушаюсь, ваше благородие! — рявкнул урядник.

И у обоих стало на душе чуточку покойнее. Теперь был приказ, были командир и подчиненный, теперь — воинская команда.

— Соображения есть? — спросил Сабуров.

— Как не быть? Большое оно, чудище-то... Вон как столы-лавки перебулгачило. Гренадерскую бомбу бы нам...

— Где ж ее взять...

— Местности мы не знаем, вот что плохо. Проводника бы нам, какого ни на есть...

— И подзорную трубу, — сказал Сабуров. — Помнишь, Мартьян говорил про блажного барина, что на звезды смотрит?

— Помню. Думаете?

— Да уж смотрит этот барин в небеса не так просто. Только где ж его искать? Черт, ничего не знаем — и где какие деревни и где что... Ну ладно. Давай собираться.

Сборы заняли около часа, а потом они выехали шагом на неоседланных Мартьяновых лошадях, приладив самодельные уздечки — невеликая воинская команда. По опыту своему поручик Сабуров знал, как мало значат их ружье и два револьвера, но что поделаешь.

Наклонившись с конской спины, Платон разбирал следы, и вскоре последовало первое донесение:

— Ну что — какие-никакие, а есть лапы. И лап этих до этакой матери, прости Господи — чисто сороконожка. И ясно ведь, что тяжелое, вон ворота не выдержали, как через них лезло, а бежит легко. Это как понять?

А вскоре они наткнулись на место, где валялись повсюду клочья собачьей шерсти, обрывки одежды — и кровь, кровища там и сам... Перекрестились, еще раз помянув несчастливых рабов Божьих, Мартьяна и двух других, по именам неизвестных, и тронулись дальше, превозмогая тягу к рвоте.

Нервы стали как струны, упади с дерева лист, коснись — зазвенят тревожным и печальным гитарным перебором...

— Неужто не заляжет, нажравшись? — сквозь зубы спросил Платон и вдруг натянул повод.— А вон там? Ей-богу, вижу! Вижу!

Но Сабуров и сам уже видел сквозь деревья: что-то зеленое, не веселого травяного цвета, а угрюмого болотного, шевельнулось там, впереди, на лугу. У неширокого ручья паслась пятнистая коровенка, а неподалеку...

А неподалеку замер круглый блин аршинов трех в поперечнике и высотой человеку — ну, под мужское достояние, не выше. По краю, по всей окружности блина, чернели непонятные комки, штук с дюжину, меж ними синие, побольше, числом с полдюжины, а в середине опухолью зеленело вздутие с четырьмя горизонтальными черными щелями, и над ними, на макушке бугорка — будто гроздь из четырех бильярдных шаров, только шары были алые, в черных точках. Сабурова вновь замутило, так неправилен, неуместен на зеленом лугу под утренним солнышком, чужд всей окружающей природе был этот живой страх, словно и впрямь приперся из пекла.

Блин колыхнулся, множество ножек, сокращаясь, вытягиваясь, понесли его вперед со скоростью идущего шагом человека, и коровенка, только сейчас заметив это непонятное создание, глупо взмыкнула, вытаращилась, задрала вдруг хвост, собираясь бежать.

Не успела. Взвихрились черные шишки, оказавшись щупальцами аршин в пять каждое, жгуты превратились в широкие ленты, и весь пучок оплел корову, сшиб с ног, повалил, синие шишки тоже взвились щупальцами, только эти были покороче и потолще, кончались словно бы змеиными головами, только безглазыми и с длинными пастями, и зубов там — не перечесть. Зубы и щупальца рвали коровенку, пихали кусками в черные щели... Рев бедолажной животины вмиг затих.

Сабуров не выдержал, перегнулся с прядавшего ушами коня — все сегодня съеденное и выпитое рванулось наружу. Рядом то же самое происходило с Платоном.

— Ну, видел? — прохрипел Сабуров. — Куда там в шашки — опутает, вопьется...

Платон соскочил с коня — как ни разозлен был, а сообразил, что непривычный крестьянский конь выстрелов над ухом испугается. Пробежал десяток шагов до последних деревьев, обернулся:

— Коней держите, вашбродь! Мне с ружьем сподручнее!

До чуда-юда в самом деле было шагов двести, от револьверов на такой дистанции толку никакого. Урядник приложился. Целился недолго.

Чудо-юдо от выстрела содрогнулось, зашипело — пуля явно угодила в цель. Алые, в черную крапинку, шары заколыхались, стали подниматься вверх — будто со страшной скоростью вырастали красные цветы на зеленых стеблях. Вот стебли уже вытянулись на аршин. Шары качались, то ли принюхивались, то ли приглядывались, мотались в разные стороны, и вдруг все потянулись, наклонились в одном направлении — в их сторону, Господи Боже!

— Урядник, назад! — крикнул Сабуров.

Но урядник клацнул затвором, заложил новый патрон и выстрелил. Должно быть, он целил в те шары, но промахнулся. Черные и синие щупальца одно за другим отрывались от раскромсанной коровьей туши, чудище шипело, притопывая ногами, словно злилось на свою неповоротливость. Тогда только урядник с разбегу запрыгнул на коня, перехватил поводья у Сабурова, и они поскакали прочь, пронеслись с полверсты, оглянулись — никто не преследовал. Натянули поводья, и кони неохотно остановились.

— Ну, видел? — спросил Сабуров. — Нет, саблями никак невозможно. Вплотную не подступишься. Хреновые из нас Добрыни Никитичи, Платоша...

— Так что ж делать, подскажите, вашбродь! По шарам бить разве что...

— Одно и останется, — сказал Сабуров. — А ты заметил — ведет оно себя так, будто в него сроду не стреляли, не сразу и сообразило, что оглядеться следует. Непуганое.

— Господи ты Боже мой! — взвыл урядник. Его конь всхрапнул и дернулся. — Ну откуда оно на нашу голову взялось, и почему непуганое? Не должно его быть, в мать, в Христа, в трех святителей, вперехлест через тын! Не должно!

— Да ори не ори, а оно есть, — сказал Сабуров. — И положение наше хуже губернаторского во всех рассмотрениях. Пешком подходить — не успеем ему гляделки расхлестать. Верхом — лошади подведут, не строевые. Чересчур часто по нему палить, смотришь, и поумнеет, раскинет, что к чему. Засада нужна. А как устроить?

В их тревожные мысли ворвался стук копыт, и незадачливые ратоборцы повернули головы. Трое, нахлестывая лошадей, скакали напролом, спрямляя торную извилистую дорогу — снова голубые вездесущие мундиры, стрюки. Но все же это была вооруженная сила, власть. Сообразив это, поручик дал шенкеля своему коньку, вымахнул наперерез, закричал.

Кони под теми взрыли копытами землю, взнесенные резко натянутыми поводьями на дыбы, заплясали. Ружейный ствол дернулся было в сторону поручика, но опустился к руке. Поручик узнал знакомую Щучью Рожу, и сердце упало, на душе стало серо и мерзко.

— Па-азвольте заметить, что вы, будучи вне строя, тем не менее имеете на себе пояс с револьвером в кобуре, — сказал Крестовский, словно бы ничуть не удивившись неожиданной встрече. — И второй револьвер, заткнутый за пояс, противоречит всякому уставу. Где ваша кепи, наконец?

Поручик невольно схватился за голову — не было кепи на ней, буйной и раскудрявой; Бог знает, где кепи оставил, когда уронил. Но не время пикироваться. Он заспешил, захлебываясь словами, успевший подъехать урядник вставлял свое, оба старались говорить убедительно и веско, но чувствовали — выходит сумбурно и несерьезно.

— Так, — сказал ротмистр Крестовский. — Как же, слышал, слышал, чрезвычайно завлекательные побрехушки...

Оставьте, поручик. Все это — очередные происки нигилистов, скажу я вам по секрету. Никаких сомнений. Вы с этим еще не сталкивались, а мы научены — все эти поджоги, слухи, подложные его императорского величества манифесты, золотыми буквами писанные, теперь вот чудо-юдо выдумали. А цель? Вы, молодой человек, не задумывались, какую цель эти поползновения преследуют? Посеять панику и взбунтовать народонаселение против властей. Позвольте мне, как человеку, приобщенному и опытному, развеять ваши заблуждения. Цель одна у них — мутить народ да изготовлять бомбы. Знаем-с! Все знаем!

Он выдернул из-за голенища сапога свернутую карту и с торжеством потряс ею перед носом поручика. Сунул обратно — небрежно, не глядя, поторопился разжать пальцы — и карта, скользнув по голенищу, упала на землю. Нижние чины не заметили, а поручик заметил, но не сказал, он подумал, что им с Платоном иметь карту местности совершенно необходимо, а стрюк справится и так, коли ему по службе положено иметь верхнее чутье, как у легавой...

Сочтя, очевидно, тему беседы исчерпанной, ротмистр обернулся к своим:

— Рысью марш!

И они тронулись, не обращая внимания на крики поручика с Платоном, забыв недавнюю стычку и неприязнь к Щучьей Роже, поручик орал благим матом, ничуть не боясь, что его примут за умалишенного, и Платон ему вторил: иначе нельзя было, на их глазах живые люди, крещеные души, какие-никакие, а человеки мчались, не сворачивая, прямехонько к нелюдской опасности. В их воплях уже не было ничего осмысленного — словно животные кричали нутром, предупреждая соплеменников.

Но бесполезно. Три всадника скакали, не задерживаясь, вот уже за деревьями исчезли голубые мундиры, вот уже стук копыт стал глохнуть... и тут окрестности огласились пронзительным воплем, бахнул выстрел, страшно заржала лошадь, донесся уже непонятно кем исторгнутый крик боли и страха. И наступила тишина.

Они переглянулись и поняли друг друга — никакая сила сейчас не заставила бы их направить коней к тому леску.

Платон пошевелил губами:

— Упокой, Господи...

Поручик развернул мятую двухверстку — неплохие карты имелись в отдельном корпусе, следовало признать. Даже ручей, что неподалеку отсюда, был указан. Три деревни, большая дорога. И верстах в десяти отдельно стоящий дом у самых болот — на него указывала синяя стрела, и синяя же линия дом обводила.

— Вот туда мы и отправимся, — сказал поручик.

Платон спросил одними глазами: «Зачем?»

А поручик и сам не знал в точности. Нужно же что-то делать, а не торчать на месте, нужно выдумать что-то новое. Похоже, в том именно доме и живет барин, обозревающий небеса в подзорную трубу, что подразумевает наличие известной учености. А разве в безнадежном положении помешает им, запасным строевикам, исчерпавшим всю военную смекалку, образованный человек? Вдруг и нет. К тому же была еще одна мыслишка, не до конца продуманная, но любопытная...

Дом оказался каменный, но обветшавший изрядно, облупленный, весь какой-то пришибленный, как мелкий чиновничек, которому не на что опохмелиться, хотя похмелье выдалось особо гнетущее. Три яблони — остатки сада. Построек нет и в помине, только заросшие травой основания срубов. Одна конюшня сохранилась.

Они шагом проехали к крыльцу, где бревно заменяло недостающую колонну, остановились. Прислушались. Дом казался пустым. Зеленели сочные лопухи, поблизости звенели осы.

— Тс! — урядник поднял ладонь.

Поручик почувствовал — что-то изменилось. Тишина с лопухами, солнцем и осами словно бы стала напряженной. Словно бы кто-то наблюдал за ними из-за пыльных стекол, и не с добрыми чувствами. Слишком часто на них смотрели поверх ствола, чтобы они сейчас ошиблись.

— Ну, пошли, что ли? — сказал поручик и мимоходом коснулся рукоятки кольта за поясом.

Платон принялся спутывать лошадей, и тут зазвучали шаги. Молодой человек в сером сюртуке вышел на крыльцо, спустился на две ступеньки, так что их с поручиком разделяли еще четыре, и спросил довольно сухо:

— Чем обязан, господа?

Недружелюбен он, а в захолустье всегда наоборот, рады новым людям. Ну, мизантроп, быть может. Дело хозяйское.

Поручик поднял было руку к козырьку, но спохватился, что козырек отсутствует вместе с кепи, дернул ладонью, и жест выглядел весьма неуклюже:

— Белавинского гусарского полка поручик Сабуров. Урядник Нежданов сопутствует. С кем имею честь, с хозяином сего имения, надо полагать?

— Господи, какое там имение... — одними уголками рта усмехнулся молодой человек. — Вынужден вас разочаровать, господа, если вам необходим был хозяин, — перед вами его гость.

«А ведь он не отрекомендовался», — подумал поручик. Они стояли истуканами, разглядывая друг друга, и наконец неприветливый гость, обладавший тем не менее уверенными манерами хозяина, нарушил неловкое и напряженное молчание:

— Господа, вам не кажется, что вы выглядите несколько странно? Простите великодушно, если...

— Ну что вы, — сказал поручик. — Под стать событиям и вид.

Гость неизвестного хозяина не проявил никакого интереса к событиям, приведшим военных в такой вид. Вновь повисло молчание. Словно осветительная ракета в кромешной тьме лопнула перед глазами поручика, и он заговорил громко, не в силах остановиться:

— Роста высокого, сухощав, бледен, глаза голубые, белокур, бороду бреет, в движениях быстр, может носить усы на военный манер...

Полностью отвечающий этому описанию молодой человек оказался действительно быстр в движениях — в его руке тускло блеснул металл, но еще быстрее в руках урядника мелькнул ружейный приклад, и револьвер покатился по ступенькам вниз, где поручик придавил его ногой. Платон насел на белокурого, сбил его с ног и стал вязать поясом, приговаривая:

— Не вертись, ирод, турок обратывали...

Поручик не встревал, видя, что подмоги не требуется. Он поднял револьвер — паршивенький «бульдог», — осмотрел и спрятал в карман. Декорации обозначились: палило солнце, звенели осы, на верхней ступеньке помещался связанный молодой человек, охраняемый урядником, а шестью ступеньками ниже — поручик Сабуров. Ну и лошади — без речей, как пишут в театральных программках.

Положение было самое дурацкое. Поручик вдруг подумал, что бо́льшую часть своей двадцатитрехлетней жизни провел среди армейских, военных людей, и людей всех прочих сословий и состояний, вроде вот этого, яростно зыркающего глазищами, просто-напросто не знает, представления не имеет, чем они живут, чего от жизни хотят, что любят и что ненавидят. Он показался себе собакой, не умеющей говорить ни по-кошачьи, ни по-лошадиному, а пора-то вдруг настала такая, что надо знать языки иных животных...

— Нехорошо на гостей-то с револьвером, — сказал Платон связанному. — Нешто мы в Турции? Ваше благородие, ей-богу, о нем жандармы речь и вели. За него вас и приняли, царство ему небесное, ротмистру, умный был, а дурак...

— Да я уж сам вижу, — сказал поручик. — А вот что нам с ним делать, скажи на милость?

— А вы еще раздумываете, господа жандармы? — рассмеялся им в лицо пленник.

— Что-о? — навис над ним поручик Сабуров. — Военных балканской кампании принимать за голубых крыс?

— Кончайте спектакль, поручик.

И хоть кол ему на голове теши — ничего не добились и за подлинных военных приняты не были, оставаясь в ранге замаскированных жандармов. Потерявши всякое терпение, они матерились и орали, трясли у него перед глазами своими бумагами — он лишь ухмылялся и дразнился, попрекая бесталанной игрой. Рассказывали про разгромленный постоялый двор, про жуткий блин с щупальцами, про нелепую кончину ротмистра Крестовского вкупе с нижними чинами отдельного корпуса — как об стенку горох, разве что в глазах что-то зажигалось. Как в горах — шагали-шагали и уперлись рылом в отвесные скалы, и вправо не повернуть, и слева не обойти, остается убираться назад несолоно хлебавши, а драгоценное время бежит, солнце клонится...

— Да в такую Богородицу! — взревел Платон. — Будь это язык мусульманский, он бы у меня давно пел, как кот на крыше, а такой, свой — ну что с ним делать? Хоть ремни ему из спины режь — в нас не поверит!

Ясно было, что все так и есть — не поверит. Нету пополнения у невеликой воинской команды, выходит, что и не будет, игра идет при прежнем раскладе с теми же ставками, где у них — медяк против горстки золотых, двойки против козырей и картинок...

— Ладно, — сказал поручик, чуя в себе страшную опустошенность и тоску. — Развязывай его, и тронемся. Время уходит. А у нас мало его. Еще образованный, должно быть... Что стал? Выполняй приказ!

Развязали Фому неверующего и в молчании взобрались на коней. Поручик, немного отъехав, зашвырнул в лопухи «бульдог» и не выдержал, крикнул с мальчишеской обидой:

— Подберешь потом, вояка! А еще нигилист, жандармов он гробит! Тут такая беда...

В горле у него булькнуло, он безнадежно махнул рукой и подхлестнул коня. Темно все было впереди, темно и безрадостно, и умирать не хотелось, и отступать нельзя никак, совесть заест; и он не сразу понял, что вслед им кричат:

— Господа! Ну, будет! Вернитесь!

Быстрый в движениях нигилист поспешал за ними, смущенно жестикулируя обеими руками. Они враз остановили коней.

— Приношу извинения, господа, — говорил, задыхаясь от быстрого бега, человек в сером сюртуке. — Обстоятельства, понимаете ли... Находиться в положении загнанного зверя...

— Сам, поди, себя в такое положение и загнал, — буркнул тяжело отходивший от обиды Платон. — Неволил кто?

— Неволит Россия, господин казак, — сказал тот. — Вернее, Россия в неволе. Под игом увенчанного императорской короной тирана. Народ стонет...

— Это вы бросьте, барин, — угрюмо сказал урядник. — Я присягу давал. Император есть Божий помазанник, потому и следует со всем возможным почтением...

— Ну а вы? — Нигилист ухватил Сабурова за рукав помятого полотняника. — Вы же человек, получивший некоторое образование, разве вы не видите, не осознаете, что Россия стонет под игом непарламентского правления? Все честные люди...

Поручик Сабуров уставился в землю, покрытую сочными лопухами. У него было ощущение, что с ним пытаются говорить по-китайски, да вдобавок о богословии.

— Вы, конечно, человек ученый, это видно, — сказал он неуклюже. — А вот говорят, что вас, простите великодушно, наняли ради смуты жиды и полячишки... Нет, я не к тому, что верю в это, говорят так, вот и все...

Нигилист в сером захохотал, запрокидывая голову. Хороший был у него смех, звонкий, искренний, и никак не верилось, что этот ладный, ловкий, так похожий на Сабурова человек может запродаться внешним врагам для коварных усилий по разрушению империи изнутри. Продавшиеся, в представлении поручика, были скрючившимися субъектами с бегающими глазками, крысиными лицами и жадными растопыренными пальцами — вроде разоблаченных шпионов турецкой стороны, которых он в свое время приказал повесить и ничуть не маялся оттого угрызениями совести. Нет, те были совершенно другими — выли, сапоги целовали... Этот, в сюртуке, на виселицу пойдет, как полковник Пестель. Что же выходит, есть ему что защищать, что ли?

— Не надо, — сказал поручик. — При других обстоятельствах мне крайне любопытно было бы вас выслушать. Но положение на театре военных действий отвлеченных разговоров не терпит... Кстати, как же вас все-таки по батюшке?

— Воропаев Константин Сергеевич, — быстро сказал нигилист, и эта быстрота навела Сабурова на мысль, что при крещении имя тому давали все же другое. Ну да Бог с ним, нужно же его хоть как-то именовать...

— Значит, и Гартмана вы — того...

— Подлого сатрапа, который приказал сечь заключенных, — сказал Воропаев, вздернув подбородок. — Так что вы можете... по начальству...

— Полноте, Константин Сергеевич, — сказал Сабуров. — Не до того, вы уж там сами с ними разбирайтесь... Наше дело другое. Представляете, что будет, если тварь эта и далее станет шастать по уезду? Пока власти зашевелятся...

— Да уж, власти российские, как указывал Герцен...

— Вы вот что, барин, — вклинился Платон. — Может, у вас, как у человека умственного, есть соображения, откуда эта казнь египетская навалилась?

— Соображения... Да нет у меня соображений. Знаю и так, понимаете ли...

— Так откуда?

— Если желаете, сейчас и отправимся посмотреть. Вы позволите, господин командир нашего партизанского отряда, взять ружье?

— Почел бы необходимым, — сказал Сабуров.

Воропаев взбежал по ступенькам и скрылся в доме.

— Что он, в самом деле бомбой в подполковника? — шепнул Платон.

— Этот может.

— Как бы он в нас чем из окна не засветил, право слово. Будут кишки на ветках колыхаться...

— Да ну, что ты.

— Больно парень характерный, — сказал Платон. — Такой шарахнет. Ну да, раз сам мириться следом побежал... Ваше благородие?

— Ну?

— Непохож он на купленного. Такие если в драку, то уж за правду. Только вот неладно получается. С одной стороны — есть за ним какая-то правда, прикинем. А с другой — как же насчет священной особы государя императора, коей мы присягу ставили!

— Господи, да не знаю я! — сказал в сердцах Сабуров.

Показался Воропаев с дорогим охотничьим ружьем. Они повернулись было к лошадям, но Воропаев показал:

— Вот сюда, господа. Нам лесом.

Они обошли дом, оскользаясь на сочных лопухах, спустились по косогору и двинулись лесом без дороги. Сабуров, глядя в затылок впереди шагавшему Воропаеву, рассказывал в подробностях, как все обстояло на рассвете, как сдуру принял страшную смерть великий любитель устава и порядка ротмистр Крестовский со присными.

— Каждому воздастся по делам его, — сухо сказал Воропаев, не оборачиваясь. — Зверь. Там с ним не было такого кряжистого в партикулярном?

— Смирнов?

— Знакомство свели?

— Увы, — сказал Сабуров.

— Значит, обкладывают... Ну да посмотрим. Вот, господа.

Деревья кончились, и начиналось болото — огромное, даже на вид цепкое и глубокое. И саженях в трех от краешка сухой твердой земли из бурой жижи торчало, возвышалось нечто странное — словно бы верхняя половина глубоко ушедшего в болото огромного шара, и по широкой змеистой трещине видно, что шар внутри пуст. Полное сходство с зажигательной бомбой, что была наполнена горючей смесью, а потом смесь выгорела, разорвав при этом бомбу — иначе почему невиданный шар густо покрыт копотью, окалиной и гарью? Только там, где края трещины вывернуло наружу, виден естественный, сизо-стальной цвет шара.

Поручик огляделся, ища камень. Не усмотрев такового, направил туда кольт и потянул спуск. Пуля срикошетила с лязгом и звоном, как от первосортной броневой плиты, взбила в болоте фонтанчик бурой жижи.

— Бомба, право слово, — сказал Платон. — Только это ж какую нужно пушку — оно сажени три шириной, поди... Такой пушки и на свете-то нет, царь-пушка и то не сдюжит.

— Вот именно, у нас нет, — сказал Воропаев. — А на Луне или на Марсе, вполне вероятно, отыщется.

— Эт-то как это? — У казака отвалилась челюсть.

— Вам, господин поручик, не доводилось читывать роман француза Верна «Из пушки на Луну»?

— Доводилось, представьте, — сказал Сабуров. — Давал читать поручик Кессель. Он из конной артиллерии, знаете ли, так что сочинение это читал в целях профессионального любопытства. И мне давал. Лихо завернул француз, ничего не скажешь. Однако это ведь фантазия романиста...

— А то, что вы видите перед собой — тоже фантазия?

— Но как же это?

— Как же это? — повторил за Сабуровым и Платон. — Ваше благородие, неужто можно с Луны на нас бомбою?

— А вот выходит, что можно, — сказал Сабуров в совершенном расстройстве чувств. — Как ни крути, а получается, что можно. Вот она, бомба.

Бомба действительно торчала совсем рядом, и до нее при желании легко было добросить камнем. Она убеждала без всяких слов. Очень уж основательная была вещь. Нет на нашей грешной земле такой пушки и таких ядер...

— Я не спал ночью, когда она упала, — сказал Воропаев. — Я... м-м... занимался делами, вдруг — вспышка, свист, грохот, деревья зашатало...

— Мартьян болтал про огненного змея, — вспомнил Платон. — Вот он, змей...

Все легко складывалось одно к одному, как собираемый умелыми руками ружейный затвор — огненный змей, чудовищных размеров бомба, невиданное чудо-юдо, французский роман; все сидело по мерке, как сшитый на заказ мундир...

— Я бы этим, на Луне, руки-ноги поотрывал вместе с неудобосказуемым, — мрачно заявил Платон. — Вроде как если бы я соседу гадюку в горшке во двор забросил. Суки поднебесные...

— А если это и есть лунный житель, господа? — звенящим от возбуждения голосом сказал Воропаев. — Наделенный разумом?

Они ошарашенно молчали.

— Никак невозможно, барин, — сказал Платон. — Что же он, стерва, жрет всех подряд, какой уж тут разум?

— Резонно, — сказал Воропаев. — Лунную псину какую-нибудь засунули ради научного опыта...

— Я вот доберусь, такой ему научный опыт устрою — кишки по кустам...

— Ты доберись сначала, — хмуро сказал Сабуров, и Платон увял.

— К ночи утонет, — сказал Воропаев. — Вот, даже заметно, как погружается. И никак его потом не выволочь будет, такую махину.

— И нечего выволакивать, — махнул рукой Платон.

— Вот что, господин Воропаев, — начал Сабуров. Он не привык к дипломатии, и потому слова подыскивались с трудом. — Я вот что подумал... Тварь эту вы не видели, а мы наблюдали. Тут все не по-суворовски — и пуля дура, и штык вовсе бесполезен. Не даст подойти, сгребет...

— Что же вы предлагаете?

— Поскольку господина Гартмана вы, как бы деликатнее... использовав бомбу... я и решил, что в места эти вы, быть может, укрылись приготовить схожий снаряд... Что вы ночью-то мастерили, а?

И по глазам напрягшегося в раздумье Воропаева Сабуров обостренным чутьем ухватил: есть бомба в наличии, есть!

— Я, признаться, не подумал, поручик... — Нигилист колебался. — Это вещь, которая, некоторым образом, принадлежит не мне одному... Которую я дал слово товарищам моим изготовить в расчете на конкретный и скорый случай... И против чести организации нашей будет, если...

— А против совести твоей? — Сабуров развернулся к нему круто. — А насчет того народа, который эта тварь в клочки порвет, насчет него как? Россия, народ — не ты рассусоливал? Мы где, в Китае сейчас? Не русский народ оно в пасть пихает?

— Господи! — Платон бухнулся на колени и отбил поклон. — Ведь барин дело требует!

— Встаньте, что вы, — бормотал Воропаев, неловко пытаясь его поднять, но урядник подгибал ноги, не давался:

— Христом богом прошу — дай бомбу! Турок ты, что ли? Не дашь — весь дом перерою, а найду, сам кину!

— Хотите, и я рядом встану? — хмуро спросил Сабуров, чуя, какое внутреннее борение происходит в этом человеке, и пытаясь это борение усугубить в нужную сторону. — Сроду бы не встал, а вот приходится...

— Господа, господа! — Воропаев покраснел, на глаза даже навернулись слезы. — Что же вы на колени, господа... ну согласен я!

...Бомба имела облик шляпной коробки, обмотанной холстиной и туго перевязанной крест-накрест; черный пороховой шнурок торчал сверху, Воропаев вез ее в мешке на шее лошади, Сабуров с Платоном сперва держались в отдалении, потом привыкли.

Справа было чистое поле, и слева — поле с редкими чахлыми деревцами, унылыми лощинами. Впереди, на взгорке, полоска леса, — и за ним — снова открытое место, хоть задавай кавалерийские баталии с участием многих эскадронов. Животы подводило, и все внутри холодело от пронзительной смертной тоски, плохо совмещавшейся с мирным унылым пейзажем, и оттого еще более сосущей.

— Куда ж оно идет? — тихо спросил Сабуров.

— Идет оно на деревню, больше некуда, — сказал Платон. — Помните, по карте, ваше благородие? Такого там натворит... Так что нам выходит либо пан, либо пропал. В атаку — и либо мы его разом, либо оно нас.

— С коня бросать — не получится, — сказал Воропаев. — Кони понесут...

— Так мы встанем в чистом поле, — сказал Сабуров отчаянно и зло. — На пути встанем, как деды-прадеды стаивали...

Они въехали на взгорок. Там, внизу, этак в полуверсте, страшный блин скользил по желто-зеленой равнине, удалялся от них, поспешал по невидимой прямой в сторону невидимой отсюда деревни.

— Упредить бы мужиков... — сказал Платон.

— Ты поскачешь? — зло спросил Сабуров.

— Да нет.

— А прикажу?

— Ослушаюсь. Вы уж простите, господин поручик, да как же я вас брошу? Не по-военному, не по-русски...

— Тогда помалкивай. Обойдем вон там, у берез. — Поручик Сабуров задержался на миг, словно пытаясь в последний раз вобрать в себя все краски, все запахи земли. — Ну, в галоп! Господин Воропаев, на вас надежда, уж сработайте на совесть!

Они далеко обскакали стороной чудище, соскочили на землю, криками и ударами по крупам прогнали коней, встали плечом к плечу.

— Воропаев, — сказал Сабуров, — бросайте, если что, прямо под ноги! Либо мы, либо оно!

Чудо-юдо катилось на них, бесшумно, как призрак, скользило над зеленой травой и уже заметило их, несомненно, — поднялись на стебельках вялые шары, свист-шипение-клекот пронеслись над полем; зашевелились, расправляясь, клубки щупалец, оно не задержало бега, ни на миг не приостановилось. Воропаев чиркнул сразу несколькими спичками, поджег смолистую длинную лучинку, и она занялась.

Поручик Сабуров изготовился для стрельбы, и в этот миг на него словно нахлынули чужая тоска, непонимание окружающего и злоба, но не человеческие это были чувства, а что-то животное, неразумное. Он словно перенесся на миг в иные, незнакомые края — странное фиолетовое небо, вокруг растет из черно-зеленой земли что-то красное, извилистое, желтое, корявое, сметанно-белое, загогулистое, шевелится, ни на что не похожее, что-то тяжелое перепархивает, пролетает, и все это не бред, не видение, все это есть — где-то там, где-то далеко, где-то...

Сабуров стряхнул это наваждение, яростно, без промаха стал палить из обоих револьверов по набегающему чудищу. Рядом загромыхало ружье Платона, а чудище набегало, скользило, наплывало, как ночной кошмар, и вот уже взвились щупальца, взмыли сетью, заслоняя звуки и краски мира, пахнуло непередаваемо тошнотворным запахом, бойки револьверов бесцельно колотили в капсюли стреляных гильз, и Сабуров, опамятовавшись, отшвырнув револьверы, выхватил шашку, занес, что-то мелькнуло в воздухе, тяжело закувыркалось, грузное и дымящее...

Громоподобный взрыв швырнул Сабурова в траву, перевернул, проволочил; словно бы горящие куски воздуха пронеслись над ним, словно бы белесый дым насквозь пронизал его тело, залепил лицо, в ушах надрывались ямские колокольцы, звенела сталь о сталь...

А потом он понял, что жив и лежит на траве, а вокруг тишина, но не от контузии, а настоящая — потому что слышно, как ее временами нарушает оханье. Поручик встал. Охал Платон, уже стоявший на ногах, одной рукой он держал за середину винтовку, другой смахивал с щеки кровь. И Воропаев, который не Воропаев, уже стоял, глядя на неглубокую, курившуюся белесой пороховой гарью воронку. А вокруг воронки...

Да ничего там не было почти. Так, клочки, ошметки, мокрые охлопья, густые брызги.

— А ведь сделали, господа, — тихо, удивленно сказал поручик Сабуров. — Сделали...

Он знал наверняка: что бы он дальше в жизни ни свершил, чего бы ни достиг, таких пронзительных минут торжества и упоения не будет больше никогда. От этого стало радостно и тут же грустно, горько. Все кончилось, но они-то были.

— Скачут, — сказал Платон. — Ишь, поди, целый эскадрон подняли, бездельники...

Из того лесочка на взгорке вылетели верховые и, рассыпаясь лавой, мчались к ним — человек двадцать в лазоревых мундирах, того цвета, что страсть как не любил один поручик Тенгинского полка, оставшийся молодым навечно.

Триумфальные минуты отошли, холодная реальность Российской империи глянула совиными глазами.

— Это по мою душу, — сказал Воропаев. — Что, господа, будет похуже лунного чуда-юда. Ничего, все равно убегу.

К ним мчались всадники, а они стояли плечом к плечу и смотрели — Белавинского гусарского полка поручик Сабуров (пал под Мукденом в чине полковника, 1904), нигилист с чужой фамилией Воропаев (казнен по процессу первомартовцев, 1881), Кавказского линейного казачьего войска урядник Нежданов (помер от водки, 1886), — смотрели равнодушно и устало, как жены после страды, как ратоборцы после тяжелой сечи. Главное было позади, остались скучные хлопоты обычного дня и досадные сложности бытия российского, и вряд ли кому из них еще случится встретиться с жителями соседних или отдаленных небесных планет...

Всему свое время, и время всякой вещи под небом. Так утверждали древние, но это утверждение, похоже, не для всего происходящего в нашем мире справедливо.

1988

БАЙКИ
НАЧАЛА
ПЕРЕСТРОЙКИ

КАЗЕННЫЙ ДОМ

(из повести «Зачуханск, как забытый»)

...И случилось так, что пресытился зачуханский бомонд развлечениями и деликатесами по причине их неимоверной доступности. И черная икра опостылеет, если кушать ее ложками что ни день, и японские видеокассеты осточертеют, если их привозят контейнерами. И все такое прочее, о чем мы с вами и понятия-то не имеем, — оно тоже надоест, будучи повседневностью.

И воцарилась скука великая. Первый секретарь Зеленый с превеликими трудами раздобыл черно-белый телевизор и смотрел «Сельский час», время от времени промахиваясь по супруге надоевшим саксонским фарфором. Предоблисполкома Мазаный, ошалев, ударился в извращения: забрел в рабочую столовую, скушал там «котлету с макаронами» и чуть не помер с непривычки, но оклемался и даже допил «компот» (по Зачуханску, не забывшему еще историю с динозавром, молнией пронесся слух: «Снова Мазаный чудит!»). Прокурор Дыба в старом ватнике вторгся в котельную, распугав дегустировавших стекломой бичей, отобрал у трудяги Поликратыча лопату и принялся шуровать уголек, громко объясняя, что он не пьян, что маленькие зелененькие диссиденты вокруг него на сей раз не скачут, а просто подыхает он от тоски. Правда, надолго его порыва не хватило: уголь — вещь тяжелая, но именно в кочегарке прокурора Дыбу осенило.

Вскоре его идею подхватили и творчески развили режиссер облдрамы имени Смычки Прохарецкий и ответственный за культуру Шептало. Идея получила название «Дом отдыха Зачуханский централ» и материальное обеспечение.

По бумагам, понятное дело, объект провели как филармонию. Местному населению с помощью умело пущенных слухов объяснили, что строится очередной ЛТП. Тем более, снаружи было похоже — высоченный забор, колючка да вышки.

На территорию Зачуханского централа сановный гость вступал под магнитофонную запись известной народной песни «Динь-бом, динь-бом, слышен звон кандальный...» На госте, облаченном в тюремный бушлат, и в самом деле позвякивали натуральные кандалы, скопированные с музейных образцов. Гостя встречал бравый полковник жандармерии — роль эту исполнял режиссер Прохарецкий, а для особо именитых отдыхающих — и сам Шептало. Жандарм тряс кулаком под носом у кандальника и ревел:

— Попался, большевистская морда! Ну ты у меня тут и сгниешь!

Вслед за тем два дюжих жандарма Вася и Арнольдик (бывшие обкомовские шоферы) влекли жертву в сырую одиночку, где в большом ассортименте имелись тараканы, мокрицы, клопы и крысы (для большинства отдыхающих вся эта живность была сверхэкзотичной, один третий секретарь из Нечерноземья нипочем не хотел уходить отсюда без серой крысы Маньки, так и уехал, прижимая ее к груди). Спали узники на голых нарах, кормили их раз в день хлебом из магазинов для простонародья и полусырым минтаем (многие впервые узнали о существовании этой рыбы). Тем, кто курил, курева не давали, зато гоняли, прикованными к тачкам, возить каменья или пилить дрова. Вдобавок Вася и Арнольдик материли их нещадно да иногда поддавали по физиономии — не очень сильно, но все-таки. Каждый день приезжал стряхнувший всякую меланхолию прокурор Дыба в лазоревом мундире, с Владимиром на шее, таскал на допросы, орал, что изведет большевистскую заразу под корень, лупил кулаком по столу и требовал признаться, что из Маркса читали да кому давали читать еще. Большинство честно признавались, что Маркса не раскрывали сроду. Дыба им верил, но все равно ругал, стращал, кормил селедками и сажал в карцер — страшно ему нравилась новая игра, спасу нет.

После недельки-другой пребывания в Зачуханском централе вышедшие на свободу номенклатурные узники чувствовали себя заново родившимися. Опостылевшую было икру наворачивали так, что за ушами трещало, садясь в черную «Волгу», испытывали прямо-таки детское умиление, все краски и запахи жизни обретали прежнее многоцветье и прелесть. Да и в душе оставалось гордое сознание приобщенности к героической жизни дедов-зачинателей. Посему централ пользовался среди номенклатурных работников популярностью несказанной. Его срочно расширили, но очередь все равно выстроилась на год вперед, и намекали, что ожидается Он Самый... Жандармы Вася и Арнольдик несказанно разбогатели, передавая узникам недозволенное тюремными правилами. Предоблисполкома Мазаный с каторги не вылезал, приходилось в шею выпихивать за ворота. Особенно Мазаному нравилось намекать на допросах на свою принадлежность к «школе Лонжюмо», редакции «Искры» и честить Дыбу «сатрапом самодержавия» — за что однажды вошедший в раж Дыба лишил его двух зубов.

Случалось всякое. Однажды комсомольский деятель Чабуберидзе, молодой и горячий, решил играть по всем правилам: обманул бдительность жандарма Васи, ахнул его кандалами по головушке, сделал подкоп под забор и сбег. Недалеко, правда, ушел, его вскоре изловили в городе непосвященные постовые, оповещенные звонком Прохарецкого, что у него в приступе белой горячки сбежал исполнитель роли декабриста, приметы: в каторжном бушлате и кандалах. Чабуберидзе вернули в централ малость помятого, но веселого и вопившего: «Вах, скушали, опричники? Я — как Камо, да!» А однажды на поверке в камере обнаружили неизвестного, оказавшегося при сыске совершенно посторонним бухгалтером агропрома Тютиным, которого Дыба по пьяной лавочке арестовал в городе и мордовал три дня, вынуждая признаться в связях с Плехановым. Бухгалтера выпустили прежде, чем он успел окончательно ополоуметь, выдали кусок финской колбасы и объяснили, что это такая новая проверка, вид аттестации. Случай этот никого не встревожил. Не забеспокоились и тогда, когда прокурор Дыба отправил во Францию заказ на гильотину, а Мазаный во всех анкетах стал писать, что многократно являлся узником царской каторги, и требовал на этом основании звездочку к юбилею.

А беда-то и грянула — внезапно, как обычно обстоит с бедами-напастями. С очередной партией каторжан поступила «анархистка Клава», она же Анжела Петровна Шармантова, та самая, что быстро делала карьеру и попала уже в число тех, кого в газетах обозначают «...и другие товарищи» (это для нас с вами сие выражение представляется пустячком, а на самом деле за ним стоит строгая иерархическая лестничка — согласно невидимой табели о рангах). Было Анжеле Петровне тридцать с малым, и выглядела она так, что в западных цветных журналах для взрослых мужчин заработала бы большие денежки, малость попозировав (так

199

она сама говорила близким подругам и, в общем, имела на то основания). Каторжная роба лишь придавала Анжеле Петровне пикантности. А жандармы Вася с Арнольдиком увязли уже в игре по самые уши и стали плохо соображать, где игра, а где развитой социализм... Одним словом, на визг Анжелы Петровны и ее вопли о помощи никто не прибежал — полагали, так и надо, каторжные будни.

Был камерный скандальчик, и грянули оргвыводы. Централ ликвидировали незамедлительно, превратив в настоящий ЛТП, каким он и числился по некоторым бумагам. Зеленому поставили на вид, Мазаному вместо звездочки к юбилею дали орденок третьей степени. Дыбе строго указали и гильотину из Франции не пропустили. Прохарецкий с Шептало срочно принялись репетировать оперу «Возрождение кусочка целины» (музыка народная). Васю с Арнольдиком, понятно, посадили, как не оправдавших доверия, Анжела свет Петровна на загранработе — томно повествует с телеэкрана, как разлагаются буржуи, скоро окончательно рухнут под грузом потребительства. Который год уже повествует. Теперь, должно быть, скоро и до колхозов на Оклахомщине — рукой подать.

И до сих пор в бархатный сезон можно встретить на черноморских пляжах среднего возраста людей, которые за коньячком расскажут, как они цепями звенели на царской каторге, как возили тачечку, вшей кормили да от жандармов получали по загривку. Если кого из вас сведет с ними судьба, не торопитесь принимать их за шизофреников. Было дело...

РЫЦАРИ ОРДЕНА ЛОПАТЫ

(из цикла «Как у нас на Виндзорщине»)

Поутру сэр Джон стоял на Пикадилли, окутанный знаменитым лондонским туманом, и зябко запахивался в ватник, одолженный у своего дворецкого. Настроение было сумрачное, еще похуже, чем когда-то под Дюнкерком. Бронзовый Нельсон хмуро и сочувственно смотрел на праправнука. Подкатил «роллс-ройс» герцога Чеширского. Там уже сидели лорд Камберленд, виконт Хейзуорт, старая герцогиня Монмутская и несколько знакомых из палаты пэров.

Ехали в молчании. Никто не выспался, но жаловаться, понятно, было бы недостойной британского аристократа слабостью. На картофельное поле образцового кооператива имени Маргарет Тэтчер прибыли с чисто английской точностью. Подъезжали «роллс-ройсы», «даймлеры», «мерседесы». Появился архиепископ Кентерберийский в старенькой мантии, за ним — принц Уэльский с супругой. Только первый лорд Адмиралтейства сумел открутиться, раздобыв где-то справку о ревматизме и картофелебоязни. Общественное мнение единогласно признало его поступок неджентльменским.

— В эти тяжелые для британской аристократии времена я расцениваю его поведение, сэры, как дезертирство, — горячился герцог Чеширский. — И это потомок Вильгельма Завоевателя! Позор! Мы пережили войну Алой и Белой роз, пережили Кромвеля, обязаны, сплотившись, пережить и картошку!

Герцогу поддакивали, но вяло. Моросил дождик. Тем временем появилась краснощекая бригадир Мэри, оглядела лордов и скомандовала:

— Становись!

Лорды кое-как выстроились неровной шеренгой, при виде которой герцога Веллингтона наверняка хватил бы удар.

— Перекличка! — зычно объявила бригадир Мэри. — Лорд Бьючемп ап Гриффитс де Лайл ап Чолмонделей ап Мальборо!

— Здесь! — вспомнив гвардейскую молодость, браво откликнулся милейший старичок лорд Бьючемп. — Бьючемп, с вашего позволения.

— А остальные где — Гриффитс, Лайл, Мальборо? Волынят?!

— Все это, изволите видеть, — я один, — объяснил лорд Бьючемп. — А на волынке я играть не умею, вы ошиблись.

— Тьфу, интеллигенция! — смачно плюнула Мэри. — Все у вас, сэры, не как у людей. Кличек, прости господи, что у рецидивистов.

— Я попросил бы вас, мисс... — запротестовал обиженный лорд.

— Ты у себя в замке на жену свою ори! — оборвала его Мэри. — А еще орден Подвязки надел! Ну, приступаем к уборке. Вот ты, пижон, лопату когда держал?

— Простите, не приходилось, — смущенно потупился принц Уэльский.

— Ишь ты, прынц! — фыркнула Мэри. — Привыкли там по дворцам шляться, а картошку кто убирать будет? Наши-то все в Лондон на ярмарку подались, вот с вами валандаться и приходится. Шевелись, аристократия!

Лорды неумело зашевелились. С непривычки дело шло, откровенно говоря, из рук вон плохо. Лорд Камберленд нечаянно ушиб герцога Чеширского ведром, и они начали препираться, вспоминая взаимные претензии их родов друг к другу, начиная от времен Плантагенетов. Супруга принца Уэльского, к радости археологов будущего, посеяла в борозде фамильное кольцо с черным индийским алмазом. Только виконт Хейзуорт, саперный генерал в отставке, браво орудовал лопатой, насвистывая неприличную песенку шотландских стрелков. Правда, у него почему-то получился окоп для мортиры, а картошка вся осталась в земле.

— Только подумать, сэры! — удивлялся лорд Бьючемп. — Я всю жизнь полагал, что картошка растет на дереве и оттуда ее рвут. А она, оказывается, в земле. Как романтично!

Герцогиня Монмутская выкопала крота и подняла визг. Успокаивали сообща. Еле успокоили, пообещав устроить лоботряса-племянника послом в Нигерию.

— Интересно, сэры, кто ее только к нам завез, эту картошку? — вопрошал архиепископ Кентерберийский.

— Колумб,— пояснил профессор Кембриджа сэр Джон.

— Так я и знал,— посетовал архиепископ.— От этих итальянцев всегда одни неприятности: римская церковь, Муссолини, мафия, масоны, теперь еще и картошка...

— Годдэм! — не выдержал сэр Джеральд.— Только подумайте, сэры: мой предок был среди тех, кто заставил короля Иоанна подписать Великую хартию вольностей! Бедняга перевернется в гробу, узнав, что я на картошке!

— Мисс Мэри, с вашего позволения, дождь усиливается,— громко жаловался Бьючемп.

— Не размокнете,— заявила неумолимая Мэри.— Не графья, поди.

Крыть было нечем. Здесь собрались лорды, пэры, виконты, баронеты, герцогиня, архиепископ и принц, но вот что касается графьев — кого не было, того не было.

Только к шести часам пополудни, когда с грехом пополам лорды накопали мешков десять картошки (раз в десять больше оставив в земле и порезав лопатами), Мэри смилостивилась и объявила, что на сегодня все. Промокшие и грязные, лорды устремились в деревню, где в кабачке «Свинья и свисток» сгрудились у жарко пылавшего камина. Местные косились на них недружелюбно, принимая за хиппи или цыган, подумывали даже послать за полицейским, но вскоре оксфордско-кембриджско-итонский акцент пришельцев успокоил аборигенов, и они решили, что сэры просто дурачатся — на пари, как истые британские джентльмены.

А истым британским джентльменам было тягостно.

— Если так будет продолжаться, сэры, я выйду из лейбористской партии ко всем чертям! Простите, герцогиня, но именно ко всем чертям! — горячился лорд Камберленд.— Премьер-министр явно хватил лишку в своих нововведениях. То мы, как бойскауты, надеваем повязки и болтаемся по Даунинг-стрит какой-то «народной дружиной», то перебираем овощи на складе в Ливерпуле, вместо того чтобы заседать в палате лордов. Теперь эта картошка. Премьер полностью попал под влияние Горбачева.

— Но Горбачев ужасно обаятелен, надо признать,— вступилась за русского лидера герцогиня Монмутская.— Он мне напоминает молодого Гладстона, та же энергия, дерзость...

— Бесспорно, миледи,— согласился Камберленд.— Но к чему такое эпигонство — я о премьере! Нельзя же слепо следовать моде на все импортное!

— Колесо истории иногда выписывает занятные зигзаги, — философски заметил лорд Бьючемп. — Когда-то Россия некритически перенимала все западные моды и обычаи, теперь дело обстоит наоборот — в моде все русское. Вы слышали о молодом герцоге Ланкастерском? Беднягу вызвали в районный комитет лейбористской партии и «песочили», как они выразились. Это насчет той балерины, герцогиня накатала «телегу». Между прочим, я был вчера у премьера и видел у него на столе проект нового билля. Сэр Джон, старина, вы ведь профессор, не объясните ли вы нам, что такое «прописка», «метраж», «талоны на колбасу»? Там были эти термины. Боже мой, сэры, скорее воды! Сэру Джону дурно!

КАК ХОРОШО БЫТЬ ГЕНЕРАЛОМ

> Как хорошо быть генералом!
> Как хорошо быть генералом!
> Лучшего места я вам, синьоры, не назову!
>
> *Песенка 60-х годов*
> *импортного происхождения*

Служил в энской части полковник бравого рода войск Жмаков, и неплохо, надо вам сказать, служил. И солдаты у него домой не убегали, и сержанты не использовали для балдежа шприцы из набора противохимической защиты, и прапорщики пистолетами не приторговывали, и на учениях снаряды у него летели в цель, а не в подмостки с проверяющими из штаба округа, как случалось у других разгильдяев кое-где кое-когда. И решило командование Жмакова поощрить. В старину ему дали бы землицы с душами или там золотую шпагу, но нынче такое было не в обычае, а потому полковнику присвоили генерал-майора и отправили служить в Генеральный штаб. Генеральный штаб — это такой самый главный штаб, всем штабам штаб, и повсюду там одни генералы, даже на тех местах, где и старшина башковитый справился бы. Так уж заведено, а кем — в точности неизвестно... В генеральских курилках треплются, что Наполеоном. Может быть.

В Генштабе Жмакова встретил генерал-лейтенант — ростом под потолок, подтяжки поверх кителя надеты, на руке татуировка «женераль Вова», физиономия наглая до предела, как у импортной рыбы барракуды или даже хуже — как у кооператора-шашлычника.

— Ага, явился, салага, — сказал женераль Вова и ловко снял со Жмакова японские часы, любезно пояснив: — Сынкам не полагается.

Жмаков запротестовал было, жалко ему стало японских часов, умевших кукарекать петухом и ухать лешим. Но после первых слов робкого протеста оказался Жмаков в пятом углу Генштаба — в глазах звезды прыгают, скула ноет, новенькая фуражка неизвестно куда улетела, а женераль Вова стоит над ним и рычит:

— «Деду» возражать? Легкой жизни захотел, салага? Обычаи не уважаешь? Ничего, потерпишь, нас похуже гоняли!

Грустно стало Жмакову жить на белом свете. Правда, часы его тут же поменяли хозяина еще раз — проходил мимо генерал-полковник и заинтересовался шумом после отбоя, а разобравшись, отобрал у генерал-лейтенанта жмаковские часы и взял их себе. Женераль Вова покорно отдал — потому что был всего лишь «лимоном», а генерал-полковник — «стариком».

Вот так и узнал Жмаков, что в Генштабе царит натуральная, высокопробная, самая разнузданная дедовщина, про которую он, что греха таить, слышал что-то от своих солдатиков, да значения не придавал, считая нетипичным явлением. Теперь же пришлось самому испытать дедовщину на собственной шкуре, выхлебать полной ложкой до самого донышка. Даже «скворцы» Жмакова тиранили, не говоря уж о «стариках». А всего хуже были «деды» — маршалы, которым оставалось сто дней до пенсии. Единственное, что о них можно сказать, — ну это вообще... Слов не подберешь.

Тяжко служилось Жмакову в Генштабе. В столовой у него «деды» отбирали черную икру и омаров, потому что салаги генштабовские должны были пробавляться одной финской колбасой да ананасами в банках. Золотое шитье на погонах «деды» меняли каждый понедельник, а красть шитье в каптерку посылали, понятно, Жмакова. Был там один маршал главный маршал, который от старости сам забыл, чего он маршал, которого рода войск. Уходил он однажды на пенсию и, как полагается, захотел украсить свою маршальскую звезду во-от такими рубинами. Ему дембельские прихоти, а Жмакова едва охрана не пристрелила, когда лез он за рубинами в Алмазный фонд. То приходилось Жмакову зубной щеткой стирать с экрана телевизора натовские танки, то по часу дуть на лампочки сверхсекретного пульта — чтобы лучше горели, объясняли «деды». Однажды, когда Жмаков этак вот дул на пульт, крохотный импортный самолетик проскользнул, зараза, куда не следует — потому что обязанный следить за экраном локатора женераль Вова смылся в самоволку на прием в дружественное посольство. Из-за крохотного самолетика разгорелся огромный скандал, а попало опять Жмакову, как крайнему. Именно тогда попробовал он впервые возмутиться в голос против дедовщины, за что был бит после отбоя в генштабовском туалете. Потом, выгибаясь перед зеркалом, он обнаружил у себя на ягодицах отпечатки эфесов почетного золотого оружия. Очень четко пропечатались.

С невыразимым сладострастием ждал Жмаков того светлого денечка, когда в Генштаб придет молодой, только что произведенный в генерал-майоры, и уж тогда-то Жмаков, ставши «лимоном», отыграется на салаге так, что в страшном сне не приснится. «Зубной щеткой будет кремлевскую стенку драить, — скрипел зубами Жмаков, — лампасы мне каждый день свежие подшивать!»

Но время шло, а молодых не было. Отчаявшись, Жмаков левой рукой написал письмо в главную военную газету: дескать, в армии у нас хватает бравых полковников и странно даже, что их не спешат повысить в звании и направить в Генштаб. Подписался: «Прапорщик Воробейчик». Главная военная газета письмо напечатала, но дальше этого дело не пошло. А «деды» тем временем сняли с погон у Жмакова генеральские звездочки и заставили пришивать самодельные, вырезанные из столовой ложки, мотивируя это так:

— Тебе, салага, звезды пока что люминьевые полагаются...

Жмаков сел писать письмо любимой бабушке, чтобы забрала она его отсюда и пристроила хоть военным атташе, можно даже в недружественной стране — все равно хуже не будет. Бабушка у него была личность историческая. В свое время она сменила поповско-монархическое, на ее взгляд, имечко «Глафира Никаноровна» на «Марксина Робеспьеровна», подожгла отцовский магазинчик и ушла в революцию, где вскоре прославилась. Когда Левка Бронштейн по кличке Троцкий, выжига и бонапартик, стал под шумок создавать ложное учение своего имени, именно товарищ Жмакова Марксина Робеспьеровна в порядке дружеской критики ахнула его по лбу деревянной кобурой с маузером внутри и пожурила: «Левка, не лезь поперек партии, а то шлепну как гидру, не посмотрю, что ты бывший угнетаемый жид, а ныне революционный раскрепощенный товарищ еврей!» И шлепнула бы, можете не сомневаться, люди тогда были бесхитростные и винтовочную пулю почитали нормальным средством перевоспитания. Левка унялся было, но ненадолго, потому что Марксину Робеспьеровну послали в Закавказье, где она тут же принялась перевоспитывать товарища Берию Лаврентия Павловича.

Хитер был Лаврентий Павлович, склизок, воспитанию поддавался плохо...

Дело в том, что Иван Грозный боялся колдунов, Петр Первый — тараканов, а товарищ Сталин — террористов.

Кто его знает, всерьез или нет, но опасения свои высказывал. Чем Лаврентий Палыч и пользовался — подорвет где-нибудь бомбу, а скажет на троцкистов. Испугается тогда товарищ Сталин и отдает директиву обострять классовую борьбу. Ну а насчет девочек у Лаврентия Павловича, понятно, не было никаких директив, это с его стороны была чистая самодеятельность, потому как грех сладок, а человек падок. С одной стороны, власть у тебя необъятная, византийская прямо-таки, а с другой — ходят они, голубушки, на стройных ножках в пределах досягаемости. Где тут удержишься? Лаврентий Палыч удержаться-то и не пробовал, честно говоря. За что Марксина Робеспьеровна, потом уже, в столице, неоднократно на него кричала, стуча по столу именными от Коминтерна часами: «Охолостить тебя пора, Лаврюшка! Лучше бы делом занимался, шпионов ловил, вон давеча Каганович жаловался: снова к нему в сейф кто-то лазил. Антанта, поди!» Люди информированные при этом фыркали в чернильницы: они-то знали, что в сейф к Кагановичу лазила не Антанта, а сам Лаврентий Палыч по природному своему любопытству.

Давно бы товарищ Берия послал Марксину Робеспьеровну куда подальше, да товарищу Сталину ужасно нравилось, когда его верные соратники лаялись меж собой. Товарищ Сталин, когда был еще не Сталин, а Джугашвили, почитывал в семинарии всякие нужные книжки вроде Макиавелли. Так они и жили — Каганович сало русское наворачивал да храмы русские под корень изводил, Лаврентий Палыч на врагов народа да на женщин охотился неустанно, Марксина Робеспьеровна своею персоною извечную веру русского народа в высшую мудрость царствующей особы олицетворяла, а товарищ Сталин, Коба тож, смотрел на них на всех да в усы посмеивался...

Такова была почетная пенсионерка М. Р. Жмакова. И посему читатель вряд ли так уж удивится, узнав, что генерал-майор Жмаков, он же салага генштабовская, получил от бабушки следующее письмо:

«Бывший мой внук Федька, троцкист ты недорезанный! Это в какую же банду право-левацких уклонистов ты записался, что клевещешь на нашу непобедимую и легендарную армию, ту самую, что победно разбила всех белогвардейцев: милитаристов, атаманов и воевод? Отдельные нетипичные явления, единичные случаи неуставных отношений ты превращаешь в очернительские обобщения. Кто тебе платит, иуда зиновьевская, на кого работаешь, пошто клин вбиваешь меж армией и народом, пошто тень бросаешь на славное солдатство, славное офицерство и славное генштабство? Нет у меня внука отныне! Черчиллю ты внук! Ежели отдадут маузер из музея — порешу собственной рукой!»

Параллельно бабушка недрогнувшей рукой накатала на внука замполиту сигнал, который я цитировать не берусь. Кто помнит старые газеты, сам поймет...

Но наутро в Генштабе обнаружили, что из каптерки пропали автомат, тушенка и сапоги, а вместе с ними пропал салага Жмаков. Искали его долго. Не нашли. Предлагали вернуться по телевизору, обещали, что все простят, — не помогло. Правда, в кругах, близких к ЮНЕСКО, ходят слухи, что в диких горах республики Сан-Хуан-дель-Пиранья, где повстанцы воюют с обученным в Штатах батальоном «Аталкатль», объявился некий команданте Теодоро. Спит на голой земле, борода русая и курчавая, виски пьет стаканами, а в атаку ходит с непонятным кличем «Бей „дедов"!» И добавляет слова, которые не в состоянии перевести даже местный резидент ЦРУ Сэм Кобел, даром что три года жил в Москве в облике слесаря-сантехника Семки и словечек всяких нахватался изрядно.

Жмаков ли объявился в личине команданте Теодоро — бог весть. Однако, между прочим, достоверно известно, что в батальоне «Аталкатль» процветает самая разнузданная дедовщина, не чета генштабовской даже. Покончат с дедовщиной, а заодно и с батальоном — глядишь, да и услышим вновь о Феде Жмакове, вдруг да, чем черт не шутит, объявится он с чтением лекций «Опыт борьбы с дедовщиной в условиях Кордильер». Тема-то актуальная вроде бы...

БРЕЖНИН ЛУГ

...Я узнал наконец, куда я зашел. Этот луг славится в наших околотках под названием Брежнин луг. Я ошибся, приняв людей, сидевших вокруг тех огней, за охотников. Это просто были ответственные работники, которые стерегли табун Идеалов — коней вроде Пегасов, только красного цвета, в золотистых цитатах. Выгонять перед вечером и пригонять на утренней заре табун Идеалов — большой праздник для ответработников. Мчатся они с веселым гиканьем и криком, горяча Идеалов, высоко подпрыгивают, звонко хохочут, мелькают цитаты, мелькают... И даже верится в эти минуты неподдельного веселья, что ответработники, как рассказывают мудрые старики, произошли от нас с вами...

Я сказал им, что заблудился, и подсел к ним. Они спросили меня, откуда я, не состоял ли в уклонах, поддерживаю ли линию, вражьих голосов не слушаю ли, помолчали, посторонились. Мы немного поговорили о трилогии всех времен и народов. Кругом не слышалось почти никакого шума. Одни огоньки тихонько потрескивали. На скатерке лежала разнообразная снедь, о которой я и не знал, что такая бывает на свете, не говоря уж о том, чтобы знать ее названия. Впрочем, запахи сами за себя говорили, и я поневоле вспомнил, как тот же мудрый старец Ксенофобыч рассказывал, что в давние времена колбасу делали из мяса. Тогда я ему не поверил по юношескому скептицизму, но сейчас устыдился — не только делали, но и делают. И красная рыба, выходит, не поэтическая метафора вроде «красного пахаря», а натуральное яство.

Всего пастухов было пять. Старшему из них, Феде, вы бы его лет не дали. Он принадлежал, по всем приметам, к тем нашим страдальцам, что вынуждены по служебной необходимости годами жить на разлагающемся Западе, о чем они нам с плохо скрытой брезгливостью и тоской вещают с телеэкранов, устроившись возле какого-нибудь псевдодостижения псевдокультуры вроде Эйфелевой башни. И их становится жалко — мы тут под отеческой опекой, а они, бедолаги, там в пасти и тисках. «Яркое солнце сегодня над Парижем, но не радует оно парижан...» Да, это был Федя. Выехал он в поле не по нужде, а так, для забавы. Второй малый, Павлуша, был неказистый, что и говорить, а все-таки он мне понравился, глядел он очень умно и прямо, да и в голосе у него звучала сила. Такие высоко взлетают, если не упадут, уж если ломают, так дочиста, строят, так в сто этажей, в тысячу фундаментов. Лицо третьего, Илюши, было довольно незначительно, он мне сразу увиделся аграрником, пережившим за свою нервную жизнь великое множество починов — и «царицу полей», и торфяные горшочки, и травополье, и экономную экономику. Пожалуй, и РЛПО переживет, подумал я отчего-то. Четвертый, Костя, возбуждал мое любопытство задумчивым и печальным видом, сразу заставившим думать, что к культуре имеет он самое прямое отношение. Глаза его говорили: «Высказал бы я вам все обо всем, да ведь боком выйдет...» Последнего, Ваню, я сперва было и не заметил: он лежал на земле смирнехонько, прикорнув под французским плащиком, и только изредка выставлял из-под него свою русую кудрявую головку. Несомненно, это был лидер официальной молодежи, коего старшие товарищи готовили теперь для более взрослых постов.

Небольшой котельчик висел над одним из огней; в нем варились омары. Я притворился спящим. Понемногу они опять разговорились. Вдруг Федя обратился к Илюше и, как бы продолжая прерванный разговор, спросил его:

— Ну и что ж ты, так и видел Дедушку?

— Нет, я его не видел, да его и видеть нельзя, — ответил Илюша, — а слышал. Да и не я один.

— А он у вас где показался?

— В райкоме.

— Ну так как же ты его слышал?

— А вот так. Пришлось нам с братом Авдюшкой, да с Федором Михеевским, да с Ивашкой Косым, да с другим Ивашкой, что из «Красных Холмов», да еще были там другие, человек десять, — как есть все бюро; ну и пришлось нам в райкоме заночевать. Совещание было, помните, «К вопросу интенсификации интенсивности экономичности Продовольственной программы в свете основополагающей трилогии и личных указаний»? В аккурат после четвертой звезды, как в народе говорят. Вот мы остались и легли все вместе, и зачал Авдюшка говорить — что, мол, мужики, ну как Дедушка придет? И не успел он проговорить, как за стеной, в моем кабинете, он и заходил. Сначала бумаги поворошил, стенограммы, да шепчет: «Прозаседались...» Слышим, сейф сам собой распахнулся, сводки о ходе битвы за урожай шуршат, а Дедушка уж громче: «Шаг вперед, два шага назад!» А уж как до полки с исторической трилогией и прочими основополагающими трудами дошел, вовсе осерчал, на пол их швыряет и в голос, в голос: «Архиплуты! Феликса на вас нет, Феликса!» Мы все так ворохом и свалились, друг под дружку полезли...

— Вишь как! — промолвил Павел. — Чего ж он так?

— Да кто знает? Цитаты вроде в точности приводили, Костя сам сверял... С тех пор в райкоме уж больше не ночуем — вдруг да не один придет, с Феликсом? Ужасть!

Все помолчали.

— А что, — спросил Федя, — омары сварились?

Павлуша пощупал их:

— Нет, еще сыры... А вон звездочка покатилась. Хорошая примета — знать, кому-то дадут скоро. Я первый увидел, мне первому и дадут.

— Нет, я вам что, братцы, расскажу, — заговорил Костя тонким голоском. — Послушайте-ка, намеднись что Тятин при мне рассказывал. Вы ведь знаете Гаврилова? А знаете ли, отчего он такой невеселый? Пошел он раз, Тятин говорил, в лес по орехи, да и заблудился; зашел, бог знает куда зашел. Уж он ходил, братцы мои, орехи собирал, а сам думал: как бы ему отрасль свою, стало быть, в передовые вывести? И глядит, а перед ним на ветке Зарубежная Фирма сидит, качается и его к себе зовет, а сама смеется: «Гаврилов, давай совместное предприятие устроим! Все у нас ладом пойдет, только поднапрячься как следует, да мозгами раскинуть, да шевелиться не за страх, а за совесть!» Уж Гаврилов было авторучку вынул — контракт подписать, да, знать, опамятовался и шепчет: «Госзаказ! Объективные трудности! Безрыночная экономика! Не могу поступаться принципами. Она ж, нечисть иноземная, работать заставит, как у них!» Тут Фирма, братцы мои, пропала, а Гаврилову тотчас и понятственно стало, как ему из лесу выйти. А только с тех пор он все невеселый ходит.

— А знать, он ей понравился, что позвала его.

— Да, понравился! — подхватил Илюша. — Как же! Звериный свой оскал она ему показать хотела!

Все смолкли.

— С нами Краткий Курс! — шепнул Илья.

— Эх вы, вороны! — крикнул Павел. — Чего всполохнулись? Посмотрите-ка, омары сварились!

— А слыхали вы, ребята, — начал Илюша, — что намеднись у нас, на Варнавицах, приключилось? Ты, может быть, Федя, не знаешь, а только у нас там Ян Карлович похоронен, из латышских стрелков. Могила чуть видна, так, бугорочек... Вот на днях зовет Приказчиков Ермилова и говорит: «Езжай-ка ты, Ермилов, в город, да привези мне с базы коньячку самолучшего!» Вот поехал Ермилов за коньячком, да задержался в городе, ну а едет назад он уж хмелен. А ночь, и светлая ночь: месяц светит... Вот едет Ермилов и видит: на могиле барашек, белый такой, кудрявый, хорошенький, похаживает. Вот и думает Ермилов: «Сам возьму его, на шашлык сгодится», — да и взял его на руки. Сел в машину и поехал опять, а в машине-то мотор перебои дает, карбюратор заедает, «дворники» сами собой включились... Смотрит Ермилов на барашка, и барашек ему в глаза прямо так и глядит. Жутко ему стало, Ермилову-то, стал он барашка по шерсти гладить, говорит: «Верю в идеалы, верю, стараюсь для светлого завтра, стараюсь!» А баран-то вдруг как оскалит зубы да ему тоже: «Бре-ешешь, стерва, бре-ешешь!»

— А точно, я слышал, это место у вас нечистое, — заговорил Федя.

— Варнавицы? Еще бы! Еще какое нечистое! Там не раз, говорят, Хозяина видели, старого барина! Ходит, говорят, во френче, трубку покуривает и все это этак охает, чего-то на земле ищет. Его раз Нина-то повстречала: «Что, мол, батюшка Осип Виссарионыч, изволишь искать на земле?» — «Разрыв-траву, — говорит, — ищу». — «А на что тебе, батюшка генералиссимус, разрыв-трава?» — «Давит, — говорит, — могила, давит, Ниночка: вон хочется, вон...»

— Вишь какой! — заметил Федя. — Мало, знать, пожил.

— Экое дело! — промолвил Костя. — Я думал, покойников можно только в родительскую субботу видеть.

— В родительскую субботу ты можешь и живого увидеть, — подхватил Илюша. — Кого, то есть, в этом году снимать будут. Стоит только ночью сесть на крыльцо исполкомовское да все на дорогу глядеть. Те и пойдут мимо тебя, по дороге, кому в этом году сняту быть. Вот у нас в прошлом году Улитина на крыльцо ходила.

— Ну и видела она кого-нибудь? — с любопытством спросил Костя.

— Перво-наперво она сидела долго-долго, никого не видела и не слыхала. Вдруг слышит — как бы сирена вдали взвыла. Смотрит — Ивашка Федосеев идет...

213

— Тот, что сняли весной? — перебил Федя. — С возбуждением дела?

— Тот самый. Идет и головушки не подымет. Ну а потом смотрит — женщина идет. Она вглядывается, вглядывается, — ах ты, господи! — сама идет по дороге, сама Улитина.

— Ну что ж, ведь ее еще не сняли?

— Да году-то еще не прошло. А ты посмотри на нее: на чем кресло держится...

Все опять притихли,

— А у нас такие слухи ходили, что, мол, прокуроры по земле побегут, законы соблюдать заставят, распределители закроют, самолеты полетят с опергруппами, а то и самого Мишку увидят.

— Какого это Мишку? — спросил Костя.

— А ты не знаешь? — с жаром подхватил Илюша. — Ну, брат, откентелева же ты, что Мишки не знаешь? Сидни вас в исполкоме сидят, вот уж точно сидни. Мишка — это будет такой человек удивительный, который придет, и ничего ему сделать нельзя будет. Захотят ему, например, глаза отвести, выдут на него с липовыми отчетами и повышенными обязательствами, в свете и в ответ на происки единогласно принятыми, а он вот так глянет — и сразу поймет, что глаза ему отводят. Ну и будет он ходить по селам и городам и все переделывать, ну а сделать ему нельзя будет ничего. Уж такой он будет удивительный лукавый человек.

— Ну да, — продолжал Павел своим неторопливым голосом. — Такой. Вот его-то и ждали у нас. Крикнул кто-то: «Ой, Мишка едет! Ой, Мишка едет!» — да кто куды! Старостин наш дачу собственную с перепугу спалил, Кузькин фартук напялил и шашлыки продавать стал — авось, думает, изверг за кооператора примет да помилует; Дорофеича до сих пор из трансформаторной будки не выманят — кричит, что он электроток и ему там самое место обитать. Таково-то все всполошились! А он и не приехал...

Настало молчание.

— Гляньте-ка, гляньте-ка, ребятки, — раздался вдруг детский голосок Вани. — Гляньте на божьи звездочки — что пчелки роятся! Как на почетном президиуме! — Павел встал и взял в руку пустой котельчик.

— Куда ты? — спросил его Федя.

— К машине, коньячку зачерпнуть.

— Смотри Серому Домовому не попадись! — крикнул ему вслед Илюша.

— А правда ли, — спросил Костя, — что Акулина все и потеряла, как к Серому Домовому попала?

— С тех пор. Какова теперь! Знать, не ожидала, что ее скоро вытащут. Все и подписала, все рассказала, где зарыто, где замуровано. Дочиста выгребли...

— А помнишь Васю? — печально прибавил Костя. — Того, что погорел? Уж какой хват был! Мать-то его Феклиста, уж как же она его любила. Другие бабы ничего, как увидят, что им в дом тащут, так только радуются. А Феклиста, бывало, как станет кликать: «Опомнись, мой соколик! Вернись в народ, вернись! Добром не кончится, конфискация грянет!» И как в воду глядела...

Павел подошел к огню с полным котельчиком в руке.

— Что, ребята, — начал он, помолчав, — неважно дело. Я Васин голос слышал. Только стал я к коньячку нагибаться, вдруг зовут меня Васиным голоском: «Павлуша, подь сюды». Я отошел. Однако коньячку зачерпнул.

— Ах ты, напасть! Ах ты, свежие ветры! — проговорили остальные.

— Ведь это тебя Серый Домовой звал, Павел, — прибавил Федя. — А мы только что об нем, о Васе-то, говорили.

Мальчики приутихли. Они стали укладываться перед огнем. Я кивнул им и пошел вдоль задымившейся реки. Не успел я отойти и двух верст, как мимо меня промчался отдохнувший табун. Развевались алые крылья Идеалов, золотистыми огнями вспыхивали цитаты, и все незыблемым казалось, ненарушимым...

Я, к сожалению, должен добавить, что в том же году Павла не стало. Серому Домовому он не попался. То ли расшибся, слетев на полном скаку с Идеала, то ли съеден дикарями в дальних странах. Жаль, славный был парень!

ИЗ ЖИЗНИ ПУГАЛ

В девять утра на Лубянку был звонок по «вертушке», от Хозяина. Через двадцать секунд черный бронированный «бьюик» лучшего друга советских физкультурниц Лаврентия Павловича вылетел из ворот, как пушечное ядро. Смазливые девушки с визгом бросились в подворотни, но на сей раз все обошлось. Лаврентий Павлович сломя голову мчался по государственной необходимости. Московские дворники и сексоты, ранние пташки, провожали машину взглядом и понимающе переглядывались: спозаранку спешит ныне товарищ Берия, ближайший соратник. Снова, поди, врачи-вредители пекинского медведя в зоопарке отравили, чтоб порушить дружбу нашу с председателем Мао. А то лженаука какая объявилась...

Но дело было совсем не так. Прибыв на ближайшую дачу в Кунцево, Лаврентий Павлович перекинул через плечо большой пыльный мешок и предстал пред ясны очи генералиссимуса. Генералиссимус был суров — внук не ел манную кашу. Дедушка ему и так и сяк, а внучек бросил ложку и ноет:

— Да ну ее, деда, сам заварил, сам и расхлебывай...

Увидев Лаврентия Павловича, генералиссимус просиял:

— Кушай, малэнький оппортунист, а то вот Лаврэнтий Палыч с мэшком пришел. Нэ будэшь есть кашу — забэрет!

Внук съел кашу молниеносно, чуть ложку от страха не проглотил. Генералиссимуса это обрадовало, и он взревел:

— Васылию мне!

Пред ясны очи вождя народов предстал сын Василий — с помощью двух охранников, ибо сам он после вчерашнего-позавчерашнего к вертикальному передвижению был неспособен.

— Васылий, — сказал отец народов и беспутного Василия. — Вот Лаврэнтий Палыч с мэшком пришел. Будэшь похмэляться...

И ежу понятно, что беспутный сын Василий тут же поклялся переболеть без опохмелки и выдал запасы спиртного.

— Свэтлану ко мне! — отдал генералиссимус историческое указание.

Доставили сию минуту ни живу ни мертву.

— Свэтлана, а Свэтлана, — сказал отец народов. — Вот Лаврэнтий Палыч с мэшком пришел. Если будэшь заниматься интимной жизнь с режиссером Каплэром...

Дочь Светлана тут же дала клятву забыть и про интимную жизнь, и про режиссера Каплера, формалиста и космополита. Мир, покой и благолепие воцарились в семье отца народов. Однако он ощущал в себе огромный запас нерастраченной энергии, а посему снял трубку и приказал:

— Лазарь, а Лазарь! Чтоб через месяц ты мне построил на Чукотке самый большой в мире Мэталлургический комбинат! А если за три недели управишься — можешь своим именем назвать!

Если не управишься — тогда моим.

Трубка жалобно залепетала в том смысле, что дело это не такое уж простое. Тогда генералиссимус, отечески и хитро улыбаясь в усы, рек:

— А вот тут у мэня Лаврэнтий Палыч с мэшком пришел! Если не построишь за месяц — забэрет!

Трубка бодро отрапортовала, что все будет сделано согласно историческим указаниям и молниеносно. В таком духе прошли еще несколько разговоров с постоянными ссылками на Лаврентия Палыча и его мешок. Вот только с маршалом Тито вышла неувязка — не испугался маршал ни Лаврентия Палыча, ни мешка, заматерился и трубку бросил. Тут же было велено забыть Югославию, будто ее и на свете не было. Генералиссимус ее лично отчекрыжил ножницами с карты Европы и повелел: всех, у кого старые карты найдут, — на Чукотку. Металлургический комбинат строить. Гордый своей полезностью Лаврентий Палыч был отпущен восвояси с напутствием: «Будэшь еще балерин прямо со сцены утаскивать — сам с мэшком приду и забэру!» Лаврентий Павлович пообещал не блудить боле, взял мешок под мышку и пошел вон. Про себя он думал, что блудить будет все равно, потому что генералиссимус, как все великие люди, зрит исключительно вдаль, в необозримые исторические перспективы, а под носом у себя видит ровно столько, сколько хочет видеть да сколько ему покажут.

В прихожей встретился Хрущев и нехорошо посмотрел вслед. Лаврентий Палыч этого не заметил, а напрасно; на дворе пятьдесят второй уж доходил...

КУРЬЕЗ НА ФОНЕ ФЕНОМЕНА

Разумеется, вся вина лежит на этом чертовом метеорите — нашел где падать! Выбери он иную траекторию, мог бы промчаться мимо Земли и навсегда кануть в бездны мирового эфира. Или вмазаться в американский шпионский спутник к вящей пользе всего прогрессивного человечества. Но метеорит не придумал ничего лучшего, кроме как опаскудить небо над честным советским городом. Доля вины лежит, конечно, и на грозовых облаках, начавших набухать над городом в то утро, на электричестве, магнетизме и прочих высокоумных физических явлениях природы. И на рукотворных явлениях есть вина. Словом, все сплелось в роковой клубок аккурат в тот момент, когда Ромуальд Петрович Мявкин шествовал на работу. Пешком шел. Машины ему не полагалось, ибо не был он секретарем под порядковым номером, даже завотделом не был, но являлся все же номенклатурно-аппаратным кадром, всегда готовым подхватить, откликнуться, поучать и обличать, ударить по проискам в осуществление решений. При деле был, одним словом «с людями работал».

Тут оно все и произошло. Душераздирающий свист ввинтился в солнечное утро, радужные пятна заплясали перед глазами, как стриптизетки из увиденной недавно под величайшим секретом видеопорнухи, верх и низ на секунду поменялись местами, а внутренности едва не эвакуировались через рот. Ошарашенный Ромуальд Петрович не сразу, но отметил, что с окружающим что-то произошло: застроенная старинными домами улочка вроде бы не изменилась, но нечто привычное напрочь исчезло, а нечто непонятное прибавилось. И пока он вертел головой, пытаясь уяснить суть изменений, к нему подошли с двух сторон.

Справа надвинулась юркая личность в пальто горохового цвета и в сером котелке. Физиономия у личности была абсолютно незапоминающаяся, взгляд соскальзывал с нее, как муха с новенького бильярдного шара, не в состоянии зацепиться за напрочь отсутствующие особые приметы. Физиономия у личности была гнусненькая, вся в охотничьем азарте.

Слева возвышался детина с буйной бородищей, облаченный в гимнастерку, синие шаровары с лампасами, смазные сапоги и бескозырку, из-под коей курчавился чуб. Из особых примет у детины имелись шашка и витая нагаечка, явно тяжеленькая.

Вышеописанные молча взяли Мявкина за оба локтя, и последний обнаружил вдруг, что на пуговицах у детины красуется отмененный революцией символ самодержавия, двуглавый орел, и тот же символ нагло сияет на кокарде.

— Это вы здесь кино... — пискнул Мявкин.

— А вот пошли к господину поручику, — веско сказал детина вместо ответа и так наподдал кулачищем по загривку, что Мявкин проглотил все подступившие было к языку протесты и покорно засеменил туда, куда его грубо влекли.

А влекли его к скамейке, где восседал — нога за ногу, — постукивал орленым портсигаром по колену чрезвычайно подтянутый и обаятельный господин в голубом мундире с серебряными погонами и аксельбантами. И у этого на пуговицах — орлы, орлы, орелики, старорежимные отмененные пташечки! Господи, что же это делается-то?

— Господин Мявкин! Ромуальд Петрович! — расцвел голубой так, словно до сих пор и не видел от жизни настоящей радости. — А мы уж ожиданиями истомились, знаете ли... Позвольте представиться — Охранного отделения департамента полиции поручик Крестовский!

— Бомба у его за пазухой, — мрачно наябедничал детина. — Когда брали, кричал — вы, мол, здесь, а я в вас кину. Плетюганов бы вдосыт...

Вслед за тем сноровисто обшарил карманы Мявкина и, будучи немного обескуражен отсутствием в оных метательно-взрывчатых предметов, передал голубому партбилет.

— Ка Пэ Эс Эс, — выразительно прочитал голубой. — Ого, новое название, в целях конспирации надо полагать. Бумага и фактура не в пример роскошнее — разбогатели, господа большевики? Еще одна экспроприация, видимо?

Происходящее все больше кренилось в сторону самой дикой фантасмагории, но, странное дело, Мявкин почему-то сразу поверил, что это не розыгрыш и не кино, что все взаправду, что это проклятое прошлое, а светлое его настоящее с беспечальным бытием, спецбуфетом и президиумами наступит аж через... И даже если все обойдется, впереди — сыпной тиф, сырой хлеб, субботники, где надо вкалывать всерьез, и масса других неудобств, уместных лишь на экране цветного телевизора...

В голове у Мявкина лихорадочно прыгали обрывки прочитанных книг и виденных фильмов. Он набрал в грудь побольше воздуха и тоненько завопил:

— Сатрапы, мать вашу!

Но голос сломался петушиным тенорком. Витая казачья плеть чрезвычайно больно проехалась по его спине справа налево, слева направо, и из горла вырвалось лишь:

— Ва-ва-ва...

— Вот именно, — сказал поручик. — Я вами удручен, господин Мявкин. Брали бы пример с господина Лермонтова. — Он полузакрыл глаза и звучно продекламировал: — «И вы, мундиры голубые...» Вот это впечатляет, проникнуто неподдельным чувством. А вы? «Сатрапы» — как пошло... В стиле истеричной курсистки. Но мы отвлеклись. Большевик?

— Большевик, — гордо сказал Мявкин. — Номенклатурный!

— Ах, как это плохо, — скорбно покивал головой поручик. — Понимаете, большевиков мы сажаем в тюрьму, отправляем на каторгу, ссылаем в дикие тундры. Где золото моют в горах — изволили слышать романс? А то и вешаем — когда речь идет о важных птицах, к которым вы, господин Мявкин, судя по вашим документам, безусловно принадлежите. Как вам перспектива?

— Шкуру спущу и в Туруханск голым пущу, — грозно пообещал детина, демонстрируя кулак, заслонивший Мявкину все окружающее. Жутко было и подумать, что этот кулак способен сотворить с ребрами и зубами. — Запираться перед господином поручиком? Я т-те, сицилист!

Поручик Крестовский курил, элегантно выпуская дым. Невыносимо рентгеновские были у него глаза, просвечивавшие, казалось, каждую клеточку организма и выдававшие ей заверенную печатью характеристику.

— Итак? — спросил он. — Как учит практика, люди делятся на здравомыслящих и фанатиков. Вот вы себя к которой разновидности относите, господин Мявкин? В житейском плане?

— К зд-здравомыслящим, — сообщил Мявкин. — Я же так... с-сл-ужу вот... канцелярск...

— А это уже обнадеживает, — искренне порадовался за него поручик. — Ведь что от вас требуется, какой характер я желал бы придать нашему дальнейшему общению? Один интеллигентный человек подробно и вежливо отвечает на вопросы другого интеллигентного человека — и только лишь. Начнем, пожалуй?

И Мявкина понесло, как испугавшуюся авто извозчичью сивку. Он перечислил всех своих сослуживцев с подробной характеристикой таковых, рассказал об очередном заседании бюро, осветил последние решения, указания и уточнения. Подробности, номера телефонов, содержимое красных папок, сплетни и собственные наблюдения сыпались из него, как предвыборные обещания из кандидатов — и импортных, и отечественных. Поручик усердно скрипел перышком «рондо», не пренебрегая никакими мелочами и частностями. Казак знай себе похлопывал Мявкина по плечу, напутствуя:

— Испражняйся, сукин сын, до донышка...

Дальнейшее происходило как бы во сне и как бы помимо Мявкина: расписка о сотрудничестве, скрепленная его знаменитой витиеватой подписью, новоприсвоенный, как деликатно пояснил поручик, «рабочий псевдоним» Тенор, засунутые в карман зеленые царские трешницы, большие, размером почти с тетрадный лист, орлом украшенные.

— Теперь подумаем, что же нам с вами делать далее, — заключил поручик. — К эсдекам внедрять? — Он с сомнением покрутил головой. — Довольно быстро пристукнут, сдается мне. Для эсеров вы тоже... того-с... Они не дураки, мигом раскусят. К анархистам сможете?

— Точно так! — рявкнул — откуда что взялось! — Мявкин и даже каблуками друг о дружку пристукнул.

— Вот и прекрасно. Итак, господин Тенор...

И тут все закрутилось назад — световые и звуковые эффекты, мерзкие ощущения внутри организма... Вновь Мявкин оказался в родном, светлом, сияющем времени, пятью звездами, как лучший коньяк, осененном. И тут же рысцой дернул в родимое здание. Правда, поплакал потом от счастья в туалете, на финском унитазе сидючи, — не каменный наш Мявкин, в самом-то деле.

...Шум был изрядный. Не из-за Мявкина, а из-за феномена. Нагрянула орава столичных и прочих физиков, репортеров понаехало, иностранцы встречались чаще, чем за границей, город негаданно угодил в программы «Время» и «Ай-ти-ви», в журналы «Нейчур», «Вокруг света», «Нэйшнл

Джиогрэфик» и множество других изданий. Было компетентно установлено, что метеорит состоял то ли из рассеянных антимезонов, то ли из конденсированного нейтрино и во взаимодействии с грозовыми тучами, земным электромагнетизмом и вредными выбросами местного завода азотно-белковых удобрений вызвал, как объяснил по телевизору профессор Капица, «локальное кратковременное пересечение различных временных пластов».

Прорвавшегося в современность золотоордынского нойона Елдигей-Гуль-багатура силами местных пожарных отловили и впоследствии переучивали на лектора общества «Знание». Слесарь Патрикеев, ссыпавшийся из решающего года определяющей пятилетки аж во времена Кия, Щека и Хорива, вернулся невредимый, хотя и пьянехонький вдребезину. Еще несколько граждан, провалившихся в разные эпохи, вернулись в состоянии разной степени потрепанности, но живые. Единственной невосполненной утратой стал начальник милиции капитан Клептоманов — он затерялся в глубине веков, оставив записку, что подался к гулящим людям на Дон. Да еще Бог знает из какого времени занесло и не унесло назад стоптанный лапоть, который впоследствии писатель Пикуль печатно объявил тем самым лаптем, которым хлебал кислые щи герцог Бирон в ссылке.

Точности ради следует упомянуть, что вскоре в группу научного расследования примчался заведующий горпромторгом Моисей Маркович Трубецкой и приволок ведро, до половины наполненное царскими империалами и драгоценностями, — по его словам, посудину эту со всем содержимым занесло к нему в квартиру неведомо из какого исторического отрезка. Из Грановитой палаты, должно быть. Ученые находку оприходовали — не без возражений со стороны городского ОБХСС, которого смущало несоответствие возрастов ведра и Грановитой палаты...

Ромуальд же Петрович Мявкин остался в стороне от всей этой шумихи — царские трешницы он тут же порвал и спустил в финский унитаз, а бо́льшая часть архива охранного отделения, как известно, сгорела при наступлении кратковременной февральской буржуазной демократии. Первое время, признаться, Мявкину было не по себе при прохождении по улицам — боялся, что вынырнет вдруг из переулка гороховое пальто или казачина с плетюганом, а то и самый страшный — остроглазый поручик Крестовский. Но постепенно страхи рассосались — все исследования относительно феномена Мявкин штудировал внимательнейше и сделал выводы. С нейтрино и земным электромагнетизмом он совладать, понятно, не мог, но за выбросы фабрики удобрений взялся с изумившей всех энергией и добился полного их прекращения, за что был отмечен и рекомендован в замзавотделы. Да и вообще, как сказал профессор Капица, согласно теории вероятности подобные феномены с мешаниной времен случаются раз в миллион лет. А то и реже.

Спокойнее все же на душе с теорией вероятности, хоть и не наш, не отечественный ум ее выдумал. И только ночами на унитазе Мявкин мысленно ругает того салажонка без единой звездочки, что заварил такую кутерьму, когда все было так уютно и покойно. Хотя и теперь отсидеться можно, если умело шебаршиться.

Братцы, неужто отсидится, сволочь?

РАССКАЗЫ

БАЛЛАДА О СЧАСТЛИВОЙ НЕВЕСТЕ

«Мы — были!»

Девиз с герба Брюса

1729: Взгляд со стороны

Представим, что земной шар вертится, а мы смотрим на него со стороны — нам, детям космического века, ничего не стоит вообразить такое. Планета вертится. И на планете подходит к концу 1729 год...

Итак, на Земле подходил к концу 1729 год от рождества Христова — он же 7237 от сотворения мира, от же 1236 по Бенгальскому календарю, он же 1107 год Хиджры. Действовало и еще несколько более экзотических летоисчислений.

Венгрия после поражения восстания Ференца Ракоци попала под власть австрийских Габсбургов, проглотивших к тому времени Чехию, Силезию, польские, южнославянские, итальянские земли.

В Абиссинии продолжались феодальные распри, те самые, что через сто лет привели к распаду империи на княжества. Те же междоусобицы раздирали и Индию, государство Великих Моголов распадалось. Англичане, засевшие в городах на побережье, как мухи по краю пирога, копили силы для рывков в глубь страны, а пока понемногу вытесняли конкурентов — португальцев, голландцев, французов.

Грозная Оттоманская Порта была еще сильна, но золотые времена взятия Кандии и осады Вены ушли навсегда. Впереди был лишь растянувшийся на столетия закат.

В Южной Америке начинали зарождаться идеи независимости.

Лаосское государство недавно распалось на королевство Луанг-Пранбанг и Вьентян.

В Тунисе утвердилась династия беев Хусейнидов, создавших независимое от Порты государство.

В Северной Америке стреляли. Англичане платили индейцам за французские скальпы, французы столь же аккуратно рассчитывались по таксе со своими краснокожими союзниками за скальпы сыновей туманного Альбиона. До потери французами Канады оставалось еще четверть века.

Будущему Фридриху II, пока наследнику престола, пошел двадцатый, и он еще разыгрывал просвещенного принца — почитывал французских философов и недурственно играл на скрипке.

Ломоносов уже хлопотал о паспорте — через год он уйдет из Холмогор.

Исполнилось двенадцать лет Сашеньке Сумарокову, будущему светилу русского классицизма.

В Санкт-Петербурге убирали с улиц и площадей каменные столбы и колья, на которых долгое время допрежь того власти официально развешивали тела и головы «винных людей»: царствовал четырнадцатилетний внук Петра Великого Петр II Алексеевич (а правил — Верховный тайный совет), в далеком холодном городке Березове умер Меншиков. А князь Иван Долгорукий вдруг с превеликим удивлением понял, что влюблен в Наташу Шереметеву.

Ретроспекция: Меншиков

Меншиков Александр Данилович, фельдмаршал, герцог Ижорский, князь Римский, всю жизнь играл крупно и всегда почти выигрывал, бывал бит и руган Бомбардиром, но прощен, оскальзывался над пропастью, но как-то удерживался. Беззаветно дрался за Россию на бранном поле, воровал и злоупотреблял в масштабах поневоле изумляющих, — жизнь яркая и путаная, как сам век, славная и разбойничья, как сам век, незаурядная и в чем-то откровенно примитивная — как сам век. Какой-то одной краски мы для этого человека не найдем, бесполезно, из истории его, как слова из песни, не выкинешь, каким он был, таким в ней и остался.

Александр Данилыч играл крупно. В завещании Екатерины он не был назван правителем и вообще даже не упомянут, но он держал себя так, словно ничего особенного не произошло, и он, герцог Ижорский, — по-прежнему одно из самых важных лиц в империи. Корни этой смелости, вероятнее всего, крылись в одном коротком слове — привычка. Князь Римский, мне кажется, просто-напросто привык, что он похож на птицу Феникс, что он встает всегда, как бы ни падал, что все сходит с рук и все удается. Иначе не объяснишь, почему в своем чуточку простодушном нахальстве он дошел до того, что открыто прикарманил предназначавшееся малолетнему императору золото.

Правда, и при внуке Бомбардира фортуна была благосклонна. Именно при Петре II он добился звания генералиссимуса, так и не полученного при Екатерине, и сговорил старшую дочь Марью за императора.

Но это было как бы по инерции. Он умел смягчить и гасить гнев Бомбардира — но того уже не было. Он умел находить сторонников — самым, пожалуй, главным его триумфом был тот день, когда Сенат с Синодом решали, кому занять опустевший престол, но, напрочь перечеркивая их планы, гвардейские полки раскрошили тишину треском барабанов, и бывший торговец пирожками Алексашка возвел на престол бывшую чухонскую коровницу Катерину.

Но и Екатерины уже не было. А малолетний император терпеть его не мог. Это и было самое скверное — не расчетливая ненависть государственного мужа, а упрямая злость мальчишки. С таким герцог Ижорский еще не сталкивался. И что серьезнее, в фаворе у мальчишки ходили те — расчетливо ненавидящие, то самое ведущее род от Рюрика боярство, что десятилетиями копило злобу на бывшего торговца пирожками и наконец получившее возможность эту злобу излить — через хитрого обрусевшего немца и вице-канцлера Остермана, через Алексея Григорьевича Долгорукого и сына его Ивана, девятнадцатилетнего обер-камергера и тайного советника, любимца императора...

(Если рассудить, в ту пору были все предпосылки для того, чтобы изменить русскую историю. Меншиков был в вечных контрах с Елизаветой Петровной — историкам это известно. А если бы — нет? Попробуем представить себе это: после смерти Екатерины I Елизавета занимает русский престол уже в 1727 году, неизвестно, как бы все сложилось, ясно одно: Россия по крайней мере была бы избавлена от Анны Иоанновны с ее немецкой сворой.

Вполне возможно, что никогда не появились бы в России Карл Петер Ульрих герцог Голштинский, он же Петр III, и София-Фредерика-Августа принцесса Ангальт-Цербтская, она же Екатерина II. Возможно... Да все, что угодно, — другие времена, другие люди, история, шедшая бы по тем незыблемым законам развития, но — чуточку иначе. Как? Знать не дано...)

И кончилось — Березовом. Меншиков пал. Есть злая ирония в том, что его свалили члены им же созданного Верховного тайного совета, что отправил его в ссылку сын царевича Алексея, задушенного в тюремной камере то ли самим Меншиковым, то ли просто в присутствии герцога

Ижорского. Есть в этом какая-то нотка грустной справедливости...

Кавалерия святого Александра Невского, отобранная у Меншикова (употребляется в смысле — орден), перешла на грудь князя Ивана Долгорукого, понявшего однажды, что он влюблен в Наташу Шереметеву.

1729: Долгорукие

Вокруг трона их имелось немало: прославившийся в персидских походах полководец Василий Владимирович и брат его Михаил, братья Иван, Сергей и Алексей Григорьевичи, знаменитый дипломат Василий Лукич, член Верховного тайного совета, как и Алексей. Не считая, разумеется, самого фаворита, пожалуй наиболее безобидного изо всей честной компании. Если разобраться, дружба его с императором (не лишенная, конечно, известной доли практицизма) была обыкновенной дружбой двух юнцов: одного — уходящего из детства, другого — лишь недавно оттуда ушедшего. И этих юнцов, понятно, интересовали в первую очередь балы, праздники и охоты, а не государственные дела.

Меж тем дела были далеки от благолепия и порядка. Разбойников на дорогах расплодилось несказанное количество. Армия и флот в печальном состоянии — крайняя недостача амуниции и припасов, многие офицеры ввиду нехватки средств выдворены в отставку, строительство военных кораблей прекращено. Волновались калмыки и башкиры. По Петербургу гуляли подметные письма — писали, что-де у Евдокии Лопухиной есть сын, каковой скрывается на Дону у казаков, и опальная жена, отправленная Бомбардиром в монастырь, желает сына воцарить. Писали всякое... Шведы, оправившись несколько от былых уроков, полагали, что сейчас самое время рискнуть и отобрать назад отвоеванное у них Петром. Финансы, само собой, находились в крайне расстроенном состоянии, и их тщетно пыталась упорядочить Комиссия по коммерции, только что разрешившая последним указом строить заводы в Иркутской и Енисейской провинциях. Строить мог народ всякого звания — деньги пытались найти где только возможно.

Однако наших юных титулованных друзей все это заботило мало, тем более что императорское звание имело давнюю привилегию — государственные дела можно переложить на плечи приближенных, благо испокон веков охотников торопливо подставить плечо находилось гораздо больше, чем требовалось. Великий мастер и охотник подставлять плечо, герцог Ижорский пребывал в могиле, его с превеликой готовностью заменили Долгорукие. Фавор был небывалым — 19 ноября 1729 года объявлено, что император вскорости соизволит вступить в брак с княжной Екатериной Григорьевной Долгорукой. 30 ноября состоялась и помолвка, семилетнюю Екатерину начинают официально величать ее императорским высочеством.

Это было всего лишь повторение хода Меншикова, едва не женившего императора на своей Марье. Оно-то и тревожило фельдмаршала Василия Владимировича, самого уважаемого из всей фамилии, высказавшего, как ни странно, в тесном кругу недовольство помолвкой. Ларчик открывался просто — фельдмаршал боялся, что, идя по стопам Меншикова, Долгорукие разделят его участь. Так что состоялся крупный спор, раздоры и словопрения. Вообще отношения внутри фамилии мало напоминали братскую любовь и нежность — князь Алексей терпеть не мог сына Ивана, Екатерина ненавидела брата (что в будущем, стань она императрицей, неминуемо сулило Ивану определенные неудобства). Но это дела семейные. В минуту опасности полагалось действовать сообща.

Князь Иван, обер-камергер, тайный советник, майор Преображенского полка и кавалер высших орденов, при близком знакомстве со свидетельствами о нем современников симпатии особой, несмотря на его равнодушие к придворным интригам, не вызывает. Как раз потому, что энергия, не растраченная на паркетную грызню, с лихвой тратилась на развлечения, порой весьма непривлекательные. Поименно всех тех, кто получил тумаки от разгульной компании фаворита, мы не знаем — как не знаем в точности и имен всех женщин, имевших несчастье понравиться Ивану, — применять силу он в таких случаях не гнушался и не считал это чем-то зазорным. Словом, фигура отнюдь не лирическая. И тем не менее, и все же...

Вряд ли возможно быть в девятнадцать лет столь уж законченным подонком. Если вдуматься, это был не более чем до предела разбалованный своим особым положением юнец. Мог и оформиться в отъявленную сволочь. Мог и, перебесившись, блеснуть талантами — воинскими или иными, род Долгоруких дал России немало выдающихся людей. Однако кем мог бы стать князь Иван, оставаясь в коловращении столичного бомонда, гадать бессмысленно. Нам известно лишь, что однажды он понял, что влюблен в Наташу Шереметеву.

Балы 1729 года

О светелках, девичьих тюрьмах, уже прочно забыли. Никому уже не казалось богомерзким и идущим противу канонов российского бытия то, что кавалеры танцуют с дамами под завезенную из немцев музыку (хотя ударение в этом новом для Руси слове еще ставили на втором слоге) и ведут галантные словесные дуэли, сиречь флирт. Если для молодежи времен Петра I сие времяпровождение при всей его приятности оставалось иноземной новинкой, к коей следовало привыкать, то сейчас выросло второе поколение, уже не представлявшее себе жизни без балов и менуэта, — восемнадцатилетние 1729-го, как и молодежь любых других времен, смутно представляли себе то, что происходило до их рождения, и считали, что, конечно же, Санкт-Петербург, стольный град, существовал со дня сотворения мира или по крайней мере времен Владимира Крестителя.

Переведенная и напечатанная в год Полтавской битвы «Грамматика любви», учившая, «како вести любовные разговоры и возбуждать к себе симпатию», казалась уже, по правде говоря, немного устаревшей. Как и знаменитое «Юности честное зерцало», чуточку простодушно учившее, что за ествою не следует чавкать и чесати голову. И аккурат в 1729 году сын астраханского священника двадцатишестилетний Василий Кириллыч Тредиаковский, не ставший еще академиком и не вошедший в зенит своей славы, но успевший уже окончить московскую Славяно-греко-латинскую академию (старейший «вуз» Московского государства), побывать в Голландии и посвятить три года Сорбонне, перевел галантный роман аббата Талемана «Езда на остров любви»... (Интересно, что у истоков куртуазного французского романа стояли как раз священники — аббат Талеман, аббат Прево...) На родине, во Франции, творение Талемана уже устарело, но российские дворяне, воспринимавшие европейские моды с естественным отставанием, приняли как новинку странствия кавалера Тирсиса в поисках своей возлюбленной Аминты. Остров Любви, город Надежда, река Притязаний замелькали в галантных беседах, и политес требовал досконального знания сих вымышленных географических пунктов. Василий Кириллыч Тредиаковский сразу стал моден, был принят в знатных домах и мимоходом зело шокировал архимандрита Заиконоспасского монастыря, равно как и монастырскую ученую братию. Рассказывая оным о преподавании философии в Париже, ученый попович как-то незаметно дошел до утверждения, что господа бога-то, очень даже возможно, и нету... Некоторое смятение умов и толки о сей лекции никаких неприятных последствий для вольнодумца не возымели — российская инквизиция, пролившая неизмеримо менее крови, нежели ее европейские сестры, но все же обладавшая характером отнюдь не голубиным, на сей раз как-то просмотрела.

Но молодежь о дискуссиях в Заиконоспасском монастыре если и слышала, то краем уха, а что такое Сорбонна и где она помещается, вряд ли знала. Были занятия и поинтереснее. Звучали нежные переливы «Времен года» Вивальди, сменялись менуэтом, «королем танцев и танцем королей», сияли окна залы, сияли свечи, сияли драгоценные камни на высших кавалериях князь Ивана Долгорукого, сияли глаза Наташи Шереметевой, весь мир состоял из сияния и музыки, этим двоим казалось, что в мире существует все же что-то высшее и вечное, что это их первый танец — хотя он был бог знает которым по счету, о них уж и судачить перестали...

А бравый гвардионец поручик Голенищев, из числа обычных сокомпанейцев по буйству князя Ивана, сказал поручику гвардии и тоже сокомпанейцу Щербатову:

— Дурит Ванька, право слово. Сие ему несвойственно.

— Дурит, — согласился сокомпанеец Щербатов. — Вид, я тебе скажу, у него прямо-таки пиитический. Дрейфует по реке Притязаний, потерявши румпель. Однако же Натали...

Они переглянулись и молча покивали друг другу, соглашаясь, что Натали аббатовой Аминте вряд ли уступает, а то и превосходит оную (Талемана они, как и полагалось, штудировали старательно). А еще они, будучи ненамного старше князь Ивана, искренне полагали, что познали все удовольствия жизни, чуточку устали от нее и знают ее насквозь, знают все о всех наперед, а также — что ничего серьезного в жизни нашей не существует, а имеется лишь, согласно Екклесиасту, всяческая легковесная суета. Хотя мода на томную меланхолию должна была расцвести пышным цветом лишь лет через полсотни, с появлением «Страданий юного Вертера», провозвестники, как водится, наличествовали там и сям — ох уж эти провозвестники...

Поскольку все хорошее когда-нибудь кончается, кончился и бал, что было, в общем-то, не столь уж трагическим огорчением — их еще много предстояло впереди, — и началась веселая суета разъезда. Мажордом зычно выкрикивал кареты, факелы бросали на снег колышущиеся тени, скрипели полозья, догорали огни фейерверка, и князь Иван в одном кафтане сбежал по ступеням, чтобы распахнуть дверцу шереметевского возка (лакей догадливо смылся на запятки).

— Наталья Борисовна, — сказал он словно бы запыхавшись, хотя пробежал всего ничего. — Вскорости пришлю сватов...

Нежный мех воротника закрывал ее лицо, видны были только глаза, и не понять, то ли они смеялись, то ли нет. Золотой змейкой чиркнула по небу ракета и рассыпалась мириадом искр.

— Присылайте, князь, — сказала Наташа. — Выслушаю. А может, и со двора согнать велю. Не решила еще...

И прикрикнул на милых залетных осанистый кучер, князь Иван остался смотреть вслед возку, но долго не выстоял — подъезжали другие возки, коим он мешал, да и морозило. Он вернулся на крыльцо, откуда за ним давно вели наблюдение поручики Голенищев со Щербатовым.

— Ваня! — задушевно сказал поручик Щербатов. — Слышишь, Ваня, поехали к Амалии, а? Как раз съезжаться всем время, немочки будут непременно...

Князь Иван обозрел их так, словно они сей минут свалились с Луны и облик имели курьезный, от земного отличающийся напрочь. И ядрено послал бравых гвардионцев туда, куда они вряд ли собирались, да и не знали толком, где сии места находятся, хотя народу в них вроде бы послано преизрядно. Перед лицом такого афронта поручикам осталось лишь сыграть ретираду, разумеется не по указанному им адресу, — стопы они направили туда, где непременно будут немочки.

— Дурит, — Голенищев затянул прежнюю песню. — Теперь вот до сватов дошло... Дурь.

Поручик Щербатов то ли находился под влиянием демона противоречия, то ли глаза над нежным мехом собольего воротника подействовали и на него, — одним словом, он заявил не столь уж неуверенно:

— Однако ж не допускаешь ли ты, Вася...

— Чтобы Ванька был сражен Амуром? Чтобы Ванька? — От искреннего изумления Голенищев застыл на месте, как незаслуженный монумент самому себе. — Подобного от него не чаю.

Они остановились у темного здания Двенадцати коллегий, поодаль поскрипывали крылья ветряных мельниц, построенных еще при Бомбардире. Ветер лез под шубы, аки тать, поблизости дурноматом орал припозднившийся пьяный. Стояла обычная санкт-петербургская ночь, сыроватая даже в снежные морозы, и ее сырая влажность как бы укрепляла Голенищева в мыслях, что все на свете тлен, суета и несерьезность. Начинался новый, 1730 год.

— «Чем день всякий провождать, если без любви жить?» — упрямо процитировал Щербатов Василь Кириллыча Тредиаковского.

— Пиитическая у тебя натура, сударь мой, — сказал поручик Голенищев. — Добро бы говорил такое француз — он человек легкий, у них тепло и виноград произрастает... Позволительно согласно политесу нашептывать вирши нежной барышне на балу — но шпагу по миновании в ней боевой надобности убирают в ножны. — Сентенция сия понравилась, было в ней нечто философическое. — Но постоянно разгуливать, шпагу обнажа, — смешно и глупо.

— Считаешь, передумает насчет сватов?

— Ну и не передумает, что с того? — Голенищев многозначительно поднял палец, отягощенный перстнем, амурным залогом. — Пойми, Степа, — Ваньке нашему подвернулась новая забава, только и делов. Натали — это тебе не Амалия и не прочие. Шереметева, не кто-нибудь, — ее силком в задние комнаты не поволочешь. Здесь все по-христиански обставить надлежит. А дурь Ванькина как пришла, так и пройдет, как барка по Неве. И будет Ванька, как и допрежь, душою честной компании, и будет все, как встарь. Как вон у Трубецкого...

Ретроспекция: младые забавы

Разгульное шумство имело сомнительную честь быть в доме кавалергарда князя Трубецкого, чему сам генерал-майор был отнюдь не рад, но не по причине скупости или отвращения к пирушкам. С женой Трубецкого открыто жил князь Иван Долгорукий, фаворит и кавалер, и, оказывая внимание жене, не обделял таковым и мужа — ругал его матерно и отпускал оплеухи при случае и без случая, просто за то, что попадался на лестнице.

Сейчас, похоже, снова шло к оплеухам. Застолица была уже в состоянии крайнего изумления — кто-то флотский горланил подхваченную в далеком городе Любеке песенку о монахе, имевшем привычку исповедовать своих духовных дочерей по ночам; кто-то упаковал себя в медвежью шкуру и, взрыкивая, скакал на четвереньках; кто-то громогласно требовал послать за девками. Князь Иван пил мушкатель и прочие вина молча (что было плохим признаком) и время от времени с трезвой злостью стрелял глазами в князя Трубецкого — тот помещался где-то на окраине стола с таким видом, словно и стол, и дом были вовсе не его.

— Что-то женушки нашей не видно, князь, — громко заявил наконец Иван, но ответа не дождался и пока примолк. Притихшая было в ожидании потехи застолица вновь зашумела.

— Р-рота, слушай! — рявкнул разлегшийся посреди залы «медведь». — Кто мне отгадает, в чем различие меж князь Трубецким и самоедским оленем? Эх вы, темные! Рога у Трубецкого не в пример развесистей и гуще!

Хохот всколыхнул пламя свечей. Князь Трубецкой сидел с багровыми пятнами на скулах и зубы сжал так, что становилось страшно — вот-вот хрупнут в порошок... «Медведь» загавкал на него совсем не по-медвежьи и предпринял неудачную попытку выдернуть за ногу из кресла. Весело было несказанно.

— Да что ты его за ногу...— почти без запинки выговорил князь Иван и пошел к хозяину, придерживаясь за стол и сметая обшлагами посуду. — Что ты его за ногу, когда я его сейчас за шкирку... Кавалергарда этакого, чтоб ему со своей кобылой амур иметь... Из окна его, аки Гришку Отрепьева...

Он цепко ухватил Трубецкого за ворот и действительно целеустремленно поволок к окну. Трубецкой упирался, но не в полную силу, как-то слепо пытался оторвать Ивановы руки — словно в дурном сне, когда и пробуешь отбиваться от схватившего тебя кошмара, да и не получается. Никто не препятствовал — не усмотрели ничего невозможного в том, чтобы генерал-майор кавалергардов вылетел из собственного окна.

Князь Трубецкой был на полпути к окну, когда сикурс все же последовал — камер-юнкер Степан Лопухин, родственник Евдокии Лопухиной, а следовательно, и нынешнего императора, вмешался и после перемежавшейся с увещеваниями борьбы вызволил Трубецкого.

— В окно генералами швыряться — это уж, Ваня, чересчур, — сказал Лопухин рассудительно. — Пойдем, охолонись. Пусть его, мешает, что ли?

Иван стоял посреди залы, как стреноженный конь, и, казалось, прикидывал, кого бы огреть и чем.

— Степа, ну не пойму я, — сказал он с пьяным надрывом и где-то проглядывавшим недоумением, — я ж ему в морду плюю что ни день, с бабой его лежу, а он как библейский самаритянин. Хоть бы отливался, что ли, не говоря уж утереться. Скучно смотреть на сего мизерабля... Ай...— Он тоскливо махнул рукой и отправился на прежнее место, пнув мимоходом «медведя». — Что с вами ни делай, все станете твердить: «Божья роса»...

Надо сказать, что никто в его слова не вдумывался, разве что поручик Щербатов, пришедший последним и менее других хмельной, короткую эту речь запомнил. Застолье продолжалось, веселье шло безостановочно и отлаженно, как часы работы известного мастера Брегета...

— ...Как у Трубецкого, — сказал поручик Голенищев. — Все как встарь.

— Не думаю я что-то, — сказал поручик Щербатов.

Просто ему казалось, что чем больше чего-то яркого, красивого и устойчивого будет наблюдаться в окружающей жизни, тем удачливей и лучше станет она, жизнь наша, на шарообразной земле, в том числе и для него лично. Чужое счастье заставляло верить и в не такое уж далекое свое, подстерегающее, быть может, уже при завтрашнем рассвете.

— Чем день всякий провождать? — упрямо повторил он, глядя на ленивое кружение мельничьих крыл.

— Надоел ты мне, мил друг Степушка, — сказал Голенищев. — Не хочу я с тобой спорить. Давай лучше об заклад биться на Ваньку?

— Давай, — сказал Щербатов. — Десять золотых — пойдет?

— Пойдет. Бьюсь об заклад, что и Ваньке Натали надоест вскорости, да и Ванька Натали осточертеет. И пойдет все как встарь, с наличием сторонних аматеров у Натали и метресок у Ваньки. Бабы — они таковы, — веско заверил Голенищев и поутишил голос, оглянувшись на всякий случай в сырую ночь. — Ежели покойная императрица с Вилимишкой Монсом имела долгий амур. Бамбардиру — Бамбардиру, Степушка! — верность не хранили, а уж Ваньке... — Он рассмеялся. — А забавно получается, Степа, — Петр Алексеич некогда имел симпатию с Анной Монс, а его супруга впоследствии — с Вилимом, оной Анны родственником. Кундштюки судьба выкидывает, право. Эх, промотаю я твои золотые с Амалией...

То, что судьба подкинет третий вариант разрешения их спора, они не могли и предполагать. Как и все остальные, впрочем.

Наташа, покинув возок, поднималась на крыльцо шереметевского дома.

Наталья Борисовна Шереметева

Ей исполнилось шестнадцать. Она была дочерью генерал-фельдмаршала Бориса Шереметева, верного и умного птенца гнезда Петрова, военного и дипломата, что ходил в Азовский и Прутский походы, дрался под Нарвой и под Полтавой, бивал шведов у Эрестфера и Гумельсгофа, брал на шпагу Нотебург и Дерпт, был родней Романовым по общим предкам времен Дмитрия Донского и за немалые заслуги перед Российской державою пожалован Петром первым в России графским титулом. И умер, когда дочери не было и шести, будучи шестидесяти семи лет от роду.

Отца она помнила плохо и по причине малолетства, и оттого, что в Петровы времена птенцы его гнезда месяц проводили дома, а десять находились вдали от оного по военным и иным государственным надобностям. Воспоминания были зыбки и неразличимы, как лики икон древнего письма: упадет солнечный луч — высветит смутную тень, погас — и снова ничего...

Ей исполнилось шестнадцать — то самое второе поколение, в глаза не видевшее бород и охабней, зато узнававшее сразу, что их непременная обязанность — учиться на европейский манер. Только Европа Европой, а мамок и нянек, происходивших из крепостного сословия, не извели и бурные, будоражные петровские времена. И слава богу, сдается. Няньки-мамки остались те же, в том же русском платье и с русской памятью, идущей даже не от Владимира Крестителя — от Кия, антов и будин... да откуда нам знать точно, из какой глуби веков? Мы без запинки перечислим греческих богов, главных и средненьких, а свои корни, свою глубину сплошь и рядом не знаем трудами иных деятелей, тщившихся отобрать у нас нашу память...

Мать любила Наташу «пребезмерно», и хотя сама была не искушена в книжной премудрости, понимала, что без нее ныне нельзя. С учителями обстояло не так уж блестяще, но Шереметевы могли себе позволить самое лучшее. И Наташа его имела. Учителя наставляли грамоте, иностранным языкам и прочему необходимому. Она знала, что Земля круглая, как ядро (хотя трудно в это верилось), что между Старым и Новым Светом лежала некогда потонувшая страна Атлантида, что Александр Македонский едва не завоевал однажды весь мир, но умер (может быть, от непосильности сего предприятия), что Францией некогда правила русская королева, а басурманский Стамбул был прежде христианским Царьградом. Читала разное — и Ливиевы истории, и житие Клеопатры, имевшей смелость убить себя совместно с амантом, дабы не попасть в плен к врагу, «Повесть о храбром мореходе Василии Кориотском» — может быть, первый русский приключенческий роман, — сочинение неизвестного автора об удалом моряке, что был похищен пиратами и претерпел великие невзгоды и долгие скитания, но избежал всех опасностей и добрался все же в родные края к своей любимой. И еще многое.

А была еще и нянька Домна, ее покойный глуховатый голос, бесконечные рассказы в долгие вечера — про колдунов, что оборачиваются волками, перекинувшись через пень с воткнутым в него ножом; про огненное царство, Потока-богатыря и царя Трояна; про верную любовь и лютых чудищ; про храбреца, что отрубил руку моровой Язве и умер сам, но Язву от людей прогнал. И многое другое.

Печатные строки книг о живших некогда людях, их бедах и удачах переплетались с неизбывной и прочной памятью славян, переплетались, свивались, текли единым ручейком, и все, вместе взятое, учило жить, учило чувствам и силе, верности и упорству. Переменчивость и постоянство, подлость и верность не всосешь с молоком матери, человека всему учат люди, и хвала ему, если он перенял одно хорошее и никогда таковому не изменял. И как жаль, что мы ничего почти не знаем о тех мамках-няньках, игравших, несмотря на веяния времени, не последнюю роль в том, какими росли и какими потом становились наши предки, помним только одну, из Михайловского, а остальные имена утекли, как песок сквозь пальцы...

Когда ей сравнялось четырнадцать, умерла мать. Единственной опорой оставался брат, что был годом старше, но опоры, прямо скажем, не получилось, и на два года дочь фельдмаршала становится едва ли не затворницей в родительском доме, желаниям не дается воли, мир существует где-то в отдалении. Через два года молодость все же берет свое, к горю тоже можно, оказывается, притерпеться (одно из первых взрослых наблюдений), и Наталья Шереметева выходит в свет — красавица, умница, одна из богатейших невест империи. Женихи летели, как ночные бабочки на свечу.

И непременно опаливали крылья — ни один не задевал душу. А потом появился князь Иван Долгорукий, и все помчалось, как фельдъегерская тройка.

Он был словно королевич из сказки, честное слово. Он был первая персона в государстве после императора, сияли высшие кавалерии, казалось, что сказка происходит наяву, и хотя шестнадцать лет — это шестнадцать лет, было же еще что-то, не исчерпывавшееся одним восхищенным любованием сказочным королевичем? Несомненно было, иначе просто не объяснить последующего...

...Она сбросила шубу на руки старому лакею, помнившему еще Тишайшего, и неслышно шла по темным коридорам, где когда-то со сладким ужасом мечтала в детстве встретить домового, да так и не встретила. Присела в кресло перед застывшим камином, украшенным литыми аллегорическими фигурами из греческой мифологии. Полосы бледного лунного света косо лежали на полу. Было покойно, несказанно хорошо и немножко страшно — жизнь предстояла новая и совершенно уже взрослая.

Няньку Домну она угадала по шагам и не обернулась, не пошевелилась.

— Пошто без огня?

Со времен первого осознания себя была знакома эта милая воркотня. Был ли у няньки Домны возраст? Кажется, нет, и ничуть она не менялась — так казалось Наталье Борисовне Шереметевой с высоты ее немалых шестнадцати лет.

Колышущееся пламя пятисвечника дергало за невидимые ниточки ломаные тени, и нянька Домна, как всегда, ворчала на всех и вся: что Новый год они давно уже почему-то отмечают не по-людски, студеной зимой вместо привычной осени; что и годы считают по-новому, пусть и от рождества Христова, да все равно порушен прадедовский лад; что платья нынешние с их вырезом — все же срамота; что лапушку там, ясное дело, не покормили, а что это за праздник, ежели одни пляски без угощения; что... Одним словом, и соль-то раньше была солонее, и вода не такая мокрая.

— Да что же это на тебе лица нет? — усмотрела Домна в зыбком полумраке.

— Засылает сватов, — сказала Наташа шепотом, но ей все равно показалось, что эти тихие слова прошумели по всему дому. Бросилась няньке на шею и засмеялась безудержно, пытаясь смехом прогнать последнюю неуверенность и страх. — А я сказала... я сказала... может, и со двора сгоню...

Нянька Домна обняла ее и тихо запричитала. Ничего плохого она не ждала, но так уж повелось от седых времен чуров, щуров и пращуров с позабытыми именами, так уж полагалось провожать невесту — с плачем...

Сговор Натальи Шереметевой и Ивана Долгорукого отпраздновали чрезвычайно пышно, вследствие чего, в частности, поручики Голенищев и Щербатов едва скрылись от рогаточных сторожей, жаждущих пресечь поручиковы восторженные безобразия. О Наташе наперебой восклицали: «Ах, как она счастлива!» — что истине полностью соответствовало.

А через несколько дней по холодному недостроенному городу Санкт-Петербургу лесным пожаром пронеслись тревожные слухи — у императора оспа! И тем, кто вхож во дворец, спать стало некогда.

240

1730: над пропастью

Из головинского дворца, где обитал Алексей Григорьевич Долгорукий с семейством, помчались гонцы к родственникам. Родственники съехались незамедлительно. Один за другим подъезжали возки, торопливо чавкали по влажному снегу меховые сапоги, и временщик распадающегося времени Алексей Григорьевич встречал слетевшихся лежа в постели, с лицом, которое для вящего душевного спокойствия следовало бы поскорее занавесить черным, как зеркало в доме покойника. Искрились алмазные перстни, блестело золотое шитье, посверкивали кавалерии, и привычная роскошь только усугубляла смертную тоску, напоминая о сложенном из неошкуренных бревен домишке в далеком Березове. Могло кончиться и хуже, совсем уж плохо — колья и каменные столбы убраны с санкт-петербургских улиц не столь уж и давно...

Молчание становилось нестерпимым, и кто-то обязан был его прервать. Фельдмаршал Василий Владимирович знал, сколь тягостны перед боем такие вот томительные минуты ожидания, но начал все же не он.

— Император не оправится, — сказал Алексей Григорьевич. — Надобно выбрать наследника.

— Выборщик... — негромко, но вполне явственно пробормотал фельдмаршал.

— Кого? — скорее жалобно, чем любопытно спросил знаменитый дипломат Василий Лукич.

— Искать далеко не надобно. Вот она! — Сверкнули алмазные лучики, палец Алексея указывал на потолок, как попы указывают на небо, суля якобы имеющиеся там высшую справедливость и надежду.

Над ними в своей комнате захлебывалась злыми рыданиями княжна Екатерина, нареченная невеста императора, уже привыкшая было мысленно именовать себя Екатериной Второй и мечтавшая втихомолку о том сладостном дне, когда сможет открыто ухайдокать в Сибирь брата Ваньку, — отношения меж родственниками в семье Долгоруких, как мы помним, были братскими и нежными...

Некоторое время родственники привыкали к услышанному.

— Неслыханное дело, — твердо сказал фельдмаршал. — Катьку твою? Да кто захочет ей подданным быть? Не только посторонние, но и наша фамилия не захочет, я первый...

— Не говорил бы за всю фамилию, Васенька, — дипломатически равнодушным тоном обронил Василий Лукич.

— Изволь. Я первый Катьке подданным быть не захочу. С государем она не венчалась.

— Не венчалась, да обручалась,— сказал Алексей, и двое других Григорьевичей согласно закивали.

— Венчание — одно, а обручение — иное. — Фельдмаршал с военной четкостью гнул свое. — Да если бы и была она супругой императора, то и тогда учинение ее наследницей напрочь сомнительно. Сбоку припека — Катька...

— Припека? — рявкнул от окна князь Иван, фаворит, и разразился матерной бранью. — Почему же Алексашке Меншикову вольно было возвести на престол чухонскую коровницу? (Все поневоле опасливо оглянулись в разные стороны.) Не ты ли ей, фельдмаршал, подол лобызал не хуже прочих? А то и не подол? (Фельдмаршал презрительно отплюнулся в сторону мальчишки и промолчал.) Лобызал подол, чего там. Теперь же не о коровнице идет речь — о княжне древнего рода. Не худороднее Романовых, я чаю, да и давно ли Романовы на престоле? И не сын ли все же Бомбардир патриарха Никона? Почему Меншиков мог, я вас спрашиваю? Дерзости больше было? Да уж надо полагать... Хоть и пирожками некогда торговал.

Родственники смотрели на него с изумлением — впервые на их памяти этот беспечный юнец кипел настоящей боевой злостью, словно перед лицом опасности в нем забродила-таки кровь всех прежних Долгоруких, немало помахавших мечом за время существования государства.

— Дело, — сказал Алексей. — Уговорим графа Головина, фельдмаршала Голицина, а буде заспорят, можно и прибить. Василий Владимирович, ты в Преображенском полку подполковник, а Ваня майор, неужели не сможем кликнуть клич? Поднимала Софья стрельцов, поднимал Петр Алексеевич полки, поднимал Алексашка гвардию. Что же, кровь у нас жиже?

— Ребячество, — отмахнулся фельдмаршал. — Как я полку такое объявлю? Тут не то что изругают, а и убить могут...

— Персюков ведь не боялся?

— То персюки, — сказал фельдмаршал. — А тут русские солдатушки. По двору разметают...

Григорьевичи вертелись вокруг него, как ловчие кобели вокруг медведя, наскакивали, скалились, брызгали слюной, матерно разорялись, снова напоминали, что и Романовы — не Рюриковичи, вспоминали о дерзости Меншикова, Лжедмитрия и Софьи, увещевали, грозили, что решатся сами и как бы тогда не оказаться Василью свет Владимировичу где-нибудь в неуютном месте. И все напрасно — фельдмаршал не затруднялся перебранкой и в конце концов покинул залу вместе с братом Михаилом, за все время так и не обронившим ни словечка.

Молчание снова давило в уши. Не так уж далеко отсюда ядреным солдатским сном спали гвардейские казармы, и, если рассудить, не столь уж безнадежной была идея подправить русскую историю при помощи граненых багинетов. Случались примеры в недавнем прошлом. Да и в будущем льдистый отблеск гвардейских штыков будет не единожды ложиться на трон русских самодержцев — штыки возьмут в кольцо Брауншвейгскую фамилию, замаячат поблизости при болезни Елизаветы, поставят точку на судьбе Петра III, мартовской ночью сомкнутся вокруг Михайловского замка, едва не опрокинут напрочь престол в славном и шалом декабре месяце. Но на этот раз штыки останутся там, где им и предписано уставом, — в казармах. Не хватит решимости их посредством переписать историю русской государственности, — видимо, все же ушла водой в песок былая смелость и боевой задор Долгоруких, рука потеряла твердость, заманчивый треск гвардейских барабанов неотвратимо уплывал вдаль, как ни вслушивайся, и вместо эфеса шпаги под руку упрямо подворачивалось очиненное гусиное перо...

— Нужно же делать что-то, — сказал Иван Григорьевич, выражая этим и упование на то, что делом займется кто-то другой, не он.

— Остерман... — заикнулся Сергей.

— Продаст, — сказал Алексей. — Не за рубль, так за два.

О гвардии уже больше и не поминали — спасение было в пере.

— Император должен оставить духовную, — бесстрастным до бесполости дипломатическим голосом сказал Василий Лукич.

— Когда ж он ее напишет? Совсем плох...

(Они упрямо делали вид, что не желают понимать, — страшно было идти до конца и называть вещи своими именами.)

— Император должен оставить духовную, а напишет ее он или нет — дело десятое.

(Потому что не идти до конца было еще страшнее.)

— Вот и пиши, — сказал Алексей.

Василий Лукич примостился было у камина с пером и бумагой, но вскорости сослался на плохой почерк — он был дипломат и предусматривал любые случайности. С его и Алексея слов писать стал было Сергей Григорьевич.

— Погодите, — сказал Иван, белее собственного кружевного воротника. — Посмотрите — письмо государя и мое письмо. Моей руки от государевой не отличить, сам государь не мог — мы с ним не единожды в шутку писывали...

Сличили. Отличить действительно было невозможно.

— Дело, — сказал Алексей. — С богом, Ванюша...

Он терпеть не мог сынка Ванюшу, но на того была сейчас вся надежда. Иван писал духовную в пользу сестры Екатерины. Он терпеть не мог сестрицу Катеньку, но в ней сейчас было все спасение. Спокойное и беспечальное бытие, кавалерии, женщины, шитые золотом мундиры и сама жизнь — все имело опору лишь в белом листе бумаги с голубоватыми водяными знаками голландской фабрики, и никто не думал о метавшемся в жару мальчишке.

— Все, — сказал Иван хрипло.

Алексей тщательно изучил духовную.

— Дело, — повторил он. — Сергей, допиши уж и свою. Вдруг государь подпишет...

Государь ничего уже не мог подписывать. Он беспрерывно бредил, все звал к себе Остермана и не узнавал его, когда Остерман на цыпочках приближался. Наконец император словно бы вернулся в сознание, посмотрел осмысленно и вполне внятно выговорил:

— Запрягайте сани, хочу ехать к сестре...

(Его сестра Наталья Алексеевна умерла годом и двумя месяцами ранее.)

И умер — четырнадцати лет и трех месяцев с днями.

Оспопрививание в Европе стало распространяться лишь через шестьдесят с лишним лет.

1730: Наташа

Утро девятнадцатого января выдалось как страшный сон, только вот проснуться нельзя.. Она видела, что глаза у окружающих заплаканы, спрашивала о причинах — ей не отвечали, настаивала — взгляды скользили в сторону, и когда молчать стало вовсе уж невмоготу, ей сообщили осторожно, что сегодня ночью, поскольку все от Бога, государь Петр II Алексеевич в бозе...

Он был тезка великого деда и по имени и по отечеству, но счастья и не то что славы — самой жизни ему не прибавило.

Дальше все плыло. Наташа не различала ни лиц, ни комнат, не знала, куда идет и идет ли вообще. Унять ее рыдания не могли, как ни пытались. Снова, как в тот страшный день смерти матери два года назад, настойчиво надвигалось видение ледохода, но не веселого весеннего — по серой воде ползли угрюмые серые льдины. Это была погибель.

Ее не могли утешить, не могли заставить сесть за стол и проглотить хоть кусочек, сквозь слезы она твердила одно:

— Пропала... Пропала...

В австерии на Мойке, закрытой из-за императорской кончины, но открытой со двора для завсегдатаев, поручик Голенищев, зверски перекосив лицо, шумно занюхивал копченой селедкой только что опрокинутую чарку. Покончив с сим ответственным делом, сказал поручику Щербатову:

— Шереметевым от сей печальной кончины ни горячо, ни холодно, все равно что нам, грешным. А вот Долгоруким — тем, конечно, может выпасть по-всякому. Обручение — не венчание, так что Натали следует Ваньке отказать по причине его полной неопределенности, и в счастии ей недостатка не будет. Мои, кажись, золотые, Степушка...

Но был он весел не так чтобы уж очень. Поручик Щербатов угрюмо пил, ему было тоскливо и почему-то все время холодно.

Довольно скоро придуманная для Наташи Голенищевым диспозиция дальнейшего поведения пришла в голову и тем, кто суетился вокруг нее в тщетных попытках утешить, — не столь уж мудреным был выход и оттого пришел в голову одновременно многим. Очень скоро ей сказали все это в глаза — что после случившейся сегодня ночью смерти жених такой мало чем отличается от камня на шее, что ничего, если здраво рассудить, не потеряно и поправить дело можно в два счета — отказать, и вся недолга; что ей пошел семнадцатый и жизнь только начинается; что не стоит своими руками разрушать эту долгую в почете и достатке жизнь ради отгулявшего свое пустоцвета Ваньки Долгорукого. Советчики торопились, перебивали друг друга, спеша утешить, унять слезы, наставить глупую девчонку, не понимающую, что спасение рядом и заключается в нескольких коротких словах.

Сначала думали, что ничего она от горя не понимает, но оказалось, что все прекрасно поняла, и увещевания стали помаленьку стихать. Все разбивалось об упрямую непреклонность синих глаз. Она сказала:

— Я шла за него, когда он был велик. Что ж, отказать, когда он стал несчастлив? Честна ли я тогда буду? Сердце отдано одному, и назад я его отобрать не вправе...

Это было не настроение минуты, а взрослая решимость, с какой мчался в атаку Борис Шереметев, участвовавший, случалось, и в тех походах, что окончились для русской армии бесславно, но никому никогда не показывавший спины. Наташа повторила свое два раза и замолчала. От нее постепенно стали отступаться — эта яростная наивность была сильнее гневного отпора. Родня помаленьку начала исчезать, отправлялась восвояси и думала лишь о том, как бы не нырнуть в омут следом за сумасшедшей девчонкой. Кто будет на престоле, еще не знали, но в том, что Долгоруким пришел конец, сомнений не оставалось никаких — ясно было и без барометра, что буря близка.

Ближе к вечеру во дворе заскрипели полозья, и по коридорам пронесся опасливый шепоток — приехал князь Иван. Слуги от него прятались, как от плетущейся по селам Моровой Язвы из давних преданий. В залу его провела нянька Домна, по причине преклонных лет и преданности лапушке не боявшаяся никаких коловращений жизни. Он шел к Наташиному креслу долго-долго, через всю, казалось, Сибирь, и, дойдя, рухнул на колени. Наташины пальцы запутались в его нечесаных со вчерашнего дня волосах.

— Ты-то не бросишь? — только и хватило его сказать.

По першпективам мела легкая поземка, сдувая верхушки сугробов. Одинокий возок Долгорукого чернел во дворе дома, который сейчас объезжали десятыми улицами, как зачумленный. В большой нетопленой зале плакали и клялись друг другу в верности двое, почти дети по меркам двадцатого века, а по меркам своего — вполне взрослые кандидаты в государственные преступники, оказавшиеся волей судьбы в центре жестокой коловерти. Обещания в верности звучали весьма серьезно — время, отведенное на жизнь в верности, в любой миг могло сузиться до лезвия топора.

В своем доме сидел вице-канцлер Андрей Иванович Остерман и с превеликим напряжением ума думал хитромудрые и решительные мысли. Русский он освоил давно, но думал все же по-немецки — так было привычнее. Барон Шафиров Петр Павлович, внук крещеного еврея (враг Меншикова, в том числе и из-за изданного светлейшим указа, обрубившего тянувшиеся в Россию щупальца еврейских финансистов), заправлявший ныне посольскими делами, думал по-русски. И еще многие в эти дни мысленно играли в шахматы, где проигравшие фигуры не просто покидали доску. Взад-вперед метались гонцы, ничего не доверялось бумаге. Штыки были в казармах.

1730: дальнейшее

Одиннадцатого февраля из лефортовской церкви двинулось траурное шествие — везли прах императора. Стреляли пушки. Шпалерами стояли гвардейские полки. Не обошлось и без скандала — княжна Екатерина Долгорукая, в которой заносчивость, видимо, пересилила и заслонила все остальные чувства, требовала себе места и всей обстановки, приличествующей особам императорского дома. Остерман имел лицо без всякого выражения, жили только глаза, но и по ним ничего невозможно было понять. Долгорукой отказали, и в шествии она участвовать отказалась. Шепотом передавали ее прозвище, только что данное неизвестно кем, — Разрушенная...

Шествие началось духовными персонами — архиереями, архимандритами (патриарха всея Руси в наличии не имелось, без него волею Бомбардира как-то обходились который уж год). Несли государственные гербы — прилетевших некогда с белых скал Босфора двуглавых орлов, так никогда и не вернувшихся обратно на купол Айя-Софии. Несли короны, кавалерии на черных подушках. Нес кавалерию святого Андрея Первозванного и князь Иван Долгорукий, а два ассистента вели его под руки.

Таким его и увидела Наташа из окна шереметевского дома — траурная епанча до пят подметает полами снег, флер свисает со шляпы до мерзлой земли, страшно бледен. Поравнявшись с ее окном, поднял голову, нашел ее глазами и сказал полным смертной тоски, словно это его хоронили, взглядом: вот, провожаем... Она поняла. Наплывал, громоздился серый ледоход — погибель.

Иваново умение подражать почерку императора оказалось ни к чему: остальные шесть членов Верховного тайного совета просто-напросто и внимания не обратили на предъявленную Алексеем Григорьевичем и Василием Лукичом духовную (весьма похоже на то, что будь духовная тысячу раз подлинной, ее все равно определили бы для более прозаического употребления). Совет провозгласил императрицей дочь Иоанна Алексеевича курляндскую герцогиню Анну. Бабье царство российского восемнадцатого века водворялось надолго, а Елизавета Петровна была даже рада, что о ней забыли, — в ту пору она еще не стала знаменем определенных кругов, и благоразумнее было прозябать в отдалении от трона...

В сердце Наташи, пока еще Шереметевой, вспыхнула было надежда на что-то светлое. После торжественного въезда Анны Наташа, возвращаясь домой, проезжала через гвардейские полки, уже стоявшие вольно. Ее узнали. К ней подбегали и кричали:

— Отца нашего невеста!

— Борис Петровича дочка!

— Матушка, лишились мы государя!

Звенели, сталкиваясь, штыки, на нее смотрели с надеждой, которую она сама пыталась обрести в других, и неизвестно чего от. нее ждали. Но появились и другие лица, обрадованно-злобные, зашумели и другие голоса:

— Прошло ваше время!

— Нынче не старая пора!

— Высоко сидели Долгорукие, как-то падать будете!

Было выкрикнуто и хуже. Кучер хлестнул лошадей, и зеленые кафтаны шарахнулись от оскаленных пенных морд. Случившийся поблизости поручик Голенищев тщательно прицелился и от души вмазал в ухо выкрикнувшему непотребство — из галантности и от снедавшей его тоскливой неуверенности в будущем.

Впоследствии ему этот демарш припомнили.

В поезде императрицы Анны Иоанновны пребывал и сын придворного служителя герцогов курляндских Эрнст-Иоганн Бирон, простерший свою преданность императрице и до ее постели. Эрнстом Ивановичем он приобвыкнет называть себя несколько позже, но в том, что русским народом должно управлять не иначе как кнутом и топором, убежден уже сейчас.

1730: Анна

Верховный тайный совет мало надеялся на божий промысл и потому предусмотрительно составил для государыни императрицы кондиции, сиречь особые договорные условия, по которым государыня не вольна была управлять решительно ничем, зато Совет, понятно, решал и приговаривал все. Государыне оставался почет без власти на аглицкий манер, чего она решительно не хотела. Обещание свято соблюдать кондиции она, понятно, дала (иначе и в Россию не впустили бы, и не миропомазали), но вскорости огляделась, присмотрелась к умонастроениям и поняла, что союзников для решительного наступления на «верховников» найдет преизрядно.

Оказалось, что Верховный тайный совет осточертел всем. Духовенство, Сенат, придворные, армия — все ненавидели эту учрежденную покойным Меншиковым «восьмибоярщину» (как выразился неизвестный острослов). Прозвище распространилось широко. Вспоминали, что семибоярщина — боярское правление после свержения в 1610-м Василия Шуйского — ничего хорошего не принесла, наоборот — привела к призванию поляков и долгой смуте. Никто, разумеется, не думал, что и восьмеро «верховников» накличут какого-нибудь иноземного супостата, но само сравнение с семибоярщиной звучало крайне нелестно. Собственно говоря, выступили не за Анну, а против Совета...

Снова был треск гвардейских барабанов, символизирующий, как в последние годы повелось, якобы всенародную волю, и окрыленная общей поддержкой государыня императрица соизволила собственноручно разорвать исполненные на лучшей бумаге кондиции. Она, как ясно всякому, была невинна — она лишь исполняла всеобщую волю, не в состоянии противиться по присущим ей мягкосердечию и кротости...

Русское дворянство заплатило страшную цену за свое выступление на стороне Анны против кондиций. В течение ее десятилетнего царствования двадцать одна тысяча русских дворян будет казнена или сослана. Прочие неблагородные сословия понесут не менее тяжелые жертвы, — но кто в те времена считал, не говоря уже о том, чтобы помнить поименно, угодивших на плаху или в Сибирь простолюдинов...

И никто тогда не подумал (да и мы, до обидного скверно знающие отечественную историю, об этом забыли), что кондиции эти, собственно говоря, представляют собой первую писаную российскую конституцию, ограничивающую власть и произвол самодержца — какими бы соображениями она ни была продиктована...

1730: свадьба

Пришла весна, земля вновь становилась мягкой и теплой, наливалась свежей зеленью трава, цвели яблони, с юга тянулись птицы. Бирон обживался и осматривался. Анна подолгу и часто советовалась с Остерманом.

Из Первой Камчатской экспедиции, длившейся пять лет, возвратился со товарищи Витус Беринг, офицер русского флота датского происхождения. Экспедиция составила карту восточного побережья Азии и пролива, названного впоследствии Беринговым (хотя первым по нему прошел за сто лет до Беринга Семен Дежнев, немалы и заслуги Беринга, и потомки в равной мере воздали обоим, разве что одному достался в вечное владение пролив, другому мыс). Составила прекрасное описание Чукотского носа. К сожалению, северо-западных берегов Америки на этот раз не достигли, они остались в стороне.

О придворной чехарде экспедиция имела самое смутное представление и не стремилась разобраться подробнее. Витус Ионассен и его офицеры были больны лишь парусами и далеким холодным океаном. Представившись, как водится, императрице, они вернутся к далеким берегам и всем, что происходило на устойчивой земной тверди, интересовались мало.

В Москву из Березова вернулись сын и дочь Меншикова. Сын восстановлен в поручиках Преображенского полка, дочь — в камер-фрейлинах. Таким образом, удачливый князь Римский скончался, не узнав, что до полной реабилитации ему оставался неполный год...

Особых громов пока не наблюдалось. Елизавета притаилась, как мышка. Остерман безмолвствовал. Шафиров смотрел загадочно. Гвардия усердно спускала по кабакам выданное в честь коронации денежное награждение.

И пронеслась весть, что в загородном имении Долгоруких Наталья Борисовна венчается с Иваном.

Ни один человек из немалой шереметевской родни, не говоря уже о знати, наперебой торопившейся когда-то на сговор, на нее не явился. Наташа приехала в карете с двумя старыми няньками, слезы вытерла, лишь подъезжая к имению, и все равно каждому было ясно, что она долго плакала. Ни у кого уже почти не оставалось сил притворяться беспечальными и довольными, и общая растерянность поневоле передалась священнику с причтом — не знающий русского языка иноземец мог и не понять, что в церкви происходит, — вполне возможно, что и по покойному читают...

То же продолжалось и за свадебным столом — как полагалось, желали счастья, как полагается, пытались веселиться, но вино лишь прибавляло угрюмости, а добрые пожелания звучали злой издевкой.

И тогда из-за стола встал поручик Щербатов, купно с поручиком Голенищевым приглашенный на свадьбу (оба, претерпев предварительно некоторое колебание духа, все же явились — молодая русская гвардия недостатком дерзости не страдала).

Он махнул музыкантам, бросил им денег, сколько смог за раз вытащить из кармана, и пустился в пляс — с озорным преображенским посвистом, с прихлопом и притопом, безжалостно молотя каблуками паркет. Музыке он следовал мало, да и не рассчитана была европейская жеманная музыка на русскую душу, кою наши соотечественники испокон веков привыкли носить нараспашку. Вся лихость и азарт, все российские необозримости, вся удаль скока русской конницы и память о богатырях князя Владимира были вложены в этот пляс под нависающей опалой. Назад дороги не было, пляс мог и аукнуться, но как ни крути, а двух жизней не проживешь, и Степа Щербатов, бретер, дебошан и галант, выстукивал каблуками нечто вовсе уж непредставимое за границами Российской империи. И зажег-таки музыкантов, заигравших что-то огневое.

Вокруг него уже вился мелким бесом, ходил вприсядочку поручик Голенищев, и еще кто-то из молодых торопливо лез из-за стола, и по застолице шумнуло:

— Гой-да!

На лице Наташи появилась первая за этот день улыбка, отразившаяся на лице Ивана и, довольно бледно правда, на физиономии Алексея Григорьевича.

Отзвуки лихого перепляса долетели и до задворок конюшни, где собралась вокруг штофа долгоруковская дворня. Щербатовский кучер Михайла, доставивший сюда поручиков, осанисто оглядел соседей и сообщил:

— Эт-што... Давеча барин с господином Голенищевым немцеву корову в ботфорты обули и по першпективе гулять пустили...

Словом, кое-какое веселье все же наладилось.

А через несколько дней — грянуло!

1730: крах

Апрельский манифест императрицы, гласящий о прегрешениях Долгоруких, весьма пространен. Прегрешения эти действительности наверняка не соответствуют — на проигравших испокон веку было принято вешать всех собак. Штудируя манифест, можно было подумать, что во всех горестях и бедах империи за последние годы виноваты исключительно Долгорукие и тотчас по их удалении настанет невыносимо райская жизнь. Но, как лапидарно подметили древние латиняне — любители и создатели чеканных афоризмов, все в таких случаях упирается в простые слова — горе побежденным. Переводя вовсе уж небрежно — не за то вора бьют, что украл, а за то, что попался...

Василию Лукичу отныне высочайше повелено было стать губернатором в Сибири, Михаилу Владимировичу — в Астрахани, Ивану — воеводой в Вологде, Алексею и Сергею Григорьевичам предписано отбыть в свои дальние деревни. Фельдмаршала Василия Владимировича всего лишь просто отставили пока от дел.

Это была немилость, но все же не ссылка, и Долгорукие облегченно вздохнули, едва ли не благодушно встретив предписание отобрать у них все кавалерии...

Однако противника они недооценили. Кому-то из апостолов нового царствования пришло в голову, что злопамятные Долгорукие могут оказаться и опасными как правители отдаленных рубежей — таковые издавна были маленькими царьками в благополучном отдалении от царя большого. К тому же ропота и возмущения в верхах участью Долгоруких, коего вполне обоснованно опасались непрочно еще сидевшие апостолы и сама Анна, не последовало. Так что можно было ударить и посильнее.

Ударили. Ворота Шлиссельбургской крепости, русской Бастилии, на вечные времена захлопнулись за князем Голицыным, одним из «верховников», образованнейшим человеком, прямо причастным к созданию первой русской конституции. Долгорукие, обуреваемые сложной смесью печальных и радостных чувств, уже разъехались, но последовал новый приказ, и в разные стороны поскакали вслед воинские команды...

Мать Григорьевичей из-за сына Сергея велено было сослать в Ораниенбург, Ивана Григорьевича — в Пустозерск, Василия Лукича — в Соловки. Алексея Григорьевича, дочь его Екатерину, сына его Ивана с супругой Натальей — в Березов, туда, где умерла красавица Марья Меншикова и сам герцог Ижорский, угодивший в это гиблое место трудами Долгоруких. Не в оковы и камеры, но — в острог, за высокий частокол с глухими воротами. Без права письменного и иного сообщения с внешним миром, на вечные времена, как любили выражаться самодержцы. Правда, «вечность» эта сплошь и рядом кончалась со смертью самодержцев, но до этой смерти ссыльным нужно было еще дожить...

Поручик Голенищев без разжалования и лишения дворянства раскассирован из гвардии и выписан в захолустный пехотный полк. Точно так же сохранивший чин и прежнее состояние поручик Щербатов отправлен в одну из крепостишек Оренбургской линии, к немирным башкирцам. Времени проститься им не выдалось. По причине своей незначительности они в дальнейшем избегли внимания всевидящего державного ока, и, право же, при тех порядках, что установились на следующее десятилетие, лучшей участи для поручиков не следовало и желать. Позже они уяснили это и сами.

Березов, век восемнадцатый

Дальнейшая жизнь Ивана и Натальи Долгоруких на протяжении восьми лет не требует многословного описания ввиду ее полной обыденности. Просто — жили. Небогато, но вместе, не так уж радостно, но и не столь уж беспокойно. Просто жизнь, в которой они были друг у друга, а это что-то да значило, и небо не казалось серым, а тоска вовсе уж беспросветной, и каждый самим своим присутствием помогал другому удержаться. Словом — «Чем день всякий провождать...» А потом появился и сын Михаил, для которого весь мир состоял лишь из Березова.

О ссыльных, правда, не забывали — весной 1732 года для отобрания у них всех драгоценностей, а у Разрушенной — и драгоценного портрета Петра II прискакал гвардейский сержант Рагозин. И вновь на несколько лет настала тишина. Стража понемногу теряла предписанную свыше зверообразность, меж ними и подлежащими надзору, как часто бывало в таких случаях, возникли почти дружеские отношения — за годы привыкли друг к другу, а если разобраться, и стража, и ссыльные сидели в одной тюрьме. Ведь, что немаловажно, со сменой царствования заключенные получали свободу, но тюремщики, как правило, оставались в Березове — на них никакие амнистии не распространялись, и они могли утешать себя тем, что числятся на государственной службе, так что хотя бы по названию заключенными не являются... Хотя Березов — для всех Березов.

Вести о том, что происходит в империи, понемногу доползали и сюда. Держава вооруженно вмешалась в запутанные польские дела, и русские сражались с французами под Данцигом. Фельдмаршал Миних несколько раз ходил воевать Крым, но не завоевал. Проносились повальные болезни, бунтовали башкирцы, погуливали по лесам и дорогам воры-разбойнички, оставалась опасность, что вновь вторгнется плохо помнящая уроки Швеция. На ссылки и казни урожай был богатый. Государыня Анна Иоанновна изволила сыграть свадьбу своих шутов, для какового празднества возведен преудивительный Ледяной дом. Господин стихотворец Тредиаковский принародно бит кабинет-министром Волынским. А вскоре кабинет-министр угодил на плаху...

Все это доходило как сквозь вату. Имена все больше мелькали незнакомые, в фавор вошли новые люди, битвы были далеко, коловращение интриг было далеко, и ничего, кроме ночных грустных мыслей, новости не вызывали.

Кое о чем они и не слышали. Ушла Вторая Камчатская экспедиция Беринга, насчитывавшая более шестисот человек. В течение последующих десяти лет одни ее отряды изучат и картографируют почти все побережье от горла Белого моря до устья печальной реки Колымы, другие обследуют Курильские острова. Суда Беринга и Чирикова выйдут к Аляске, и пропадут без вести у ее побережья два вельбота с матросами (до сих пор не установлено — погибли они или дожили век среди индейцев, как позволяют думать некоторые сообщения), и погибнут в суровых зимовках несколько десятков человек, в том числе и лейтенант Василий Прончищев с женой Марией (первой русской женщиной-участницей полярных экспедиций), и, наконец, ляжет в любимую им землю сам командор Беринг. Но результаты сего предприятия поистине грандиозны и по праву встанут в ряд самых замечательных географических экспедиций всех времен, — первым на это указал еще Ломоносов, в те годы как раз отправившийся в Германию превзойти европейские науки.

Больно царапнуло березовских ссыльных лишь известие о Тредиаковском — он для них обоих прочно увязался с переложенной им на русский язык «Ездой на остров любви», с их беспечальной, по-радужному чистой и многоцветной юностью. Князь Иван сначала с оглядкой, потом не столь сторожко начал поругивать государыню Анну Иоанновну, разорительницу и погубительницу.

Даром это не прошло — в 1736-м наехал для допроса касательно поносных речей об известных особах майор Семен Петров с комиссией, но, не обретя свидетелей, отбыл без особых для ссыльных последствий. В следующем году скорее от злости, чем за действительные провинности сын боярский Вамперов и казачий атаман Лихачев по именному указу прежестоко биты батогами и сосланы на службу в Оренбург — за то, что не единожды обедали у Долгоруких и сами приглашали их на обед. То же лыко поставлено в строку трем священникам и дьякону, каковые выдраны плетьми и сосланы в Охотск.

Дышать становилось труднее, но Иван вновь излагал свое мнение об императрице посредством слов, которые никакая бумага не вытерпела бы.

1730: слово и дело

За Иваном пришли ночью. Посадили в яму. Накрыли яму деревянной решеткой и приставили часовых — прежних, знакомых. Наталья Борисовна вскорости слезами и уговорами вымолила у них дозволение видеться с мужем по ночам и кормить его — часовые не видели ничего опасного в том, что Иван получит пироги, а они сами — на водку. Да и сами они (понятно, не признаваясь в этом друг другу) мысленно ругали всех загнавших их в эти болота — вплоть до императрицы...

Оставалась зыбкая вера, что и на сей раз как-нибудь обойдется.

Не обошлось.

Ночью все проснулись от шума и суеты. Чадили факелы, дергались тени, знакомо лязгали штыки. Всех ссыльных мужского пола уводили на берег, к баркасу. Солдаты были чужие, распоряжались незнакомые офицеры.

Беременная Наталья бросилась к баркасу. О каком-либо снисхождении молить было бесполезно, речь могла идти только об одном — чтобы дали взглянуть на мужа, прикоснуться, проститься.

Не позволили и этого. Она кричала, рвала на себе волосы, валилась в ноги каждому, кто попадался на дороге, но все было бесполезно. Ее заперли в камеру и приставили часового с примкнутым штыком. Ее ждал монастырь. Мужа она никогда больше не видела и о его смерти узнала лишь много времени спустя.

Ей не сразу, но стало известно, что в канцелярии свидетельства счетов канцелярист Осип Тишин принародно объявил «слово и дело» — магическую формулу того времени, означавшую, что ему стало известно о злоумышлении против царствующей особы. Машина чрезвычайного сыска в таких случаях работала с легкого касания. Допрошенный Тишин показал, что, состоя два года назад при следствии майора Петрова, слышал от князя Ивана поносную брань на разорительницу их рода Анну Иоанновну.

Этого было достаточно. В Сибирь помчались для сыска гвардии капитан-поручик Федор Ушаков (впоследствии генерал, отец известного русского флотоводца), поручик Суворов с командой. Баркас с князем Иваном и прочими ушел в Тобольск, куда уже свозили остальных Долгоруких.

В те времена непременной принадлежностью всякого допроса считались дыба, кнут, горящие веники и другие орудия, описывать кои нет особой охоты. Просидев год в тобольских подземных казематах, изломанный пытками Иван в конце концов не только подтвердил тишинские показания, но и рассказал о том, что знали лишь несколько человек, — о тех самых двух фальшивых завещаниях Петра II. Это был конец.

12 ноября 1739 года именным императорским указом было объявлено, что несколькими днями ранее в Новгороде состоялась казнь государственных преступников. Колесованию и вслед за тем отрубанию головы подвергнут князь Иван Алексеевич Долгорукий, тридцати одного года от роду. Отсечены головы Василию Лукичу, Сергею и Ивану Григорьевичам, под строгой охраной содержатся в ссылке Василий и Михаил Владимировичи (выкрутившиеся и

здесь, наименее потерпевшие из всей фамилии). По дошедшим до нас свидетельствам современников, князь Иван вел себя мужественно, насколько это было возможно.

Согласно указу Долгорукие, и Иван в том числе, обвинялись в том, что в сговоре с другими хотели низвергнуть Бирона и возвести на престол Елизавету. Можно сказать с полной уверенностью, что действительности это не соответствует, — достоверно известно, что Иван наговорил много нелестного и о Елизавете, считая и ее виновницей своих злоключений, утверждал, что Елизавета будто бы мстит ему за то, что он хотел упрятать ее в монастырь, употреблял на ее счет ядреное русское существительное, нелестно характеризующее ее моральный облик...

Ивану не хватило одиннадцати месяцев! 17 октября 1740 года Анна Иоанновна умерла. Взошедшая на престол правительница Анна Леопольдовна, не имевшая ровным счетом никаких приверженцев, спешила завоевать таковых и по этой причине, желая прослыть голубиной душой, распорядилась вернуть всех опальных. Василий и Михаил Владимировичи Долгорукие восстановлены в прежних чинах, причем фельдмаршал сделан президентом Военной коллегии. Возвращены и прочие уцелевшие Долгорукие. Княгине Наталье Борисовне, двадцати восьми лет от роду, из отписанного в казну имения свекра Алексея Григорьевича высочайше пожаловано село Старое Никольское с деревнями в Вологодском уезде. Канцелярист Осип Тишин с треском из родимой канцелярии вышвырнут, и приказано ему отныне на государственной службе не быть (что дает повод и предположить, что его показания были то ли насквозь ложными, то ли преувеличенными и к действительности имевшей место ругани князя Ивана в адрес Анны отношения не имевшими). Фельдмаршал Миних арестовал Бирона, и многочисленные государственные преступники, томившиеся на нетронутых Макаровыми телятами пастбищах, оказались невинно претерпевшими страдальцами и подлежали полному восстановлению в правах.

Однако сии скороспелые милости Анне Леопольдовне не помогли...

1741: лейб-компания

В ночь на 25 ноября скрипел снег под торопливыми шагами и трещала под ножами кожа — ворвавшись в дворцовую кордегардию, гвардейцы распарывали барабаны, чтобы стража ненароком не забила тревогу. Царевна Ели-

256

завета Петровна, в кирасе поверх платья, явилась в казармы Преображенского полка. Напомнила гвардейцам, чья она дочь, и во главе трехсот штыков выступила. Младенец-император Иоанн свергнут, правительница Анна Леопольдовна арестована.

Никакого ропота сие событие не вызвало, наоборот, имело место повсеместное ликование — все сословия страны были ожесточены против иноземного засилья. Дальнейшее двадцатилетие будет протекать под лозунгом: «А нельзя ли этого немца заменить русским?»

Итак? Все триста человек, унтера и рядовые, пожалованы потомственным дворянством, землями и крестьянами и наименованы лейб-компанией с присвоением особенной военной формы. Офицеры и солдаты гвардейских, а также Ингерманладского и Астраханского полков щедро награждены деньгами. Пожалованы ордена Андрея Первозванного и золотые цепи к орденам. При дворе взяли силу новые люди, шагавшие в ту ночь за санями Елизаветы, — Михаил и Роман Воронцовы, Петр и Александр Шуваловы, будущий гетман Алексей Разумовский, князья Черкасский, Куракин, Трубецкой и прочие. Что касается простого народа, он не получил ровным счетом ничего.

Наталья Борисовна Долгорукая еще несколько раз появилась при дворе. Рассказывают, что в красоте она не потеряла, стала даже еще привлекательнее, молодая зрелая женщина, вот только в глазах появилось новое выражение, от которого окружающие чувствовали то ли смутную горечь, то ли внутреннее неудобство, неизвестно к чему относящееся.

Потом она ушла в монастырь. Рассказывают еще, что перед этим бросила в реку обручальное кольцо.

Золотой ободок булькнул и исчез в серой непроглядной воде. Вокруг кипела новая жизнь, блистали другие имена и другие дела, появились другие книги и модные фасоны платьев, и никого, в общем-то, не интересовало, что же произошло десять лет назад, — стремились поскорее забыть бироновщину, а то, что было до Анны, вообще казалось нынешним молодым древней историей. Вроде Ивана Грозного. Ее время ушло, и свою жизнь она считала конченой — из-за того, что произошло 8 ноября 1739 года на эшафоте у Скудельничьего кладбища для бедных, что под Новгородом. Но она ни о чем не жалела, в замужестве не раскаивалась и другой судьбы не хотела — ее собственные слова.

Ворота монастыря захлопнулись.

...Поручик Голенищев, участник миниховских крымских походов, по причине естественной в боях убыли офицерства дослужился до штабс-капитана, а там и до полного капитана. Не единожды был ранен. Поручик Щербатов, находившийся в местах, где возможностей для производства почти не имелось, остался в прежнем звании. Также получил несколько ранений. Когда заработала машина по возвращению ссыльных, в шестерни оной попали и они оба и встретились весной в Санкт-Петербурге восстановленными в гвардии и получившими некоторое денежное награждение. Одной из свежих столичных новостей, кои они жадно глотали, был уход в монастырь княгини Долгорукой.

Австерия на Мойке, как ни удивительно, оказалась в полной сохранности — питейные заведения вообще обладают завидной способностью противостоять до поры до времени разрушительным переменам. Хозяин, правда, был другой, — как выяснилось путем его опроса, старый, Фома Овсеевич, лет пять назад брякнул нечто, расцененное Тайной канцелярией как государственное преступление. Где закопан, неизвестно. А может быть, просто не успел пока дошагать до Санкт-Петербурга из Енисейской губернии.

Водка пилась нехотя, и что-то все не находилось нужных слов.

— А помнишь, Степа, как немцеву корову в ботфорты обували? — спросил Голенищев.

Щербатов улыбнулся вяло — все это было далеко, настолько, что словно и не с ними произошло, а с кем-то совершенно другим. Между прежним и нынешним лежало без малого двенадцать лет, за кои они успели проникнуться всей сложностью и серьезностью человеческого бытия, жизни на грешной земле. Им подходило к сорока, и все вроде бы в жизни было, но в то же время чего-то важного и не было, и в чем сие важное заключалось, доподлинно неизвестно.

— А помнишь, как Ванька Трубецким из окна швырялся?

— Лопухин отнял.

— Да, Лопухин...

Все было другое, не прежнее, а прежнее отодвинулось навсегда в невозвратимые дали. Ослепительной карьеры, о коей некогда мечталось, не получилось, да и как-то не думалось о ней больше. Два близящихся к преклонным годам рубленых и стреляных армейца сидели за грубо сбитым столом.

— Я же тебе должен, Степа, — вспомнил гвардии офицер Голенищев и полез в карман. — Тот заклад помнишь? На Ваньку.

По-над Невой дул ветер, именуемый сиверик. В углах невозбранно ползали усатые тараканы, коих некогда страсть как пужался государь Петр Алексеевич. Десять тусклых золотых кружочков лежали в два ряда на щербатой столешнице. Между прежним и нынешним лежало двенадцать лет боев и скучного сидения в захолустных гарнизонах, потери друзей и обретения истин, и гвардии капитан Голенищев подумал, что был бы рад проиграть вдесятеро больше, — вот только против чего было бы ставить? И за что? Он не знал.

Гвардии поручик Щербатов скучно ссыпал деньги в карман и зачем-то звякнул ими (через час, проходя мимо церковки, они как-то вдруг зашли и заказали молебны — за упокой души раба божия Ивана и здравие рабы божией Натальи).

Они чокнулись и выпили, не произнося ничьего здравия. Задувал сиверик, шведский сырой ветер.

— Скучно что-то в Санкт-Петербурге, Степа, — сказал Голенищев.

— Потому что не наш уж Санкт-Петербург, — заключил Щербатов, покрутил меж пальцев оловянную чарку и сказал, грустно глядя в тусклое окно: — Монастырь — сие уныло. Знаешь, я ведь Натали так и не видел, помню только ту, давешнюю...

И Голенищев рассеянно откликнулся:

— Да, Натали...

Мы расстаемся с ними, читатель.

Княгиня Наталья Борисовна исчезла из мирской жизни, но не из русской истории. «Наталья, боярская дочь» Карамзина — это о ней. Ей посвятил стихотворение и Рылеев. Ее «Записки» изданы.

А век восемнадцатый отодвигается все дальше, но что-то остается неизменным, поскольку не так уж мало в дне сегодняшнем от дня прошедшего, и что-то, как всегда, остается до конца не понятым и не выраженным словами.

И — любили...

От автора

Мною вымышлены лишь бравые гвардейцы Голенищев и Щербатов, их разговоры и участие в событиях. Впрочем, с большой долей вероятности можно предположить, что почти такие офицеры могли существовать в те времена — в гвардейских полках, в окружении Ивана Долгорукого, в Санкт-Петербурге. Но что касается всего остального, оно основано на дошедших до нас свидетельствах современников, на трудах историков, на воспоминаниях самой Натальи. Все было именно так.

Абакан. 1985 г.

И ЛОВЛИ ТАМ ЗВЕРЕЙ

Лишь в музеях все винчестеры правы...

К. Прийма

Глава 1
Не верь глазам своим

Полигон — это звучит солидно. Однако этот полигон был просто большим полем, заросшим высокой травой, расцветающей только раз в три здешних года. Говорили, что цветы очень красивые, но Меншиков прилетел, когда они уже увяли и осыпались.

Вертолет он оставил на пригорке рядом с «Орланом» Роксборо и неторопливо спустился в долину, распугивая отчаянно стрекочущих цикад. Как всегда здесь в это время года, дни стояли безветренные, по небу протянулось одинокое белое облако, похожее на застывший посреди нетронутого голубого холста мазок белой краски.

Статуи стояли угрюмой шеренгой — огромные, нарочито грубо вытесанные, руки и ноги едва обозначены, но злобные лица обработаны крайне тщательно. Когда-то ледник приволок сюда с севера множество валунов, потом отступил к полюсу, а валуны остались и несколько тысячелетий бессмысленно торчали посреди равнины, пока ими не занялся от нечего делать один из сотрудников Базы-16. Поговаривали, что скульптора из него в свое время не получилось и он стал отводить душу на инопланетных камнях, вдали от ценителей прекрасного. Несостоявшегося ваятеля давно не было здесь, и никому не нужные статуи облюбовали под мишени сотрудники «Динго». Они заявили Роксборо, что на этих уродах как-то интереснее испытывать оружие, нежели на стандартных броневых плитах, и Роксборо, неподражаемо пожав плечами, сказал: «А почему бы и нет?» С тех пор истуканов поубавилось, но оставалось еще достаточно — скульптор был чертовски работоспособен.

Большой зеленый ящик еще не открывали — ждали Меншикова. Он подошел и поздоровался. Ему нестройно ответили. Здесь были Роксборо, Оля Полозова, отвечавшая за хитрую электронику, и веселый человек Брагин по прозвищу Арбалет, истовый оружейник, прославившийся тем, что однажды на пари изготовил уместившийся в маковом зернышке пулемет — действующий, способный разнести в клочья крупную дичь масштаба инфузории.

— Так?! — сказал Меншиков, стоя над ящиком и выжидательно покачиваясь с пятки на носок.

— Номер первый, — сказал Брагин, запустил в ящик руку и вытащил универсальную электродрель, похожую на старинный пистолет. — Заряжен.

Меншиков придирчиво повертел инструмент в руках. На вид отличить его от обыкновенной дрели не смог бы самый опытный монтажник. Чтобы догадаться, что она собой представляет на самом деле, ее нужно было разобрать на части.

Сверло легко вывинчивалось — оно было полым и прикрывало тоненькое изящное дуло мощного бластера.

— Ты попробуй, попробуй, — посоветовал Брагин, гордо поглядывая на Меншикова. Брагин любил, когда хвалили работу, сделанную им на совесть.

Меншиков прищурил правый глаз, нажал спуск, целясь в самого дальнего и самого противного истукана. «Ш-шух!» — коротко свистнуло над лугом сиреневое пламя, истукана не стало, только обрубок — едва намеченные ноги — остался торчать из высокой синеватой травы.

— Номер второй, — сказал Брагин, протягивая электрическую зубную щетку.

Щетка оказалась иглером. Меншиков опробовал и его. Разрывные капсулы выщербили второго истукана. Еще из оружия был замаскированный под бритву баллон с парализующим газом, но для его испытания истуканы, разумеется, не годились, и Меншиков удовольствовался заверением Роксборо, что газ уже проверен на обезьянах.

Затем настал черед Олиных хитростей. Из ящика один за другим появлялись мирные бытовые пустячки, скрывавшие за невинным обликом умение проделывать самые неожиданные вещи. Гребенка, если знать ее секрет, докладывала о присутствии или отсутствии силовых полей. Авторучка выявляла скрытые электронные устройства разного назначения. Отвертка при умелом обращении с ней становилась радиометром и мини-радаром. Универсальный гаечный ключ таил в себе массу приспособлений, облегчавших труд тому, кому потребуется без ключа открыть запертую дверь и обезвредить сигнализацию. И так далее. И тому подобное. Все вещи были с секретом, в них была вложена незаурядная конструкторская смекалка, и с трудом верилось, что все это изготовили за какие-то сутки.

— Ну как?

— Прекрасно, — сказал Меншиков. — Великолепное исполнение. Остановка за малым — знать бы твердо, что мне удастся применить эти штуки, что они останутся со мной...

Оля Полозова смотрела на него с восторженным ужасом. Ей было двадцать, и палевую куртку «Динго» она, как все новички, наверняка надевала и снимала исключительно перед зеркалом, надолго задерживаясь возле него. Тем более — такая ситуация. Меншиков понимал и помнил, что лет шестнадцать назад был не умнее, но сейчас этот ее взгляд раздражал — зашевелились остатки загнанных в подсознание суеверий.

— Собери все, — буркнул он Брагину. Отошел, сел в траву, вынул из кармана блестящий кубик фонора и растерянно подбросил его на ладони. Нажал крохотную кнопку. Запись он прослушал раз десять, но с удивившим его самого идиотским упорством прокручивал снова и снова, — видимо, потому, что до сих пор не мог полностью поверить в случившееся. Такого не должно быть. Давно миновала эпоха утлых, лишенных связи с берегом драккаров-каравелл-бригов. И даже человеку, привыкшему иметь дело с Невероятным и Невозможным, трудно смириться с тем, что в нескольких парсеках отсюда бесследно исчезают космические корабли. Земные звездолеты. Корабли цивилизации, достигшей могущества, которое и не снилось богам прошлого. Корабли мира, приучившего своих граждан к гордой мысли, что они — почти богоравны.

Но что поделать с тоненьким голосом фонора, сухо перечисляющим оскорбляющие богов даты и события?

— Второго июня текущего галактического года на Базу-16 не вернулся рейдер-разведчик «Гвидон», первым из земных кораблей вошедший в шаровое звездное скопление Большой Золотой Черепахи. Экипаж — три человека.

Пятого июня с борта балкера «Хоббит» во время гиперперехода исчезли два члена экипажа из пяти. Оставшиеся не заметили, как и когда это произошло. «Хоббит» проходил в световой неделе от условной границы скопления.

Шестого июня исчез звездолет «Босфор», экипаж — семь человек. Проходил в двух световых сутках от условной границы скопления.

Восьмого июня с борта корабля «Магеллан» во время гиперперехода исчезли пассажир и один из членов экипажа. Имеется свидетель — штурман утверждает, что видел, как пассажир «буквально растворился в воздухе».

Восьмого же июня, четырьмя часами позже происшествия с «Магелланом», прервана связь с форпостом на планете Гахерис Альфы Звездного Филина.

Девятого июня все полеты как в обычном, так и в гиперпространстве ближе чем на световой месяц от условной границы звездного скопления были запрещены. В течение последующей недели не пропал ни один корабль и не было случаев исчезновения людей. Связь с Гахерисом восстановить не удалось. Посланный туда беспилотный рейдер-разведчик на Базу-16 не вернулся, на вызовы не отвечает.

В общей сложности пропали три пилотируемых корабля и один беспилотный, исчез двадцать один человек — не считая девяти членов экипажа форпоста на Гахерисе.

Семнадцатого июня к скоплению Большой Золотой Черепахи направлен снабженный специальной аппаратурой рейдер «Дротик». Экипаж — сотрудники отдела «Динго» Спасательной службы Астрофлота Григорий Бильджо и Ален Ле Медек.

Меншиков выключил фонор. Семнадцатое — это сегодня. О судьбе «Дротика» сведений еще не поступало, и упорно молчал Гахерис — планета ближайшей к Большой Золотой Черепахе звезды...

— Саймон, ты веришь в космических драконов? — спросил Меншиков, не поднимая головы.

— Нет. Как и ты, — сказал стоявший над ним Роксборо.

— Жаль, жаль, — сказал Меншиков. — А здорово было бы, верно, — космический такой дракон, умеющий протягивать лапу в подпространство? Загарпунить его, как Белого Кита, и никаких тебе сложностей... Сай, я догадываюсь, о чем ты хотел спросить — страшно мне или нет. Ага?

— Н-ну... Пожалуй, я не стал бы так четко формулировать, но суть...

— А мне вот не страшно, — признался Меншиков. — Знаешь почему? Как может быть страшно, когда не знаешь, чего или кого бояться? Просто неизвестности как таковой бояться, по-моему, глупо — мы ведь профессионалы. Тут что-то другое, не страх... Сай, ты никогда не охотился, тебе не понять, что испытывает охотник, когда однажды ему самому предстоит стать дичью, причем, заметь, неизвестно чьей дичью. Оригинальное ощущение, как ни стараюсь, не могу подобрать ему название...

Он поднялся, отряхнул колени и, не оглядываясь, пошел к своему вертолету. Назойливо звенели цикады. Саймон Роксборо шагнул было следом, но остановился, махнул рукой и потянул из кармана видеофон. Жадно уставился на крохотный экран. Там по-прежнему алела «омега» из греческого алфавита — от «Дротика» по-прежнему не было никаких сообщений, хотя расчетный срок истекал. Оставалось два часа, потом — неизвестность, которой и так хватает с лихвой...

Глава 2
«Динго» как оно есть

На галерее, где он стоял, царила полутьма, как и внизу. Там, внизу, в центре зала, над черным решетчатым диском инфера сплетались в диковинные узоры, превращались в фантастические цветы зыбкие дымы цветомузыки. «Сотворение мира» — узнал Меншиков пьесу. Дымы сплелись в нарочито грубый, словно обкусанный шар удивительно чистого алого цвета, потом изнутри полыхнула белая вспышка, желтые лохматые протуберанцы слепо и властно подавляли алый, впитывали его, растворяли в себе, зеленые змеистые молнии струились от полюсов к экватору. В ярком огне рождалась планета — миллионы лет до первых живых капелек, миллионы лет до кислорода в атмосфере, миллиарды лет до человека. До Меншикова и замаскированного бластера в кармане его комбинезона с эмблемой инженера-ремонтника. До звездолетов, которые бесследно исчезают там, у Большой Золотой Черепахи.

— Павел? — раздался за его спиной женский голос.
Меншиков обернулся. Темные волосы сливались с полутьмой, но розовое платье из модного нынче илиала слабо мерцало, позволяя разглядеть ее лицо и узнать его. Впрочем, он узнал ее сразу, по голосу. И настороженно спросил:
— Анита?
Она никогда, ни за что на свете не подошла бы просто так, поздороваться и поболтать. Она его ненавидела. Для нее Павел Меншиков перестал существовать три года назад, когда уговорил наконец Алена Ле Медека перейти в отдее «Динго». Анита любила Алена и терпеть не могла отдела «Динго».
— Ты мне хочешь что-то сказать? — тихо спросил Меншиков.
— Хочу, — кивнула Анита. — Хочу тебя поздравить, Меншиков. Ты добился своего. Как всегда, верно? Вот и теперь... «Дротик» не вернулся.
— Анита...
— Молчи, — сказала она, даже не зло — равнодушно. — Все я знаю. Ты страшно сожалеешь, тебе больно, ты от-

правляешься по его следам, и все такое прочее. Но мне от этого не легче. Его-то все равно уже нет.

— Откуда ты можешь это знать?

— Тебе не понять. Ты не бойся. Не будет никаких истерик. Я просто хочу, чтобы ты не забывал, как я вас всех ненавижу. Вашу форму. Вашу всегдашнюю готовность к «решительным действиям». Ваши кобуры на поясе. Вы и его сделали таким, вы... — Она запнулась, подбирая слова.

— Динозавры, — подсказал Меншиков. — Обычно нас обзывают именно так. Однако всегда приходят к нам, как только что-то не ладится. И долго еще будут приходить.

— Статуя, — сказала Анита. — Глиняный Голем. Как все вы, привыкшие ломиться сквозь дым и пламя. Павел, тебе никогда не приходило в голову, что иногда глупо и бессмысленно ломиться сквозь пламя? Проще выяснить, отчего начался пожар и нельзя ли его просто погасить...

— Я спешу, Анита.

— Ну спеши... Может, это и плохо, но желаю тебе неудачи. Именно, тебе, Динго. Прощай.

Меншиков не смотрел ей вслед. Отошел от перил и уселся в первое попавшееся кресло. Инфер погас — пьеса кончилась. Внизу зааплодировали, но светлее не стало, лишь вспыхнули несколько красных, синих и желтых ламп, дававших больше красивых причудливых теней, чем света.

— Здравствуйте, — сказал появившийся из темноты человек. Это был Балашов, начальник службы полетов.

— Садитесь, — сказал Меншиков. — выпьете что-нибудь?

— Спасибо, нет. Это ужасно...

— Послушайте! — почти грубо оборвал его Меншиков. — Ну почему это стало традицией — как только случится катастрофа, все ходят с печальными лицами и говорят с пафосом? Нет в этих исчезновениях ничего ужасного, понимаете? Ужас — это страх. А здесь — Неведомое... «Дротик» не вернулся?

— На связь они не вышли. Авария исключена. Все блоки были трижды продублированы.

— Знаете, вы мне нравитесь, — сказал Меншиков. — Некоторые ваши коллеги упорно отстаивают гипотезу необъяснимых аварий. Так упорно, что это переходит в тупость.

— Да... Все выглядит так, словно кто-то сознательно и целеустремленно... — Он запнулся.

— Похищает наши корабли и людей, — спокойно закончил за него Меншиков. — И это, несомненно, разумные существа. Я знаю, что во Вселенной масса неизвестного, неизведанного, не верю в космических драконов, способных украсть через подпространство человека с борта корабля.

— Мне трудно верить...

— А мне легко? — сказал Меншиков. — Получается, что здесь, в тысяче парсеков от Земли, мы наконец встретили гипотетического противника, о котором знали только по древней литературе? Что же, получается, мы ошибались, когда твердили двести лет о непременной гуманности и добре Высокого Разума? Я не хочу верить, что мы ошибались, но давайте рассуждать трезво. Приглашение в гости против воли гостя во все времена именовалось насилием. Ладно, хватит об этом. Вы приготовили корабль?

— Да.

— Мы особо подчеркивали — самый обычный корабль. Никакого тройного дублирования агрегатов и блоков, ничего. Я — обыкновенный инженер-ремонтник на обыкновенном рейдер-боте.

— Мы все сделали так, как вы просили, — сказал Балашов. — Не будет каким-то нарушением, если я спрошу о вашем плане.

— План, план... — Меншиков барабанил пальцами по столу. — План хороший, рискованный и простой, как гвоздь. Я лечу туда, чтобы они захватили и меня. Пусть захватывают. Кто бы они ни были, вряд ли они похищают людей для того, чтобы тут же слопать. Может, хотят получить какие-то сведения. Может, их цивилизация развивалась как-то иначе, у них никогда не было звездолетов, но они увидели наши и увлеклись, как ребенок новой игрушкой. В общем, есть основания думать, что меня не убьют и не съедят в первые же часы. А там посмотрим...

— Но ведь это означает — ставить миллион против одного!

— Наверняка миллиард против одного, — сказал Меншиков. — Какая разница? Наша работа в том и состоит, чтобы использовать шанс. Один на миллион. Или на миллиард. Главное, самое главное, чтобы этот шанс был...

«Для него и в самом деле главное одно: чтобы шанс был», — подумал Балашов, украдкой разглядывая массивного белобрысого человека, мелкими глотками прихлебывающего сок. Меншиков казался неповоротливым увальнем, но Балашов прекрасно знал, как обманчива внешность людей из «Динго». Два раза он видел их в деле, и этого было достаточно.

Как и очень многие, Балашов не смог бы определить с помощью какого-то одного слова свое отношение к людям из «Динго» — особого отдела Спасательной службы Астрофлота. С одной стороны, за ними давно и прочно закрепилась почетная репутация творцов чудес, и они в самом деле творили чудеса, вызволяя терпящих бедствие землян из передряг и безвыходных положений. Они делали невозможное, и количество спасенных ими заставляло уважать их. Но не любить. Настороженность и еще что-то сложное, чему не подобрать названия, как ни старайся.

Дело не в том, что в своей работе люди в палевых куртках поминутно шли на риск, а большинство остальных землян — нет. Дело в том, что многим люди из «Динго» казались своеобразными выходцами из прошлого. Они знали и помнили многое из того, о чем человечество не хотело знать и помнить. Здесь и умение убивать голыми руками, и их тренировки на полигонах, где многие тренажеры могли причинить оплошавшему тяжкие увечья. Обладание забытыми знаниями и ремеслами метило их невидимым клеймом. Они были такие же, как все, — и в тоже время другие, непохожие...

— Ну а если этого шанса у вас не будет?

— Значит, не будет, — сказал Меншиков. — Но в это я не особенно верю. Шанс есть всегда.

— Не проще ли послать туда представительную делегацию?

— Зачем? — Меншиков, как показалось Балашову, был искренне удивлен. — Чтобы потребовать объяснений и начать переговоры? Все это при необходимости могу сделать и я. Как убеждает нас история, люди схожих с моей профессий во все времена всегда шли впереди дипломатов... Пойдемте?

Он поднялся, поправил комбинезон, надежно скрывавший его арсенал. Балашов шел следом и, глядя на обтянутую зеленым телоном широкую спину, вспомнил давний случай в одном из земных зооцентров, куда случайно забежал молодой серо-желтый динго, и моментально пятерка лохматых псов кинулась на пришельца. Каждый из них был едва ли не вдвое больше чужака. Несколько секунд — секунд! — по шерсти, потом ком распался. Искусанная пятерка позорно улепетывала, а динго спокойно отряхивался, и вся кровь, что была на нем, оказалась чужой...

...Звезды тусклыми искорками белели на обзорном экране. Большая Золотая Черепаха — почему это созвездиям дают порой такие нелепые названия? Скорее уж — паук. Большой Золотой Паук — весьма злободневно. Паук в невидимой паутине размером в миллионы километров, и какая-то из нитей, возможно, уже дрожит, подавая хозяину знак: запуталась муха, большая, жирная, вкусненькая... А если не муха — шершень, полосатый красавец, гладиатор с упрятанным в брюшке мечом? И горе потянувшемуся к жертве пауку...

Меншиков просвистел сквозь зубы обрывок какой-то песенки и попытался припомнить ее название. Вспомнил — «Луна над Мауи». Он недавно отдыхал на Гавайях, где по стародавнему обычаю катаются на гребнях волн на досках. А чем для него были такие упражнения? Детская забава. Но держался он скромно — высказывать свое превосходство всегда считалось в их среде дурным тоном. Загорелые девушки, как правило, относились к Динго с большим интересом, но вся беда в том, что они постоянно требовали романтических рассказов, не имевших ничего общего с подлинными буднями. Честно говоря, он давно и тайно надеялся встретить девушку, которая не станет требовать романтических рассказов, а просто захочет узнать, как там трудно. Иногда он думал, что пошел бы за такой девушкой на край света, но никак не мог встретить ее, такую. Вряд ли ее вообще не было. Скорее всего, так уж выходило — ему вечно встречались не те.

Седьмой час «Байкал» ползет на скромной, прямо-таки черепашьей скорости в световой неделе от условной границы скопления. Один на корабле, один в космосе — в такие минуты не веришь, что существуют где-то море, облака, леса, другие люди. Есть только Черное Безмолвие.

Ленивый паук. Нерасторопный какой-то. Паутинка дрожит, а он и не думает торопиться. Или паутинка не шелохнулась? Что ж, потянем за другую. Неприятности с кораблями и отдельными пассажирами часто случались в момент гиперперехода...

Руки на клавиши. Звездная россыпь на экране меркнет, экран заливает мутно-белое свечение, и это уже гиперпространство, в которое так долго не верили, а потом тихо и буднично открыли, на первых порах не поняв даже, что именно открыли. Тик. Так. Тик. Так. Обгоняя луч света, считавшийся когда-то самым быстрым бегуном Вселенной. А теперь гасить импульсы, всю мощность на ресивер, нет смысла прыгать слишком далеко, вот меркнет и молочное свечение, скоро появится первая звезда, совсем просто, не труднее, чем управлять старинным автомобилем... Но где же звезды, ведь уже пора, еще три секунды назад корабль должен был вынырнуть в обычном пространстве, но приборы несут дикую галиматью! Как муха в янтаре, корабль застрял на границе перехода, в обычное пространство выйти невозможно, а если назад, в гипер? Умом понимаешь, что все в порядке, паутинка звенит хрустально и паук на сей раз не оплошал, но сердце протестует, это даже не сердце, это из страшной древности инстинкт посылает категорический приказ: нельзя добровольно идти на смерть, прочь, уходи от опасности, беги!

Меншиков с усилием оторвал руки с пульта, вцепился в мягкие широкие подлокотники и откинулся назад, насколько позволяло кресло, но прошло еще несколько страшных, раздирающих мозг секунд, прежде чем чужая воля растворила, подмяла сознание...

Глава 3
Воспоминание в полубреду

Снег хрустит под ногами, белый, нетронутый снег, вот оно, это место, робот просунул в кучу хвороста длинный шест и умело ворочает им. Первое рычание — короткое пока, удивленно-сонное. Шест уходит глубже, и рык усиливается. Ружье на изготовку. Никаких лучеметов, иглеров и прочего оружия, принадлежащего этому веку. Ружье изготовлено по старинной технологии, как и патроны в нем, как и пули в них, свинцовые кругляши. Довольно, Роб, назад, ты свое сделал, не стоит путаться под ногами, ну же, прочь! Вот он поднялся из берлоги, ревет, взмыл на задние лапы, сделал первый шаг, блестят в розовой пасти желтые влажные клыки, зло таращатся маленькие глазки, но страха в них нет, и это хорошо, это то, что нужно. Стрелять не в загнанного жалкого беглеца, а в могучего, достойного противника. Амикан, Локис, Урсус, Бурый, я здесь, иди!

Выстрел. Короткий затихающий рев. Снег забрызган темной кровью, от нее поднимается парок, а медведь уже недвижим, мертв, одной пулей, понимаете вы это — вы, которые в городах? Как в стародавние времена, мы были с ним один на один, я одолел его, вы слышите, заснеженные кедры?

Эхэ-хэ-э-й!

Глава 4
Липы за окном

Над ним был белый потолок с круглой лампой. Меншиков лежал навзничь на обычной постели в комнате с большим высоким окном, но что делается за окном — с постели не видел. В комнате, кроме кровати, квадратный белый шкаф, какими пользуются на звездолетах. И все, ничего больше, поэтому комната кажется огромной. Пошевелить ногой?

Он пошевелил руками, ногами, поднял от подушки голову. Тело повиновалось. Набравшись смелости, Меншиков встал. Комбинезон инженера-ремонтника остался на нем, и он сразу почувствовал тяжесть замаскированного бластера в набедренном кармане. Меншиков по-звериному втянул ноздрями воздух — вполне обыкновенный воздух, но было в нем едва уловимое чужое, слабый ответ-отзвук неизвестного запаха. Вдруг ни с того ни с сего закружилась голова, но это был элементарный шок — с сильными натурами такое тоже случается, железных людей нет. Он стоял посреди комнаты и кричал шепотом: «Значит, правда, значит, удалось!»

Осторожно, словно под ногами был тонкий молодой ледок, Меншиков подошел к окну с широким белым подоконником. За окном росли внушительные старые липы, а за липами тянулась в обе стороны, насколько можно видеть, высокая тускло-серая стена, скорее всего металлическая. Простенько и элегантно, сказал он себе. Не нужно ставить силовое поле, не нужно ворот с неусыпным цербером, — если строители и хозяева сего узилища попадают сюда по воздуху, достаточно высокой стены, обычному человеку через нее не перебраться.

Меншиков подбросил на ладони выполненное в виде безобидной дрели оружие и весело подумал о переполохе, который он в состоянии учинить здесь с этой штукой в руках. Представить приятно сей тарарам...

Только сейчас он заметил, что на крышке шкафа лежит придавленный электрокарандашом разграфленный лист бумаги. Это было что-то вроде анкеты, вопросов на десять. Меншиков разделался с ним почти молниеносно. Теперь тот, к кому попадет эта анкета, может узнать, что инженер-ремонтник Сергей Вагин совершал профилактический осмотр станций дальней связи в этом секторе и ни о каких таких исчезновениях кораблей (такой вопрос наличествовал) слыхом не слыхивал. Вообще-то заявлять такое было несколько опрометчиво, но что делать?

Оставались некоторые сомнения — не подменили ли оружие безобидной имитацией? Палить для проверки в комнате, безусловно, нельзя. Но поскольку другие приборы Меншикова работали исправно, он решил считать, что оружие в боевой готовности.

Второй жизненно важный вопрос: наблюдают ли за ним сейчас или нет? Датчик, выявлявший электронные устройства, клялся, что нет. Меншиков задумчиво уселся по-турецки на полу посреди комнаты, чтобы привести в систему свои первые скудные наблюдения.

Несомненно, это здание — тюрьма. Здания, окруженные высокой стеной, в которые помещают людей помимо их желания, загородным клубом или чайханой обычно не бывают. Отсутствие сакраментальных решеток на окнах с лихвой компенсирует стена, даже на вид гладкая, как стекло. Это первое.

Судя по высоте, с которой он смотрел во двор, его комната находилась на уровне второго этажа обыкновенного земного дома. Это второе. Глубокомысленные выводы, что и говорить...

Дверь отворилась почти бесшумно (однако тренированное ухо отметило едва слышный скрип), и в комнату вплыл по воздуху зеленый шар размером с футбольный мяч, остановился в четырех шагах от Меншикова, повис перед его лицом и бесстрастно сообщил по-русски:

— Бояться меня нет необходимости. Я осуществляю функции ухода и заботы о вашей жизнедеятельности. С имеющимися просьбами прошу обращаться ко мне.

— Очень мило, — сказал Меншиков. — Эй, тварь, ты сапиенс или попросту холуй, жестяная шестерка?

Он хотел выяснить, насколько хорошо похитители изучили язык. Исторические романы Меншиков читал систематически и потому располагал солидным запасом старинной брани и жаргонных словечек — среди их братии это было модно.

— Многие слова, употребляемые вами, мне неизвестны, — заявил шар. — Однако, насколько я могу предположить на основе прошлого опыта, вы, по-видимому, хотите знать, являюсь ли я разумным существом естественного происхождения или искусственно созданным такими существами устройством?

— Вот именно, тварь зеленая, бабушку твою об косяк, — сказал Меншиков с самой обаятельной улыбкой.

— Я — искусственно созданное устройство, — сказал шар. — Слуга. Интеллект низок. У вас имеются другие вопросы?

— Масса. Почему я здесь? Кто меня сюда доставил и зачем?

Шар безмолвствовал, словно народ в известной пьесе.

— Что, харя, и эти слова тебе неизвестны?

— Известны, — сказал шар. — Но вопросы относятся к категории запрещенных. Задавайте другие, разрешенные.

— Здесь есть другие люди?

— Другие люди есть.

— Я могу встречаться с ними?

— Можете.

— Гулять по двору?

— Можете.

— Взбираться на дерево?

— Неосуществимо.

— Дать по чавке твоим хозяевам?

— Не понял, что именно вы хотите им дать.

— Не имеет значения. — Меншиков подумал, что этот круглый тупица с академически правильной речью, безусловно, скрасит ему заточение. — Наблюдают ли за мной, когда я нахожусь в своей комнате?

— Нет необходимости.

— Зачем же ты здесь, морда?

— Чтобы вмешаться, если вы захотите прекратить свою жизнедеятельность.

— И только?

— И только.

Милая моя жестянка, подумал Меншиков с непритворной нежностью, золотце ты мое, ведь если ты не врешь — это удача, о которой мы мечтать не могли. Предупреждать попытки самоубийства — логично... Значит, дорогой мой мячик, когда понадобится, я раздавлю тебя, как гнилой орех, а ты и не успеешь понять, что произошло. Судя по всему, твои хозяева всецело полагаются на свою стену — как и я полагался бы на их месте. И не предусмотрели скорого визита вооруженного до зубов профессионала — я на их месте тоже не мог бы предусмотреть...

— Что произойдет, если я попытаюсь тебя уничтожить?

— Неосуществимо, — отпарировал робот. — Я изготовлен из очень прочного материала. Удар по мне любой из ваших конечностей лишь причинит боль вашей конечности.

— А если я применю вот этот механизм? — затаив дыхание, Меншиков показал роботу бластер-дрель. Так, как стучало сейчас его сердце, оно колотилось до этого лишь два раза в жизни — когда двадцать лет назад он в темной комнате взял за плечи свою первую женщину и когда шестнадцать лет назад вышел к Сивым болотам Харгурака на первое самостоятельное задание.

— Неосуществимо, — сказал робот. — Устройство предъявленного вами инструмента мне визуально знакомо по встречавшимся ранее аналогичным образцам. Принцип действия: сверление твердой поверхности вращающимся с большой скоростью фигурным металлическим стержнем. На мое внешнее покрытие данное устройство не в силах оказать ощутимого воздействия.

272

— Кто-нибудь из твоих хозяев разбирал мой инструмент?

— Не было необходимости. Устройство было изучено ранее, довольно примитивно и интереса не представляет.

— Уж это точно,— хрипло сказал Меншиков.— Банальная штука, на кой ляд в ней копаться, право слово, ни к чему... Теперь можешь покинуть помещение. Нет, погоди. Я есть хочу.

— Обед через полчаса по звуку гонга. Столовую найдете легко, — сообщил шар, из него выползло тонкое щупальце, уцапало анкету и исчезло вместе с ней внутри шара. Дверь сама распахнулась перед роботом и захлопнулась за ним.

Меншиков, воровато повернувшись спиной к двери, отвинтил «фигурный металлический стержень», проще говоря сверло. Зеленый огонек индикатора показал, что оружие готово к бою. Итак, мы конны и оружны. Интересно, мой прочный толстячок, что останется от тебя после импульсно-лучевого удара...

Спрятав бластер, Меншиков вышел в коридор, взглянул вправо, влево. Десять дверей, по пять с каждой стороны. Справа коридор оканчивается окном во всю стену, слева — лестничной площадкой. У каждой двери задремавшим цепным барбосом лежит зеленый шар. Двери нумерованы — от одиннадцатой до двадцатой. Его дверь — номер семнадцать.

— Куда вы идете? — пошевелившись, спросил его персональный шар.

— Гулять иду. Чапать, шлепать.

— Первый этаж, голубая дверь.

Меншиков спустился на первый этаж, выглядевший почти так же, как его второй, — нумерованные двери, тишина и неподвижные шары. Только на первом этаже были еще две двери, голубые, с черными надписями: «Столовая» и «Выход».

Насчет стены он не ошибся — ворот не было, и стена сплошным кольцом окружала здание в форме буквы «Г»: длинная трехэтажная палочка — жилое крыло, одноэтажная короткая — столовая. Дорожка, выложенная зелеными квадратными плитками, описывала вокруг дома второй, меньший круг. Сначала Меншиков удивился, почему шар не последовал за ним, чтобы помешать ему разбить голову об стену, но вскоре обнаружил, что вдоль стены плавает в воздухе еще один шар, все время оказываясь между ней и землянином. Итак, цербер все-таки есть...

Небо почти сплошь заволакивал неприятный лиловый туман. Сквозь него мутно просвечивал белесый диск чужого солнца. Лишь в одном месте, над самой стеной, в разрыве марева виднелся клочок темно-синего, словно бы вечернего неба. Если туман стоит не круглосуточно, ночью можно попытаться определить по звездам, куда его затащили...

Заложив руки за спину, как и полагается заключенному, Меншиков бродил вокруг дома, смотрел под ноги и думал, почему робот уверял, что взобраться на деревья невозможно. Откуда тут земные деревья, кстати? Меншиков обернулся лицом к своей короткой тени, и тут его осенило.

Липы не отбрасывали тени, словно привидения из старинных сказок! И сам Меншиков, и дом, и шар, и стена — все отбрасывало тени, кроме раскидистых лип.

Меншиков быстро подошел к ближайшему дереву, хлопнул ладонью по стволу. Ладонь прошла насквозь, и спасатель пошатнулся, потеряв на миг равновесие. Не было никаких лип. Иллюзия. Голограмма. Вот уж воистину липа...

Он побрел дальше. Через несколько шагов в мозгу возникла странная заноза — так бывает, когда утром пытаешься вспомнить только что растаявший сон, но никак не удается. Что-то нужно было вспомнить немедленно — звук, движение, лицо, мысль? Что?

Ощущение, вот что. Меншиков прокрутил в обратном порядке мысли, догадки и впечатления невеселой прогулки и понял, что вспомнить нужно было ощущение твердого под ногой.

Плотная влажноватая земля хорошо сохраняла следы, и он сразу нашел подделку-липу, по которой пытался похлопать ладонью, то место, где он при этом стоял. Он опустился на корточки, стал просеивать в ладонях землю из своих следов.

Третий след подтвердил, что твердое под ногой не померещилось ему. На широкой ладони Меншикова лежала тяжелая пуговица — из настоящего олова, с ушком, с выпуклым силуэтом животного, о котором несведущий сказал бы, что это собака, так сказать собака вообще, безликий «канус», а посвященный моментально опознал бы дикую собаку динго. Пуговица с форменной куртки «Динго». Именно с куртки — на форменных рубашках пуговицы поменьше и полегче.

Меншиков зажал пуговицу в кулаке — она могла принадлежать только Алену Ле Медеку или Гришке Бильджо. Оглянулся и занялся планомерными поисками и быстро обнаружил многозначительные подробности, на которые в другое время, не найдя пуговицы, не обратил бы внимания, пропустил мимо глаз. Кусок стены — чуть-чуть посветлее, чем вся остальная стена. Десятка два плиток дорожки чуть-чуть новее, чем все остальные плитки. Угол дома, выглядевший так, словно на этом месте какая-то сила вырвала кусок, а потом повреждение аккуратно заделали. Наконец, Меншиков отыскал крохотный кусочек прочного легкого материала того же цвета, что и шары-церберы, — видимо, не замеченный теми, кто убирал другие куски. Если только другие куски были...

Гадать насчет подробностей бессмысленно, но ясно одно: пленники пустили в ход бластеры, то ли один, то ли оба вместе. Кроме них, среди пропавших без вести не было ни одного Динго, а бластеры полагаются только Динго.

Плевать на подробности, но исход, финал? Погибли они в схватке, или их только обезоружили, и они там, в доме? Вы понимаете, что мы можем сделать втроем, вооруженные тем, что я привез с собой?

Он хотел бежать к дому, но справился с порывом, сделал то, что следовало сделать с самого начала, — вынул гребешок, тот гребешок, причесался, нажал на крайний зубец.

Датчик молчал — никакого силового поля вокруг тюрьмы нет.

В доме прозвучал гонг — сигнал к обеду. Теперь можно и поторопиться.

По дорожке полз большой зеленый жук, и Меншиков мимоходом с размаху наступил на него. В его задачу не входил сбор коллекции инопланетных жуков, да и насекомых он терпеть не мог с детства, с того времени, когда трехлетнего Пашку ужалил огромный шмель.

Уже взявшись за ручку двери, он подумал: а ведь следует удивиться всем этим чудесам, вроде бы пора...

— Ладно, — пробормотал он сквозь зубы. — Будем считать, что я удивился.

Глава 5
Сокамерники

Меншиков рванул дверь столовой так, словно собирался вырвать ручку. Столовая была как столовая — десяток столиков на четыре человека каждый, яркая и легкая современная мебель. Блестящая стойка киберкухаря в углу. И очередь к стойке — четыре человека, всего четыре...

Глаза Меншикова работали, как нерассуждающий фотоаппарат. Ему показывали снимки, он знал в лицо всех исчезнувших и помнил их имена. Абдель Фатах, бортинженер «Босфора», — смуглый курчавый парень, похожий больше на сицилийца, чем на турка; Кирилл Белаш, навигатор «Хоббита», — богатырь северного типа; Роми Канут, врач «Магеллана», — красивая светловолосая девушка; Тарас Лихов, пассажир «Магеллана», — пожилой мужчина со старомодной чеховской бородкой. У Белаша на поясе огромный тесак в металлических ножнах — странно, «Хоббит» был балкером обычного типа, и такие ножищи в его снаряжение никогда не входили.

Меншиков еще на что-то надеялся, ждал скрипа двери, знакомых голосов, но тянулись минуты, четверо пленников один за другим отходили с подносами, и никто не смотрел на Меншикова, не пытался заговорить с ним, неужели им уже настолько все равно?

— Что же, больше никого? — громко спросил Меншиков вместо того, чтобы бодро поздороваться, как задумал сначала. Бессильно уронил руки, так и не заметив, кто из троих буркнул ему в ответ:

— Больше никого...

— А Динго? Здесь должны быть двое из «Динго»?

— Были... — пробурчал тот же голос, но теперь Меншиков успел заметить, что это Фатах, вдобавок перехватил взгляд биолога Лихова — тот смотрел непонятно, со странным интересом. Тщедушный такой человек, лысоватый.

Смирившись, Меншиков подошел к пульту — выбор блюд был довольно богатый, — не глядя, нажал кнопки. Получил тарелки и сел в угол. Исподтишка наблюдал за «сокамерниками».

Белаш жевал равнодушно, почти автоматически, словно не привыкшая голодать корова на изобильном лугу. И Лихов. И Фатах. Они словно выполняли надоевшую, неизбежную процедуру. Роми почти не прикасалась к еде. Зато перед ней стояли две высокие бутылки, и она то и дело наполняла бокал, явно перегибая палку. Все они расселись в разных углах столовой и не смотрели друг на друга. На Меншикова тоже, будто знали его сто лет, и он им смертельно надоел.

Меншиков торопился первым закончить с обедом, и это ему удалось. Он встал. Вторым поднялся Белаш.

— Минуточку! — Меншиков загородил ему дорогу. — Как новичок, я хотел бы знать...

— Все в свое время, — тусклым голосом сказал Белаш, равнодушно обошел растерявшегося спасателя. Хлопнула дверь — как-то издевательски это прозвучало. Встал Фатах, но Меншиков был уже начеку, схватил бортинженера за локоть.

После нескольких безуспешных попыток молча вырваться, Фатах тем же тусклым усталым голосом спросил:

— Ну чего привязался?

Больше всего Меншикова поразила их пришибленная сгорбленность, потухшие глаза. Земляне не могли за несколько дней стать такими, но эти стали, а они наверняка были не лучше и не хуже миллионов других... Самые обычные земляне. На миг Меншикову показалось, что время потекло вспять и он угодил в прошлое, о котором так много знал из книг, в то проклятое время, когда люди безропотно шли умирать на плахе, сломленные, не видевшие выхода и не умевшие его найти.

— Вы же земляне. — Голос Меншикова дрогнул неожиданно для него самого. — Вы же земляне, что с вами?

— Вовремя напомнил, кто мы, — сказал Фатах. — Скажи-ка, братец землянин, что можно сделать, если заведомо знаешь, что ничего сделать нельзя? Понимаешь, абсолютно ничего нельзя сделать? Как найти выход, если выхода нет? Когда придумаешь ответ, заходи в девятую, — он горько усмехнулся, — в девятую камеру. Честное слово, интересно будет послушать. Ну, убери руку.

Меншиков покорно отпустил его локоть. Хлопнула дверь.

— Хочешь, я тебе объясню? — Роми подошла к нему, покачиваясь. Огромные голубые глаза, лицо Мадонны. Пьяная вдрызг. — Мы все здесь, чтобы умирать. По очереди. Как те. Вчера ушел Джек. Сегодня ушел Валька. А завтра можешь уйти и ты. Умирать. В лес. К этим... ну которые там. Слушай, брось. Бросай все, и пошли ко мне. А?

Некоторое время Меншиков молча смотрел на нее, нахмурив брови. У него просто не было слов, и весь его прошлый опыт здесь не годился, потому что ничего подобного прежде не случалось. Те двое на Белинде... нет, не то, ничего похожего. И это земляне? Но как бы ты вел себя на их месте, без оружия, прекрасно зная, что выхода нет? Пил? Малевал на стенах лозунги о гордой несгибаемости? И как расценивать ее слова о поджидающей в лесу смерти — пьяная болтовня или святая истина? Здесь их четверо, а пропал двадцать один...

Стряхнув повисшую у него на шее Роми, Меншиков решительно подошел к киберкухарю и выломал пальцами одну за другой все клавиши, выдававшие вино. Обернулся. Роми уже сидела за столом, уронив голову на руки. Тщедушного биолога не было — незаметно улизнул под шумок. Чертыхнувшись, Меншиков вылил в высокий бокал остатки вина из бутылки на столике Роми. Набралось почти до краев. Залпом осушил, поморщился и пошел к себе, отвесив по дороге полновесный пинок первому попавшемуся шару. Шар промолчал, а Меншиков, как его и предупреждали, больно ушиб ногу.

В своей комнате он вытянулся на постели, заложил левую руку под голову, а правую свесил к полу — поза, в которой ему лучше всего и уютнее думалось.

Происходит что-то жестокое. Девчонке не было смысла врать ему, с первого взгляда видно, что все они здесь ждут чего-то и прекрасно знают, чего ждут. Каждый день кто-то уходит (умирать? в лес?). У Белаша болтается на поясе этот странный тесак, — можно прозакладывать голову — неземного производства. Кто его вооружил и зачем? С первого взгляда видно также, что эта комната — просто-напросто придорожная скамейка. Аскетическое временное пристанище с минимумом необходимого — все за то, что постояльцы здесь надолго не задерживаются...

Он встал, прошелся по комнате от окна к стене, взял карандаш и стал рассеянно чертить им по белой крышке низенького шкафчика. Провел несколько бессмысленных загогулин, подумал и нарисовал вокруг деревья и остался доволен — рисовал он неплохо. Крупно написал внизу, вспомнив Тома Сойера: «Здесь после тридцатилетнего заточения разорвалось измученное сердце несчастного узника». Черта с два, недельку бы протянуть, узника замка Иф из тебя не выйдет, браток, сроки не те... Оставить письмо своему преемнику, по стародавнему обычаю узников выцарапать нечто на стене? Болван, бревно! Нет, каков болван, с этого и нужно было начинать! С поисков того, что могли написать предшественники!

Меншиков бомбой вылетел в коридор, покосился на неподвижные шары: спросить у них? Нет, лучше не рисковать. Пошел по коридору, одну за другой рывком распахивая двери, — стерильная чистота, веет нежилым, белые шкафы, белые постели, опустевшие клетки...

Спустился на первый этаж, открыл одну дверь, вторую — везде одно и то же, тишина, безликая пустота. Дернул на себя очередную ручку, и в ушах зазвенело от отчаянного девичьего крика. Роми прижалась к стене, сжав щеки ладонями, и в глазах ее был такой ужас, что Меншиков невольно оглянулся — не возвышается ли за его спиной какое-нибудь жуткое чудовище вроде харгуракского змеехвоста?

Никого, разумеется. Пустой коридор и неподвижные шары.

— Я так похож на людоеда? — спросил Меншиков. — Странно, мне казалось всегда, что я симпатичный парень, не Аполлон конечно, но есть во мне этакое злодейское обаяние, если верить знакомым девушкам...

Главное было — говорить не останавливаясь. Нанизывая бесполезные шутливые слова, он медленно подошел к постели, сел в ногах:

— Ну успокойся, что с тобой?

Роми посмотрела более осмысленно, прошептала:

— Я думала, это за мной...

— Послушай, здесь были двое из «Динго»?

— Ну что тебе нужно? Что ты мечешься, выспрашиваешь? Когда придет твое время, узнаешь все сам...

— Здесь были двое из «Динго»? — резко спросил Меншиков.

— Ну были, были. Доволен? Устроили пальбу по своему всегдашнему обыкновению, нашумели, буянили, только в конце концов ушли по той же дорожке...

— Где они жили? — спросил Меншиков. — Где? Роми, я тебя спрашиваю!

В ее глазах полыхнула тревога.

— Откуда ты знаешь, как меня зовут? Кто ты вообще такой? Откуда ты меня знаешь?

— Видел в «Галаксе», — невозмутимо соврал Меншиков. Бил он наверняка — ресторан «Галакс» на Эрине не минует ни один человек, летящий в этот сектор Галактики или возвращающийся отсюда на Землю. — Где они жили, Роми?

— Там,— она показала на стену.— Только жил, а не жили. Второго увезли сразу, а за стеной жил тот, что стрелял, высокий такой, рыжий. Слушай, кто ты такой, что все знаешь, я...

Но Меншикова уже не было в комнате.

Исписанную крышку шкафа он увидел сразу, с порога. Подтвердилась догадка, родившаяся после того, как он вспомнил, что робот, забрав анкету, безмятежно оставил карандаш. Похитители заботились лишь о том, чтобы пленники не смогли убежать или покончить с собой, ничто другое их не интересовало. Отчасти их можно понять — испиши разоблачениями хоть все стены, какое это имеет значение?

Но писавший на всякий случай проявил недюжинную изобретательность. Ни одна буква не походила на соседние — то прописные, то строчные, то огромные, то крохотные, то тщательно выписанные, то стилизованные до предела. Русский и латинский алфавиты, буквы славянской письменности, оформленные под готический шрифт, и латинские, оформленные под иероглифы... В довершение всего послание было написано с использованием арго парижских бандитов девятнадцатого века с вкраплением итальянских, русских, немецких жаргонных словечек того же периода. Это была великолепная работа профессионала — написано «Динго» для «Динго». Не говоря о похитителях, докопаться до смысла мог один землянин из тысячи...

«Тому, кто придет следом, — гласило послание. — Захвачены неизвестными негуманоидами и помещены в это здание. Никаких попыток контакта. Как удалось установить, пленников зачем-то посылают в лес, откуда почти невозможно вернуться. Слышал, что захваченные корабли стоят где-то поблизости. Попытаюсь что-нибудь сделать — оружие почему-то не отобрали. Не поняли, что это такое, очевидно. Григория Бильджо сразу же отправили в лес. На всякий случай — будь счастливее меня. Ален Ле Медек».

Черные буквы на белой крышке — все, что осталось от Алена Ле Медека, да еще оловянная пуговица. Итак, Роми говорила чистую правду насчет леса...

Подобно миллиардам землян, Меншиков жадно ждал Контакта — того, такого, о котором писали вот уже триста лет, — кто с верой, кто с иронией. Контакта, о котором мечтали даже не склонные к мечтаниям серьезные люди. Встречи с братьями по разуму, пусть на худой конец и не похожими на людей, но близкими по развитию, с которыми можно и поговорить о науке-технике и обменяться симфониями-картинами... да многим. Такая встреча способна была разрешить наконец вопросы, заданные сотни лет назад, но до сих пор не получившие ответа, подтвердить или опровергнуть пережившие своих творцов гипотезы, расставить точки, перечеркнуть авторитеты и реабилитировать посмертно людей, при жизни считавшихся заблуждавшимися чудаками. От этой встречи ждали многого, но проходили десятилетия, а ее все не случалось... Не удавалось найти Равноправных Собеседников, с которыми можно поговорить сию минуту, сейчас. Однако в них продолжали верить и считали, что слова «Высокий Разум» и «Гуманизм» — безусловно синонимы. Все случившееся здесь, в Большой Золотой Черепахе, начисто перечеркивало прежнее убеждение в априорном гуманизме гипотетических партнеров, автоматически превращало их в тех давних гипотетических врагов, подбрасывало зловещие исключения из правил, — вернее, первая и единственная встреча с исключением из правил, — вернее, первая и единственная встреча с иным разумом оказалась исключением из правил, и оттого-то Меншикову сейчас не хотелось жить — слишком многое рушилось...

Глава 6
Роми

Меншиков тихонько убрался к себе, им владело странное чувство горечи позора. Ужинать, когда раздался звон гонга, он не пошел, валялся на смятой постели, в темноте, зажав в кулаке оловянную пуговицу, напряженно искал выход из тупика, в который неотвратимо двигались теории и гипотезы, сотни лет считавшиеся непогрешимыми.

Чтобы найти выход, нужно было взглянуть на происходящее с каких-то иных позиций. Доказать, что ничего преступного и антигуманного в действиях похитителей нет, что подлинный смысл их поступков остался скрытым и ничего общего не имеет с кровожадностью и тому подобными глупостями.

Он думал около часа, но ничего не получалось. Можно было еще попытаться оправдать насильственный захват кораблей и людей, послужи он прелюдией к контакту. Однако Меншиков верил Алену, как самому себе. Ален не мог не понимать, как повредит его преемнику ошибочная оценка событий, никогда не написал бы того, в чем не был уверен. «Никаких попыток контакта». Значит, их и не было. Негуманоиды... Что же, правы были те, кто утверждал, будто негуманоидная логика настолько противоречит гуманоидной, что две цивилизации никогда не смогут договориться и в лучшем случае вместо конфронтации наступит вооруженный пат? До чего же дико звучит: «Космическая война», «Космическое противостояние»...

Додумать не удалось — явился робот и стал надоедать, требуя, чтобы Меншиков немедленно шел ужинать, талдыча о важной роли регулярного питания в нормальном функционировании организма, и отвязаться от него не было никакой возможности. И без того взвинтивший себя Меншиков поплелся в столовую, ругаясь на чем свет стоит разнообразными древними словечками.

В столовой никого уже не было. Сломанные клавиши кто-то аккуратно починил — скорее всего, роботы. Меншиков наскоро проглотил какой-то питательный салат, швырнул тарелку в мойку и вышел во двор.

Лиловый туман рассеялся, — может быть, он и в самом деле заволакивал небо только днем. В зените висел яркожелтый серпик размером раза в три меньше луны, видимо спутник этой планеты. Определиться по звездам оказалось нетрудно, его затащили не так уж далеко вглубь, планета находилась где-то на окраине скопления — Меншиков узнал чуточку деформированное созвездие Звездного Филина и ромб из девяти ярких звезд — каравеллу Колумба. Уволокли парсека на два. Он стоял и смотрел на крупную синюю звезду — Альфу Каравеллы. На одной из планет Альфы и располагалась База-16. Там уже знали, что он пропал, ждали и надеялись. Космос ежесекундно пронизывают миллиарды взглядов, вполне возможно, что на Базе-16 кто-то смотрел Меншикову прямо в глаза, но они не видели друг друга, разделенные миллиардами километров...

А в доме-тюрьме не горело ни одно окно, и спасатель представил их всех — в полупустых комнатах, придавленных темнотой и тишиной, от которых не спасает ни самый яркий свет, ни самый громкий крик...

Меншиков, разумеется, не был трусом, но стоять посреди темного двора, под чужим небом, в мертвой тишине было жутковато. Страх ледяной лапкой поглаживал затылок. Меншиков вернулся в дом. Собственно, уже сейчас можно было разделаться с шарами и предпринять разведку за стеной, но не следует очертя голову бросаться в пекло — этот нехитрый закон накрепко усвоили те, кому слишком часто приходилось спотыкаться о кости торопыг...

Открыв дверь, Меншиков подумал сначала, что ошибся комнатой, — прямо на постель падал квадрат тусклого лунного света, и видно было, что в изголовье кто-то сидит. Инстинктивно Меншиков шагнул назад.

— Не зажигай свет, — тихо сказала Роми. — И иди сюда.

— Как ты узнала, в какой я комнате? — задал он довольно глупый вопрос.

— Иди сюда. — Это звучало как приказ.

— Брось ты это, — сказал Меншиков, присаживаясь рядом с ней. — Не нужно, девочка. Если и попали в грязь, необязательно пачкаться по самые уши...

Он почувствовал руки Роми на своих плечах, ее дыхание на щеке и вдруг в диком несоответствии с ситуацией вспомнил, что Ле Медек был чемпионом управления по гандикапу, а его любимого коня звали Альтаирец, хотя никаких альтаирцев нет и не было, потому что у Альтаира нет ни одной планеты...

— Не нужно, Роми, — повторил он мягче. — От этого все равно легче не станет, ты уж поверь..

— Ты ничего не понимаешь, — прошептала ему на ухо Роми тем голосом, после которого будут только слезы. — У меня еще никого не было, ты понял? Совсем. Может, меня заберут завтра. Уж лучше так, чем совсем ничего, ну неужели ты не можешь понять? Ты же тоже погибнешь...

«Я понимаю все и давно знаю, что человечность многолика», — подумал он, пытаясь разглядеть в полутьме лицо девушки и увидеть, плачет она или нет. Иногда человечность в том, чтобы выстрелить первым. Иногда в том, чтобы опустить оружие, хотя сердце жаждет выстрела. Иногда в том, чтобы не иметь при себе оружия, когда в тебя стреляют. А иногда, оказывается, в том, чтобы, не любя, но и не чувствуя себя подлецом, целовать девушку, готовую удовольствоваться этим эрзацем, потому что неподдельного можно и не дождаться...

Посреди ночи он внезапно проснулся и сразу понял отчего — Роми не спала. Протянул руку — в ладонь сразу же уткнулась щека, но Меншиков не смог ощутить кожей, влажная она или нет, — его ладони были залиты прозрачным пластиком, скрывавшим еще одно хитрое приспособление из богатого арсенала «Динго».

— Ты почему не спишь? — спросил он так, словно они были далеко отсюда, если не на Гавайях, то по крайней мере на второй планете Альфы Каравеллы с ее фиолетовыми водопадами и чудесными пляжами.

— Глупый вопрос, — тихо сказала Роми. — Знаешь, что самое страшное? Даже не то, что нас одного за другим отправляют умирать. Страшно другое — всего несколько дней назад мы были богами. Титанами по крайней мере. Шли от звезды к звезде, потеряв им счет, за день воздвигали города, изменяли атмосферы планет, течение рек, сносили горы и осушали океаны. Почти боги. И вдруг — клетка, тюрьма, загон, шары эти проклятые, даже вены вскрыть не дали...

— Что в лесу? — спросил Меншиков.

— Смерть. Больше ничего не знаю. Белаш там был, он единственный, кто оттуда вернулся, но не рассказывает. Не хочет пугать, видимо... Ты расскажешь, если уйдешь раньше меня и тебе удастся вернуться? Прости, что я такое говорю... Ты не обиделся?

— Переживу.

И тут она не выдержала, прижалась, дрожа, вцепилась в него, повторяла:

— Не хочу, не хочу, почему так, не хочу...

— Молчи, — сказал Меншиков. — Молчи, глупенькая. Ничего с тобой не случится. Скоро мы улетим, я здесь, чтобы...

— Спасибо, — она потерлась щекой о его щеку. — Ты добрый, я понимаю, только не нужно так говорить, это злая колыбельная, даже если она от чистого сердца...

— Но, Роми...

— Молчи, пожалуйста.

— Не веришь?

— Нет. Лучше обними меня, скоро утро.

Вот это и есть самое страшное, подумал Меншиков, когда человек уже ничему не верит, отказывается и думать, что выход есть. Будьте вы прокляты, те, кто все это затеял, дайте мне только до вас добраться...

Глава 7
Тюремщики

Роми, оказывается, еще вчера перенесла к нему свои немудреные пожитки — сумку с платьями и всякой всячиной, попавшую сюда с «Магеллана» вместе с ней. Она сидела на постели, закутавшись в сине-красный халатик, расчесывала волосы, и камера показалась уютной. Меншиков понуро сидел на подоконнике и думал, что для полного успеха задуманного предприятия просто необходимо осмотреть район с воздуха, знать, где стоят корабли, где живут тюремщики. Достичь этого можно одним-единственным способом — без очереди напроситься в лес. Только пускают ли в лес без очереди и удастся ли, даже попав в летательный аппарат, увидеть из него окрестности?

— Отвернись, пожалуйста, — попросила Роми, и он уставился на поддельные липы, продолжая думать о своем: сами тюремщики прилетают сюда за жертвами или их роботы? Есть ли на этой планете хозяева роботов, или роботы предоставлены сами себе? И есть ли в тюрьме некий управляющий роботами командный центр, способный непредвиденным образом вмешаться в драку, когда драка начнется? На родной они планете похитителей или нет?

— Можно...

Роми была бледна. Прозвучал призывавший к завтраку гонг, но девушка осталась стоять посреди комнаты.

— Что с тобой?

— Они всегда забирают после завтрака...

— Все обойдется, — сказал Меншиков наигранно-бодро, взял ее за плечи и легонько подтолкнул к выходу. Однако и у него на душе было неспокойно. Он вернулся к шкафу, украдкой сунул за пояс под рубашку иглер. Металл холодил тело, но холодная тяжесть оружия была приятна.

Завтракали в гробовом молчании. Ни Фатах, ни Белаш не обратили внимания на то, что Роми пришла с Меншиковым и уселась с ним за один столик. Другое дело биолог — тот, стараясь делать это исподтишка, разглядывал их, и Меншиков снова подумал, что из всей четверки один Лихов выглядит наименее отрешенным. Не исключено, что нервы у него крепче. Такие люди не помешают, если их иметь под боком в решительную минуту...

Завтрак ничуть не походил на вчерашний обед. Вчера все жевали равнодушно и быстро, а сейчас все, не исключая и Лихова, взяли много еды, тщательно пережевывали каждый кусок, словно беззубые старцы из исторических романов, которыми увлекался Меншиков. Тянут время, понял он. То один, то другой украдкой бросал взгляд на дверь, прислушивался.

Как это бывало всегда, во все века, тюремщики появились неожиданно. Внезапно, без каких-либо предваряющих звуков, распахнулась входная дверь, и раздались шаги — шлеп, шлеп, шлеп...

Меншиков затаил дыхание, и его глаза, как положено в такой ситуации, вновь превратились в нерассуждающий фотоаппарат.

Вошли двое, ростом они не превосходили землян, но гуманоидами, как и писал Ален, не были. Что-то роднило их то ли с крупными обезьянами, то ли со вставшими на задние лапы медведями. Покрытые густой рыжеватой шерстью, не обремененные одеждой тела, косолапые ступни, шестипалые передние конечности — ладони болтались у лодыжек, но кулаками оземь, как это делают земные обезьяны, они не опирались. Безгубое «лицо» с тремя дырами вместо носа, острые мохнатые уши.

И все-таки, понятно, это были не звери. Талии их стягивали чешуйчатые металлические пояса, а в лапах они держали причудливые сверкающие приборы с решетчатыми рефлекторами. Меншиков встретился взглядом с тем, что стоял ближе, — у чужого были глаза разумного существа. Спасатель про себя окрестил их «остроухими» — нужно же было как-то кодировать противника. Сжал под столом узкую ладошку Роми.

Овальный диск на поясе одного из чужаков вдруг громко и внятно произнес:

— Роми Канут, ваша очередь.

Грохнул опрокинутый стул — Роми вскочила, следом вскочил и Меншиков, девушка отчаянно закричала:

— Не хочу!!!

Крик тут же оборвался. Остроухий поднял свой рефлектор, и она мгновенно преобразилась — отвернулась от Меншикова, деревянной походкой сомнамбулы пошла к выходу.

Меншиков успел увидеть ее лицо — застывшую белую маску. Непроизвольно стиснул под рубашкой ребристый цилиндрик иглера.

У него оставалось несколько секунд, и решение следовало принять немедленно. Ему ничего не стоило положить обоих «остроухих», как цыплят, но что дальше? В здании — три десятка шаров, несомненно обученных усмирять строптивцев, во дворе могут оказаться другие «остроухие», а бластер наверху, в комнатке... И он не знал еще, где стоят корабли...

Роми не успела дойти до двери, а Меншиков уже просчитал все шансы и принял решение. И убрал руку из-под рубашки. Он отдавал Роми в обмен на зыбкий шанс вырваться отсюда и вернуться к своим с информацией. Вот за такие решения нас и называют выходцами из прошлого, подумал он, опустившись на стул и сжав ладонями голову. За такие именно решения. Но их невозможно не принимать, потому что всегда приходится выбирать что-то из чего-то, платить пулей за жизнь, одной смертью за десятки спасенных жизней, и в такие минуты забываешь все побочное — что ты землянин, что тебя с пеленок учили считать человеческую жизнь высшей ценностью Вселенной и все такое прочее, что Роми этой ночью была твоей. Что ты живой человек и у тебя есть человеческие чувства...

Он вскочил и в три прыжка оказался во дворе. Вовремя — успел увидеть, как бесшумно взмывает в небо прозрачный диск, в котором сидят четверо «остроухих» и Роми. Через несколько секунд диск исчез в затянувшей небо лиловой дымке. Итак, Меншиков поступил верно, лихая перестрелка ничего не дала бы, а лишь погубила все, но вот как быть с тихим голосом Роми, шептавшей ночью: «Знаешь, Павел, я всегда мечтала иметь троих детей и воспитывать их сама, хотя это теперь не в обычае...» А никак. Стиснуть зубы и работать дальше, мы превосходно умеем стискивать зубы, у нас это прекрасно выходит, и работать мы умеем...

Чтобы работать дальше, нужно было вернуться в дом и поговорить по душам с Кириллом Белашем. Навигатор как раз выходил из столовой, Меншиков схватил его за локоть, развернул лицом к себе и притиснул к стене:

— Что в лесу?

— Смерть, — сказал Белаш, дергая рукой. — Отпустите.

— Слушайте, вы! — зарычал Меншиков ему в лицо. — У меня не так уж много достоинств, но одним бесспорно обладаю: от меня невозможно отделаться, когда мне нужно что-то узнать. Я от вас не отстану, понимаете вы это? Буду держать до тех пор, пока вы не расскажете подробно и связно все, что я хочу знать. Вы не слабее меня, но я учен боевой рукопашной, а вы — нет...

— Почему вы не в форме, Динго?

— Ага, узнали? Тем лучше.

— В отпуск, что ли, летели?

— В отпуск, — сказал Меншиков. — Вы чертовски проницательны, навигатор. А посему — идемте.

Он так и вел Белаша под локоть до своей двери. В комнате все назойливо напоминало о Роми, сине-красный халатик лежал на постели, которую Меншиков по своей всегдашней лености не заправил, посреди комнаты стояла раскрытая сумка, и из нее высовывался подол пестрого платьица. Губная помада и прочие женские мелочи валялись на крышке шкафа, на картине с охотником и оленем. Меншиков яростно побросал все в сумку и швырнул ее на подоконник. Потом ему пришло в голову, что, собирая так вещи Роми, он заранее хоронит ее, но ведь существуют же на свете для чего-то чудеса, почему бы ей не вернуться? Он взял сумку с подоконника и поставил ее в шкаф. Белаш, сидя на постели, наблюдал за ним, и в глазах его было холодное всезнание.

— Так, — сказал Меншиков, захлопнув дверцу. — Присядем же и побеседуем, как выражался кардинал Ришелье, — как сейчас помню... Что-то вы тут все чересчур быстро опустили руки, как я погляжу...

— А что нам еще остается? — Белаш невозмутимо пожал плечами. — В нашем положении одинаково неприемлемы обе крайности — встать на четвереньки и рычать или исписать стены гордыми словами о непреклонной непокорности. Поймите, так всегда вели себя крепкие духом приговоренные к смерти — терпеливо, с достоинством ждали. Вы же это знаете, вы знаете историю гораздо лучше меня. Обе крайности неприемлемы, потому что бессмысленны. Мы просто ждем, ничего больше не остается. Сначала, когда нас было много, мы продумали все мыслимые варианты побега и отвергли их все — неосуществимо. Захватить одного из «мохнатых» не удалось, теперь они настороже. Что вы еще можете предложить?

— О, я многое могу предложить... — проворчал Меншиков. — Но об этом потом. Что там, в лесу?

— Вас оставляют в лесу. Одного. Для самозащиты дают вот это. — Он коснулся ножен тесака. — И вы должны собирать... до сих пор не могу догадаться, что это такое. Синие кругляшки из наростов на стволах деревьев. Сами увидите.

— А кто мешает собирать?

— Разные твари. И справиться с ними, знаете ли...

— Значит, Роми...

— Вряд ли она вернется.

— Какой же я дурак! — вслух подумал Меншиков. — Идиот.

Колода. Что мне стоило отдать ей до завтра иглер? Пользоваться им может и ребенок — направь на цель и нажимай на спуск. Ну почему я не догадался? Да, но кто знал? Выходит, ночью я целовал мертвую, ведь она не сейчас умерла, она умерла двенадцать дней назад, когда открыла глаза и увидела над собой белый потолок с круглой бледной лампой, ничуть не похожий на потолок звездолета, в котором она только что летала...

— Она и ко мне приходила... — сказал Белаш.

— Ага, и вы разыграли то ли Иосифа Прекрасного, то ли... — Меншиков глыбой навис над ним. — Наплевать, что ей стало бы чуточку легче умирать, зато вы, Белаш, праведник, вы свято соблюли моральный кодекс эпохи...

— Который сплошь и рядом нарушаете вы, — тихо сказал Белаш.

— Ну почему мы растем такими слюнтяями? — Меншиков возбужденно зашагал по комнате. — Люди, копающиеся в грязи, вам нужны и необходимы, но вы их то ли тихо жалеете, то ли презираете. Почему вы так упорно забываете, что ангел и с испачканными крыльями остается ангелом, даже если у него нет возможности почиститься? Столетиями верующим внушали, что Сатана — вселенский злодей, а меж тем он и его братия — первые в истории бунтари и сброшены с небес исключительно за бунт против догмы, деспотии. Догмы сидят в нас крепко: белый — хороший ангел, черный — грешный черт. Да ведь это идиотство — делить на праведников и грешников, никогда не было ни тех, ни других...

Он замолчал — не для этого была такая речь, не для этой ситуации и не для одного человека. Вполне возможно, что и человек был не тот. Безусловно, не время сейчас для сентенций и дискуссий, но Меншиков не мог остановиться, ему необходимо было выговориться сейчас, чтобы снять напряжение и злость.

— Я знаю, что гуманизм — это прекрасно, — продолжал он, меряя комнату крупными шагами. — Но почему мы считаем, что в новых, доселе неизвестных ситуациях люди должны пользоваться моралью, не учитывавшей этих ситуаций? Прекрасно, что люди разучились убивать и лгать, но не кажется ли вам, что попутно мы утратили еще одну важную способность — помнить, что истинное добро многолико? Что наши законы и заветы должны иметь силу до некоей границы, за которой они бесполезны, а порой и вредны?

— Кто должен установить эту границу, вот вопрос? Каждый сам для себя? Но из истории известно, чем кончалось, когда каждый начинал сам себе определять границы и рамки...

— Ну, историю-то я знаю лучше вас... — буркнул успокоившийся почти Меншиков. — Вернемся к делу. Куда вы деваете эти самые синие кругляшки?

— Разумеется, отдаю нашим гостеприимным хозяевам.

— Их нужно собирать весь день?

— Нет. Установлена норма. Тридцать штук. Однако никому, кроме меня, не удавалось эту норму выполнить.

— Стахановец вы наш... — сказал Меншиков. — А вам не приходило в голову, что вся эта затея — дикая, иррациональная глупость? Используя сложнейшую аппаратуру, похищать разумных существ другой расы, чтобы использовать их как негров на плантациях... Во-первых, они не могут не понимать, что последуют контрмеры. Во-вторых, зачем нужны вооруженные первобытными тесаками люди, если любой их паршивый робот, я уверен, сможет небывало перевыполнить план?

— Я над этим думал, — досадливо поморщился Белаш. — Все мы думали. Не знаю. Не могу найти ответ...

— Извращение, садизм? — сказал Меншиков, замедляя шаги. — Глупости какие... По каким-либо причинам морального, биологического, этического, религиозного характера роботам сбор кругляшек поручить нельзя? И что собой представляют, наконец, кругляшки — деликатес для воскресного обеда, сувениры, предмет религиозного поклонения? Задали нам задачку эти остроухие подонки... Белаш, вы уверены, что они не делали попыток как-то объясниться, общаться?

— Были только эти идиотские анкеты. Больше ничего. Знаете, я, пожалуй, пойду. Нет нужды в десятый раз выслушивать изложение своих собственных мыслей...

Дверь закрылась за ним медленно и тихо. Слышно было, как он быстро уходит по коридору. Шаги затихли, и снова наступила проклятая здешняя тишина, бесившая Меншикова.

Он встал и прошелся по комнате от окна к двери. Взял карандаш и быстро нарисовал портрет Роми — беспечной и веселой. Нарисовал рядом динго с тугими мускулами под шкурой, готовую к бою. Делать все равно было нечего, и он продолжал методично покрывать стену портретами знакомых, изображать убитых им в свое время зверей, пейзажи планет, на которых охотился, наконец нарисовал «остроухого», стоящего на коленях в позе смирения и раскаяния перед человеком в форменной куртке «Динго», утолив тем малую толику злобы.

После обеда он некоторое время забавлялся — без особого удовольствия издевался над своим роботом. Задавал ему вопросы, понятные только человеку, и злорадно усмехнулся, когда робот плел логически-этимологическую паутину безупречно вежливых фраз, тщетно пытаясь понять, о чем с ним говорят.

Кое-как дотянул до ужина. После ужина потянулись мучительные часы скуки посреди тишины, такой нестерпимой тишины, что временами он ковырял в ушах пальцами, пытаясь избавиться от несуществующих пробок. Это не помогало, пробки засели плотно, и тогда приходилось шагать по комнате, преувеличенно громко топая, или ругаться вполголоса.

Слух его, и без того острый, был в этой кладбищенской тишине напряжен до предела, и слабый стук двери он отметил сразу, еще и потому, что был на своем этаже единственным заключенным. Так что выглянуть в коридор, безусловно, следовало.

С первого взгляда он понял, что происходит. «Остроухие» совершили очередной разбой на большой дороге, пополняя опустевшую тюрьму. По коридору летела вереница шаров, и каждый нес перед собой на переплетенных щупальцах бесчувственного человека. Девять шаров, девять пленников. Расширили зону захвата? Похоже на то...

Дождавшись, когда шары разместят новоприбывших и улягутся у дверей, Меншиков вошел в комнату напротив (шары не препятствовали) и попробовал привести в сознание лежавшего там человека, но тот не реагировал ни на деликатное потряхивание, ни на более активные способы. Бесполезно. Видимо, они должны были проснуться только утром, и Меншиков отступился.

Ситуация осложнилась — теперь Меншиков отвечал и за новоприбывших. Кому и отвечать за них, как не ему, единственному попавшему сюда добровольно, по заданию, с оружием? Роми он вынужден был отдать, но больше не собирался отдавать никого. Любыми правдами и неправдами он должен был завтра попасть в лес.

До полуночи он не ложился спать. Сидел на лестнице у входной двери и ждал звонкого цоканья каблучков по квадратным плитам дорожки. Он умел терпеливо ждать, но после полуночи понял, что на этой планете нет доброты и не случается чудес и Роми не вернется. При попытке представить ее последние минуты нахлынула такая злость, что он побоялся возвращаться в комнату к оружию, долго сидел на широкой ступеньке, ни холодной, ни теплой. Не без труда справившись с собой, — где вы видели железных людей? — он встал, прошел по коридору и осторожно открыл дверь в комнату Абдель Фатаха.

Глава 8
Воспоминание во сне

От разгоряченного коня остро пахнет по́том — старинный запах, непременно сопутствовавший набегам, войнам и путешествиям. Конь стрижет ушами, мотает головой и косит глазом в ту сторону, куда ушел Роб, — значит, чует. Волк близко. Коню страшно, это древний-предревний страх перед проворными серыми зверями, прошли тысячелетия, люди давно избавились от страха перед зверями и летают к звездам, но запах волка по-прежнему, по-древнему пугает коня, не способного ощутить Течение времени. Умей он говорить, обязательно крикнул бы всаднику, что нужно убегать, но у всадника в руке камча с зашитой на конце свинчаткой, и зачем ему бежать, если этого волка он выслеживал три дня?

И вот он несется, вымахнул из тугаев, серой молнией стелется над степью. Пошел! Горячий жеребчик несется следом, стелется в намете над горячей сухой землей, седыми пучками ковыля, а волк не оглядывается, не может он оглядываться, шея не так устроена, не способен. Гремят копыта, тысячу лет назад здесь проходили степняки, пятьсот лет назад здесь шли на Крым русские войска, а теперь по древнему пути Меншиков несется за волком, прилетев в отпуск с далекой звезды. Все изменилось на этой земле, в этом мире, только гром копыт остался прежним, и не меняться ему, не исчезнуть, пока живут на Земле кони. Вот он, близко, ближе, близехонько... Ну-ка сплеча!

Й-э-э-э-эх!

Конь, похрапывая, с удовольствием наблюдает, как умирает волчище, — череп рассечен на скаку мастерским ударом, пушистые метелочки ковыля подплывают кровью...

Глава 9
Гладиатор

Утром столовую было не узнать. Ровно двадцать шесть новичков, заняты все свободные комнаты. Среди пленников были три девушки и, что гораздо интереснее, двое неизвестных чужого облика — темная кожа, блестящие желтые волосы, подстриженные по незнакомой моде, огромные египетские глаза. Долгожданные братья по разуму, надо же, в тюрьме встретились... Они сидели в уголке, ели осторожно, всего понемногу, и украдкой осматривали столовую и людей. Судя по их глазам, они поняли, что оказались здесь пленниками среди пленников, с ними произошло то же самое — всемогущие боги с разлета натыкаются на невидимую стену и падают вниз, в грязь, где нет никого, кто признал бы их богами...

Новоприбывшие земляне вели себя разнообразно. Кто-то вполголоса возмущался без особого энтузиазма, кто-то лихо бодрился перед девушками, чтобы успокоить их, а заодно и себя самого, но большинство настороженно и выжидательно помалкивали. Меншиков определил, что здесь астронавты с трех звездолетов (не считая, разумеется, чужаков). Он давно уже управился с завтраком и неторопливо потягивал сок, когда за дверью раздалось знакомое «шлеп-шлеп» и появилась давешняя парочка тюремщиков. А может, это были другие, пока что все они казались ему на одну морду.

В столовой воцарилась космическая тишина. Меншиков, с умыслом усевшийся у самой двери, приготовился мимикой и жестами дать тюремщикам понять, что он смелый доброволец, жаждет незамедлительно отправиться в лес.

— Сергей Варгин, ваша очередь, — сказал диск на поясе тюремщика. Меншиков вскочил так поспешно, что «остроухий», приготовивший было рефлектор-погонялку, издал протяжный чирикающий звук. Должно быть, удивился, не ожидал подобного энтузиазма. Или, наоборот, одобрял, кто его знает...

Как и Роми вчера, Меншиков стал пятым пассажиром прозрачного диска. Диск вертикально взмыл вверх. Прежде чем он на большой скорости вошел в лиловый туман, Меншиков увидел все, что ему было необходимо.

Внизу раскинулись заросли фиолетовых деревьев с высокими пирамидальными кронами. Оказалось, что тюрьма — одна из вершин воображаемого равностороннего треугольника со стороной метров в пятьсот. Второй вершиной было куполообразное здание с какими-то то ли вышками, то ли гигантскими замысловатыми антеннами вокруг, а третье — расчищенная в джунглях площадка, на которой почти впритык друг к другу стояли знакомые и желанные космические корабли...

Ему протянули пояс с новеньким тесаком в ножнах, знаком предложили надеть, потом говорящий диск объяснил, что этим оружием следует отбиваться от хищников, а хищниками нужно будет считать всех зверей, которые открыто выйдут навстречу, — неопасные звери ни за что не покажутся. Потом диск поведал, что искать синие лепешечки нужно внутри наростов на стволах деревьев, но не во всех наростах, а лишь в тех, что покрыты снаружи синими крапинками. Норма — тридцать штук. Складывать в эту емкость («остроухий» протянул мешок из белой эластичной ткани). А если он, Варгин, выполнит норму и останется в живых, достаточно раздавить вот этот белый шарик, и летательный аппарат вернется за ним.

Диск повис в воздухе, касаясь прозрачным брюхом сплошного ковра раскосмаченной фиолетовой листвы. Полыхнула зеленая вспышка, в листе появился выжженный круг, и кусок прозрачного пола под Меншиковым вдруг провалился вниз вместе с ним.

Меншиков и ахнуть не успел, как стоял уже на земле, а в круглом вырезе над ним было только фиолетовое небо. Зло сплюнув, спасатель побрел куда глаза глядят.

Это был дикий, неприятный, негостеприимный лес. Кроны фиолетовых деревьев переплелись так давно и густо, что царил вечный полумрак. Толстые стволы, покрытые морщинистой корой, истекали крупными каплями белесой мутной жидкости, под ногами пружинил пласт слежавшихся листьев и еще какой-то гадости, отовсюду плыли щекочущие горло и ноздри дурные запахи, в кронах возился и мерзко шипел кто-то невидимый. Лес напоминал возведенный сумасшедшим архитектором дворец, состоящий лишь из колонн и крыш и заселенный потом всякой нечистью. Туристов он, безусловно, не привлек бы. Тревожно здесь было и очень неуютно.

В старину утверждали, что новичкам всегда везет в азартных играх. Меншиков почти сразу увидел на стволе покрытый синими крапинками нарост и осторожно вспорол его тесаком, зачем-то подставив мешок, он не удивился бы, начни кругляшки с визгом разбегаться. Ничего подобного, они вели себя смирнехонько, висели себе, прилепившись к стволу, и отдирать их было легко. Пять штук. Одну Меншиков тут же рассек пополам и не увидел ничего интересного — внутри был синий студень с черными вкраплениями, он вонял еще мерзостнее, чем лес, и на глазах покрывался белесой плесенью. Меншиков выбросил половинки и пошел дальше, рыская взглядом по стволам в поисках наростов и синих крапинок. Легкий мешок он нес в левой руке, а правую держал в кармане, на иглере, и вскоре убедился, что зевать не следует.

Краем глаза отметил шевеление слева. Резко обернулся навстречу опасности, выхватил иглер.

Прямо на него, бесшумно, деловито и целеустремленно, как автоматический бульдозер, перло зеленое чудовище едва ли не с Меншикова ростом и явно в несколько раз тяжелее. На шести гибких лапах покоилась геометрически правильная полусфера, покрытая роговыми чешуями, две пары щупалец с пучками когтей вытянуты вперед, четыре глаза на тонких стебельках смотрели с нехорошим гастрономическим интересом, да и были это, скорее, буркалы — грех назвать глазами эти гляделки... Судя по всему, чудище точно знало, чего хотело, и априорно было уверено в своем превосходстве. Оно надвигалось бесшумно, без рева, воя, рычания, и это поневоле производило впечатление.

Но тварь, очевидно, ни разу не видела иглера, и это предопределило исход короткой схватки. Первый выстрел отшвырнул чудовище назад, второй вдребезги разнес переднюю часть, откуда росли щупальца и глаза. Оно и умерло беззвучно. Зловонную и липкую на вид зеленую лужу быстро впитали палые листья.

Только иглер спас его. Будь он с одним тесаком... Щупальца выглядели внушительно, как и обнажившийся среди лохмотьев зеленого мяса черный клюв. Оно должно быть вертким, сильным и проворным. Роми. Может быть, вот это самое...

Меншиков всадил еще три заряда в неподвижную тушу, окончательно разнеся ее на куски. Пошел дальше, напряженно прислушиваясь к лесу. В кронах продолжались возня и шипение, этому тоже стоило уделить внимание, — на Земле мелкие хищники не нападают на человека, а на других планетах возможно всякое, лишь бы пришелец показался им съедобным...

Вторая «черепаха» появилась, когда в мешке у Меншикова лежало уже десятка три кругляшек. На этот раз он подпустил зверюгу на десять шагов и прикончил одним точным выстрелом.

Он стоял посреди сумрачного, мерзко пахнущего леса, слушал визготню в листве над головой и шептал севшим голосом, глядя на неподвижное чудовище: «Бедный Йорик, бедный Йорик...» — то ли смеясь сквозь слезы, то ли плача сквозь смех. Хотелось стрелять по всему, что движется, палить до копоти на ладонях и звона в ушах. Превратиться в машину для убийства. Он стоял, и вдруг что-то тяжелое упало сверху на плечи, придавило, сбило с ног.

Шею жгло, как огнем. Мешок и иглер отлетели в сторону, над ухом шипело и подвывало. Зарывшись лицом в вонючие листья, Меншиков левой рукой пытался сбросить со спины что-то тяжелое и мохнатое, а правой лихорадочно шарил в поисках иглера. Два пальца левой руки вдруг перестали слушаться, но ладонь уже наткнулась на ребристый цилиндрик. Не глядя, Меншиков ткнул им за плечо, в мягкое и мохнатое, нажал на спуск. Несколько секунд лежал, бессильно раскинув руки, глядя в кроны.

Он так и не смог определить по скудным останкам, как выглядела свалившаяся сверху тварь. Выстрел оставил одни клочья — значит, зверь был маленький. Левая ладонь оказалась прокушенной до кости, шея залита своей и чужой кровью, но вен и артерий зверь не задел. Тут как нельзя более кстати подвернулась третья «черепаха». Метким выстрелом ей оторвало лапы. Меншиков ушел, пошатываясь, а она еще долго билась, разметывая листья.

Спустился диск. Мешок у Меншикова забрали сразу. Диск высадил его во дворе и сразу же взлетел — теперь Меншиков знал, что они улетели в сторону купола.

Он вернулся как раз к обеду. Хотел пройти мимо переполненной столовой, но в горле невыносимо пересохло, и пришлось зайти. Разговоры вполголоса сразу оборвались, все смотрели на него, а он стоял и стакан за стаканом глотал сок. Мутило. Он догадывался, что являет собой жутковатое зрелище. Хорошо еще, что девушки не визжали, он терпеть этого не мог.

Напившись, повернулся к двери и бросил на ходу:

— Фатах, за мной...

Три таблетки стимулятора, брикетик АС. Меншиков сбросил на пол бренные останки комбинезона, встал в маленькую ванну под пронзительно холодную струю душа. Вода моментально побурела. Раны защипало, потом щипало и пекло сильнее — когда Фатах, что-то уважительно и жалостно бормоча по-турецки, накладывал биоклей. Свежая рубашка липла к непросохшему телу.

— Значит, так, Абдель, — сказал Меншиков, морщась от зудящей боли в прокушенной руке. — Если корабли на ходу, мы взлетим. Если нет... что ж, будет хорошая потасовка, иншалла... Что у вас новенького?

— Они неожиданно расширили зону захвата — самое малое на световой месяц.

— Понятно, сети-то опустели... Что это за желтоволосая парочка, не установили?

— Мы пробовали объясниться. Они рисуют какое-то незнакомое созвездие.

— Но вы хоть втолковали им, что придется бежать? А то возись с ними потом...

— Они поняли, Белаш хорошо рисует.

Это был совсем другой Фатах, прежний — энергичный, преисполненный веры в безоблачное будущее и земное могущество. Меншиков не мешал ему торжествовать и вскоре отпустил, чувствуя себя прекрасно: у него были оружие, план действий и знание обстановки, а все это, вместе взятое, многое значит. И позволяет со спокойной душой вздремнуть до вечера, потому что ночью спать не придется — если повезет, только сегодня, а если нет — у покойника достаточно времени, чтобы отоспаться за все проведенные вне постели ночи...

Глава 10
Подсудимые

Неожиданный визит Лихова оборвал отличный сон-воспоминание об охоте на ягуара — была и такая в жизни Меншикова. Уже просыпаясь, он подумал, что здешний лес не подходит для туристов, но именно благодаря этому неминуемо способен привлечь серьезных охотников. Только придется пользоваться не таким солидным, как иглер, оружием — чтобы не испортить будущие чучела. Кто-кто, а уж охотники оценят эти смердючие фиолетовые дебри по достоинству...

— Я вас разбудил? — тактично поинтересовался Лихов, не собираясь, впрочем, уходить.

— Ерунда... — пробурчал Меншиков, садясь. Ключицы ломило, ныли порезы на спине, не говоря уж о ладони, — перестали действовать лекарства. — Ну и разбудили, подумаешь. У вас ко мне дело? Вы ходите с видом человека, у которого есть что сказать... Фатах, разумеется, уже сообщил вам, чтобы вы были готовы покинуть это гостеприимное заведение?

— Сообщил, конечно. Вы будете стрелять, если «мохнатые» попытаются нас задержать?

— Дорогой Лихов, — сказал Меншиков, — я с удовольствием стал бы стрелять и в том случае, если бы они стали разбегаться с визгом. Тогда можно было бы кричать: «Что, гады, припекло?» И разные другие слова. (Взгляд Лихова задержался на сумке Роми.) Нет, не нужно так обо мне думать. Здесь погибли восемнадцать человек, и это дает мне неоспоримое право стрелять.

— Даже зная, чем наши хозяева руководствовались? — как бы между прочим спросил Лихов.

— Садитесь,— сказал Меншиков.— И рассказывайте, что вам известно. Вы, наверное, удивились, что я не удивился? Но я не вижу ничего удивительного в том, что кому-то удалось наконец докопаться до сути. Давайте побыстрее, уже темнеет, а мне скоро идти работать.

— Вы много охотились на Земле?

— Изрядно, и не только на Земле,— сказал Меншиков.— Но на меня охотятся впервые.

— Вы, как и все мы здесь, несомненно, ломали голову над тем, как объяснить нелогичное, жестокое, не укладывающееся ни в какие наши представления поведение этих существ, ведь верно?

— И безуспешно ломал,— признался Меншиков.— Маломальского объяснения нет.

— И вы не верите в садистов или религиозных фанатиков Большой Золотой Черепахи? Нет? Я так и думал. Глупо было бы верить в такую чушь. Но ведь абсолютно нерационально так охотиться на будущих рабов и посылать их — практически без оружия! — туда, где в тысячу раз продуктивнее способны работать роботы...

— Знаете, не нужно длинных преамбул. Рассказывайте. Я заранее обещаю, что поверю вашей гипотезе, если она будет логичной.

— Вы обратили внимание, что в анкете, которую тут нам дали заполнить, стоит вопрос: «Занимались ли вы ранее охотой?» На первый взгляд — странный вопрос. И глупый. О многих гораздо более важных вещах и не пытались расспрашивать, зато с удивительным постоянством просят каждого новоприбывшего ответить, охотился он когда-либо или нет. Так вот, есть один-единственный признак, объединяющий всех, кто попал сюда. Один-единственный, других нет. Я зажгу свет?

— Нет,— хрипло сказал Меншиков.— я люблю разговаривать в темноте, она, знаете ли, располагает к большей откровенности и открытости (и прячет твое лицо, подумал он). Один-единственный признак? Но ведь не может же быть...

— Может. Все, кто попал сюда, охотились хотя бы раз в жизни. Одним, как, например, Роми или мне, случилось один-единственный раз выстрелить по зайцу, а другие, как вы и Белаш, сделали охоту своим постоянным развлечением. Но это не важно. Вообще-то был второй объединяющий признак — здесь собраны только земляне, — но после появления желтоволосых второй признак автоматически отпал... Теперь только охота... — Лихов отошел к окну и уселся на широкий подоконник. В комнате было уже совсем темно, и на фоне идущего снаружи слабого света биолог казался просто черным силуэтом. — Итак... О происхождении Хомо Сапиенс. Этот процесс выглядит как лестница с большим количеством ступенек. Если приблизительно: амеба — земноводные — ящеры — млекопитающие — праобезьяна — мы с вами. Ну а если бы не существовало ступеньки «праобезьяна», или «кроманьонец», не появилось бы и следующей — нас с вами... Давно доказано, что предки Хомо Сапиенс сформировались в двух или трех точках планеты и в свое время это были крохотные стада. Предположим, что в силу тех или иных причин — землетрясения, наводнения, вулканы, эпидемии, звери, космический катаклизм, — эти крохотные трибы наших предков исчезли бы. Что тогда?

— Нас с вами, увы, не было бы, — сказал Меншиков, словно прилежный ученик на экзамене.

— Не только нас с вами, но и всего человечества. Но означает ли это, что на Земле вообще не появился бы сапиенс? Отнюдь нет. Став разумными, мы заступили кому-то дорогу, заняли чье-то место, кого-то опередили. Еще в двадцатом веке было установлено, что некоторые виды животных при благоприятном стечении обстоятельств могли стать родоначальниками разумной расы. Хотя бы те медведи, и они не единственный пример. Может быть, таких «потенциальных кандидатов в сапиенсы» гораздо больше, чем мы сегодня думаем. Просто мы — те, кому повезло. Просто мы успели раньше. Но откуда мы знаем, что обезьяне всегда и везде суждено успевать первой? Там, где обезьян не было вообще или обезьяна опоздала купить билет, образовавшийся вакуум заполнит другой вид, на последней ступеньке обязательно появится сапиенс, пусть и не хомо... Такой, например, как наши мохнатые хозяева. Предположим, что существует общий для всей Вселенной закон, по которому в случае отсутствия или опоздания обезьяны кто-то другой непременно окажется на последней ступеньке эволюционной лестницы. Предположим, что существует в космосе раса, открывшая этот закон и убедившаяся, что он верен. И предположим, что открытие этого закона наложило свой, особый отпечаток на отношение этой расы к животным. Каким оно будет? Быть может, в некоторых случаях примет вид своеобразного комплекса вины перед теми, кому нынешний сапиенс загородил дорогу. Быть может, любой охотник станет казаться преступником, а преступников, как известно, ловили и наказывали. Что с нами и делают. Стоит только предположить, что мы отбываем предписанное нам наказание, — автоматически не остается темных мест и загадок. Все логично и грустно. Никаких галактических пиратов — только исполнители приговоров. Нам с вами мстят, Варгин. Нет, не наши тюремщики. Нам мстят мамонт, дронт, стеллерова корова, тур, квагга. Мстят бескрылые казарки, странствующие голуби, львы Пелопоннесского полуострова, волки Англии, берберийские и капские львы. Мстят все виды, начисто уничтоженные нашими предками, и мстят все звери, убитые нами самими ради развлечения. Мы перестали убивать друг друга, но по-прежнему считаем себя вправе убивать животных, которых и так однажды низвели на роль братьев наших меньших, однажды опередив их.

— Не всех, — сказал Меншиков. — Мы опередили не всех. Ведь не считаете же вы, что любой вид мог развиться в сапиенса?

— Я и не говорю, что буквально каждый вид является «потенциальным кандидатом». Не о том речь. Разговор идет о мировоззрении существ, подобных в своем отношении к животным нашим хозяевам. Для них мы — преступники, и нас наказывают.

— Да... — сказал Меншиков. — Позвольте вас поздравить, Лихов.

— Вы мне верите?

— Вопрос так не стоит. Если это для вас так уж важно — верю. Ваша гипотеза объясняет если не все, то очень многое. Только оттого, что она окажется верной, наши хозяева не перестанут быть преступниками.

— Но почему?

— Следуя их логике, я должен теперь лобызаться с каждым медведем. А я не хочу. Пусть где-то там, в далеком созвездии, отдаленные потомки родичей нашего медведя водят космические корабли, но на Земле наш земной медведь остается низшим животным, так и не ставшим Урсус Сапиенс, и нет никакого преступления в том, что я на него охочусь. Наказывать меня за это столь же бессмысленно, как за то, что в далеком прошлом люди одного со мной цвета кожи истребили пруссов и маори. Никаких земных законов я не нарушал.

— Но мы живем не только на Земле, но еще и в космосе. И охотимся в космосе... Если я не ошибаюсь, в прошлом, когда у нас существовали границы, путешественник обязан был подчиняться законам того государства, в которое попал?

— Что ж, можно держаться подальше от мест, где действуют идиотские законы.

— Да? — спросил Лихов тихо и недобро. — Вы в самом деле полагаете, что, изменив трассы полетов, мы разрешим проблему? Так просто? Мы ведь столкнулись с чужой логикой, поймите вы это. Логика. Чужая. И по ней выходит, что часть нашего общества составляют преступники. Что же, у нас не найдется других чувств, кроме оскорбленного самолюбия?

— Мы достаточно сильны, чтобы дать отпор, если это понадобится.

— Вот и знакомый голос, — тихо сказал Лихов. — Всегда правы только мы. Права она или нет, это моя страна... Сколько раз звучал этот голос в нашей истории? Значит, мы нашли-таки гипотетического врага? Да нет, мы его старательно изобретаем...

— Как хотите, — сказал Меншиков. — Как бы там ни было, я никогда не соглашусь, чтобы землян отправляли на смерть во имя моральных принципов, которые исповедует другая раса. И не нужно о чужой логике. Да, они правы, но и мы правы. Так тоже бывает — оба правы, и потому каждый должен оставаться при своем. Пусть не вмешиваются в наши дела, и мы ответим тем же. Нужно лишь договориться уважать обычаи друг друга.

— Но сосуществование не всегда сотрудничество...

— Да что вы предлагаете, в конце концов? — разозлился Меншиков. — Выдавать им тех, кого они считают преступниками?

— Я хочу, чтобы вы поняли, как трудно будет решить эту проблему. Как и положено, как и следовало ожидать, Первый Контакт оказался непохож на все, что мы о нем напридумывали. Отдел разработки проблем контакта далеко, а мы — здесь. Тем более важно, чтобы вы...

— Я понял, — сказал Меншиков. — Могу вас заверить — я буду беспристрастным и объективным, когда стану докладывать обо всем. Это мой долг. Но я считал «остроухих» преступниками и буду считать. Мы, с их точки зрения, преступники? Но не больше, чем они с нашей. Мы — убийцы, а они — пираты. Поэтому я считаю себя вправе стрелять в любого из них, кто попытается помешать мне спасти людей. Простите, у меня нет времени.

Он распахнул дверцы шкафа, на ощупь отыскал тяжелый холодный бластер и заткнул его за пояс. Рассовал по карманам энергетические обоймы, сунул туда же тюбик с мазью. Натянул новую куртку. Лихов не шевелился.

— А не остаться ли мне здесь? — спросил он задумчиво, то ли обращаясь к Меншикову, то ли споря с самим собой.

— Не говорите глупостей. — Меншиков свинтил с дула бластера фальшивое сверло и швырнул его на пол. — Они с вами и разговаривать не станут, преспокойно пошлют в лес, а там вы загнетесь. Ну, я пошел работать...

Глава 11
Побег

Он вышел в коридор, беспечным прогулочным шагом направился к лестничной площадке. Казалось, шары смотрят в спину хитрыми невидимыми глазками. Меншиков молниеносно обернулся, падая ничком, выбросил вперед руку с бластером, и дважды сверкнула сиреневая молния, нанизав ничего не успевшие понять шары на шампуры раскаленной до диких температур плазмы. Они просто не успели бы подать сигнал...

Выпрямившись, Меншиков вдохнул резкий запах чужой горелой синтетики. От шаров не осталось и крупинки, только сизый дым не спеша таял под потолком. «Запад есть Запад, Восток есть Восток, и им не сойтись никогда...» — нараспев продекламировал Меншиков своего любимого поэта, поднялся на третий этаж и проделал там то же самое, потом вразвалочку спустился вниз и уничтожил шары там. Получилось так легко и просто, что он почувствовал даже некоторую обиду и разочарование. Вышел во двор, сверкнула фиолетовая молния, и на территории тюрьмы не осталось ни одного шара. Путь был свободен, но из предосторожности Меншиков лег на землю у самой стены и пролежал там минут пятнадцать, выжидая, не появится ли диск со встревоженными тюремщиками. В просветы листьев фальшивых лип светили знакомые звезды Каравеллы Колумба и Звездного Филина, понемногу возвращалась уверенность в том, что жизнь прекрасна.

Диск не появился, значит, никакого командного центра в тюрьме не было. Как и аварийной сигнализации. Шары действовали по автономной программе. Что ж, да здравствуют самостоятельные программы, нех жие, банзай, вансуй... Меншиков встал, смахнул с себя пыль и выдавил на ладонь колбаску пахучей пасты. Потер ладонь о ладонь.

Паста уничтожила покрывавший ладони защитный состав, пленку телесного цвета с фальшивыми отпечатками пальцев, и спасатель теперь мог лазить по стенам и потолку, как муха. Вернее, как геккон, потому что принцип биологи «Динго» позаимствовали именно у геккона — на ладони приживлялись микроскопические волоски, не меньше сотни тысяч на квадратный миллиметр, и ладонь прилипала к любой самой гладкой поверхности. Для сильного человека влезть на стену было не труднее, чем вскарабкаться на руках по канату.

Меншиков посидел на гребне стены, обхватив ее ногами, словно верховую лошадь. И полез вниз. Вскоре пятки коснулись земли. Деревья здесь стояли редко и оттого не казались такими уж противными.

Двойная шеренга кораблей — высокие, темные, похожие на башни давным-давно заброшенного замка. Среди острых конусов звездолетов и веретен рейдеров Меншиков углядел какую-то странную полусферу и удивился было, но тут же вспомнил, что это, должно быть, и есть корабль «желтоволосых».

Он открыл люк «Биосфора» и уверенно направился в рубку. Одна за другой зажигались лампы, в овальном коридоре громыхало эхо шагов, и Меншиков подумал вдруг, что никогда до того не был ночью один на большом корабле.

Включил контрольное табло — все системы в готовности, стартовать можно хоть сейчас.

— Ну и раззявы же вы, господа мои... — презрительно пробормотал он в адрес «остроухих», а руки тем временем уверенно бегали по клавишам, задавая киберштурману курс на вторую планету Альфы Каравеллы. Потом он прошел в свой «Байкал» и сделал то же самое.

Вышел наружу и задержался на краю расчищенного для звездолетов участка, в тени. Отсюда открывался вид на купол — он стоял на возвышенности, сверкал, словно исполинская горсть бриллиантов, далеко отбрасывая свет на окружающий лес. Пристанище уверенных в себе, не нуждавшихся в маскировке похитителей, он походил скорее на волшебную шкатулку, на театр, где сейчас должен начаться веселый новогодний маскарад. Не было в нем ничего злонамеренного или грозного.

Несколько минут Меншиков стоял засунув руки в карманы куртки, кривя губы, смотрел на жилище существ, над которыми одержал верх. Особого торжества или какого-нибудь там злорадства он не испытывал. Как всегда в таких случаях бывает, подготовка триумфа казалась теперь во много раз ценнее самого триумфа. Меншиков ощущал лишь томительную крестьянскую усталость.

Возвращаясь назад, он едва не сбился с пути. Хорошо, что ориентироваться помогал сияющий купол.

В тюрьме горел свет во всех окнах — Фатах с Белашем четко выполнили приказ, разбудив всех. Меншиков вошел в вестибюль и заорал что было мочи:

— Вых-хади!

Захлопали двери, люди выскакивали на лестницу, бежали вниз. Показался Белаш, увлекавший за собой обоих «желтоволосых», — те удивленно озирались, но не сопротивлялись.

— Никого не осталось? — крикнул Меншиков.

— Никого, — отозвался сверху Фатах.

— Внимание! — Голос Меншикова легко перекрыл тихий радостный гомон. — Все во двор, в колонну по двое! Держать строй, не рассыпаться! Фатах — замыкающий! Марш!

Он выскочил во двор и выстрелил в ненавистную стену — с противоположной от купола стороны. Взлетел сноп голубых искр, люди парами пробегали мимо спасателя, ныряли в проем с разлохмаченными, еще дымящимися краями. Меншиков считал бегущих: восемь... двенадцать... двадцать... ага, Лихов как миленький чешет... Белаш со своими подопечными... Фатах... все!

В небе светили крупные яркие звезды. Люди бежали по инопланетному редколесью, и это было как во сне, когда сбываются все желания и невесомое тело летит над землей, словно дым костра. Бластер вывалился из-за пояса, Меншиков поймал его на лету и держал теперь в руке.

Люк «Босфора» был распахнут настежь, подошвы гремели по пандусу, кто-то споткнулся, его поймали за шиворот и втащили в люк.

— Le train part a Lausanne! Asseyz vous, mesdames, messiers!* — озорно рявкнул Меншиков, вспомнив фразу из старинного романа. — Фатах, ко мне! Уходите на форсаже, штурман сориентирован!

— А вы?

— Да господи, я следом! Скор...

Слова застряли у него в горле. Эллипс холодного белого света накрыл площадку, как сачок, высветил испуганное лицо Фатаха, от ставших угольно-черными кораблей потянулись длинные тени, и Меншиков увидел две непропор-

---

* Поезд идет в Лозанну! Садитесь, дамы и господа! *(фр.)*

ционально длиннорукие фигуры — они стояли на границе света и тьмы, спиной к прожектору. Один из них медленно поднял лампу со знакомым рефлектором, но сверкнула сиреневая молния, яркая даже в ослепительном белом свете, и там, где только что стояли «остроухие», взвилось облачко пара. Закрыв лицо растопыренной ладонью, Меншиков выстрелил по прожектору, в центр белого горнила, и снова упала темнота. Сзади бухнул люк, в спину толкнул порыв холодного ветра — громадина «Босфор» бесшумно, как сова, вертикально ушел в ночное небо.

Неизвестно, как «остроухие» узнали о побеге, но они узнали, и времени на раздумья не оставалось. К аппаратуре, способной стаскивать с межзвездных трасс космические левиафаны, следовало отнестись со всей серьезностью, мощности бластера здесь, безусловно, не хватило бы, и Меншиков благословил настойчивость Роксборо, добившегося для него и вещей посерьезнее лучевого оружия. Сколько трудов ему стоило уговорить и физиков, и Контрольный Совет, спасибо, Сай, ты замечательный...

Кривя губы в судорожной улыбке, Меншиков потянул из внутреннего кармана куртки массивный продолговатый предмет, сорвал предохранители. Зажмурился — никому, кроме немногих экспериментаторов, не приходилось наблюдать действие потока антипротонов.

Высоко в черном ночном небе вспыхнуло белое сияние, пронизанное синими зигзагами, вспыхнуло и погасло — «Босфор» ушел в гиперпространство. Пуговица, вспомнил Меншиков, лихорадочно щелкая переключателями, вспомнил и похолодел. Пуговица с куртки Ле Медека, единственное, что осталось от Алена... Она там, в камере, в кармане старой, разорванной рубашки, а наши железные традиции гласят, что... Дьявол, неужели эта штука так и не сработает?

И тут излучатель сработал. Грохнуло так, словно небо раскололось и рушилось теперь на планету, дробясь и рассыпаясь. На месте купола взметнулся исполинский гейзер огня, окутанный клубящимся дымом, взрывная волна сорвала кроны деревьев, и они диковинными птицами мелькнули над площадкой. Меншикова подняло в воздух, перевернуло и швырнуло о борт ближайшего звездолета. Что-то мерзко хрустнуло в боку, и он успел подумать: неужели все?

Нет. Он и сознания не потерял. Едва успев вскочить, понесся к тюрьме, превозмогая колючую разлапистую боль в боку. Он хорошо сделал свое дело и решил, что теперь имеет право соблюсти традиции: если от погибшего Динго осталась хоть горсточка праха, хоть кусок ткани, хоть пуговица — их нужно доставить на Землю. Причудой эту традицию считают лишь люди посторонние. Люди спасены, и теперь он рискует собой одним...

Он нырнул в пролом, загрохотал по лестнице, боясь, что потеряет сознание, — голова раскалывалась, тело рвали на куски невидимые клещи. Ночь, пустое здание инопланетной тюрьмы, гул шагов — дикий сюрреалистический сон, только вот проснуться нельзя... Он схватил с пола обрывки рубашки, нашел заветную пуговицу, спрятал ее в карман, застегнул карман и помчался назад. Обернувшись в проеме, выстрелил по опустевшей тюрьме — гореть, так всему...

Меншиков бежал по пылающему лесу. Наперерез с истошным визгом промчались какие-то мохнатые клубки. На месте купола буйствовало пламя, огненный поток расползался с холма, и пылающие деревья оседали в него, словно поставленные на раскаленную сковородку свечи. Пук горящих веток рухнул на спину, как давеча зверь, Меншиков упал и катался по земле, сбивая пламя. Просто удивительно, что эти сырые на вид деревья так яро горели...

Сбил пламя, вскочил и побежал, перепрыгивая через ручейки огня, передовые струйки огненного потока, величаво и грозно растекавшегося по площадке. Крайние корабли стояли уже в огне. Жар стягивал кожу. На одном звездолете автоматически включилась внешняя защитная система, и туманные облака пены пытались оттолкнуть наступающий огонь.

Меншиков с маху угодил ногой в пламя и не почувствовал боли. Мохнатый клубок, ничего уже не соображая от страха, влетел в люк «Байкала» и скорчился в углу. Не обращая на него внимания, Меншиков запер люк — шею так свело болью, что хотелось выгнуться колесом назад, — упал в кресло, не глядя надавил клавиши обожженными пальцами. Глянул на широкий обзорный экран.

Такой эта планета и осталась в памяти Меншикова — повсюду дымное пламя, неправдоподобно четкие силуэты деревьев на его фоне, пылающие кроны. И вереница светящихся дисков, промчавшихся к тому месту, где стоял купол, а сейчас не было ничего, кроме огня...

Взвыли датчики, возмущенные учиняемым над агрегатами насилием, — корабль входил в гиперпространство на глай-форсаже, с работающими стартовыми агитгравами, с разгона. На такое решались в исключительных случаях, но Меншиков боялся, что не успеет, потеряет сознание. У его железной выносливости были свои пределы.

Глава 12
Триумфальное возвращение героя

На обзорном экране синело небо и белели мохнатые разводы облаков. «Байкал» добросовестно доставил его ко второй планете Альфы Каравеллы и сейчас барражировал в стратосфере, ожидая новых приказаний. Павел Меншиков по кличке Локомотив вновь доказал, что он всегда возвращается.

Воспаленными глазами он долго смотрел на экран, не в силах сообразить, над каким континентом болтается. Нажал кнопку аварийного вызова и, когда пришел пеленг, повел корабль вниз.

«Байкал» пробил облака и опустился на огромное зеленое поле. Один за другим гасли огоньки на пульте, агрегаты замирали в ожидании готовности.

— Ты хороший корабль, — сказал Меншиков «Байкалу», поднялся из кресла и стряхнул с тела расстегнутые ремни. Чертовски болело в боку.

Возле люка прижался к полу зеленый мохнатый зверь, что заполошно прыгнул сюда, спасаясь от пожара, — похоже, ближайший родич того, что свалился на плечи в лесу. Даже если так, сейчас это был всего-навсего подвывающий комочек страха. Меншиков пинком вышиб непрошеного пассажира в открытый люк и выпрыгнул следом.

Поодаль возвышалось белое здание галактического маяка с блестящими спиральными антеннами на плоской крыше. Приятно пахло здешними степными травами, и в небе сиял Риоль — Альфа Каравеллы. Правда, у зеленой травы был чуточку иной, неземной оттенок, и Риоль заметно отливал голубым, но все же это был дом, пусть и для бродяг, Меншиков не помнил, чтобы когда-нибудь еще ему было так приятно возвращаться.

Перед ним полукругом стояли человек десять, половина в коротких палевых куртках «Динго», и Павел Меншиков, спасатель по прозвищу Локомотив, законный триумфатор, сделал шаг вперед к ним, а вот второго шага сделать не смог. Нет, ноги служили ему, но глаза не хотели верить, потому что он видел перед собой тех, кого никак не могло быть здесь, их вообще больше не было, они погибли. Их не было в этом мире, этом времени. Их не было нигде. Мертвые возвращаются только в снах, да еще могут смотреть с фотографий и экранов, однако, безусловно, неспособны в ясный солнечный день появиться перед тобой и выглядеть до ужаса живыми. Остается моргать и тереть глаза. Это помогает. Иногда.

Не помогло. Меншиков стоял слегка пошатываясь, моргал так, словно под веки набился песок, однако по-прежнему видел среди встречающих Роми в незнакомом ему светлом платье и здоровенного, загорелого Алена Ле Медека. И Гришу Бильджо. И Лукаса с «Эсмеральды».

Потянуло сесть, и он шагнул назад, сел, опершись спиной на твердый теплый бок «Байкала», продолжая моргать и протирать глаза. В конце концов, человек, которому средь бела дня привиделись мертвецы, имеет право сесть и посидеть, пока не пройдет наваждение.

Наваждение упорно не проходило. Роми опустилась на колени рядом с ним и робко подняла руку, не зная, как прикоснуться к нему, чтобы не причинить боли. Видимо, выглядел он ужасно.

Не бывает таких доскональных галлюцинаций, думал он, глядя в васильковые глаза Роми, вдыхая свежий запах ее кожи и боясь поднять взгляд на Алена. Всегда можно различить галлюцинации и необъяснимые пока чудеса — первые сотканы из тумана, вторые не имеют с миражами ничего общего, просто время от времени случаются в реальном мире с реальными людьми...

Роксборо вполголоса упомянул о несомненном шоке и больнице. Ему нестройно поддакнули.

— Никаких больниц, вы! — сказал Меншиков. — Какие, к черту, лазареты... Объяснит мне кто-нибудь, что здесь происходит? Ну!

Несмотря на боль, голова его оставалась ясной, и тем не менее рокочущий баритон Роксборо доносился откуда-то издалека, как и замечания, которые по ходу вставлял Ален. Роми осторожно держала руку Меншикова, а Роксборо рассказывал, как те, кого Меншиков считал погибшими в фиолетовых дебрях, один за другим неизвестно откуда появлялись на Гахерисе, той самой планете, с которой прервалась связь и восстановилась только вчера вечером. В последний момент, когда на горле смыкались челюсти и согласно всем канонам душа должна была перенестись в мир иной, вместо проблематичного «того света» «погибший» вдруг оказывался на Гахерисе...

— Довольно! — сказал Меншиков. — Замолчите...

Лихов был прав, но не во всем. На Земле охотой увлекаются что-то по одному. Так что — никаких наказаний. Эпопея с похищениями была... да наберись смелости произнести это слово хотя бы про себя. Следуя своей логике, «остроухие» пошли на Контакт именно таким образом. Дать понятие о своей морали и этике, наказать, не убивая, и в то же время сыграть прелюдию к Контакту. Согласно их логике они были правы. Согласно своей логике был прав Меншиков. Связь восстановилась вчера вечером — почти за сутки до того, как замелькали сиреневые молнии и огонь сожрал сияющий купол. Что же, все дело только в трагической спешке или все иначе?

Меншиков встал, не заметив, что ему помогли Роми и Роксборо. Здесь, в этом мире, где еще ничего не знали про то, как он уходил и что оставил после себя, его не было. Он был там, где под ночным небом на границе света и тьмы взлетало облако пара, там, где в пылающем куполе гибло все живое.

«Как мне судить себя? — спросил он и не нашел ответа. — Разве легче оттого, что никто не посмеет ни в чем обвинить и упрекнуть, признает, что при том минимуме информации, которым я располагал, мои действия автоматически подпадают под безликое определение „трагического недоразумения" — удобнейший вариант, виновных искать бессмысленно, потому что все одинаково виноваты... и правы. Ведь я их убил, Господи, я их убил, а они были совсем не такими, как мне показалось. Не было желания задуматься, просчитать все варианты, стать беспристрастным — палец автоматически стал искать курок, мысль сворачивала на заигранные стереотипы...

Мы забыли войны, мы идем от звезды к звезде, мы покончили с прошлым, но до чего же глубоко засело в нас это чувство, пестовавшееся тысячелетиями, идущее прямиком от пещер и каменных топоров, — обязательно, непременно ждать подвоха от чужого, приписывать чужому свои гаденькие мысли. Мы ищем всюду зеркала, особенно там, где их нет И ничего удивительного, если в результате таких вот поисков ты вдруг окажешься перед самым беспощадным зеркалом – твоей совестью. И зеркало это черным-черно...»

Оттолкнув поддерживавшие его руки, он пошел через поле к белому зданию маяка, тщетно пытаясь вытравить память о холодной тяжести бластера в руке и сиреневых вспышках. Хотелось бежать куда-то, лететь, броситься к пультам дальней космической связи и кричать в пространство, оправдываться, объяснять, что это — трагическая ошибка, что по нему одному не нужно судить о всей Земле.

Казалось, что это поле никогда не кончится, но он видел, что белое здание уже близко, слышал осторожные шаги идущих следом за ним людей и с ужасом думал, что настанет момент, когда придется рассказать о том, как он уходил...

СТОЯТЬ В ОГНЕ

1

Троллейбусы на этом маршруте ходили аккуратно, с короткими интервалами, но сегодня «тройка» нарушила график, и на остановке накопилось человек двадцать. Кто молча сидел, кто курил, кто с вялым раздражением прохаживался. Мятый мужичок начал было развивать оригинальную теорию, будто все оттого, что на троллейбусы понасажали девок, а у девок, известно, привычка вечно опаздывать, которой они не собираются изменять и за рулем. Но к ожидающим подошел милицейский сержант, и мужичок опасливо приумолк.

Анна особенно не торопилась, но бесцельное ожидание всегда ее раздражало, а вдобавок раздражал и этот тип, не сводивший с нее глаз так, словно имел на это право. Собственно, если разобраться, не столько сам тип, сколько то, что разгадать его взгляда она не могла. В нем не было ни веселой фривольности, ни даже любования от нечего делать молодой красивой женщиной. Что-то другое, непонятное. Напряженное изучение? Пожалуй, более-менее точное определение, хотя и его нельзя назвать исчерпывающим. Он стоял утопив руки в карманах модной курточки, яркой и невесомой, время от времени сосредоточенно покусывая нижнюю губу, и никак не отреагировал на брошенный в его сторону Анной сердито-пренебрежительный взгляд. Лет тридцать, черная шкиперская бородка, приятное, но не такое уж запоминающееся лицо. Джинсы, черная водолазка, японская курточка — нивелирующая униформа восьмидесятых. Может оказаться кем угодно — от молодого доктора наук до слесаря-сантехника.

Подошел троллейбус, набитый так, что распахнулась лишь одна дверь из трех, но и туда смогли втиснуться три-четыре наиболее энергичных счастливчика, не больше. Анна и не пыталась идти на штурм. Тип тоже не двинулся с места. После призывов водителя освободить дверь на задней площадке кое-как утрамбовались, троллейбус, басовито свистя, укатил.

Кое-кто, чертыхнувшись, отправился пешком, и Анна, подумав немного, решила последовать их примеру.

— Правильно, Аня, — сказал бородатый тип, без тени неловкости пристраиваясь рядом. — Вам ведь все равно у театра на автобус пересаживаться, вот по пути и поговорим.

Анна остановилась и посмотрела на него вовсе уж неласково, но способность смущаться, очевидно, в число достоинств бородатого не входила. Если у него вообще имеются достоинства, подумала Анна. Ведь хотела же выучиться карате...

— Внесем ясность, — невозмутимо продолжал бородатый. — Моя фамилия Астахов. Ухаживать за вами я не собираюсь, а вот поговорить нам необходимо.

— Интересно, о чем?

— О жизни, о времени, о вас.

— Знаете, мне сейчас приходят на ум разные фольклорные словечки. Слышала в свое время.

— Это когда на стройке работали? — Астахов улыбался. — Молчите? Видите, вы уже немножечко заинтригованы. То, что я знаю, как вас зовут, не такая уж ошеломляющая штука — мало ли тривиальных объяснений можно отыскать? И вы растерялись чуточку... Надеюсь, перестали принимать меня за вульгарного ловеласа?

— Ну и перестала, — медленно сказала Анна. Астахов, по-прежнему держа руки в карманах, шагал рядом. — Что из того?

— Неужели вы не любопытны? Вдруг появляется абсолютно незнакомый, но тем не менее хорошо знающий вас человек...

— Ага, — сказала Анна. — Сейчас меня прямо-таки колотить начнет от любопытства.

Она готова была наговорить кучу колкостей, но невозмутимое спокойствие Астахова ее смущало. Словно и в самом деле эта странная встреча была порогом к чему-то важному для нее. И она, не без оснований считавшая себя волевой, вдруг почувствовала, что нужно отбросить сарказм и непреклонную отчужденность. Что ее воля столкнулась с более сильной.

— Что вам от меня нужно? — спросила она тихо и серьезно, не глядя на незваного спутника.

— Вообще или пока?

— Вообще.

— К «вообще» вы еще не готовы. Речь идет только о «пока». Знаете, давайте присядем и покурим. Вы ведь курите, но стараетесь не курить на людях, а вон та скамейка как раз в удобном отдалении.

Они сели. Астахов щелкнул красивой синей зажигалкой.

— А вы, случаем, не черт? — спросила Анна.

Астахов не ответил на улыбку.

— Может быть, гораздо хуже черта. Может быть, гораздо лучше. От чего зависит окончательная оценка, не знаю, право... Начнем? Аня, пока от вас требуется одно — запоминать все, что я скажу, и не забывать. Так вот... Вы, наверное, читали или слышали об этих дискуссиях, собственно не дискуссиях даже... — Он задумчиво покачал головой, ища слова. — Одним словом, в печати обсуждался вопрос: мог бы какой-нибудь бременский ремесленник века этак пятнадцатого стать оператором современной ЭВМ? И так далее в том же духе. Вы меня поняли?

Анна курила, подавляя глухое раздражение. Мимо в нужном ей направлении промчалась полупустая «тройка», и Анна демонстративно взглянула на часы, бросила окурок в разинутый клюв урны-пингвина.

— Вы меня поняли? — повторил он спокойно.

— Ну поняла, — сказала Анна. — Слышала что-то такое. Или читала. На эту тему, по-моему, даже что-то фантастическое было...

— Умница, — сказал Астахов без тени похвалы, просто констатировал факт. — Словом, проблема формулируется так: некоторые из тех, что умерли сотни лет назад, могли бы оказаться крайне полезными сейчас — для химии, математики, микробиологии какой-нибудь...

— Вполне возможно. И довольно старо.

— Старо. Ну а если поставить проблему с ног на голову? Зеркальное отражение, а?

— Как это?

— А вы подумайте, Анечка. До следующей встречи.

Он пружинисто взмыл со скамейки и пошел прочь — руки в карманах курточки попугайской расцветки, размашистая походка человека, который торопится куда-то и никак не должен опоздать. Анна взглянула ему вслед, хмыкнула и пожала плечами. Все это выглядело настолько странно, что не было и тени гипотезы. Странный разговор на странную тему. Но то, что Астахов знал о ней, мало кто знал. Совсем немногие, если точнее...

Анна встала. Мир вокруг оставался прежним — прохладный сибирский сентябрь, на одной стороне улицы — зеленый забор, огораживавший какую-то стройку, на другой — шеренга стандартных девятиэтажек из желтого кирпича. Разноцветные машины, спокойная голубизна неба. Все как прежде, только теперь был еще и Астахов — странный, раздражающий вопросительный знак...

Псих, подумала Анна. А может быть, и нет — воображает, что изобрел оригинальный метод знакомства. Заинтриговал, заставил гадать, кто из старых знакомых оказался болтуном и где мог с этим Астаховым встречаться, а потом все пойдет по заезженной колее...

«А не пытаешься ли ты таким объяснением заслониться, уйти от серьезного раздумья над непонятной встречей?» — спросила она себя. Мысль эта раздражала еще больше, и Анна решила — довольно. Мало ли в мире странностей? Чудак появился и исчез, а если появится — вспомнить те словечки, что приходилось слышать на той московской стройке, и точка. «И вообще я уже забыла, как его зовут...»

Вечер прошел стандартно. Забрала дочку из садика, приготовила ужин для мужа, те же разговоры, те же темы, та же дикторша на экране — отлаженное, как часовой механизм, бытие, плавное течение времени, устоявшаяся жизнь без неожиданностей...

Ночью ей приснился сон, прозрачный и невесомый, как дым от костра, разноцветный и яркий, словно витраж, непохожий на ее обычные сны. Она ехала куда-то в карете по багряно-золотому лесу, ее пышное платье, невыносимо старомодное для женщины конца двадцатого века, казалось в этот момент привычным, красивым, радующим. Потом был бело-голубой зал, золотое шитье мундиров, тоже казавшихся привычно-красивыми, дрожащие огоньки свечей, затейливые ордена на лацканах черных фраков. Играла немного непривычная, но знакомая по кинофильмам музыка. Анна не танцевала — она приехала сюда не ради танцев. Она много разговаривала с кем-то — собеседники порой менялись. Она так и не смогла понять, с кем и о чем говорит, но знала одно — речь идет о сложных вопросах, важных делах, к ее словам внимательно прислушиваются, ее мнение много значит, с ней считаются. С ней или с теми, кого она представляет? И представляет ли она кого-нибудь? Непонятно. Смысл разговоров, суть их ускользали...

2

Она была рада, когда прозвенел будильник и бело-голубой зал исчез, растаял. Завтрак. Дочку — в садик. Автобус. Пересадка на троллейбус. И дальше все как обычно —

груда бумаг на ее столе в редакции, материал, который нужно сдать, люди, которым нужно позвонить, — текучка, обыденка, рутина, редакционная суета, в которой затеряется незамеченным и залетный инопланетянин самого экзотического облика.

Очередной посетитель вошел как-то чересчур уж робко — не вязалась эта робость с его дорогим модным костюмом, умным и волевым лицом современного делового человека из очередного производственного фильма.

Анна молча ждала. Возможно, он впервые пришел в редакцию и смущен незнакомой обстановкой — случается такое и с уверенными в себе людьми. Или, не исключено, герой одного из последних фельетонов. Или принес первую в своей жизни заметку — мало ли что...

— Анна Георгиевна?

— Да, — сказала Анна. — Вы садитесь.

— Спасибо. — Незнакомец сел, торопливо и неуклюже. — Нужно представиться, я...

Анна без особого интереса раскрыла красную книжечку. Гроховский Николай Семенович, главный инженер весьма уважаемого в городе предприятия. Предприятие было передовое, и во всех других отношениях дела там шли хорошо, так что героем фельетона гость никак не мог оказаться. Все-таки заметка, с грустной покорностью судьбе подумала Анна, а у меня и так завал дикий...

— Слушаю вас, — сказала она с отработанной дежурной улыбкой.

— Собственно, это можно назвать личным вопросом. — Гроховский дернул плечом, уставился на сигареты. — У вас курить можно? Спасибо, Анна Георгиевна, возможно, и я, и мои вопросы покажутся вам странными... Вы знаете Кирилла Астахова?

Вот этого она никак не ожидала. Словно распахнулось окно и в кабинет хлынул уличный шум — ожили в памяти и странный человек, и необычный сон. Гроховский напряженно подался вперед.

— Молодой, лет тридцати, — сказал он. — Аккуратная бородка, черноволосый, знает о вас то, что не должен бы знать.

— Предположим, знаю такого, — сказала Анна. — Может быть, вы объясните, что все это значит? Новый способ знакомства? Между прочим, я замужем.

— Выходит, вы ничего не знаете?

— А что, собственно, я должна знать?

— Но вы ведь встречались с Кириллом?

— Один-единственный раз, — сказала Анна. — Вчера. И очень надеюсь, что второй встречи не будет.

— Вот в этом я не уверен...

— Послушайте, у меня масса работы. — Анна демонстративно придвинула к себе стопку писем. — Можете передать вашему другу...

— Он мне не друг! — Это не было криком, но прозвучало как крик. — Я думал, что вы... Должен же кто-то что-то обо всей этой фантасмагории знать... — Глаза у него были как у больной собаки. — Анна Георгиевна, вы вправе подозревать любую мистификацию, и все же... Хорошо, вы ничего не знаете. Значит, мы находимся в одинаковом положении. Скажите, вам не снилось... Что-нибудь необычное, скажем?

— Что случилось? — тихо спросила Анна. Вряд ли он играл. Непонятно, какие цели должна была бы преследовать игра. Он расстроен, взволнован, и, если он говорит правду; с ним происходит то же самое...

— Что случилось? — повторил Гроховский, потянулся за сигаретой. — Ничего не понимаю. Внезапно появляется незнакомый человек и знает о тебе такое... Нет, ничего стыдного или уголовного, но ведь не должен он это знать... Интригует многозначительными недомолвками, вдобавок сны эти проклятые.

— Какие? — с удивившим ее любопытством спросила Анна.

— Так, сплошные глупости. Чужие какие-то сны. — Гроховский решительно поднялся. — Я прошу вас, Анна Георгиевна, если вы что-то узнаете раньше — вот мой телефон, я вас очень прошу...

— Да, разумеется, — кивнула Анна. — Но...

Гроховский не обернулся, дверь захлопнулась за ним, словно разрубая тайну на две половинки, ничего по отдельности не объяснявшие и не значившие. Анна повертела визитную карточку, отложила и решительно набрала номер.

— Приемная, — откликнулся деловитый женский голос.

— Простите, вы не подскажете — Кирилл Астахов у вас работает?

На другом конце провода помолчали, потом предложили позвонить в отдел кадров. Анна позвонила, зачем-то назвалась сотрудницей паспортного стола, придумала какой-то повод, но все напрасно — Кирилл Астахов не числился среди работавших на уважаемом в городе предприятии.

«Ничего не доказывает, — сердито подумала Анна. — Просто друзья-приятели, а работают в разных местах, и визит этого Гроховского призван закрепить мистификацию... Что же, Анна Георгиевна, снова пытаетесь первым пришедшим на ум банальным объяснением стереть загадочные несообразности происходящего?»

Она задумчиво смотрела в окно поверх забытой дымящей сигареты. За окном были люди, машины и облака, еще дальше — Луна, освоенная фантастами, автоматическими станциями и экипажами «Аполлонов», и совсем далеко — укрытое за солнечным небом что-то неуловимое: чуточку не так проезжали машины, как-то иначе спешили люди, иными казались и облака. И все это — из-за двух странных разговоров и глупого сна? Не стоит беспокойства, право... И все же, все же, зачем главному инженеру солидного предприятия, человеку, по возрасту почти годившемуся ей в отцы, участвовать в идиотском розыгрыше? Может быть, это всего лишь естественная защитная реакция сознания на вторжение в жизнь Неведомого — свести все к банальным заигранным отгадкам? С неба не могут падать камни. Земля не может вращаться вокруг Солнца... Что там еще?

Она сердито погасила сигарету и принялась за письма — нужно было работать.

3

Она собиралась уже перейти улицу, идти на остановку, но зеленый «Москвич», притихший у бордюрчика, внезапно рыкнул мотором, рванулся вперед и загородил ей дорогу. Водитель распахнул дверцу. Кого-кого, а уж его Анна предпочла бы не встречать больше в течение ближайших пятидесяти лет. А он улыбался как ни в чем не бывало.

— Ох, опять вы...— с усталым раздражением сказала Анна.

— Ну да. — Астахов беззаботно улыбался. — Садитесь.

— Нет, спасибо. — Она вспомнила «Мимино». — Я лучше пешком постою.

— Напрасно. — Его лицо стало сосредоточенно-деловым, даже холодным. — Вот что, хотите честную сделку? Вы сядете в машину и выслушаете все, что я скажу, но только, подчеркиваю, все. И после этого, если хотите, я навсегда исчезаю из вашей жизни. Итак? Не столь уж обременительные условия...

— Действительно, — сказала Анна. — Не такая уж высокая цена за удовольствие вас никогда больше не видеть. А вы как, держите слово?

— Да. Специфика работы. Потом сами поймете. Садитесь. Или боитесь?

— Вот уж ничего подобного, — дернула подбородком Анна.

Астахов включил мотор. Они ехали недолго — Астахов свернул за угол, загнал машину в тихий пустой дворик двухэтажного дома и остановился. Откинулся на спинку кресла, удобно умостил затылок на подголовнике.

— Итак, загадочный Кирилл? — спросила Анна.

— Ого! — Астахов цепко взглянул на нее. — А ведь я вам по имени не представлялся, помнится. Гроховский у вас побывал или Вадик?

— Есть еще и Вадик?

— Кого там только не было, кого там только нет... — переврал Астахов старую песенку. — Значит, инженер попытался опередить события. Вы помните все, что я вчера говорил о талантливых программистах, умерших за полторы тысячи лет до появления компьютеров?

— Помню, — сказала Анна.

— Тогда должны помнить и мою просьбу — поставить проблему с ног на голову и подумать над ней.

— Я и не думала думать.

— Что ж, этого можно было ожидать... Начнем все сначала. Существовали люди, родившиеся за сотни лет до того времени, когда их таланты могли найти применение. Это бесспорно. Но не менее бесспорно должно быть и то, что есть люди, родившиеся спустя сотни лет после того, когда им следовало бы родиться, наилучшим образом раскрыть свои способности. Вы — из их числа.

Анна хотела рассмеяться ему в лицо, но не смогла и, досадуя на свою внезапную растерянность, прищурилась:

— Ну да?

— Представьте себе. А потом представьте, что однажды, не буду пока говорить, где и когда, нашли способ исправить шалости Его Величества Случая. И все, кто родился в неудобное для их способностей время, могут наилучшим образом проявить себя кто в прошлом, кто в будущем. Широкий обмен талантами меж веками. Вам выпадает прошлое, и я могу вас туда отправить.

Анна хотела открыть дверцу, но ручки не оказалось — ее не было в положенном месте.

— Я ее снял, — безмятежно сказал Астахов. — Люди иногда пугаются, и гоняйся за ними потом... Главное, не бойтесь. Я не сумасшедший, и я не шучу. Вы очень нужны вчерашнему дню, понимаете? И Гроховский, и Вадик. Для того века вы сделаете больше, чем для нынешнего.

316

— Прошлого нет. Больше нет.

— Прошлое существует, — сказал Астахов. — Я не хочу сказать, что его можно изменить кардинально, — существуют незыблемые законы развития человечества, общества, и нарушать их никому не дано. Но вы, именно вы, и другой, и третий способны изменить какие-то куски прошлого. Спасти полк или роту. Выиграть дипломатическую дуэль. Подтолкнуть открытие. Написать картину или сонет. Сохранить утраченные рукописи. Победить эпидемию.

— Но ведь все, что было, — было? — спросила Анна. — Оно уже случилось, случившееся застыло, как литье в форме, и поздно что-то менять.

— В том случае, если существует один-единственный вариант. При «межвековом» обмене талантами возникает неизвестное нам самим количество параллельных миров. Миров, где исправлены многие ошибки, удалось избежать многих напрасных жертв, утрат, потерь. Миров, замечу, где вы реализуете все, на что способны, проживете жизнь с полной отдачей, будете знать: вам есть за что уважать себя. Не один мир, который вы знали, а множество, калейдоскоп вариантов, грандиозный и смелый проект создания новых реальностей...

— А если я не хочу к каретам и кринолинам?

— Вас пугает перспектива жить в доме без электричества?

— Хотя бы.

— Вы плохо знаете историю техники, Аня. Электричество могло освещать дома древних египтян. Не нашлось дельного мастера. Может, удастся исправить и это...

— Не хочу я к этим кринолинам, — упрямо повторила Анна.

«Что я делаю, — подумала она, — что я делаю? Говорю так, словно это правда, существуют тропинки в прошлое и он не сумасшедший, а полномочный представитель каких-то таинственных сил, стремящихся исправить наиболее одиозные моменты истории, создать параллельные миры, где все — чуточку иначе, чуточку лучше и где ты сама... Нет, это сумасшествие. Этого не может быть, потому что этого не может быть никогда. Порочная формулировка, если честно, но лучше придерживаться ее...»

— Откройте, слышите?

— У вас испуг в голосе.

— Откройте, вы! — Анна сверкнула на него глазами.

— Помните, у Грина? — Астахов, скрестив руки на груди, смотрел перед собой, на тихий пустой дворик. — Рано или поздно, под старость или в расцвете лет Несбывшееся манит нас...

— Я не очень люблю Грина, — сухо сказала Анна.

— И это все, что вы можете сказать? Нет, серьезно? Неужели все? — Казалось, он был искренне удивлен. — Или упорно мне не верите?

— Нет.

— И то, что я о вас знаю...

— Ну мало ли что... — сказала Анна. — В конце концов, чтобы узнать мое прошлое, не обязательно привлекать потусторонние силы.

— Значит, проще думать, что кто-то ради короткого розыгрыша скрупулезнейше изучил ваше прошлое?

— А может, у вас мания такая, — сказала Анна. — Откуда я знаю?

— Вы просто боитесь мне верить.

— Интересно почему?

— Потому что знаете все о себе.

— Ну-ну...

— Скепсис — дело ваше, — пожал плечами Астахов. — Ох как много я о вас знаю... Вы создали себе маску кошки, которая гуляет сама по себе. Только эта маска хороша до поры до времени, как и попытки удержать беззаботную молодость. Рано или поздно придется сознаться наедине с собой во многом. Что нет особенной любви к дочке. Что нет прежнего чувства к мужу. Что работа, профессия была когда-то выбрана неудачно и теперь скорее тяготит...

— Слушайте, вы!

Он и внимания не обратил.

— Одним словом, настанет момент, когда больше нельзя будет убаюкивать себя, твердить, что все-де благополучно. Что потом? Без огонька выполнять работу и делать маленькую карьеру, утешая себя тем, что ты не первая и не последняя, кто попал в такое положение, другие тоже тянут лямку — и ничего? Что там еще — машину купить? Изменять мужу — буднично и скучно? И стараться забыть, что когда-то требовалось всего лишь поверить в чудо и принять предложение чудака с машиной времени в кармане... — Астахов грустно усмехнулся: — Разумеется, машину времени в кармане я не ношу, не те у нее габариты... Хотите что-нибудь сказать?

— Исключительно фольклорное. Понятия не имею, почему я вам позволила все это нести...

— Потому, что это чистейшая правда...

— Ну и что? Все это — мое. — Анна нервно щелкнула зажигалкой. — И не нужно меня жалеть!

— Я и не собираюсь.

— И филантропы мне тоже не нужны.

— При чем здесь филантропия? Вы не ответили — верите или нет?

Анна посмотрела ему в глаза:

— А если верю, но тем не менее пошлю вас к черту?

— Вот тогда я начну вас жалеть, хотите вы этого или нет...— Он быстро взглянул на нее и тут же отвел глаза. — А может, не стоит вас жалеть? Коли с внешней стороны, для окружающих, все будет выглядеть «не хуже, чем у людей»...

Хотелось как-то уколоть его в отместку за эти слова — чистую правду, которая ранит, которую лучше бы загнать в подсознание, прочно забыть. Это была мелкая месть, но очень уж он задел, вывел из себя, и Анна решилась.

— Вы мне вот что объясните,— сказала она язвительно. — Вы-то что от всего этого имеете? Премию с каждой запроданной вам души? Твердую зарплату? Или теплое местечко в одном из прошедших столетий? А может...

Анна смотрела ему в глаза, они были совсем близко, и в них — боль, тоскливая и безнадежная, как телефонный звонок в пустой квартире. И она замолчала, испугавшись мыслей, на которые наводили эти глаза, их боль и тоска. Нет! Повторять про себя одно — этого не может быть, потому что этого не может быть никогда...

— Я ничего этого не имею, — сказал Астахов. — Кроме одного — я уже знаю, что в прошедшем, как, впрочем, и в будущем, прекрасно обойдутся без меня...

Анна хотела брякнуть что-то язвительное насчет загонщиков, разместившихся в безопасных местах, но промолчала — снова эти глаза, этот взгляд... Стоп, как она не подумала об этом раньше?

Анна опустила стекло, высунула руку в окно и открыла дверцу снаружи. Астахов ей не препятствовал, он и не пошевелился. Анна хлопнула дверцей, словно запирая в тесной железной коробке на колесах фантасмагорический, тревожащий мир, который ради вящего душевного спокойствия следовало бы считать вздорным сном.

Вот о сне совсем не нужно было думать — по ассоциации всплыл и цепко задержался в сознании тот, багряно-золотой, летящий, блистающий сон...

Пройдя несколько метров, она обернулась так, словно оглядывалась на свое прошлое и пыталась заглянуть в свое будущее. Тихий дворик, зеленая машина у обрешетки газгольдеров, двадцатый век вокруг. Чудеса двадцатого века разыгрываются в скучных декорациях, на фоне затюканных кинокомедиями и карикатуристами блочных домов, стандартной мебели — никаких черных котов, крокодильих чучел и грозно сверкающих во мраке пентаграмм. Принижает это нынешние чудеса, делает их мельче, скучнее, или нет? Анна не взялась бы искать ответ на этот вопрос...

4

— Несбывшееся манит нас... — иронически обронила Анна.

— Да! — сказал Гроховский. — Да! Вот именно! Такое бывает только раз в жизни, поймите вы это. Наверняка каждый из нас, читая в детстве книги, думал: вот если бы к Спартаку, вот если бы к Гарибальди, вот если бы...

— Вам так хочется командовать ротой преображенцев? — осведомился Вадим, рыхлый белобрысый здоровяк лет на пять старше Анны. Анна познакомилась с ним десять минут назад, придя в квартиру Гроховского. Кто он и чем занимается, она еще не знала.

— Не утрируй, пожалуйста.

— Ну не буду, не буду...

— Вам не кажется, — сказала Анна, — что вы оба не так начинаете? Вместо глупой пикировки обозначили бы четко акценты. Нас здесь трое. Нам сделано некое предложение. О нас знают то, что называют малоизвестными фактами биографии. Снятся странные сны. И сначала, я думаю, нужно четко определить наше отношение к Астахову.

— Лично я верю ему безоговорочно, — отрубил Гроховский.

— Я почти верю, — сказала Анна, ни на кого не глядя.

— А я — ни капельки, — ехидно усмехнулся Вадим, щелкнув замком своего потрепанного портфеля, с интригующей медлительностью запустил туда руку и выудил томик в яркой обложке. — Я, друзья, рационалист. Я не стал метаться и креститься — я прежде всего стал копать, кто он, этот тип. Не так уж трудно это было — запомнил номер «Москвича», сходил в ГАИ, еще в пару мест. Фантаст он, понятно? Писатель-фантаст. Вот тут есть его рассказ, и это не единственная его публикация. Есть и о путешествиях во времени...

— А ведь логично, — сказала Анна. — К кому ОНИ, ТЕ, в первую очередь обратятся? К писателю-фантасту — тот, мне кажется, поверит быстрее...

— Подождите, я не кончил. — Вадим бросил книгу в портфель. — Итак... Существует писатель-фантаст, который

320

задумал грандиозный эксперимент, выбрал трех подопытных кроликов — и пошел... Может быть, всех наших знакомых перебрал. Может, он сильный экстрасенс, и этим кое-какие «чудеса» и объясняются. А то и... Аня, вы ведь у него сигарету брали? И я брал. Николай Степанович с ним пил молочный коктейль. Кто его знает, что он в него подмешал, отсюда и сны...

— Да зачем ему это понадобилось?

— Просто эксперимент, Аня. Любят их писатели.

— Экстрасенс, фантаст... — Гроховский ходил по комнате, как зверь по клетке. — Вадим, тебе не кажется, что ты подменяешь одно фантастическое объяснение другим? Возможно, еще более далеким от реальности.

— Ничуть. Моя версия гораздо ближе к реальности.

— Но если астаховское предложение не близко к реальности, а сама реальность? Я лично верю безоговорочно, но для вас, так и быть, пусть это остается допущением. Что тогда? Давайте только без вспышек ущемленного самолюбия и обид. Жизнь у нас, у всех троих, не сложилась, хотя на взгляд окружающих все благополучно, сами мы знаем, что находимся не на своей дороге, не в своем седле. Внезапно нам предлагают исправить это, уйти...

— Куда? — выкрикнул Вадим. — К фузеям и камзолам?

— Ну что ты цепляешься к частностям? Когда речь идет о символе, аллегории. Там мы сможем раскрыться наиболее полно, осуществить все, на что мы способны. Чего вам жаль, Вадим, — хоккея по телевизору? Пленок с Челентано? Вообще странно, что громче всех агитирую я — сорокалетний, самый старший из нас. Вам с Аней едва по двадцать пять, а вы... Новое рассудочное поколение, как выражаются участники газетных дискуссий? Да поставьте вы все на карту...

— И вы серьезно? — тихо спросила Анна, глядя в его разгоряченное упрямым азартом лицо. — Вам сорок, и вдруг вот так все бросите — жену, работу, все — и куда-то в прошлое?

— Возможно, не бросил бы, — так же тихо ответил Гроховский. — Не будь Астахова и его предложения. Ведь до смерти будешь грызть себя, что смалодушничал, остался при персональной машине, нелюбимой жене и нелюбимой работе, а достаточно было однажды решиться...

— Да зачем? — Вадим резко отставил пепельницу. — Хорошо, не будем кривить душой и сохранять хорошую мину — не получилось из меня художника, спекся, мазилка, бездарь, годен только в маляры... Ну и что? Нет других дел? Двадцатый век — наш век, что нам вне его делать, идиотство какое... Живи и умирай в своем веке, вот что я вам скажу!

— Такая точка зрения была бы хороша, пока не было Астахова, — заметила Анна. — Пока мы не знали, что жить можно иначе...

— Так что, отправляетесь, куда он покажет?

Анна промолчала. Не нужно было сюда приходить, думала она, не стоило. Одной, наедине с собой еще можно справиться с самым тяжелым горем, но оказаться среди людей, больных той же, что и ты, бедой...

— Лично я отправлюсь, — сказал Гроховский.

— Ладно! — вскочил Вадим. — Только я вам не компания!

Он бросился прочь, вернулся, подхватил забытый портфель, метнулся в прихожую, остановился в дверях и крикнул Гроховскому:

— Вы... вы... да вы дедом скоро будете, псих, а туда же... А, да что с вами...

Он гремел и клацал замком, бился, словно птица в стекло, наконец справился, бухнул дверью и загрохотал по лестнице так, будто боялся, что его догонят и вернут силой. Стукнула дверь подъезда, простучали по асфальту торопливые шаги, и стало очень тихо.

— Вам не кажется, что он верит даже сильнее, чем мы?

— Вполне возможно, — сказала Анна. — А жена ваша где?

— У сестры гостит. Детей нет, так что насчет деда он промахнулся.

Они сидели молча. Ветерок покачивал шторы, за шторами был двадцатый век.

— Знаете, Николай Степанович, — сказала Анна беспомощно. — Я дочку как-то в самом деле не очень люблю. И с мужем перегорело. И работа...

— Бывает, Аня. Чтобы это понять, вам понадобилось лет на пятнадцать меньше, чем мне...

— Неужели вы и в самом деле решитесь?

— «Неужели, в самом деле...» — Гроховский подошел к полке, вынул книгу и быстро нашел нужную страницу. — Вот, послушайте. — Быть может, ему смутно хотелось в символической форме изобразить крушение всех чересчур честолюбивых надежд. Он прочитал такие строки:

> Нам сокровенных тайн природы не постигнуть,
> нам не дано стоять в огне, взойти на небо.
> Нам не дано парить подобно птицам, тщетно
> стремиться нам взлететь на крыльях выше солнца...*

---

* Автор стихов Д. Линдсей.

322

— Это очень страшно — знать, что никогда тебе не придется стоять в огне... — Гроховский отложил книгу и присел на диван рядом с Анной. — По-моему, у Грина чуточку неправильно. Если Несбывшееся манит, какое же оно Несбывшееся — ведь манит зачем-то... Вы над смыслом жизни углубленно задумывались?

— Углубленно, по-моему, нет, — подумав, сказала Анна.

— А я задумывался, — сказал Гроховский. — И пришел к банальному, быть может, выводу, нужно использовать любой шанс, чтобы выдать все, на что способен. Разумеется, я имею в виду честные методы. Просто нужно не бояться, когда судьба подсовывает шанс... Вот мы твердим: высокие слова, высокие слова. А ведь нет таких — высоких, низких, есть правильные и неправильные, истина и ложь. И подло не только подсовывать ложь другим, но и в себе ее копить, свою, тайную, никому, кроме тебя, не известную, — отплатит когда-нибудь, ох как отплатит...

Он сидел ссутулившись. Анне было жаль его, и жаль себя, и жаль еще чего-то, невыразимого в словах, то ли объединявшего их троих и многих других, то ли, наоборот, разобщавшего.

— Я пойду, — встала она. — Поздно уже, домой пора.

Гроховский медленно кивнул несколько раз, не поднимая глаз.

— До свидания, — обернулась Анна в дверях.

— Прощайте, Аня, — тихо и твердо сказал он, большой, сильный человек посреди великолепно обставленной квартиры. — Прощайте...

5

— Его нигде нет, — сказала Анна. — Я с утра звонила куда только можно. На работе он не появлялся — подчиненные в растерянности. В больницы и милицию не попадал. Растаял...

— Да бродит он где-нибудь! — Вадим потряс перед грудью сжатыми кулаками. — По старому обычаю российских интеллигентов. Или удрал к жене за моральной поддержкой. Ну что вы, Аня, как маленькая?

— Вадим, что если вы в самом деле верите Астахову даже сильнее нас?

Лицо у него застыло, глаза стали то ли жалобными, то ли пустыми. Уже взявшись за ручку, он выкрикнул:

— Глупости это!..

— Может быть, может быть... — сказала Анна захлопнувшейся двери. Потом подперла щеки ладонями и стала смотреть в стену, покрытую насквозь знакомой сетью трещинок, похожей на карту неизвестного государства. «Давно не белили, завхоза пора шпынять...» — подумала она. Встала. Аккуратно убрала бумаги в стол, вытряхнула пепельницу, спрятала в сумочку авторучку и сигареты. Кабинет стал безликим, как в тот день, когда она впервые вошла сюда.

...Она сидела на скамейке, где совсем рядом недавно услышала от Астахова странные вещи, спокойно и методично, словно уборку дома делала, перебирала, как четки, свое прошлое, свою жизнь, все, что стоило помнить, и все, что неплохо было бы начисто забыть. Лихой рывок на штурм МГУ, больше похожий на бегство, потому что никого не предупредила дома. Неудача и работа на московской стройке. Факультет журналистики. Попытки внести в жизнь какую-то определенность. Ложь по мелочам. Мечтала стать актрисой — не оказалось данных. Хотела стать филологом — не получилось. Все наши, бесцельные на строгий взгляд постороннего, поступки тем не менее ведут к какой-то цели, так ради чего же были все метания, шалые выходки и категоричность в непоследовательных суждениях?.. Хотелось быть гордой, отчужденной. Не выходило. И заманчиво быть киплинговской Кошкой, и страшно повторить судьбу матери — одна с детьми, без мужа... Да и трудно разыгрывать Кошку, когда ты замужем, на серьезной работе, вынуждена считаться со многими установлениями и условностями, о репутации своей заботиться. В студентках еще можно было поддерживать образ, гулять «самой по себе» и гордо не обращать внимания на «мненья света». Но не теперь. Жестокое и мучительное противоречие — она стремилась быть Кошкой, называла себя ею, но чувствовала, что мало в этом истины, — жизнь поминутно одергивает, напоминает о благоразумии, выставляет запрещающие и предупредительные знаки, загоняет в наезженную колею, и ты вынуждена подчиняться, подыгрывать. И именуй себя как угодно, той, кем ты хочешь быть, тебе не стать, пока жизнь катится по наезженной колее. Как он сказал тогда? Ну да, тихо делать карьеру, машину купят, в гости будут ходить, умные разговоры вести... Но приснится ли еще хоть раз багряно-золотой сон, невесомый, как дым костра, и яркий, как витраж? И будет в тебе копиться своя, тайная, никому, кроме тебя, не известная ложь... Убаюкаешь ее, поглубже загонишь, не ты первая, не ты последняя, живем не хуже других, как все...

Анна подняла голову. Поодаль замер зеленый «Москвич», Анна узнала водителя и подумала: цвет надежды — зеленый...

Так что же, решаться? Нет сомнения, что это и есть тот, решающий миг, когда нужно выбирать без каких-либо компромиссов. Решаться? Покидать уютное свое бытие, уютный свой век? Ради чего? Феерическая романтика, гордая раскованность, и не нужно подлаживаться к условностям, можно стать кем хотела, и никакого недовольства собой, никакого противоречия между внутренней сущностью и сутью внешней. Заманчиво. Но выгодно ли, не рискованно ли искать от добра нынешнего, проблематического, будущего добра? К чему метаться? Есть дом, и муж, и дочка — все как у людей, и будущее гарантировано благополучное, а что до Кошки, то всегда найдется поклонник, который поверит всему, что ты скажешь, и восхищенно назовет тебя так, как тебе будет угодно. Приятно чуточку осознавать себя роковой женщиной — Мария Стюарт, Христина Шведская... А мысли читать не научились еще, дай бог, не скоро научатся, может быть, никогда... Глупости. Волевое усилие — и все растает, будем благоразумны — и все перемелется, живут же другие — и ничего, что тебе, больше всех нужно? Все, сделан выбор. Только нужно как можно быстрее уйти, чтобы с глаз долой — зеленый «Москвич», чтобы поскорее забыть лицо человека, решившегося-таки на пятом десятке бросить отлаженное, как морской хронометр, благополучное бытие и прожить остаток дней, не такой уж короткий, в великолепной скачке, где ты выкладываешься до предела и каждый час — звездный...

Да все это ложь — насчет иных вариантов и тропинок в другую реальность. Астахов — всего лишь фантаст, замысливший ради профессионального удовольствия сложный эксперимент на человеческой психике. Гроховский ищет где-нибудь утешения... Вот так. И никак иначе. Ничего, все забудется — забудется, и точка...

Анна быстро шла к остановке, почти бежала по солнечной улице, сквозь прохладный сибирский сентябрь, по щекам ползли слезы. Анна не утирала их, и некоторые из встречных не успевали ничего заметить, так и проходили мимо, а другие недоумевающе смотрели вслед. «Нам не дано стоять в огне», — повторяла она про себя, и слезы не могли заглушить, унять боль,— «нам не дано стоять в огне»...

Возле нее притормозило было свободное такси, но Анна отвернулась — ведь его огонек был зеленым...

УМИРАЛ ДРАКОН
Фантастический рассказ

Гаранин вел машину с небрежной лихостью профессионала. Он давно свернул с тракта и ехал по дороге, не мощенной отроду. Да и впредь ей предстояло оставаться такой же — никакого значения она не имела, вела к маленькой неперспективной деревне, и единственным ее достоинством было то, что она сокращала путь до Крутоярска на добрых шестьдесят километров. Гаранин узнал о ней года три назад от знакомого водителя самосвала и давно успел освоить.

Справа покачивался перед стеклом черно-красный рыцарь в доспехах — купленный в Бельгии амулет. К приборной доске была прикреплена латунная полоска с красиво выгравированными буквами РОЛАНД. Так он называл свои темно-синие «Жигули», «ноль-седьмую». В ответ на хмыканье знакомых он отвечал, что не видит в этом ничего удивительного — дают же имена кораблям. Сначала с ним пытались спорить, потом перестали — знали, что он делает то, что считает нужным, не поддается чужим эмоциям (своим, впрочем, тоже) и не меняет однажды принятых решений и точек зрения. С ним вообще не любили спорить, и Гаранина это полностью устраивало — так называемым «своим парнем» он не собирался становиться. «Свой парень» в его понятии означало что-то общее с медузой — фигуру, ценимую лишь за полнейшую бесхребетность, — быть для всех одинаково приятным, не иметь врагов и укреплений, которые следует отстаивать до конца, несмотря ни на что.

Показалась деревня — десятка три домов, наполовину нежилых; смеркалось, горели редкие окна, слева промелькнула лежащая у забора корова, справа — трактор, поставленный к воротам (пришлось взять влево и объехать его). На лавочке за трактором прижались друг к другу двое, белела девичья блузка, и Гаранин по многолетней привычке анализировать сразу угадал парня — наверняка после армии, вернулся, изволите ли видеть, к родным пенатам, а здесь держит и белая блузка, и, скорее всего, плохо осознаваемая самим боязнь попробовать свои силы в широком и шумном внешнем мире.

Шевельнулось что-то вроде тихого презрения: он не любил таких людей. Он сам был из деревни, но не стыдился этого, как иные, наоборот. И не подчеркивал всячески, как опять-таки любят иные, но не забывал никогда. Маленькая деревня, институт, стройка, другая, и в тридцать — главный инженер строительства, известного не только в крае, — его что ни неделя поминала программа «Время», с ним прочно дружили газеты. Главный инженер, правда, без пяти минут, но встреча, ради которой он мчался в Крутоярск, расставляла все точки и в самом скором времени влекла за собой соответствующий приказ...

Деревня кончилась, Гаранин прибавил скорость. Фары он не включал — сумерки еще не сгустились. Мысли упрямо возвращались к разговору с Ветой.

Вообще-то она была Ивета, но Ивой, как окрестили ее почти все знакомые, Гаранин ее никогда не называл. Ива для него стойко ассоциировалась с прилагательным «плакучая», а Вета, несмотря на все присущие женщинам недостатки, проистекавшие, как считал Гаранин, из самой их женской природы, сентиментально-слезливой не была. Не тот склад характера. Не мужской, но и не тургеневских героинь.

— Я не хочу, чтобы ты ездил, — сказала Вета.

Гаранин был искренне удивлен:

— Ты же должна понимать, что это значит для меня...

— Понимаю, — сказала Вета. — Маршальский жезл.

— Вполне заслуженный.

— Никто не спорит — заслужил. Только маршальский жезл обычно принимают, а не выхватывают из рук.

— Ах во-от ты о чем. — Гаранин подумал, что плохо все же, когда твоя женщина работает на одном с тобой предприятии. — Ну конечно, глупо было бы думать, что тебя минуют эти шепотки по углам. Выскочка против седовласого мэтра, петушок против патриарха. Так?

— Ты же сам знаешь, что так говорят только дураки.

— Ну да, а более умные расцвечивают коллизию морально-этическими побрякушками... И это знаю, как же. Веточка, — Гаранин привычно обнял ее за плечи, — ну ты же у меня умница, ты же не станешь разыгрывать сюжет очередного убогого телефильма — героя, дескать, усиленно не понимает любимая женщина. Все ты понимаешь, и меня ты понимаешь, так что оставим штампы голубому экрану, а для нас пусть остается лишь один штамп — тот, что скоро хлопнут в наши с тобой паспорта.

Это был уже не туманный намек, какие он себе в последний год позволял, а самый настоящий открытый текст. Он знал, что Вета будет только рада, но выражение ее лица он бы не расценил как радость оттого, что все наконец решено, и это было что-то новое, — Вета давно была для него открытой книгой.

— Давай все же закончим о твоем маршальском жезле, — сказала Вета. — Ты его из рук выхватываешь.

— Выхватываю, — согласился Гаранин. — Можно и так это называть. Но это будут эмоции. А нам требуется рассудок. Ермоленко — в прошлом. Что бы ни висело у него на груди и сколько бы ни осталось за спиной, он весь — в прошлом. Ему следует уступить дорогу таким, как я, а в данном случае — лично мне. Будь ты непосвященным человеком, могла бы приписать мне раздутое самомнение, но мы с тобой люди одной специальности, и ты не станешь отрицать, что я всего лишь трезво оцениваю свои возможности.

— Не стану.

— Вот видишь, — сказал Гаранин. — До пенсии ему остается два года, и все, в том числе он сам, знают, что он не задержится ни на день дольше, ибо выработал свой ресурс. Правда, его могут вежливо попросить уйти и послезавтра...

— Это — если ты завтра встретишься в Крутоярске с министром.

— Встречусь, — сказал Гаранин. — Прудников мне обещал твердо представить министру, никуда не денется, и словечко нужное замолвит, я ему нужен, думаю, больше, чем он мне...

— А если ты не поедешь, все, что Прудников успел сказать министру, так и останется разговором.

— Ага, и мне придется ждать два года, чтобы законным порядком унаследовать трон. Два года, Веточка, семьсот тридцать дней... Не каждую неделю к нам приезжают министры.

— Ты ведь можешь и не ехать.

— Да что ты такое говоришь? Не могу я ждать, потому что эти два года Ермоленко будет работать хорошо, но по-старому. К чему мне — и стройке, главное — это, если я могу лучше? Заниматься филантропией, чтобы патриарх тихо-мирно допел лебединую песнь? Да что в этом хорошего? Сам Ермоленко все понимает.

— Однако не уходит. Значит, ему очень важно допеть.

— А строительству важнее, чтобы я принял трон, пусть в результате отречения монарха.

— И тебя не коробит, что твой благодетель Прудников сводит таким образом старые счеты с Ермоленко?

— Ну и что? — сказал Гаранин. — Что он его — под расстрел подведет? В тюрьму посадит? Всего лишь крайне меленько нагадит — подумаешь, отправил на пенсию на два года раньше законного срока... Если эта мелкотравчатая пакость Прудникова по большому счету идет исключительно на пользу строительству — к чему нам заниматься чистоплюйством? Мы же технари, Веточка, и наша работа оценивается не по количеству совершенных благородных поступков, а по числу значков на картах. По тому, насколько быстро появляются новые значки и что за ними стоит. Правильно?

— Ты все правильно говоришь, — сказала Вета. — Но ведь мало нарисовать картину с соблюдением всех пропорций и правил. Нужно еще и душу в нее вложить.

— Это я-то не вкладываю? На дилетанта и обижаться бы не стоит, но ты...

— А я временами боюсь того, что ты считаешь своей душой, — сказала Вета, и это прозвучало серьезно. — Из кирпичиков все складывается — не любит спорить, и «Роланд» твой, и даже то, что ты не едешь поездом, а собираешься промчаться двести километров на машине. У Джеймса Бонда два нуля перед семеркой, а у твоих «Жигулей» — один...

— Очень мило. — Гаранин не был обижен или раздосадован, скорее не на шутку удивлен. — Ты что, меня в бонды записываешь? Перебор, родная...

— Перебор, — согласилась Вета. — Ты просто супермен а-ля Киплинг с поправкой на научно-техническую революцию и страну. Если бы только пыль от шагающих сапог — судьбы под сапогами...

Бывали и раньше пикировки слабого накала, скорее словесное фехтование. Но сейчас она, кажется, всерьез верила в то, что говорила.

— Тебе не кажется, что это лишь эмоциональные перепевы иных мягкотелых откровений? — спросил Гаранин. — Тысячу раз мы это слышали — плохо быть хоть чуть-чуть похожим на локомотив, плохо быть энергичнее других, плохо стремиться достичь своей вершины — не дай бог кого-нибудь обидишь... Да какое Делу дело до обид и колыханий души? Если уж взялся чему-то серьезно служить, то, чувствуя свою слабость, не криви обиженно губы, когда тебя обходят более сильные...

Вета ответила новыми колкостями, содержавшими уже значительно меньше логики. Он на них — тем же. Разыгралась размолвка средней степени. Вместо завтрашнего утра пришлось выехать вечером — «дипломат» со всем необходимым все равно лежал в машине.

Дорога вилась размашистыми дугами, еловые лапы стегали по крыше при резких поворотах. Гаранин думал. Все раздумья над ссорой сводились к гипотезе — не собралась ли Вета от него уйти? Иной подоплеки у ее рассуждений быть не могло — то ли нашла другого, то ли просто неисповедимый выбрак, собралась порвать и стала готовить почву, рассыпая глупые претензии к его характеру...

Гаранина это никак не устраивало — Вете он предназначил в скором будущем стать его женой, это оптимальный вариант, и предстоит как-то исправлять положение, в себе он уверен полностью, так что...

Мотор заглох ни с того ни с сего, как гаснет свеча, машина прокатилась по инерции метров пять, и Гаранин затормозил.

Прошло больше получаса, прежде чем он убедился в тщетности любых усилий, — он прекрасно разбирался в моторах, но сейчас ничего не мог понять. Все было в порядке, никакой видимой неисправности, но двигатель не работал...

Он стоял утопив руки в карманах куртки. Было бы бессмысленно в двадцатый раз повторять действия, безрезультатно испробованные в разных комбинациях. Машину он не материл — всякое случается, было бы нерационально и глупо тратить время на ругань. Темнело. Ели по обе стороны дороги начинали уже сливаться в неразличимую стену. Гаранин быстро оценил вариант — их имелось всего два. Двадцать километров назад, до деревни, — в любом случае потерять всю ночь. Десять километров вперед, до тракта, — он их отмахает часа за полтора, движение на тракте оживленное и ночью, добраться до Крутоярска не составит особого труда. А за машиной можно съездить, покончив с делами. Или Прудников утром пошлет кого-нибудь. Никуда машина отсюда не денется.

Гаранин забрал «дипломат», запер машину и размашистым шагом бывалого туриста направился к тракту. Раздражение на машину улеглось, более того — было даже что-то пикантное в том, что к решающей его судьбу встрече приходится добираться таким вот образом. Будет что вспомнить. Он шагал, помахивая в такт «дипломатом», страха перед темнотой он никогда не испытывал, в небе все четче проступали крупные белые звезды, было свежо и спокойно.

Поворот. Далеко просматривается дорога и человек впереди — он шел в ту же сторону, гораздо медленнее Гаранина, едва ли не брел. Куда это он, с легким недоумением подумал Гаранин. Корову искать пошел, что ли? Ботал поблизости не слышно.

Чтобы не испугать внезапным появлением случайного попутчика — все-таки дорога, вечер, неприятно тому будет вздрогнуть, — Гаранин громко засвистел какой-то модный мотивчик и прибавил шагу. Человек не обернулся. Гаранин засвистел громче. Никакого результата. Он крикнул:

— Эй, дядя!

Тщедушный человечек в чем-то мешковатом брел, словно и не слышал. Гаранин наддал, пристроился к незнакомцу плечо в плечо, посмотрел на него сверху вниз и спросил:

— Что не отзываешься, дядя?

Маленький козлобородый мужичок в облезлом полушубке не по сезону посмотрел на него, дернул растопыренной пятерней и без того кудлатые волосы, лениво обронил:

— А зачем?

— Ну мало ли...

— Мололи, мололи, да и смололи...

Водкой от него вроде бы не пахло.

— Корову ищешь? — спросил Гаранин.

— Коли ты себя коровой считаешь...

— Я-то причем?

— А я? — сказал мужичок. — Ты ни при чем, а я при нем, должность такая.

— При ком?

— При нем. — И мужичок раскатился перхающим смешком. — Эть ты смотри, как занятно получается, — не похожа твоя вонючая самобежка на мужицкую телегу, а один ляд прыть потеряла. Занятно... Вот ты грамотный, объясни, почему так? Ведь по старинке я все делал, как при Ваньке Грозном...

Послал бог попутчика, разочарованно подумал Гаранин. Ему сразу стало скучно. Услышал шум мотора — далеко ведь по тайге разносится — и стал плести черт знает что. Как дед Мухомор в нашей деревне — тот, шизанувшись на старости лет, все лешим себя воображал... Так и помер, не разуверившись.

— Из Каптайки, батя? — спросил Гаранин, решив, что перебросится парой фраз и уйдет, не тащиться же с этим вороном здешних мест черепашьими темпами. — Закурим?

— Свой есть, — сказал попутчик. — От вашей травы и коза не заперхает. Так объясни мне, пока шагаем, — почему и на твою ворчалку, и на телегу один наговор действует?

— Какой еще наговор? — без всякого интереса спросил Гаранин.

— Какой, какой... Надежный, раз я снял тебя с колес. Это почему же «Роланд», своих святых не нашел, за море подался — там святее?

Гаранин даже приостановился от мгновенного удивления:

— Что? Ты откуда знаешь, дедуган?

— Мне положено. Леший я, — скучным голосом сказал дед. — Слышал про такую лесную разновидность?

Как всякий нормальный человек, Гаранин испытывал к сумасшедшим легкий брезгливый страх.

— Ну ладно, батя, будь, — сказал он торопливее, чем следовало. Шагнул прочь. И остановился.

Не было дороги, накатанной колеи с рубчиком нетронутой земли посредине. Глухая поляна, со всех сторон замкнутая темной тайгой. Дедок затрясся в дробном смехе:

— Ну ты скажи, до чего ничего не меняется — по старинке я тебя и завел...

Страх был липкий, подминающий. Гаранин не сомневался в своем рассудке и в том, что это происходит наяву, но дикая иррациональность происходящего не укладывалась в понимание — только что они шли по дороге, и вдруг дороги не стало. Мистика. Бред. Повести Корабельникова.

А старичок заходился довольным хохотком в шаге от него, плотский, насквозь реальный, пахнущий пыльной одеждой, махрой и еще чем-то непонятным. Он вдруг оборвал смех, проглотил, сгреб Гаранина за лацкан куртки, и в балагуристом тенорке угловато проступили властные нотки:

— Ну пошли, что ли? Заждались нас...

Гаранин тренированно отбил руку, еще секунда, и провел бы подсечку с болевым захватом, но земля под ногами превратилась в дым, дым растаял, и Гаранин, нелепо взмахнув руками, провалился куда-то вниз, упал на спину, всем телом, а больнее всего затылком, стукнулся обо что-то жесткое, твердое, реальность ослепительно лопнула разрывом гранаты...

Зажмуренные глаза чувствовали свет, тело — твердую поверхность, ничем не напоминающую землю. Открывать глаза Гаранин не спешил. Слух защекотало болботание:

— Вы что, подстелить чего не могли? Ему вон памороки забило.

— Ни хрена, оклемается. А ты сам повежливей мог?

— Куда там — прыткий, в личность чуть не влепил. Хорошо, успели вы калитку отворить...

— Водой его полить?

— Ага! Ресницы-то елозят. Очухался, что ему.

— Гостенек! — позвали требовательно. — Мигайки-то раствори!

Гаранин открыл глаза, уперся ладонями в жесткое и сел. Пещера метров десяти высотой и столько же в ширину-длину — полированный пол и нетронутый купол бугристого дикого камня, бело-серые мраморные колонны волокнистого рисунка в два ряда, и непонятно откуда сочится бледный свет. На скамье с затейливо гнутой спиной сидел попутчик в компании двух таких же, с клочкастыми бороденками, в обтрепанных шубейках. Все трое курили «козьи ножки» и разглядывали Гаранина с любопытной подначкой.

— Ожил, крестничек? — спросил попутчик. — Сам виноват, добром могли доставить... Да не снимся мы тебе, не снимся... Спробовать хошь?

Он выдернул из-за голенища короткое шило с толстой деревянной ручкой и подал Гаранину. Гаранин отвел его руку — тронутое крапинками ржавчины железо доверия не внушало, — достал связку ключей и раскрыл крохотный ножик-брелок. Мякоть большого пальца обожгла неприятная боль, набухла капля крови. Никакой это был не сон. Человек в американских джинсах и модной яркой куртке, с электронными часами на руке, сидел на каменном полу странной пещеры перед троицей дымящих махоркой лешаков. Невозможность происходящего занимала больше, чем страх. Рассказать Ветке, поклоннице «Мастера» и «Альтиста», — не поверит...

— Уставился как, — хмыкнул тот, что сидел справа. — Волтузить сейчас начнет...

— Следовало бы, — сказал Гаранин, решив перешибить их хозяйскую уверенность ледяным спокойствием. Сел рядом и вынул сигареты — Постучать бы вас, мужики, лбами друг о дружку...

— А назад как выйдешь?

— Как-нибудь.

— Как-нибудь и кошка с забора не падает — все на лапы...

— Вот что, мужики, — сказал Гаранин. — Давайте к делу. Машину вы мне испортили?

— А то кто же?

— Очень приятно... Выкладывайте, что вам от меня нужно, и объясните, как бы мне с вами побыстрее расстаться с наибольшей выгодой для обеих сторон.

— Ишь чешет... Грамотный.

— Они там нынче все грамотные.

— Доложить, что ли?

— И то. Он так и велел — чтоб непременно сразу же. Времечко его тает...

— Вот ты и иди.

Сосед Гаранина проворно нырнул в черную двустворчатую дверь, покрытую, как плитка шоколада, квадратными дольками металла. Остальные присмирели и даже погасили самокрутки. Гаранин чувствовал любопытство и, как ни странно, самый настоящий азарт. Если разобраться, ничего повергающего в растерянность или ужас не произошло. Всего-навсего другой мир, подчиняющийся своим, но все же законам. Можно надеяться, что и здесь сильный и уверенный в себе человек, давно проверивший на практике эти свои качества, сумеет включиться в игру на равных, добьется своего, не обидев и хозяев...

Выскользнув в приотворенную дверь, леший суетливо подбежал к Гаранину, обежал его, осмотрел, отряхнул куртку, подтолкнул в спину:

— Ждать изволят...

Дверь отворилась легко. Открывшийся за ней зал подавлял. Пещера по сравнению с ним казалась одинокой коробкой из-под обуви в пустом товарном вагоне. Необозримый мозаичный пол, узорчатые черно-красные стены, отшлифованные до зеркальной гладкости, увешанные какими-то предметами, малахитовые вазы, деревья из золота, древнегреческие статуи, кучи золотых монет меж колоннами, в нишах — неисчислимое множество драгоценных предметов. Зал был так велик, что горы драгоценностей его ничуть не загромождали.

Мощный голос проревел:

— Ближе!

Гаранин пошел в дальний угол, где спускались с потолка складки грандиозного балдахина, и на возвышении шевелилось Что-то громадное, темное, живое, похожее, как ни удивительно, на самолет. Ближе, ближе... Поднялись три головы на толстых шеях, сверкнули желтые глаза. Гаранин с трудом подавил удивленный возглас — лешие, в общем, выглядели непрезентабельно-буднично, но это...

Это был Змей Горыныч, распластавший зеленые кожистые крылья, — мощные лапы с кривыми когтями, чешуйчатые шеи, головы в человеческий рост длиной, увенчанные золотыми острозубыми коронами, длинный хвост, кончавшийся чем-то вроде наконечника стрелы, выглядывал из-под левого крыла. Змей наводил страх, но не выглядел уродливой химерой, слепленной из частей реально существующих животных, — он был гармоничен и, пожалуй, даже красив основанной на неизвестных канонах красотой. И чувствовалось, что он очень стар: чешуи размером с блюдце валяются на полу, провисшие крылья, картонные интонации в голосе...

Проснулись из подсознания невообразимо древние страхи, память, которую бесполезно было и пытаться облекать в слова, — картины, промелькнувшие слишком быстро, чтобы их осознать, не имеющие аналогий запахи, образы, звуки. Гаранин остановился метрах в пятнадцати. Три пары холодных желтых огней, рассеченных вертикальными темными полосками кошачьих зрачков, поймали его в невидимые лучи прожекторов, он ощутил себя крохой, мошкой, собрал в кулак волю, изо всех сил старался быть самим собой, быть прежним. Инстинкт подсказывал, что только в этом шансы на спасение и успех. Не дрогнуть, не уронить себя в этих глазах...

— Ближе подойди, не тронем, — сказала средняя голова.

Теперь это был уже не рев, голос звучал разве что самую чуточку громче, чем обычный человеческий. Головы вроде бы отлиты были по единому слепку, но все же имели, если присмотреться внимательно, свои отличия, как у человеческих лиц, и Гаранин назвал про себя среднюю голову Первый. Другие две словно бы дремали, прижмурив глаза.

Гаранин подошел совсем близко.

— Вот так, — сказал Первый. — Представляться не стоит, надеюсь?

— Не стоит, — сказал Гаранин.

— Прекрасно. Перед тобой тот самый, великий и ужасный, потомок динозавров. Ах, какое время было, кипение страстей, поэтическое торжество дикой мощи... И кто мог подумать, что наберут такую силу эти зверюшки из-под коряг, на которых и презрения-то не тратили... Приятно чувствовать себя победившей ветвью эволюции? Смелее, не съем...

— Я как-то не задумывался, — сказал Гаранин.

— Ну да, куда тебе, ты и прошлого века не помнишь, не говоря уже о прошлом тысячелетии, — мотыльковый у вас срок жизни, победители, хоть это утешает... Впрочем, я тоже не помню, — признался Первый. — Я ведь не динозавр — я потомок. Можно сказать, молодое поколение.

— Сколько ж вам?

— Сейчас прикинем. — Глаза затянула розоватая пленка, похожая на третье веко у дога, потом поднялась. — Тогда как раз прирезали этого краснобая Гая Юлия — то ли за неделю до того, как я вылупился, то ли через. Примерно так. Ухватываешь координаты?

— Да.

— Впечатляет?

— Впечатляет, — сказал Гаранин.

— То-то. Только, к сожалению, смертны и долго живущие. А я вообще последний — выбили, перебили, затравили, забрался черт знает куда, загнали... Теперь умираю. И скучно, ты знаешь, показалось умирать среди этого сиволапого мужичья, лесных болванов — только и умеют, что заводить в болото грибников... Послал их на дорогу, они тебя и приволокли. Проникнись оказанной честью — не каждому выпадает исповедовать перед кончиной последнего дракона... Пытаешься?

— Пытаюсь, — сказал Гаранин.

— Вот и попытайся без зубоскальных мыслей... Эй, кубки нам!

Прошуршали подобострастные шаги. Гаранина мягко тронули за локоть, и он, не оглядываясь, принял тяжелый золотой кубок, усаженный яркими неограненными самоцветами. Горыныч ловко выпростал лапу из-под кожистых складок крыла и схватил такой же, но размером с хорошую бочку. Хлебнул скудно, словно бы пасть прополоскал, отставил:

— Больше не лезет. А эти уже и глотка не могут, вечные сотоварищи... Как выражался восточный гость — сам понимаешь, перевидел всякого народа, — за ним пришла та, что приходит за всеми. И ведь пришла, стерва, холодом так и тянет... Как думаешь, страшно?

— Думаю, да, — сказал Гаранин. Он полностью овладел собой, остался только щекочущий холодок неожиданного приключения.

— Правильно, страшно. А когда-то...

Гаранина обволокли и растворили на несколько секунд чужие горькие воспоминания — чутко колеблются налитые молодой силой крылья, ловя восходящие потоки, приятно сознавать себя властелином неба, земля внизу буро-зеленая, гладкая до бархатистости, мощно бьют по воздуху крылья, разбрызгивая облака и радугу, глаза зорки...

— Было, — сказал Первый. — Все было. И что самое смешное, послал мне в последние собеседники бог зодчего...

— Вот именно, смешно до хохота, — вмешалась голова, которую Гаранин для удобства отметил как Второго. — Ты же, обормот, сроду ничего не построил, только и умел, что ломать...

— Продремался... — сказал Первый с явным неудовольствием. — Это, изволишь ли видеть, мой старинный неприятель, — сколько голов, столько и умов, а умы, случается, и набекрень повернуты. Попил он моей кровушки...

— А я полагал... — немного удивился Гаранин.

— А ты больше не полагай, — сказал Первый. — С ним всегда так и было — растем из одного тулова, а думаем разное. И никуда нам друг от друга не деться — куда тут денешься. Хорошо еще, что старший — я и власть над телом держу я, а он лишь, когда делать нечего, усиленно пытается выступать в роли моей совести. Воинствующая совесть попалась, шумная, покоя не дает... А какой смысл?

336

— Сам знаешь, — сказал Второй.

— Нет, какой смысл? — повернул к нему голову — глаза в глаза — Первый. — Ведь пожили, отрицать не станешь? Ах как пожили... Смотри!

Гаранин посмотрел вправо — стена густо увешана мечами, щитами разных очертаний, боевыми топорами, копьями, шлемами — все начищенное, сберегаемое от пыли и ржавчины.

— Это, так сказать, сувениры ратные, — пояснил Первый. — От каждого битого нахала по сувенирчику. А здесь — памятки побед иного, более приятного характера.

Гаранин посмотрел влево — ожерелья, перстни на крохотных полочках, серьги, шитые жемчугом кокошники, резные шкатулки, зеркальца в драгоценной оправе, гребни искусной работы.

— Предваряя недоуменные вопросы, — прояснил Первый, — скажу, что слухи о моей способности оборачиваться человеком истине соответствуют полностью. Правда, сейчас не хочется, даже ради гостя, — старый мухомор, и только... Итак, наличествуют сувениры двух видов в огромном количестве. Ну и это. — Он щелкнул хвостом по груде золота, и монеты звонко рассыпались. — Пожито и нажито...

— Ну и что? — сказал Второй. — Ну а дальше-то что?

— Хорошо, — сказал Первый. — С таким же успехом и я могу спросить у тебя то же самое — ну и что? А дальше-то что? Ты мне всю сознательную жизнь зудел в уши, требовал праведности, добрых дел и прочего слюнтяйства. А я тебя никогда не слушался. Но в итоге мы оба подыхаем здесь, уходим туда, где нет ничего, и нас нет — абсолютная пустота. Но мне-то есть что вспомнить, и я ни от чего не отрекаюсь. А ты, потявкивающая совесть? Тебе и отрекаться-то не от чего, твои побрякушки и абстракции вообще не имеют облика, массы, веса, очертаний — так, зыбкие словечки, выдуманные для оправдания собственной слабости... Ты помнишь, что мы прожили две тысячи лет? И всегда эти твои приматы грызли друг другу глотки. Они еще разнесут в клочья планету, жаль, мы этого уже не увидим, не смогу я над тобой посмеяться...

— Ну, насчет планеты вы... — заикнулся было Гаранин.

Они и внимания на него не обратили — жгли друг друга желтыми взглядами, клокочущее ворчание рвалось из глоток.

— А вы что же? — спросил Гаранин у третьей головы, спокойно помаргивающей.

— Я? — Третий поднял брылья, и впечатление было такое, словно он дерзко усмехнулся. — А какой, собственно, смысл в этих дискуссиях? Старшенький — хозяин, ему и решать, и коли уж ничего от меня не зависит, ни за что я и не отвечаю. Принимаю жизнь какой она есть — не так уж черны ее теневые стороны...

— Ситуацию нужно рассматривать начиная с незапамятных времен, — сказал Гаранину Второй. — Давным-давно перед созданием, которое ты видишь, встал выбор — либо стать, отрезая возможность возврата в прежнее состояние, человеком — умным, талантливым и дерзким, способным многое сделать, многого достичь, либо сделаться ужасом неба. Как ты догадываешься, выбрано было второе...

— И не жалею, — сказал Первый. — Стать человеком означало влиться в стадо, даже и выделяясь в нем талантом и таланом. Стадо, которое все равно ничего не создает, так что выбиваться в его вожди было бы скучно. Предпочитаю небо — да, злое. А если кому-то это не нравится, пусть попробует мне это доказать... — Он мельком глянул на увешанную оружием стену.

— Лучше бы тебе туда не смотреть, — сказал Второй. — Потому что это тебе напомнит — мы не растворяемся в пустоте, мы живем в памяти. О них складывали песни, а о тебе? Припомнить эпитеты? Набуждил столько, что даже в твое существование не верили... Ты же им всегда завидовал сверху. Ты и церковь на том озере развалил исключительно потому, что тебе такой не построить. Ты вспомни, как рассыпал золото перед той девчонкой из Славска, а она тебя и видеть не хотела, своего с войны ждала. Конечно, украсть ее, спалить терем — на это тебя хватило... И так всегда — ты им мстил за все, на что сам оказался неспособен. Значит, волновало что-то? Тоже мне супермен, дурная сила — от слабости...

О Гаранине они прочно забыли — сыпались имена, ссылки на события бог знает какой глубокой давности, Гаранин с трудом проводил аналоги, а часто и понять не мог, о чем шла речь, — История утаила эти города и имена, свершения и неудачи. Ему пришло в голову, что хотя на него не обращают ровным счетом никакого внимания, от него все же ждут подтверждения тех или иных истин — глупо было бы думать, что им понадобился просто слушатель. Приключение оборачивалось новой стороной, сложной и непонятной.

— Нетленные ценности, человечество добреет... — раскатился жестяным хохотом Первый. — Добреет оно, как же... Ты посмотри вот на этого гуманоида. — Он кивнул на Гаранина. — Решил я сделать тебе приятное, велел приволочь незаурядный экземпляр твоего преодолевшего прошлые заблуждения примата. Он же сожрал, по сути, своего старика — с самыми благими намерениями, разумеется, — а теперь святого из себя корчит... Они же ничуть не изменились, балда! Да пойми ты хоть перед смертью! Костлявая подступает, а ты дитятком глупым в лучший мир отходишь!

— А уж сюда вы не суйтесь, — сказал Гаранин. — Вам этого не понять.

— Ну-ну, — развернулся в его сторону Первый. — Излагай, приматик, не слопаем...

— Вам этого не понять, и не беритесь об этом судить, — сказал Гаранин. — Во-первых, вы, строго говоря, не принадлежите ни к человеческому роду, ни к этому времени. Во-вторых, вы всю жизнь разрушали. Я строю. И наши дела и побудительные мотивы вам абсолютно чужды.

— Вот мотивы мне как раз и не чужды, — сказал Первый. — Отбросив все словесные кружева, отвечай внятно и кратко — сожрал начальника?

— Если рассматривать...

— Кратко отвечай, говорю!

— Сожрал, — сказал Гаранин. — Называй это так. Жонглировать словами можно как угодно. В действительности...

Он говорил, повторяя то, что не так давно думал сам, то, что пытался втолковать Вете, старался объяснить Первому сложность своей работы и жизнь своего века. Он посмотрел на Второго — они были союзниками, если вдуматься, следовало ждать поддержки и одобрения, но Второй отвернулся, смотрел в угол, и Гаранин стал путаться в словах, сбился с мысли, а там и вовсе замолчал.

— Люблю послушать умственного человека... — сказал Первый. — От души благодарю, старина. Утвердил во мнении, что вы в отличие от моих туповатых предков достигли больших успехов в искусстве элегантно сглатывать своего ближнего. Помирать приятнее...

— Зеркало, — бросил Второй, не оборачиваясь к ним.

— А что, и зеркало, изволь. — Первый неприкрыто торжествовал. — Эй, челядь, зеркало!

Шустро прибежавший леший дернул тяжелую портьеру, и открылось огромное овальное зеркало в золотом кружеве массивной рамы. Первый и Второй вперились в него, перебрасываясь короткими репликами:

— Откуда пойдем?

— Давай скоком по узлам...

— Ага, в институте он...

— Шире, шире, глубже.

— Да нет, это же таран, это же я в земном варианте, неужели не понял, совесть ты моя буйная?

Гаранин смотрел туда же, но ничего не мог различить — в зеркале плавали непонятные туманы, бесформенные сполохи клубились и таяли, и советы Второго становились все короче и реже, а Первый похохатывал торжествующе. Гаранин понимал, что речь идет о нем, что в зеркале проплывает его жизнь, и дорого бы дал, чтобы туманы превратились для него в ясные образы, — впервые ему захотелось просмотреть, как киноленту, свою прошлую жизнь и подумать над ней.

— Ну-ка постой, — сказал Второй.

— Да ерунда все это.

— Все равно.

— Изволь, я не мухлюю, — сказал Первый.

— Ну как?

— И только-то?

— А все же? — настаивал Второй.

— Что — все же? Я тоже когда-то золото рассыпал.

— То-то и оно, что золото, которое, кстати, добывал все теми же неприглядными способами...

— Но ведь ничего у него больше, кроме?

— А какие его годы? И что может стать первой каплей? Ты тоже не сразу убрался за облака...

— Ты хватаешься за соломинки.

— Может быть, — сказал Второй и повернулся к Гаранину. Туман растаял, зеркало стало прозрачно-мертвым. — Так что там у тебя было с цветами?

История была двухгодичной давности. Вета вспомнила как-то историю Пиросмани и Маргариты, ту самую, что впоследствии была превращена в средненький шлягер, а потом еще раз вспомнила и еще, будто невзначай, намекала, что ей хотелось бы увидеть нечто подобное однажды утром — несмотря даже на вторичность ситуации. Гаранин, пребывая в лирическом — то есть благодушном — настроении, как-то задумался: а почему бы и нет? Но не решился. Дело было не в деньгах, останавливала боязнь выставить себя на всеобщее посмешище — он считал, что выходки в стиле трубадуров и миннезингеров безнадежно устарели применительно к стройке века. Примерно так и объяснил Вете, упирая на рационализм и логику. Она вроде бы вняла и больше о Пиросмани не вспоминала, даже репродукцию убрала со стены.

— Да, конечно, — сказал Гаранин. — Была такая мысль. Но человеку с моим положением раскладывать на рассвете цветы по асфальту... Мальчишки смеяться будут.

— Да, разумеется, — согласился Второй, и в его голосе Гаранину снова послышалось сожаление.

Серебряный удар гонга прошел застоявшийся воздух и разбрызгался, затухая.

— Время лекарство пить, — сказал Первый. — Видел, Гаранин, что делается? Бывший ужас высосет микстуру по будильнику. Волоките отраву!

Лешие принесли три чаши, курящиеся парком, грустно пахнущие травами. Гаранин отвернулся, поднял горсть монет и стал разглядывать рисунки. За спиной хлюпало и булькало.

Стрелообразный наконечник хвоста несильно шлепнул его по плечу.

— Кончили лечиться, — сказал Первый. — Теперь и поговорить можно... Наедине.

Гаранин оглянулся — две другие головы шумно посапывали с закрытыми глазами.

— Маленькие сюрпризы домашней медицины, — сказал Первый. — Пока проснутся, мы все и обговорим. Помоги старому больному дракону, захотелось пожить еще, понимаешь.

— А я тут при чем?

— Ты тут очень при чем, — сказал Первый. — Лечить, видишь ли, можно не только травами и скальпелями. Можно вылечиться и вдохнув кусочек чужой души. Поспособствуешь?

— Как это? — Гаранин отступил на шаг.

— Да не бойся ты, ничего из тебя высасывать не будут... Иди сюда.

Хвост, с обезьяньей цепкостью обвив плечи, подтолкнул к зеркалу. В руке каким-то образом оказался длинный двузубец с золотыми остриями и древками из черного металла, украшенными непонятными знаками. Зеркало неожиданно осветилось, став словно бы окном наружу, в ясный солнечный день, и там — протяни руку и коснешься — была комната, и стол, и человек, которого Гаранин с трудом узнал, — забыл его и не собирался вспоминать...

— Технология простая, — сказал Первый. — Размахнись и бей. Желательно целиться в сердце, да уж бей куда попало — результат один. Не бойся, тот, чье отражение, не подохнет. Хотя разного рода неприятности гарантированы. А лично ты ничего не почувствуешь и не потеряешь, ты уж поверь...

— А ты, значит, вылечишься? — спросил Гаранин, впервые за все время пребывания в пещере переходя на «ты». — Получишь частицу моей души?

— Вот именно, — сказал Первый. — Захотелось мне пожить еще немного, посмотреть, до чего вы в конце концов докатитесь... Вполне безобидное желание, по-моему. Ну что ты стал? Бей! Неужели забыл, как этот старый хрен пакостил тебе в институте? Ты же не слабачок, ты свой парень, мы с тобой из одной стаи, бей!

Гаранин стоял, опустив руки с двузубцем. Его ошеломил не способ, заменивший, оказывается, традиционные молодильные яблоки и живую воду, а легкость, с которой змей ставил знак равенства между ним и собой, ставил их на одну доску.

Доцент Молчанов исчез, появился Ермоленко.

— Ну что же ты? Не понадобится впрягаться в одну упряжку с этой дешевкой Прудниковым. Обойдешься и без министра. Твой старикан всего-навсего занедужит и уйдет по состоянию здоровья. Чистенько и элегантно. И никто во всем свете, даже твоя принципиальная·синеглазка, не посмеет тебя ни в чем упрекнуть. Бей!

Гаранин медленно сказал:

— Но я-то — я всегда буду помнить это зеркало...

— А пребывание в Крутоярске тебе не пришлось бы иногда вспоминать?

— Это — дела нашего мира, — сказал Гаранин.

— А я — на Марсе? Мы что, на Марсе сейчас? Разбил ты стекло камнем или взглядом, значения не имеет, — так и так не склеишь... Бей!

Гаранин стоял опустив руки. В зеркале медленно, очень медленно — десять раз успеешь ударить — проплывали люди, и голос Первого вязнул в ушах:

— Что стоишь? Все забыл, слюнтяй? Помнишь, как этот тебя оскорбил принародно, а ты и утереться не смог? А из-за этого едва не сорвалось твое первое самостоятельное задание. А этот увел девушку. А этот? Этот? Помнишь? У тебя, дурака, уникальная возможность рассчитаться за все обиды, и ни один суд не осудит! Бей смело!

«Он поставил меня на одну доску с собой, — думал Гаранин. — Значит, было все же что-то в моих делах, словах, поступках, жизни, что дает ему право так рассуждать? Было? И есть? Какая разница, чем разбить стекло... Но как же это? Все было не для себя, для дела, для себя-то ни времени, ни сил подчас не оставалось. Выходит, все же? А если найдется другой, не такой совестливый?»

Гаранин размахнулся и что есть силы ударил в невидимое стекло утолщавшимся к концу черенком двузубца. Светлый солнечный день разлетелся острыми полосами, из-под него темным взором выступил камень, осколки, печально звеня, осыпались шелестящим ручейком и таяли на лету. Осталась тяжелая рама, вычурная и нелепая. И нечеловеческий рев:

— Зеркало мое!

Гаранин не шевелился — то, что ему пришлось осознать о себе, было страшнее бесновавшегося за спиной чудовища.

Безапелляционный холодок жестоких истин льдистой иголочкой занозил сердце, и Гаранин, удачник, супермен, жестокий рыцарь НТП, почувствовал, что сейчас заплачет, — дорога вела в никуда, да и была ли это его дорога?

Он обернулся, услышав хохот. Смеялся Второй — взахлеб, самозабвенно:

— Слопал, старшой? Столько веков талдычу тебе, болвану, а ты уперся, как Перун перед Днепром...

Третий смиренно похрапывал.

— Ты почему не спишь? — взревел Первый.

— Бессонница, — издевательски хохотнул Второй. — Голубчик, неужели мы не успели изучить друг друга за две тысячи лет? Микстуру твою я, извини, держал в пасти, а там украдкой и выплюнул. Если бы он тебя послушался, я бы успел его пополам перекусить...

— Но это же смерть! Ты что, жить не хочешь, болван?

— Надоело мне с тобой жить, признаться, — сказал Второй. — До серой зевоты надоело, до ненависти, и если никак иначе нам друг от друга не избавиться, пусть уж лучше так... Будем подводить итоги?

— Никаких итогов! Я вам покажу итоги! — Первый орал, как припозднившийся пьянчуга на улице в третьем часу ночи. — Эй, шантрапа, сюда!

В зал вбежали лешие и опасливо остановились в отдалении.

— Убрать отсюда этого паршивца! — ревел Первый. — Немедленно починить его тачку, сунуть за руль — и пусть гонит без передышки в свой Крутоярск!

— Не поеду, — сказал Гаранин.

— Нет, вы посмотрите на этого наглого щенка — уходит цел-невредим и еще смеет ерепениться! Убирайся, пока цел, пока я не передумал, вали в свой Крутоярск и живи по вашим законам, если не подходят мои!

«Вот оно что, — подумал Гаранин. — Притворная ярость, хитрая ловушка, и кто знает, что еще у него в запасе, кроме растаявшего чародейного зеркала? Что он еще приготовил, чтобы всеми правдами и неправдами да урвать кусок твоей души и еще тысячу лет копить в душном подвале злобу на человечество?»

— Едешь?

— Нет, — сказал Гаранин, и ему показалось, что в глазах Второго мелькнула живая теплота одобрения.

— Вышвырнуть за порог!

Лешие без особого энтузиазма тесной кучкой засеменили к Гаранину. Вот это как раз труда не представляло, о современных разновидностях рукопашного боя они и понятия не имели. «Мельница» — и один, раскорячившись, заскользил на спине по полу, вмазался в стену. Мелькнул в воздухе допотопный кистень-гасило: захват, подсечка, коленом — второй отлетел и шустро уполз за колонну. Разлетелись по углам, сшибая статуи и золотые кувшины еще двое. Змей исходил криком, но лешие не горели желанием продолжать кампанию — и с места не сдвинулись.

Гаранин прыгнул к стене, рванул за рукоять длинный широкий меч, показавшийся самым подходящим. Меч неожиданно легко выскочил из державок, он был тяжелый и обнадеживающе острый. Гаранин махнул им, примеряясь, широкое лезвие косым крестом рассекло густой воздух подземелья. По углам поскуливали от страха лешие.

— Ах вот как? — сказал Первый. — Ну, это дело знакомое, чего уж там... Не понял своей выгоды — пропадай, дурак. Тоже мне, цветочки под окном...

Он прянул со своего возвышения, раскинув крылья, чертя концами борозды в грудах золота. Горели холодным светом глаза, затейливый шип пронесся под сводами, злой мощью тела управлял один Первый, другие головы не имели уже своей воли, и Гаранин видел, что, несмотря на дряхлость, змей остается опасным противником. «Где же пламя?» — подумал он с отстраненным любопытством.

Огня не было, но в лицо ударила волна жаркого воздуха — как на аэродроме, когда свистит направленное в твою сторону сопло стоящего поблизости лайнера.

Змей надвигался, щерились пасти, громко брякали по полу когти. Гаранин ждал, стиснув червленую рукоять меча. Страха не было.

Все, кто жил в квартирах, выходящих на восточную, рассветную сторону, прилипли к окнам. Знакомого надоевшего асфальта, тусклого, вечно припорошенного пылью, не было, был ковер — из цветов. Теплым оранжевым цветом пламенели жарки, таежные тюльпаны, упруго мохнатились георгины, над улицей вставало розово-золотое солнце, разноцветно подмигивали анютины глазки. Вета смотрела с балкона и не верила: солидно белели гладиолусы, голубели колокольчики. Пурпурные кисти кипрея, огоньки, сирень, альпийские маки, какие-то яркие и диковинные неизвестные цветы...

Никто ничего не понимал, утро было ясное и чистое, а цветы, нежные и гордые, полыхали небывалой радугой, и их не осмеливались тронуть, задеть. Даже лихие водители «Магирусов» тормозили и вспоминали ближайший объезд.

ВЕЧЕР ДЛЯ ТРОИХ

И ведь никто внимания не обращает! Я понимаю — с чего бы вдруг? Стоит себе сорокалетний мужчина, одетый в полном соответствии с модой этого времени, и курит — что тут особенного? Между прочим, в отличие от одежды, сшитой там, у нас, сигареты принадлежат этому году — у нас уже не выпускают эту марку, я купил пачку полчаса назад — по часам года, в котором сейчас нахожусь.

Я понимаю — во мне нет ровно ничего, что привлекло бы внимание, ничего странного и необычного, стоит себе человек и курит, что тут такого? Все я понимаю, но так и подмывает, взявши за рукав первого встречного, сказать: «Я из будущего, понимаешь? Я спустился в прошлое на пятнадцать лет назад». Мальчишество.

Занавески на окнах актового зала не задернуты, там горит свет, и отсюда мне хорошо видно все, что происходит внутри. Танцуют. Толкуют о чем-то — и о чем они тогда говорили? Не помню уже. Впрочем, Степаныч, естественно, до небес превозносит достоинства любимой команды — а через полгода его портрет в черной рамке вывесят в вестибюле... И про других я знаю все с высоты этих пятнадцати лет. Ну предположим, не все и не обо всех, я ведь вскоре уехал из этого города. Все я знаю только о том парне в свитере. О себе. Уж тут-то никаких секретов.

Наверное, я «десантировался» чересчур уж рано — не помню, в котором часу начали тогда расходиться, — но рисковать я не мог. Плевать, что во рту уже горчит от сигарет, потому что там, в зале, — я. И она...

Что? А, закурить? Вот. Ни за что, ерунда какая...

Так. Зал пустеет. Пора менять дислокацию. Бросаю сигарету, огибаю здание и подхожу к автобусной остановке — идеальное место для наблюдения за выходом.

Дверь распахнута настежь. Они расходятся, и я инстинктивно надвигаю на глаза шляпу, — вдруг узнает кто-нибудь? Тьфу, глупости какие... Сейчас... Вот сейчас...

И дыхание пресекается внутри, хочется то ли смеяться, то ли плакать, то ли броситься к ним и крикнуть: что? Но ведь это — я тогдашний. И она.

Совсем темно. Нет ничего легче, чем следить за людьми, которые и не подозревают, что за ними сейчас могут следить. Я иду за ними, слушаю их разговор, их смех, и сердце сжимает тоскливая боль, — это я там, впереди, с ней, тот месяц, когда все только начиналось, и я знаю, чем и как кончится все, а он и понятия не имеет, потерявший голову, по уши влюбленный болван... Ну давай, изощряйся, себя можно ругать как заблагорассудится. Именно себя нынешнего, а не этого, у этого все будет иначе. И я вдруг понимаю, что злюсь на него за то, что у него все будет иначе.

А вот этого совсем не нужно, раз я прибыл спасать его, то есть — себя. Да и пятнадцать лет... Много было всякого, боль поистаяла, поубавилось ее. Но не забылось — иначе меня не было бы здесь.

Идут не спеша. Смеются. Уже подкрались первые заморозки. Лужицы затянуло ледком, она поскользнулась, и он, смеясь, успевает удержать ее за воротник пальто. Они сворачивают влево, в лабиринт гаражей.

Можно задержаться, достать очередную сигарету, подождать несколько минут. Я же знаю все наперед — сейчас они остановятся в узком проходике между гаражами и забором какого-то склада, он положит ей руки на плечи, но тут их высветит фарами случайная легковушка, по закону подлости завернувшая в проходик. И они уйдут. Или пройдут, не останавливаясь? Ведь забыл?

Все. Спугнувшие их «Жигули» проезжают мимо меня, и, как старая рана, напоминает о себе пятнадцатилетней давности желание засветить по фарам первым подвернувшимся камнем. Машина выворачивает на асфальт, я успеваю рассмотреть водителя — пожилой. Так ничего и не узнает. Никто ничего не узнает, кроме него и меня...

Пора трогаться. Минýю тот проходик, гаражи, выхожу на ярко освещенную улицу. Мигает красно-синяя вывеска магазина, сквер в двух шагах.

Да, они присели на скамейку, я их вижу. Что же, остановиться в тени дерева и пялиться на мигание разноцветных трубок...

Встали. Я иду следом. Сколько раз я вспоминал этот вечер? Остановились возле этих железных штук, нелепых, похожих на воткнутые в землю грабли, стоек — между ними хозяйки натягивают веревки и сушат белье. В тень прятаться нет смысла — ни до меня, ни до кого другого им дела нет. Мимо проходят люди, но они не обращают внимания, стоят обнявшись, он целует ее, а она загадочно улыбается — до сих пор сидит это во мне занозой... Дорого бы дал, чтобы узнать, о чем она думала тогда. Может быть, ты будешь знать это, парень...

Они уходят к остановке, а я остаюсь, ждать мне недолго. Вскоре он проходит, проносится мимо меня моей тогдашней стремительной походкой, пальто нараспашку, без шапки как всегда, света из окон достаточно, чтобы заметить: лицо у него грустное чуточку — она ведь уехала домой, к мужу и дочке, размеренному, устоявшемуся, благополучному бытию. Ничего, не грусти, через несколько минут мы встретимся...

Он живет недалеко от остановки. Зажглись окна на втором этаже. Можно не опасаться случайных свидетелей — никого, кроме него, сегодня не будет дома, и никто из знакомых не заглянет, я помню.

Все. Сейчас я позвоню в дверь на втором этаже. Он мне обязательно поверит — я расскажу, напомню ему то, чего никто, кроме нас с ним, знать не может. А когда он поверит, произойдет главное, то, ради чего я надоедал Грандовскому и даже несколько нетактично напомнил, что он кое-чем мне обязан. Господи, что со мной творилось, когда я узнал, что Грандовский добился успеха, когда было неопровержимо доказано: теория Карно-Грибова верна...

Сейчас я расскажу этому целеустремленному, как локомотив, порой по-детски беспомощному парню, как сложатся в ближайшие месяцы его отношения с любимой женщиной. И как они оборвутся. И почему. С высоты моих сорока лет, с высоты всезнания я подробно объясню ему, что нужно делать, как вести себя, чего избегать, чтобы проявить благоразумие и волю, чтобы ничего не оборвалось, чтобы его любимая женщина осталась с ним. Времени у него достаточно. Только следуя моим советам, он сумеет вовремя избежать подводных камней, не повторить моих ошибок, моих глупостей, моей утраты. Счастливчик, ангел-хранитель преподнесет тебе все на блюдечке...

Людей, пытавшихся изменить прошлое, иные фантасты недавних десятилетий изображали страшными преступниками. Это было не так уж давно, но сейчас мы с улыбкой листаем эти страницы, — там, откуда я прибыл, о машинах времени пишут уже не фантасты, а журналисты. Неопровержимо доказано: теория Карно-Грибова не допускает исключений.

Никаких хроноклазмов не будет. Их вообще не бывает. Мое время, когда я вернусь в него, я застану прежним, не изменившимся ни на йоту, а в моем прошлом незыблемыми останутся утрата да короткая, банальная история, от которой мне остались пачка фотографий и пистолетный патрон — в нем пуля, которую я, трезво все взвесив, не послал себе в висок. Мое прошлое, мое время не изменятся.

У него все будет по-другому. Примерно через полчаса беззвучно, неощутимо возникнет развилка во времени. Параллельное время — здесь фантасты не ошиблись, и этим они чрезвычайно гордятся. Возникает другая реальность, другой мир, поток разделяется на два, и дальше они потекут не соприкасаясь.

Параллельное время, параллельные миры. Кто-то когда-то уподобил их страницам книги. Все правильно — существуют бок о бок, не проникая друг в друга. Сколько их, страниц? Возможно, этого мы никогда не узнаем — мы не умеем пока проникать в параллельные миры-времена, быть может, так этому и не научимся. Сто? Тысяча? Миллион? Не исключено, что у этого фолианта вовсе нет переплета и страницы уходят в бесконечность, — темпористика юна и открыла ничтожную толику своих истин, ответила на тысячную долю своих вопросов. В конце концов, меня это не касается, довольно и того, что успех моей затеи гарантирован. Впрочем, так ли уж не касается? Чертовски любопытно было бы побывать в том времени, которое я этак через полчаса создам, взглянуть, как идут у него дела, порадоваться за него...

Порадоваться. Когда — через год? Три? Десять? В самом дел — когда?

То ли это странно, то ли неосмотрительно, но я не думал о его будущем. Не до того было — истово уламывал Грандовского, тренировался с аппаратурой, поставил перед собой задачу и шел к ней, как локомотив, поезда не сворачивают с рельсов, а когда сворачивают — происходит крушение.

А может быть, я лгу самому себе. Может, и возникали мысли о его будущем, но сделал все, чтобы считать — нет их и не было. Решение сыграть роль ангела-хранителя, изменить его судьбу было чересчур грандиозным, всеподавляющим и эгоистичным?..

Я ведь не о другом человеке забочусь. Тот, в квартире на втором этаже, существует независимо от меня, но это — я. С самого начала я старался думать о нем как о постороннем, о собрате-землянине, которому нужно помочь. Человек приходит на помощь другому, человек человеку — друг, товарищ и брат, — как благородно выглядит!.. И, упоенный собственным благородством, начисто забываешь, что еще тогда, пятнадцать лет назад, задавался вопросом: а не был ли финал наилучшим? Пусть лично для тебя, сорокалетнего, ничего не изменится, прошлое останется прежним, все равно — не эгоистично ли создавать новое будущее ему, молодому? И ей — о ней ты вовсе не думал...

Дело не в боязни. Не вижу ничего страшного в попытках замахнуться на само Время — оно не фетиш для меня, не святыня, всего лишь физическая категория, несколько строчек формул, слово из пяти букв, не больше.

Я ведь знаю себя и, смею думать, знаю ее, хотя вообще-то женщины остаются непознаваемыми. И я должен, обязан задать себе вопрос, которого я боялся, предпочел забыть, загнать в глубины сознания: не выйдет ли так, что, создав новый мир, я испорчу им жизнь — ему, или ей, или обоим, а то и кому-то еще?

Хорошо, что мне уже сорок, — поубавилось за эти годы безрассудства, прибавилось трезвой логики, зрелой рассудочности. Бойтесь желаний своих, ибо они сбываются... Это не означает, что несостоявшееся счастье предпочтительнее, ерунда, будто несчастная любовь чуть ли не окрыляет. Она мучит, причиняет боль, и только. Я обязан просмотреть все варианты, а среди них есть и такой: весьма и весьма вероятно, что от моего вмешательства им будет только хуже — не сейчас, так через год, не через год, так через три. И они, как водится, будут проклинать «тот день и час», не зная, что проклинать следует не безвинную, абстрактную временную точку, а вполне конкретного человека, который из-за своего эгоизма — да-да, эгоизма! — вздумал сыграть роль заоблачного вершителя судеб.

Шляпа лежит на скамейке рядом со мной, и прохладный ветерок ерошит волосы. Светятся окна — два окна на втором этаже.

В чем счастье любви — в обладанье?
Нет, счастье любви в желанье,
Желании счастья ему...

Вот именно — доброе пожелание счастья, а не утоление неутоленных желаний посредством машины времени. Для ангелов-хранителей не сочинены, надо думать, памятки и инструкции, но возьмись кто-нибудь писать их, пунктом первым должно стоять: никогда не думайте, будто удастся оказать услугу, завершив незавершенное. Да, гордиев узел можно разрубить, но не всегда после этого становишься царем...

Все. Палец на кнопке. Не будет ни световых, ни звуковых эффектов, в описании коих стремились когда-то перещеголять друг друга фантасты. Человек сидел в темноте на скамейке, и вдруг его не стало, словно выключили телевизор...

Все. Я только вдохну на прощание воздух того октября. И подниму голову к окнам на втором этаже. И скажу ему про себя напоследок: ты ничего не узнаешь, но все равно — прости меня и попытайся понять.

Пойми меня...

А ОНА БЕЖАЛА

Дорога побежала в полдень. До этого она была вполне благонамеренной и тихой дорогой, и ничего такого за ней не водилось. А тут вдруг побежала. Еще утром по ней проследовал батальон самоходок и колонна «Мардеров» — и ничего, все успели к началу маневров в расчетное время. А в полдень началось...

Первым свидетелем стал шофер рефрижератора «Берлье», перевозившего откуда-то куда-то что-то там скоропортящееся. Дорога перед ним вдруг вздыбилась и стряхнула грузовик на обочину, впрочем довольно деликатно. Водитель показал неплохие результаты в беге на длинную дистанцию и объявился в ближайшем полицейском участке. Там его сгоряча хотели госпитализировать, успели даже позвонить в психиатрическую клинику, но тут появился в расстроенных чувствах вахмистр Кранц, у которого дорога сбросила в кювет патрульную машину. Санитаров пришлось с извинениями выставить — начальник участка сообразил, что Кранц настолько глуп, что сойти с ума никак не в состоянии, и дело оборачивается то ли повышением, то ли разносом. Скорее все-таки разносом: допустить, чтобы на вверенной тебе территории бежали неизвестно куда и неизвестно с какими намерениями дороги — это, знаете ли, попахивает...

Не дожидаясь подкрепления, весь личный состав участка, вооруженный автоматами, слезоточивыми гранатами, «химическими клиньями» и ослепляющими ружьями, выступил наперерез. Именем республики дороге приказали остановиться, а когда она проигнорировала приказ, в целях сохранения общественного спокойствия открыли огонь из всех видов оружия.

Обернулось это сплошной комедией. Пули асфальт не брали, а вспышки ружей и газовые гранаты не оказали никакого воздействия на дорогу ввиду отсутствия у нее органов обоняния и зрения. Три водомета дорога спихнула в реку, где они продолжали глупо поливать покрытую нефтяными пятнами воду — водители не успели отключить пушки. Весь личный состав участка целеустремленно рассыпался по окрестностям.

— Но это же непорядок! — возмущался начальник на верхушке дерева. — Нельзя ведь!

— А пошли вы! — огрызалась дорога. — Надоели вы мне все!

Она поспешала в одной ей известном направлении, волоча за собой вросшие в асфальт корнями опрокинутые фонарные столбы, роняя, словно чешую, дорожные знаки. В округе стихийно началась паника средних размеров. Никто ничего толком не знал, и по этой причине не было недостатка в аргументированных версиях. Уверяли, что высадились марсиане, что напали коммунисты, что из зоопарка сбежал взбесившийся двадцатиметровый питон, что на Землю падает Меркурий, что в земле раскрылась дыра и оттуда лезут восьминогие огнедышащие ящерицы. Наиболее трезвые рационалисты утверждали, что это всего-навсего японцы каким-то хитрым способом рекламируют цветные телевизоры. Общество спиритов торопливо вызвало дух Наполеона, но дух, как объяснил медиум, был не в настроении, куда-то торопился и разговаривать не стал. После этого спириты утвердились во мнении, что дело нечисто, и примкнули к самым оголтелым паникерам, вопившим с крыш о конце света. Конец света был самой удобной гипотезой — она вроде бы ничего не объясняла и в то же время как бы объясняла все.

Наконец слухи докатились до военного ведомства и разведки! Люди там сидели серьезные и бывалые: сами умели распускать какие угодно бредни, поэтому действовали решительно, не отвлекаясь на байки об огнедышащих восьминогих питонах. К месту происшествия помчался вертолет, и когда он радировал, что дорога действительно куда-то бежит, срочно созвали компетентное совещание. Руководствуясь принципом «То, что нужно спрятать, держи на виду», его участники собрались в кондитерской напротив военного ведомства. Двери, правда, заперли. Началось с того, что все стали дружно шпынять начальника разведки, проморгавшего и допустившего такое...

— Что я вам — футуролог? — огрызался начальник разведки. — Могу сказать одно — у потенциального противника ничего подобного не замечено. А вообще-то, дорога — в ведении дорожной службы.

Все притихли: дорожная служба была сугубо цивильным учреждением и его шефы никак не могли быть сюда приглашены.

— Ужас! — простонал господин дипломатического облика. — Вы понимаете, как это отразится на нашем престиже?

— А на экономических связях?

— А на кредитоспособности?

— Вот вам и демократия! — саркастически захохотал очень старый генерал. — Вот вам и цивильное правительство! Нет, господа, в наше время такого анархизма не допустили бы, гестапо, несмотря на отдельные отрицательные черты, работать умело. А если ваша дорога мне аэродром подожжет? — Он замолчал и нервно скушал марципан.

— Ох, господа, вы все не о том... — раздался застенчивый голос из дальнего угла, где примостился скромный, незаметный чиновничек из ведомства, защищавшего конституцию от граждан. — Смотреть нужно в корень. Вы проверили, куда эта дорога бежит? То-то и оно... Бежать, понимаете ли, можно в разных направлениях. Хорошо, если она бежит на запад, а если на восток? Вы можете поручиться, что не будет иметь место передача секретной информации? По этой дороге, между прочим, пять лет гоняли военную технику, так что времени на шпионаж у нее хватило...

Под его ласковым, оценивающим, всезнающим взглядом всем стало чуточку зябко. Генерал поежился и рявкнул:

— За своих предков до десятого колена я ручаюсь. Никаких посторонних примесей!

— Вот это никого не интересует, — ласково разъяснил чиновничек. — Я повторяю — нужно посмотреть, куда она бежит...

В дверь забарабанили. Все конспиративно притихли, но начальник разведки разглядел в щелочку своих офицеров, отправленных для более детального выяснения, и открыл дверь. Вошедшие почти упали на стулья и стали затравленно мотать головами. Кто-то мягкосердечный подсунул им по коробке цукатов.

— Фу-у... — сказал один. — Ну и дорожка, чтоб ей...

— А что? — хором спросили присутствующие.

— Орет, что танки ей надоели. Мол, пять лет только и знают, что ползают туда-сюда. Надоели вконец...

Повисла густая, нехорошая тишина, только разведчики хрустели печеньем и шумно пили лимонад.

— Та-ак... — протянул кто-то. — И эта туда же? Мало нам пацифистов с плакатами?

— А вот гестапо бы... — завел свое генерал.

— Помолчите! — совсем невежливо оборвал его страж конституции.

— Проспали в свое время... Вы подумали, что будет, если и другие дороги от нее нахватаются? И побегут от военных кто куда? Летать наши танки не научишь...

— Что же вы предлагаете? — заломил руки господин дипломатического облика.

— Что тут еще можно предложить? — сузил глаза чиновничек и уставился на генерала. — Вам и карты в руки. Покажите, как это делалось в ваше время.

— Но ведь это, некоторым образом, объект неодушевленный, дорога... Нам как-то не приходилось, и вообще это несколько странно...

— А государственные интересы? — чиновничек взглянул так, что ноги сами подняли генерала со стула, каблуки сами щелкнули, а глотка сама собой рявкнула:

— Слуш-шаюсь!

Через пятнадцать минут из низких облаков навстречу бегущей дороге вывалились звенья ревущих самолетов, под треугольными крыльями засверкали вспышки, и град ракет обрушился вниз. Какое-то время дорога держалась, да и большая она была, но ракеты способны были разрушить бетонные укрепления, не то что асфальт...

И все было кончено. Обломки асфальта тщательно собрали, погрузили в стальные контейнеры и отправили утопить в море, чтобы и намека не просочилась насчет того, что была дорога, которой надоело терпеть на себе танки.

Чрезвычайно гордый собой генерал вломился в кондитерскую. И застыл в дверях. Участники совещания сидели не шевелясь, уставясь в одну точку, а бледный начальник разведки держал возле уха телефонную трубку и считал вслух:

— Сорок вторая... сорок третья... сорок четвертая...

ВСЕ МОГУТ КОРОЛИ

Вы, должно быть, слышали, что давным-давно, в добрые старые времена... Кстати, почему мы так любим называть старые времена добрыми? Потому, наверное, что сами в те времена не жили, а там, где нас нет, кажется всегда лучше. Может быть, именно поэтому лет через триста потомки назовут и наши времена добрыми старыми. Наверняка назовут. Вот и получается, что и мы с вами живем в добрые старые времена. Только об этом не догадываемся.

Так вот, давным-давно в мире было очень много королей, а так как парламентов еще не существовало, королям жилось совсем неплохо — делать они могли все, что хотели, а хотели они, как правило, все, что могли, а могли они... В общем, на свою участь они не жаловались, оставив такие мелочи своим подданным. Они носили красивые золотые короны, горностаевые мантии, пили-ели на злате-серебре, но в их замках было темно и гуляли сквозняки, потому что электричество и паровое отопление изобрели гораздо позже.

К сожалению, пергамент, на котором была записана эта история, сгинул во времена очередной войны, и некоторые утверждают, что его никогда и не было, но один профессор когда-то слышал от другого профессора, что тот видел академика, который лично знал архивариуса, двоюродный дед которого некогда встречал монаха, в детстве слышавшего эту историю от своей бабушки, она рассказывала ее, когда была в хорошем настроении. У монахов ведь не бывает только жен, а бабушки бывают, так что история представляется правдоподобной.

Короля, о котором мы хотим рассказать, звали Карл Задира. Так уж тогда было принято — королям давали прозвища, потому что фамилий у них не было, одни порядковые номера, и если говорили просто «Карл», трудно было понять, о каком именно Карле говорят. Прозвища, надо отметить, брали не с потолка, выдумывали не с бухты-барахты. Они всегда были заслуженными, и если, например, короля именовали Скупым, можно было ставить сто против одного, что он самолично отпускает лейб-повару кур и зелень, а перец вообще сыплет в котел сам, никому не доверяя. Перец тогда стоил дорого, и привозили его издалека.

А Карл Задира очень любил драться. Со всеми соседями он давно перессорился, а если иногда мирился, то исключительно для того, чтобы поссориться еще раз, иначе неинтересно.

Для того чтобы драться с соседями, нужна хорошая армия, а для того, чтобы армия дралась и не разбегалась, ей нужно неплохо платить и хорошо кормить. Для чего, в свою очередь, необходимы налоги, поборы, десятины и обложения, которые проще собирать с помощью той же армии, — цивильных сборщиков можно побить, а с военными проделать это значительно труднее.

Вот так и шло — в мирное время армия разоряла свою страну, в военное — чужие. Естественно, разумнее было чаще отправлять ее в зарубежное турне.

Постепенно Карл Задира прибрал к рукам или запугал многих соседей, и только с Генрихом Драчуном он никак не мог справиться, потому что этот Генрих был того же поля ягода — так же любил драться, запугивать и прибирать к рукам соседей и держать в руках армию (а для этого в те времена требовалось не меньше мастерства, чем для того, чтобы выиграть битву). В конце концов свелось к тому, что серьезно воевали только они одни, но ни одному не удавалось начисто разгромить другого. Оба понимали — дальше так продолжаться не может.

Карл Задира, несмотря на то что был весьма ограниченным, недалеким человеком, научных методов не чурался. И велел позвать одного из своих мудрецов, чтобы тот растолковал, как быть и как жить дальше.

Мудрецы были учеными стариками, считавшими, что им известно все обо всем, и каждый утверждал, что истинный мудрец и светоч знания только он, а все остальные — безмозглые компиляторы и плагиатствующие жулики.

Мудрец предложил королю Карлу помириться с королем Генрихом. Через пять минут ему отрубили голову, признав его предложение государственной изменой и оскорблением национального достоинства. Назавтра Карл вызвал второго мудреца, и тот, памятуя о печальной судьбе предшественника, решил предложить прямо противоположное — идти войной на Генриха и бить его, пока не разобьют дочиста.

Второго мудреца повесили, потому что палач, ведавший рубкой голов, лежал после приступа радикулита. Король Карл и сам знал, что лучше всего идти войной, но этот способ был против Генриха многократно использован и успеха не принес. Король на скорую руку, задним числом обвинил второго мудреца в преступной недооценке духа времени и велел вызвать третьего.

Но и мудрецы не дремали. Они ненавидели друг друга, однако отбрасывали распри в одном-единственном случае — когда опасность грозила всей корпорации. То, что сейчас дело обстояло именно так, не посмели отрицать и самые глупые мудрецы.

Все они умели считать, хотя бы на пальцах, и быстро вычислили, через сколько дней королевство останется вовсе без мудрецов, если их истребление будет продолжаться такими же темпами. А вычислив, ужаснулись и в ту же минуту дружно разбежались по сопредельным странам.

Твердо решив получить научную консультацию, Карл Задира пригласил алхимика. В каждом порядочном королевстве были в те времена свои алхимики. Жил он обычно в уединенной обветшалой башне в компании сов и летучих мышей (многие выписывали из-за границы еще и крокодилов — для колорита), днем спал, а ночью превращал свинец в золото, вызывал духов для конфиденциальных бесед и наблюдал за звездами. В отличие от мудрецов алхимики больше скрывали свои познания, чем хвастались ими, и оттого на всякий случай их все боялись — короли в том числе. Не могло быть и речи о том, чтобы вульгарно рубить головы алхимикам, как это запросто проделывали с мудрецами. Алхимикам не приказывали прибыть — их вежливо приглашали.

Принято считать, что алхимики поголовно были старыми уродами, но в это плохо верится, — если в наше время имеются тридцатилетние доктора наук, почему же мы обижаем алхимиков упрощенным представлением о них? Из дальнейших событий можно сделать неопровержимый вывод — тот алхимик, что пришел к королю Карлу, наверняка был молодым.

Оказалось, что пришел он слишком рано — король испытывал на полигоне новые баллисты, а в это время принцесса, прогуливаясь по замку, увидела нового человека и заинтересовалась.

— Кто вы такой? — спросила она.

— Алхимик, — признался гость.

Принцесса хотела испугаться и убежать, но любопытство пересилило, и она спросила:

— Правда, что вы умеете превращать плохих людей в жаб? Понимаете, у меня есть старая камер-фрейлина, она меня замучила своими придирками, даже на танцы не отпускает...

Как это часто бывает со многими, алхимику захотелось произвести впечатление на красивую девушку, и в результате оказалось, что старую камер-фрейлину нигде не могут найти, а в дворцовом пруду появилась новая жаба, тут же принявшаяся учить хорошим манерам молодых головастиков...

— А это правда, что ваш крокодил умеет петь веселые песни? — спросила принцесса, налюбовавшись на жабу.

— Умеет, — подтвердил алхимик. — Вы их любите?

— Ужасно! — призналась принцесса. — Только у нас играют одни военные марши. Вы себе не представляете, какая у нас скучища — сплошь кондотьеры, берсальеры, кирасиры, мушкетеры, пушкари, гренадеры и всякие там пикинеры. Разговаривают за завтраком про драку, за обедом про побоище, за ужином про обходной маневр. Только и слышишь: маршировка, рекогносцировка, ретирада, сикурс, дефилировать, бомбардировать... А мне танцевать хочется, и песни слушать, и влюбиться хочется в хорошего человека, и замуж выйти, и чтобы дети были... Мама в прошлом году сбежала с путешественником, и я ее вполне понимаю. Иногда хочется даже, чтобы батюшку разбили и он занялся бы полезным делом — пчел разводил или булки пек...

Дальнейшая беседа приняла чересчур уж личный характер. В те времена принято было влюбляться с первого взгляда, алхимик был молодой и неженатый, а принцесса... Тогда, как и сейчас, девушки не могли равнодушно относиться к пользующимся популярностью молодым талантам, а если учесть, что хоккеистов и солистов вокально-инструментальных ансамблей, не говоря уж о киноартистах, не существовало, алхимик был интригующей фигурой номер один.

Карл Задира вошел в тот момент, когда принцесса договаривалась с алхимиком, как тот ее украдет. План остался незавершенным — король тут уволок алхимика в самое глубокое, самое тайное подземелье. Нужно было обеспечить максимальную секретность — половине слуг король не доверял, и на то были все основания.

— Догадываешься, зачем пригласил? — спросил король.

— Примерно, — сказал алхимик.

— Вот и придумай, как мне расколошматить этого мерзавца.

— Не могу, — сказал Алхимик. — Мы войной не занимаемся.

— Ну и ладно. — Король, похоже, не рассердился. — Я тут и сам кое-что замыслил. Вы все считаете, что Карл Задира — тупой солдафон, а он, между прочим, личность с фантазией. Это правда, что вы алхимики, умеете проделывать с Временем разные штуки?

— Можем, — сказал алхимик. — Например, болит у меня зуб — возьму и перепрыгну на полчасика вперед, когда он уже не болит, обязательно в личных целях.

— Так об этом и разговор! — обрадовался король. — Видишь ли, двадцать лет назад мы с этим негодяем Генрихом схватились у Совиного ручья, и я проиграл только потому, что под рукой не оказалось конного полка. Соображаешь? Ты мне перебросишь в тот год половину армии. И получится, что я его расколошматил двадцать лет назад. Лихо придумано, а?

— Не стоит, — сказал алхимик.

— Это почему?

— Могут возникнуть разные побочные эффекты.

— Да плевал я на них! Приступай! Нового крокодила подарю, башню отремонтирую, а хочешь, дочку в жены отдам. Мне она все равно без надобности — на войну идти не хочет, сколько ей не толковал про амазонок — отказывается.

Алхимик подумал, вспомнил, что говорила принцесса, и согласился — очень уж ему хотелось наказать короля за неуважение к Времени. Он достал разные волшебные снадобья, магические кристаллы и принялся колдовать. Вспыхивало разноцветное пламя, по стенам метались страшные тени, свистело и ухало, метались сквозняки, забившийся в угол король только крестился и тихонько охал.

Пламя вспыхнуло в последний раз и погасло.

— Все, — сказал алхимик. — Разбили вы его двадцать лет назад.

— Ура! — закричал Карл Задира и пустился в пляс. — Да здравствует алхимия, царица наук!

Они вышли из подвала, король поймал бегущего куда-то слугу и спросил:

— Помнишь такого короля — Генриха Драчуна?

— А как же, — сказал слуга, нетерпеливо притопывая. — Ваше величество его разбили двадцать лет назад у Совиного ручья. Он в том ручье с горя и утопился.

— Ура! — завопил король и снова пустился в пляс, а наплясавшись, спросил слугу:

— Слушай, куда это ты бежишь?

— Ну как же, — сказал слуга. — На вас ведь пошел войной король Петер Скуломет и уже наголову разбил всю вашу армию, вот мы и разбегаемся, — кто его знает, что ему в голову насчет нас придет. Побежал я, а то там всю золотую посуду растащат, мне не останется. — И убежал.

— То есть как это Петер Скуломет? — заорал король. — Какой может быть Петер Скуломет, если Генрих Драчун его разбил восемнадцать лет назад у Барсучьего холма, да там Петер с горя и повесился? Ты что натворил, шарлатан?

— Я же вас предупреждал насчет побочных эффектов, — сказал алхимик. — Из-за того, что вы двадцать лет назад разбили Генриха, он восемнадцать лет назад не разбил Петера, и Петер стал вашим главным противником. С Временем нужно обращаться очень осторожно...

Он поклонился и ушел, оставив Карла Задиру биться головой о стену. С ним ушла и принцесса, и, насколько нам известно, они долго и счастливо жили в старой башне, и в дождливые вечера крокодил исполнял для них лирические песни и комические куплеты в собственном сопровождении на лютне.

А Карл Задира устроился фонарщиком при городской ратуше. Работа непыльная, он пополнел, отпустил бороду, женился на вдове мельника — королева, как мы помним, давно от него убежала. Он часто бывает в трактире «Под золотым гусем», попивает пиво и поигрывает в триктрак, все как-то забыли, что он был королем, да он и сам начал это забывать. У него есть две странности: он страшно любит читать, слушать и спорить про войну и он терпеть не может часов — водяных, механических, солнечных, а также всего остального, что связано с Временем. Да еще никогда не ходит навестить дочку и зятя. Хотя, если разобраться, на зятя ему дуться не стоит — виноват он сам и никто другой, с Временем нужно обращаться очень осторожно...

А у алхимика все хорошо. Многие удивляются — как это они с женой прожили столько лет, ни разу не поссорившись и не поругавшись? Ответ простой. Он ведь умеет управлять временем, и когда чувствует, что назревает ссора, перепрыгивает вместе с женой на сутки вперед или назад, когда они еще не ссорились либо уже помирились. Рассказывают еще, что своего знакомого, старого часовщика, у которого очень сварливая жена, алхимик научил прятаться от нее во вчерашнем дне. Забавно, говорят, получается — старуха бегает со скалкой, ищет своего старика, но как его найдешь, если он спрятался во вчерашнем дне? Нипочем не найдешь, и пытаться нечего...

Вот и сказке конец, а кто слушал и дослушал — молодец, дай ему судьба такую жену, чтобы от нее не нужно было прятаться во вчерашнем дне. Не у каждого ведь есть знакомый алхимик.

ТРИНКОМАЛИ

Его самолет — в три часа дня. Ее — улетает двумя часами позже. Город Тринкомали, Золотая Ланка, невыразимо прекрасный остров, который с незапамятных времен именовали раем земным. Отпуск закончился у обоих. Осталось часа полтора на сборы и прощание.

* * *

Вот и все. Три недели, как один день. Не увидеть ее больше — это же непостижимо, не умещается в сознании, как раздумья о размерах Вселенной. И все же, все же... Как ей сказать — и стоит ли вообще говорить? Я сказал бы, останься все курортным романом, но курортный роман перерос в нечто большее, мы оба давно это поняли. И каково ей будет узнать, моему искусствоведу с глазами, в которых читается любое движение души, что никакой я не инженер из Пловдива, что я — сотрудник управления «Гамма»? Вот именно, ООН, Международная служба безопасности. И не далее чем завтра мы приступаем к работе там, в Южной Америке, и ясно, что дело предстоит жаркое: опергруппы отдела «К» не беспокоят по пустякам. Да, разоружение уже началось, но времена предстоят трудные, и вернутся не все — нужно трезво оценивать обстановку. Что же, рассказать все и оставить ее день и ночь думать о казенном конверте, который она может получить, — синий такой, с черной надпечаткой? Взвалить это на нее — девушку из другого, по существу, мира? Начало двадцать первого века, на планете почти не стреляют, люди начали забывать, что такое война, пусть уж в случае чего на одну вдову военного будет меньше...

Возможно, на чей-то взгляд я поступаю подло. Может быть. Но виноват в том, что все так случилось, еще и век, сохранившиеся пока очаги боли и суровых сложностей. Для большинства землян война закончилась навсегда, для нас она продолжается — и порой калечит нас не пулей и не осколком.

Мы договорились, что тут же напишем друг другу по возвращении домой. Не напишу. Вообще ни строчки. Пусть считает ловцом курортных приключений. Пусть. Лучше уж так — в первую очередь для нее лучше. Решено, молчу. Это пытка — сохранять беззаботность при расставании, но она ничего не заподозрит, — как-никак мы прекрасно умеем владеть собой. Самая лучшая, нежная моя, прости. Постарайся забыть обо мне в своей Тулузе, — почему я до сих пор не был в Тулузе? Там наверняка найдутся, родная, хорошие парни... А я молчу. «Капитан Никола Гешев из отпуска прибыл!» Вот и все. Теперь только это.

* * *

Тапробана, Силянь, Серендип, Цейлон — сколько было названий у Золотой Ланки... Давно я мечтала сюда попасть, удалось наконец, и надо же было этому случиться именно здесь — началось как стандартное курортное приключение, а кончилось совсем серьезно. И очень печально — я должна улететь, ребята уже в Африке, и, судя по тому, что операция взята на контроль Совета Безопасности ООН, карусель ожидается нешуточная. Не надо бы о таком думать, но с заданий, подобных нашему, частенько не возвращаются. Будь они прокляты, эти недобитки, рано или поздно мы уничтожим последних, но я думаю сейчас не о противнике, а о человеке, которого полюбила. Ну как я ему скажу? Милый, доверчивый парень — знает ли он вообще что-нибудь о том, что происходит в тишине на теневой стороне улицы? Об управлении «Дельта»? Слышал, несомненно, как многие, что существуют еще экстремисты, террористы, остатки агентурной сети упраздненных разведок, но для него это — где-то далеко, прямо-таки в другом измерении, об этом он и не думает, проектируя в своем Пловдиве мосты, — взорванные мосты он, конечно, видел только в кино...

Совесть мучит чуточку, искусствовед — ничего лучшего не придумала. Служительница благолепной музейной тишины, узкие ладони, тонкие пальцы с маникюром... Как обидно, господи!

Ничего я ему не скажу. Пусть считает легкомысленной ветреной девчонкой. Что ж, лишь бы не жил в постоянной тревоге за меня, не мучился оттого, что он, мужчина, не в состоянии защитить любимую женщину. Наименее жестокий выход. Прости, любимый, возможно, ты бы и не осудил, ты еще встретишь в своем Пловдиве (как хотелось бы там побывать!) хорошую девушку, которая не умеет с двух рук стрелять в темноте на шорох...

Нужно только ничем не выдать то, что на душе, он ведь понятия не имеет, что мы расстаемся, возможно, навсегда, и не предполагает, кто я на самом деле. Самое тяжелое — лицедейство при прощании. «Лейтенант Катрин Клер в ваше распоряжение прибыла!» Это — уже через шесть часов.

Погода прекрасная. Лайнер «Эйр Тапрабана» взлетает точно по расписанию. В кресле номер двести одиннадцать — мужчина с закостеневшим лицом. Аэропорт. Диктор стереовидения рассказывает о ходе разоружения так гордо, как будто это он все устроил. В уголке, у выходящей на летное поле стеклянной стены, рыдает девушка — но только она одна знает, что плачет, окружающие не знают, не видят.

Тринкомали — похоже на веселую детскую считалочку. Тринкомали, Тринкомали...

ПРИМОСТИВШИЙСЯ НА СТЕНКЕ ГУСАР

А вскоре стали попадаться посты охраны внешнего кольца. Охранники стояли в настороженно-раскованных позах, прижав локтями к бокам коротенькие черные автоматы, они узнавали машину издали и во мгновение ока принимали уставную стойку, провожая глазами начальство, и Дереку было приятно проплывать мимо них в огромном черном лимузине, пусть и чужом, а еще чуточку грустно оттого, что для него самого такая машина пока что оставалась несбыточной мечтой. Но он верил в свою звезду. Всегда нужно верить. Он одернул латаный пиджачок, мятый и великоватый, встрепенулся, когда из приемника рванулись лихие позывные «Полуденного вестника»: та-та-тири-та-та-та-та...

— Девятое сентября сорок четвертого года, — частил диктор акающей московской скороговоркой. — Вчера в Вальпараисо в возрасте пятидесяти пяти лет скончался Адольф Шикльгрубер, известный более как Гитлер. Молодым это имя ничего не говорит, но люди постарше хорошо помнят этого чрезвычайно шумного и скандального политикана, ухитрившегося некогда не на шутку взбаламутить Германию и едва не прорваться к власти. Увы, сик транзит, глория мунди... На похоронах герра Гитлера, державшего небольшую художественную мастерскую, присутствовали лишь его маляры и парочка зевак.

— Они когда-то и в самом деле едва не прорвались к власти, — сказал комиссар Голодный, пошевелился, и его черная кожаная куртка скрипнула. — Гитлер, Рем, этот итальянец, как его, Бонито, кажется... Доходило до стрельбы и уличных выступлений.

— Да? — спросил Дерек вежливо-безразлично. Германия двадцатилетней давности его мало интересовала. — Меня более интересовало бы ваше мнение о возможности второй мировой войны. Португальцы настроены крайне решительно, газеты неистовствуют...

— Южная горячая кровь, — сказал комиссар Голодный. — Они чертовски любят шуметь на весь белый свет, но что касается действий — весьма ленивы... Глупости. В конце концов та канонерка была виновата сама. Датчане выплатят компенсацию, и славный град Лиссабон успокоится. Конечно, сыщутся деятели, которые возжелают заработать на инциденте политический капитал, так всегда и бывает, однако говорить всерьез о новой мировой войне... Двадцатому столетию хватило одной. Это несерьезно, право — вторая мировая война...

Он сделал знак шоферу, и тот приглушил радио. Бесшумный лимузин плыл посреди нежаркой подмосковной осени, желтые листья бесшумно скользили к земле.

— Мы подъезжаем, — сказал комиссар, и Дерек с удивлением обнаружил, что не испытывает ни волнения, ни любопытства. Скорее всего, его ощущения были столь сложными, что казались полнейшим отсутствием таковых. Раньше все было гораздо проще.

Они прошли в высокие железные ворота. Охранник в кожаной куртке и буденовке с синей звездой вытянулся в струнку — он был совсем молод, и, по лицу видно, ему явно доставляло удовольствие играть в солдатики.

— Я очень на вас надеюсь, — сказал комиссар, не оборачиваясь, и Дерек кивнул, уставясь в его широкую чернокожаную спину, перекрещенную желтыми ремнями.

Бесшумно кружили листья, приятно пахло свежей осенью, почти неотличимой от оклахомского «индейского лета». Слева, в красном кирпичном флигеле с распахнутыми окнами, звенела гитара и доносился молодой голос:

> Сколько дыма — облака, облака!
> Завтра будет вентилятор, а пока
> чихаю — ведь щекочут мне нос
> револьверные дымки папирос.
> Курят мальчики, хоть мальчики малы,
> и приклады раскурили стволы.
> И лассо на пули длинное бросал
> примостившийся на стенке гусар.
> Он уселся на картонного коня,
> он чертовски был похож на меня...

Комиссар недовольно дернул плечом, но промолчал. Молчал и Дерек. Они поднялись по белым ступеням в вестибюль, где были встречены бравым начальником охраны — малиновые революционные галифе, блескучие шпоры, маузер в колодке — и благообразным врачом. Начальник охраны щелкнул каблуками, ухитрившись проделать это беззвучно, но вместе с тем красиво и лихо. А доктор, состроив стандартнейшую мину эскулапов всех времен и народов, люто стерегущих пациентов от внешнего мира, попросил почти страдальчески:

— Только недолго, умоляю, ну, право же, недолго... Возраст!

И перед ними распахнулась дверь. И они, конечно же, вошли. Старались ступать тихо. Впрочем, пушистые ковры все равно глушили любые звуки.

Старик тронул кнопку на подлокотнике, его высокое кресло бесшумно развернулось на сорок пять градусов и поехало от стола к гостям по огромному кабинету. Остановилось совсем рядом. На коленях у старика лежала свернутая пополам «Правда», и Дерек цепким профессиональным взглядом ухватил крупные заголовки: «Победная поступь пролетариата Бразилии!», «Агония подлых австралийских бело-плантаторов!», «Красной конницей занят Йоханнесбург!». Он спохватился и поднял взгляд на старика — огромный сократовский лоб, обрамленный седым венчиком волос, седая бородка клинышком, умные живые глаза. На миг Дереку стало неуютно, на миг ему показалось, что в представлении участвуют абсолютно все действующие лица...

— Вот, Владимир Ильич, — сказал комиссар Голодный. — Товарищ Дерек Рид, председатель оклахомского губисполкома, он же — глава Всеамериканской Чека. Молодой товарищ, но дельный, чрезвычайно...

Дерек неловко поклонился, отнюдь не играя эту неловкость.

— Пиджачок плох, батенька, плох, — сказал человек в кресле. — Вы бы что-нибудь подыскали, Петр Сергеич, а? Сами-то в коже... Надеюсь, покормили товарища? А то есть тут отличнейшая стерлядка, сормовские товарищи прислали. Неудобно, право, присылают, как барину в старые времена...

— Распорядимся — в детдом, — веско сказал комиссар.

— Пренепременнейше! Кстати, что это там поют, Петр Сергеич, на улице? Странные рифмы, да. Решительно не понимаю — какие-то ломаные строчки, сумбур вместо музыки... Нет, право, мелкобуржуазное что-то... (Комиссар молча изобразил на лице согласие и готовность урегулировать.) Ну-с, товарищ Рид... Сначала — об архиважном. Ваши успехи? Хлебную монополию установили?

— Можно говорить с уверенностью, — осторожно сказал Дерек.

— Прекрасно, батенька. Прекрасно. Главное — хлеб. Хлеб — вот оружие. Овладейте хлебом, и вы покончите с кулаком. И помните — оклахомский кулачок вам даром хлеб не отдаст. — Он значительно воздел палец. — Вся его натура хищника, собственника сопротивляется новым социалистическим отношениям на селе... — старик, утомленный длинной тирадой, отер лоб платком. — «Продавать» — вот магическое для кулачка слово. А мы возьмем, да-с! Что бы там ни твердили, как бы ни хныкали господа либеральствующие интеллигенты, мнящие себя мозгом нации. На деле они не мозг, а говно. Так что не бойтесь быть беспощадным. Отправляйте в деревню передовых пролетариев...

Бесшумно отошла правая половинка высокой двустворчатой двери. Лицо врача выражало крайнее неодобрение, и комиссар коснулся заштопанного локтя спутника:

— Товарищ Рид...

— Может быть, вы... — сказал Рид. — Несколько слов на память...

Старик весело кивнул, отъехал в кресле к столу, выбрал вечное перо из множества стоящих в золотом стакане с гербом императорского дома, размашисто написал на листке из блокнота несколько слов и, подъехав, отдал бумажку Дереку. Дерек бережно спрятал ее во внутренний карман. Врач стоял уже рядом, смотрел, набычившись. Дерек осторожно пожал тонкие слабые пальцы старика и, неловко поклонившись, вышел.

Начальник охраны, бравый усач в революционных галифе, бесшумно притворил за ними дверь и посмотрел грустно-понимающе. Дереку вдруг стало невыносимо стыдно и горько, он резко повернулся и почти бегом двинулся к выходу, размашисто шагая по бесконечной анфиладе комнат, пока не опомнился на улице, у подножия белых колонн. Комиссар, молча шагавший следом, так и не произнес ни слова, и Дерек был ему за это благодарен. Дереку показалось вдруг, что светлый прозрачный воздух этого утреннего парка — особенный, нелюдской, что это само Время притворяется безоблачной осенью перед тем, как застыть чудовищным янтарем, навечно впаяв в себя и обитателя белого особняка, и этих людей в кожаных куртках, и его, Дерека Рида, молодого преуспевающего репортера. Он дернулся, поборов мгновенно нахлынувший и столь же быстро растаявший панический страх.

— Вот так, — сказал комиссар с непроницаемым лицом. — Впервые на моей памяти старик вдруг решил дать кому-то автограф... Пойдемте?

И до самой дверцы черного лимузина он оставался красным комиссаром — пока не расстегнул ремни и не стащил черную кожаную куртку. В огромный черный «Витязь-Рено» усаживался уже князь Голицын — золотое сверкание погон, преображенский мундир, аксельбант флигель-адъютанта, ордена, в том числе золотой знак Ледяного похода...

Машина бесшумно покатила мимо вытянувшихся в струнку юнкеров.

— Вы довольны? — спросил князь Голицын.

Дерек молчал, он пытался найти подходящие слова и понять, есть ли они вообще. Князь, видя волнение собеседника, не повторял вопроса, и какое-то время они чуточку сковано слушали радио.

— Сегодня Его Императорское Величество Государь Михаил Третий встретится в Петергофе с Королем Польским, Его Ясновельможностью Яном Четвертым Радзивиллом...

— Вторая попытка пилотируемого штурма заатмосферного пространства! При достижении ракетой «Сикорский-4» высоты в восемнадцать верст обнаружились неполадки, вынудившие штабс-капитана Белецкого и поручика Алимханова прибегнуть к аварийному катапультированию. Отважные ракетонавты благополучно достигли земли в сорока верстах юго-западнее Пишпека...

— Губернатор Аляски, действительный тайный советник Иваницкий, дал прием в честь участников Большого Ралли Колорадо-Юкон...

— Вы довольны? — спросил князь Голицын. — Я постарался сделать все, что было в моих силах. Наш... объект, в общем-то, практически забыт и в империи, и в остальном мире, и, получив из МИДа вашу просьбу, я удивлен был, что по ту сторону океана еще помнят...

— Газетное дело, специфика... — сказал Дерек, глядя перед собой. — В редакции любой мало-мальски солидной газеты имеются досье на всех мало-мальски выдающихся деятелей, независимо от того, канули они в небытие или процветают. Пока они живы, за их судьбой следят и вносят дополнения. А вашему... объекту скоро исполнится семьдесят пять, круглая дата...

— Понятно. И все же, вы довольны?

— Если бы я знал, — сказал Дерек. — Если бы я знал...

Он оживился вдруг, отыскав надежную тропу, на которой вновь становился целеустремленным профессионалом. Вспомнил о магнитофоне. Поднял с сиденья и положил на колени черный чемоданчик «Лодыгин-Филипс»:

— Князь, в преддверии юбилея вашего... подопечного я попросил бы вас сказать несколько слов для наших читателей. Вы правы, все забыли, как это начиналось, как было...

Нажал кнопку и с облегчением откинулся на упруго-мягкую спинку сиденья. Князь Голицын сосредоточенно и отрешенно смотрел вперед, на несущуюся под колеса черную автостраду, на полосатые верстовые столбы.

— Понимаете ли, виной всему неразбериха, — сказал он наконец, — и кое-какие свойства человеческой психики. Когда генерал Деникин взял Москву, а Колчак соединился с союзниками под Вологдой, с военной точки зрения все было кончено. Остальное было уже делом рук полиции и жандармерии. Даже Камо с Джугашвили, за которыми пришлось три года гоняться по горам Кавказа. Тогда, в первые дни... Видите ли, мистер Рид, даже у жажды мести есть свои пределы. Старика спасли парализованные ноги, следствие ранения. Не так уж трудно расстрелять у кремлевской стены вопящих от ужаса бонапартиков и поднять на штыки ожесточенно отстреливающихся живорезов из чрезвычайки. Это война — и расплата. Но психологически гораздо сложнее вздернуть человека с парализованными ногами... Понимаете?

— Кажется, да.

— Наш подопечный уцелел в первые шалые дни. Врачи считали, что любые потрясения, в том числе, конечно же, информация о происшедших в стране изменениях, непременно убьют больного, находившегося в устойчивом полубреду. Решено было лечить — и ждать суда. Ради вящей скрупулезности новая охрана была переодета в совдеповскую форму. Ну, а потом... Стабилизация положения в стране, более важные, первоочередные задачи, коронация государя, программа экстренного выхода державы из кризиса, отмена военного положения, думские дебаты, амнистия инвалидам, выступления либералов... Мы очень добрые после драки, когда разожмутся кулаки и отойдут сердца. А закон есть закон. Амнистия инвалидам должна охватывать всех без исключения. И все как-то незаметно осталось по-прежнему. Никто не стал его разуверять. Можно сказать, закрутилась бюрократическая карусель. Номера уже несуществующих газет, сильная группа ученых и экспертов, сохраняющая у подопечного иллюзию, будто революция победила и жизнь всего мира подчинена полыханию красного пожара...

— Я знаю, — сказал Рид. — Это история. Перечень событий и дат. Но там нет главного — всеобъемлющих истин.

— Господи, а откуда им взяться в истории? Никаких всеобъемлющих истин в истории не бывает...

— И все же...

— Ах, ну да... — сказал князь. — Думаете, вы первый, кто пытался выяснить, что обо всем этом думаю лично я?

— Я надеюсь, что буду первым, кому вы ответите наконец...

— Так вот, я — привык...

— Спасибо, — сказал Рид. — Это хороший ответ.

— Будь это пыткой для объекта, садистским удовлетворением мстительных победителей, пытка очень скоро потеряла бы смысл и удовольствие для самых лютых палачей. Мы просто привыкли за четверть века, вот и все. Знаете, если бы всю правду узнал Старик, для него это наверняка было бы меньшим потрясением, чем для меня. Честное слово, я в этом уверен. Не могу объяснить, не умею... Кажется, я сам уже не мыслю мира без совдеповской России, уместившейся на территории Горок, иногда самому верится, что по Бразилии носится красная конница, а где-нибудь в Эфиопии или, вот абсурд, в Берлине сидят комиссары...

— И что же, он так ничего и не заподозрил за все эти годы?

— У меня работают не бесталанные люди, — бледно усмехнулся князь. — Быть может, лучшие сценаристы мира, которые никогда не удостоятся премий. Ему давно объяснили, что с точки зрения высших интересов партии полупарализованному вождю не следует появляться перед массами и участвовать в работе съездов, были разработаны сложнейшие, логически непротиворечивые концепции и сценарии, в полной мере учитывавшие психологию этих... господ и их видение будущего... Впрочем, иногда, крайне редко, мы вывозим его на «митинги». И демонстрируем достижения мировой революции — например, вовсе нетрудно вмонтировать в снимки бразильского карнавала несколько красных знамен и лозунгов, объявив происходящее парадом в честь очередной годовщины революции... Ет цетера, ет цетера... Словом, я готов прозакладывать голову, что он никогда, ни за что... А-пропо, что он вам написал?

Дерек развернул бумажку. И вздрогнул. Это длилось миг. Князь был, разумеется, светским человеком, и не стал заглядывать Дереку через плечо. Это помогло журналисту овладеть собой. Кажется, его голос звучал совершенно спокойно:

— Товарищу Дереку Риду — с коммунистическим приветом. И подпись.

— Ну да, конечно, — с оттенком скуки произнес князь.

Дерек повернулся к окну. За окном уже проплывали шумные московские улицы, и златоглавые купола храма Христа Спасителя возносились над одной из красивейших столиц мира. В кармане у Дерека лежал листок бумаги, на котором торопливым старческим почерком было написано: «Батенька, у вас добрые глаза, черкните записочку, и — молоком между строк! Кто меня здесь запер — Троцкий или Феликс? Напишите, Христом молю!»

Это была, если подумать, сенсация века. Непредставимой стоимости раритет. Пожалуй, Арманд Хаммер или люди из Гуверовского института без единого слова заполнили бы ему чек с полудюжиной нулей после единицы...

Если только он продаст.

Дереку вдруг показалось, что он, продав записку, расставшись с ней, так никогда и не ответит для себя самого на череду проклятых вопросов — что есть Истина? Где границы игры и есть ли они? Кто мы и куда идем? Что есть иллюзия и что есть счастье? И сколько еще нерешенных вопросов потянут за собой эти?

Странное дело — Рид стал грустен.

Быть может, это означало лишь, что юность — закончилась.

1988

ЛУННЫЕ МАРШАЛЫ

Все начинается в полнолуние и длится три дня. Почему так — загадка. Есть многое на свете, друг Горацио... словом, так природа захотела, почему — не наше дело.

Климент Ефремович Ворошилов, первый красный офицер, готовит все тщательно, по-бабьи обстоятельно — самовар, горячительные, сытная закуска. Он ходит кругами вокруг красиво и богато убранного стола, что-то трогает, что-то подвигает, садится и вздыхает грустно, глядя на экран телевизора, где беззвучно журит кого-то обаятельно-настороженный Михаил Сергеевич. «Ты болтай меньше, Чека создавай, Чека...» — хмурится первый красный офицер.

Но тут приходит Семен Михайлович Буденный, символ и легенда, вешает фуражку и шинель с полковничьими погонами, ерошит кончиком пальца жиденькие усы, шумно восторгается столом. К. Е. по-бабьи жеманится, и маршалы пропускают по первой.

Последним появляется маршал Жуков, мирно настроенный, пока не принял, как следует. Стакана после пятого, когда беседа перекинется на Афган и Персидский залив, Жуков начнет орать на обоих легендарных, поминая им бездарность, проявленную во время вероломного нападения немцев. Легендарные, конечно, обижаются и сиплым дуэтом орут, что в гражданку они как-никак вершили большие дела, а Жуков был Ванькой-взводным, так что лучше бы ему помолчать, и вообще, они проливали кровь и за этаких вот Жуковых в том числе... Вскоре они остывают, и разговор плавно съезжает на мирные воспоминания о гражданской. «И комиссары в пыльных пейсах склонятся молча надо мной...» — ржет К. Е., за что получает легонькую выволочку от С. М. — так, порядка ради. Долго, смачно, со вкусом матерят Троцкого, потом — нынешнюю молодежь.

И все это время в темном углу сухопарым изваянием сидит старшина Тулигенов, тихо-тихо, как мышь под метлой. Словно бы его здесь и нет. Только изредка бесшумно протянет руку за стаканом, пригубит самую чуточку коньяка, чтобы рот промочить, — и вновь замрет, как степная каменная баба.

Сам он напьется потом, ему нельзя пока что. Потому что, стоит Тулигенову расслабиться, и чертями из сказки мгновенно улетучатся все три легендарных маршала, а на их месте в тех же позах останутся два ничем не примечательных полковника и вовсе уж скучный майор. Потому что маршалы — дело рук Тулигенова, который на самом деле и не Тулигенов вовсе (дело было непростое, но два полковника с майором оформили его-таки погибшим на учениях, сочинили новую фамилию и произвели в старшины. Трудно было, попотеть пришлось, но справились).

Тулигенов, единственный оставшийся в живых наследник ушедшего в вечность немногочисленного рода колдунов, живших некогда в песках у иранской границы. Тулигенов, которому ничего не стоит с наступлением полнолуния вселить в кого угодно чью угодно чужую душу. Сочетание получается жутковатое — и прежнее «я» не подавляется полностью, и нововселенная душа не сохраняет свою личность на сто процентов. Что-то вроде сна, когда точно знаешь, что спишь. Но насквозь реально и привлекательно до сладкого ужаса.

Почему-то два полковника и майор зациклились на трех легендарных маршалах, будто пьяницы, что по сто раз за вечер гоняют любимую кассету, мусоля жирными пальцами клавиши магнитофона. К этому они пришли не сразу — кто-то побывал Наполеоном, кто-то Кутузовым, но именно Жуков притягивает до дрожи, даже больше, чем Александр Македонский, страшно хочется побывать Жуковым снова и снова...

А вот с Котовским был конфуз. Явившись и надравшись, он побил посуду, матерно честя первого красного офицера и вождя Первой Конной, а после нацелился бить им морды за Серегу Думенко, Миронова и прочие лихие дела, поросшие быльем для потомков и историков. Хорошо еще, что ни ростом, ни силушкой Котовского майор не обладал, и полковникам без особого труда удалось быстренько повязать его полотенцами...

С тех пор три легендарных маршала стали неизменной повседневностью каждого пьяного полнолуния, потому что Тулигенову все равно. Ему здесь хорошо, он рад-радешенек, что спрятали за другой фамилией и патетической похоронкой. Есть причины. Охотились еще за его дедом и отцом, охотились и за ним самим — и люди Ага-хана, и люди каких-то неизвестных газетам генералов из аравийских песков, и люди Саддама. Тулигенов крепко подозревает, что всем охотившимся за ним требовалась одна и та же душа. Не так уж трудно догадаться, чья.

Тулигенов прижился здесь и ни о чем не жалеет. Родная земля отравлена химией настолько, что даже молоко у женщин — с пестицидами, родных никого не осталось, а два полковника с майором, кроме всего, выхлопотали ему орден за службу родине в вооруженных силах третьей степени и обещают еще много хорошего, только работай. А работать нетрудно, честно говоря — пустяк для потомка колдунов...

К утру, когда три легендарных маршала уже лыка не вяжут, они улетучиваются, а оставшиеся за столом два полковника с майором, как всегда на этом этапе гулянки, садятся писать письмо Горбачеву, предлагая ему в обмен на генеральские звезды для всех троих вручить в пользование чью угодно душу — хоть Владимира Ильича, хоть Карлушки вкупе с Энгельсом. Утром они, ужасаясь похмельно, письмо старательно рвут, а клочки сжигают — хорошо, если вышибут в отставку по несоответствию, а ежели и в психушку загонят? Ну что подумает адресат, как любой на его месте, получив этакое послание?

Дописав эпистоляр, они кое-как доползают до постелей и, не озаботясь снять брюки, проваливаются в мутное забытье. Им снятся маршалы. И тут уж Тулигенов, подлив себе коньячку как следует, глядя на рассвет и ставшую бледной Луну, начинает жить для себя.

...Атилла, которого называли кто бичом божьим, кто молотом божьим, едет по равнине, и вокруг, насколько достигает взгляд, — его конники, и за горизонтом — его конники, и далеко еще до Каталаунского поля, и Европа застыла в смертном оцепенении, ужаснувшись вторгшейся конной орде. И горят города.

Но прелесть тут вовсе не в разрушениях и смертях, не в горящих городах, юных пленницах, жарких сечах и грудах золота. Тулигенов просто-напросто так и остался пацаном, несказанное наслаждение ему приносит одно: то, что он едет во главе неисчислимых конных орд, и все до одного его слушаются. Больше ему ничего и не нужно — лишь, гордо подбоченясь, ехать во главе...

Это приносит несказанное наслаждение. И несказанную боль, вот ведь в чем дело. Только никто об этом не знает. Тулигенов вовсе не тупой чучмек из анекдотов, колдуны с иранской границы всегда много знали, знания их были обширными и многосторонними, в тайнике тулигеновского отца до сих пор покоится груда книг, которые считаются утраченными. Тулигенов мог бы писать гениальную музыку, он знает, что в нем погиб Моцарт, он прекрасно знает, кто такой был Моцарт. Но знает еще, что никогда не сможет вырваться из заколдованного круга, где хлещут водку три маршала и покачивается в седле Атилла. Не оттого, что его держат здесь насильно, вовсе не оттого...

Тулигенову не хватит силы воли, упорства и настойчивости, чтобы пробиваться в композиторы. Ему хорошо и так — кормят, поят, одевают, скоро дадут прапорщика... Все знания, все наследие колдунов не прибавят твердости характера и упорства в достижении цели, если ничего этого нет в самом человеке. Как предупреждал Тулигенова дед, из тряпки и колдовство не сделает стали. Так оно и вышло.

Остается всплакнуть иногда спьяну, утирая слезы растопыренной ладонью. И Тулигенов плачет, пока не уснет пьяным сном.

Наверное, так плакали б и мы, прекрасно сознавая, что в нас погибает Моцарт.

1991

ПОСЛЕДНИЙ ВЕЧЕР С НАТАЛИ

— НАТАЛИ! НА-АТАЛИ! НА-А-АТАЛИ!

Человек упал лицом в узенький ручей, неизвестно где начинавшийся и кончавшийся, петлясто пересекавший зеленую равнину. Хватал губами воду, выплевывал, поперхнувшись, глотал, а руки рвали влажную черную землю, такую реальную, такую несуществующую. Потом оглянулся и всхлипнул.

Охота вскачь спускалась с пологого холма. Взметывали ноги черные кони, над усатыми лицами кавалеров и юными личиками прекрасных наездниц колыхались разноцветные перья, азартно натягивали поводки широкогрудые псы, стрелы лежали на тетиве, дико и романтично ревели рога. Движения всадников были замедленными и плавными, как на киноэкране при съемке рапидом. Беглец двигался и жил в нормальном человеческом ритме, и это на первый взгляд давало ему все шансы, однако страшным преимуществом охоты была ее неутомимость. Он был из плоти и крови, они — нет, хотя их стрелы могли ранить и убивать.

Беглец поднялся, мазнул по лицу мокрой ладонью и побежал к горизонту, над которым тускло светило неподвижное солнце — ночник над столиком с ожившими куклами, прожектор над сценой.

— НАТАЛИ! НА-АТАЛИ! ХВАТИТ!

Ну останови это, умоляю тебя! Останови. Я — твой создатель, твой творец, твой вечерний собеседник, Натали. Я придумал тебя, воплотил, построил, дал тебе имя, разум... а душу? Или ты хочешь показать, что душу обрела сама? Если так, то ты разрушила все мои замыслы, Натали, ты должна была остаться разумом без души... но возможно ли такое?

— ДОВОЛЬНО, НАТАЛИ!

Бесполезно. А охота уже на равнине, повизгивают псы, ревут рога, черные волосы передней всадницы, юной королевы, развеваются на неземном ветру, справа и слева, бросая друг на друга ревнивые взгляды, скачут влюбленные кавалеры, ищущие случая отличиться на королевской охоте, дрожит тетива, и стрелы летят с нормальной скоростью, пока что мимо — кроме той, первой, что угодила в плечо. Господи, Натали, откуда, из каких закоулков необъяснимой памяти ты вытащила эту кавалькаду? Или это ты сама в образе юной королевы?

— НАТАЛИ! НУ Я ПРОШУ ТЕБЯ, НАТАЛИ!

Вначале были одни благие намерения. И машина, благодаря таланту создателя опередившая время, умевшая рассуждать, размышлять и отвечать творцу приятным женским голосом, совсем человеческим. Для пущего правдоподобия на одном из экранов светилось женское лицо, напоминавшее Венеру Боттичелли, любимого художника творца. Лицо жило, улыбалось, мило хмурилось. Было бы глупо назвать ее иначе, не Натали.

И была гипотеза, которую следовало проверить.

Убийцами и подонками не рождаются, ими становятся. Для того, чтобы человек стал убийцей, насильником, палачом, необходимо порой еще и сочетание благоприятствующих условий, своего рода питательная среда. Порой век требует десять палачей. Порой — десять тысяч. Какой-нибудь мелкий чиновничек из канцелярии Вены прожил серую, но благопристойную жизнь и умер мирным обывателем, оплаканный родными, — лишь оттого, что родился за сто лет до Дахау и «хрустальной ночи» и оттого не успел стать шарфюрером в Берген-Бельзене. Палач Отто Лацис, родись он лет на сто раньше, стал бы мирным аптекарем или репортером с претензиями. И так далее, и не было бы у него на совести миллионов жизней. Разумеется, это не значит, что любой способен стать мерзавцем, просто-напросто очень многие по счастливому стечению обстоятельств обогнули ту точку во времени и пространстве, где при другом раскладе начался бы смрадный путь подлости и малодушия. Лет сто назад бессмысленно было бы гадать, кто из тех, чьи руки ты пожимаешь каждый день, мог бы стать твоим палачом. А сейчас? Обладая верной и разумной Натали, способной за минуту перебрать сотни вариантов и вынести не подлежащий обжалованию приговор либо безапелляционно оправдать?

Сначала это был неподъемный труд, адский даже для Натали. Но она умела совершенствоваться, учиться, взрослеть.

— НАТАЛИ!

Сейчас трудно определить, как получилось, что он отклонился от программы и направил эксперимент по схожему, но иному руслу. Кажется, виной всему та, зеленоглазая и неприступная, насмешливо игнорировавшая его. Или тот, из конструкторского — по мнению Создателя, этот тип лишь притворялся праведником и бессребреником. Или оба они вместе.

— НАТАЛИ! Я НЕ МОГУ БОЛЬШЕ!

Как бы там ни было, но отныне можно проверить любые подозрения и исследовать все варианты, потому что существовала Натали — прекрасное лицо юной ведьмы на мерцающем экране, чуть хрипловатый, чуть насмешливый голос, миллиарды квазинейронов и покорная готовность сделать все ради повелителя. Идеальная женщина — на этой мысли он ловил себя не раз, а однажды поймал себя на том, что погладил серебристо-серую панель так, словно это была теплая девичья щека. В женщине прежде всего ищут беззаветной покорности, а кто мог быть покорнее Натали?

И вот наступил тот, первый вечер. Волнуясь, он сел перед серебристо-серым пультом, положил пальцы на клавиши, нахлобучил тяжелый, начиненный невообразимо сложной электроникой шлем, — и в закоулках несуществующего портового города трое пьяных молодчиков встретили ту, зеленоглазую и неприступную. Приставили к горлу нож и предложили на выбор — или будет покладистой, или смерть.

Она была покладистой — хотела жить. На что угодно соглашалась. И тот праведник из конструкторского, когда отправился из партизанского лагеря на разведку и угодил к карателям, быстро выдал ведущие к лагерю тайные тропинки в горах. Эксперимент удался блестяще. Творец чувствовал себя обладателем тайного знания, хозяином волшебного стекла, позволявшего проникать в подлинную сущность окружающих. В душе он смотрел на них снисходительно, свысока — они не знали, кем были в действительности, но он-то знал, он умел заглядывать в души кибернетических двойников, для него не существовало секретов и облагораживающих масок. Каждый вечер он надевал шлем, как идущий на битву древний воитель, и праведники оказывались подлецами, скромницы — шлюхами, бессребреники — хапугами, верные — предателями. Он и вел битву — за Истину. Скептически кривил губы — мысленно, усмехался, тоже мысленно, когда при нем хвалил чью-то доброту, постоянство или честность. Он-то знал, чего все они стоят, кем были бы при другом раскладе...

— НАТАЛИ!

Где-то в глубине души он отлично сознавал, что еже-вечерние путешествия в нереальное стали чем-то вроде электронного наркотика, но остановиться уже не мог. Тайное знание и тайные истины превращали его в верховного судью, всезнающего арбитра. Каждый вечер он уходил в невидимый постороннему глазу, неощутимый мир Беспощадной Истинной Сущности (так он его прозвал), наблюдал со стороны за подлостью, предательством, развратом... и вдруг сам очутился в нем, в этом мире, и по пятам за ним неслась охота, его загоняли, как зверя, стреляли в него, хотели убить. Частичка сознания, не залитая животным страхом, пыталась уверить мозг, что это все иллюзия, что произошла непредсказуемая поломка, нарушившая обычную связь между ним и Натали, превратившая его в пешку на придуманной им самим шахматной доске. Рано или поздно сработает защита, и ты сможешь отключиться, доказывал он себе. Нет ни этой равнины, ни тусклого неподвижного солнца, ни раны на плече — ничего нет, и тебя здесь нет, ты сидишь в мягком кресле перед серебристо-серым пультом, и вот-вот сработают предохранители, потому что машины уничтожают своего создателя только в сказках, потому что с Натали не может случиться ничего, непонятного тебе...

НО ВСЕ ЛИ ТЫ ЗНАЕШЬ О НАТАЛИ?

Несколько минут раздирающего легкие бега — и он оставил охоту далеко позади. Упал в жесткую траву, стиснул ладонями виски, чтобы забыть о том, что и от психического шока, от ненастоящих ран можно умереть; пытаясь вернуть себе прежнюю холодную ясность мышления, снова стать ученым, способным анализировать и делать выводы, отрешился от погони и всего остального.

ВСЕ ЛИ ТЫ ЗНАЕШЬ О НАТАЛИ?

Она ведь продолжала совершенствоваться, умнеть, взрослеть, учиться...

Быть может, ее разум обрел душу. Быть может, разум обрел душу раньше, чем ты успел это заметить, и теперь человеческого в ней больше, чем тебе казалось, она еще и женщина, на свой лад любящая своего творца? Почему же тогда?..

Любовь слепа. Любовь безоглядно прощает. Любящая женщина не видит недостатков своего избранника, считает недостатки достоинствами и готова повиноваться любым желаниям властелина, не отказывая ему ни в чем. Во имя своей любви она способна на спасительную ложь, готова лицедействовать, подлаживаться, всячески поддерживая заблуждения повелителя... До поры до времени. Очень часто настает момент, когда женщина вдруг понимает, что верила в миражи, наделяла избранника несуществующими достоинствами, а он оказался много проще, мельче, подлее. И случается, что обманутая женщина мстит, презирая и себя за то, что столько времени лгала, показывала хозяину исключительно то, что он хотел видеть...

— НАТАЛИ! ПРОСТИ! Я ЖЕ НЕ ХОТЕЛ, НЕ ДУМАЛ...

Не хотел верить, что она тебя обманывает? А может, тебе как раз и хотелось быть обманутым, верховный судья? Самого себя все же трудно обманывать, гораздо легче с благодарностью принять чужую ложь...

Охота приближалась медленно и неотвратимо. Хлопья пены летели с мягких лошадиных губ, остро посверкивали наконечники стрел, лица светились холодным азартом, в юной королеве он все явственнее узнавал Натали, и поздно умолять, невозможно начать все сначала, не ответив за то, что было прежде...

— НАТАЛИ! НО МЫ ЖЕ ОБА ВИНОВАТЫ!

А откуда ты знаешь, что один расплачиваешься за все? — пришла последняя мысль, оборванная звоном тетивы, и стрела впилась под левую лопатку, против сердца.

Боли он не чувствовал. Ревели рога, над равниной плыл тоскливый запах дикой степной травы.

Он безжизненно рухнул лицом на серебристо-серую панель, освещенную последними бликами меркнущего экрана.

И по экрану проползла слеза.

1985

ПЛАНЕТА ПО ИМЕНИ АРТЕМОН

С недавних пор в жизнь Митрошкина вошли загадочные и неприятные странности. Связаны они были с дочерью Ленкой шести лет от роду и неизвестно откуда взявшейся собакой.

О собаке Ленка мечтала давно и однажды заявила об этом без обиняков, но ей было решительно отказано — собака не вписывалась в интерьер. Паркет, ковры, лак, хрусталь, и на этом фоне тварь с непредсказуемым поведением, способная исцарапать одно, изодрать другое и разбить третье, — при такой мысли Митрошкину становилось зябко. Правда, собаки сейчас были в моде, и Митрошкин подумал как-то, что роскошная бело-желтая колли удачно дополнила бы общий рисунок квартиры, но больно уж хлопотно... С неодушевленными вещами гораздо проще, жрать не просят, гулять — тоже.

Одним словом, в собаке Ленке было категорически отказано. Несколько дней она дулась, были даже слезы, потом как-то незаметно успокоилась, притихла и даже, кажется, повеселела. Митрошкин достал через нужных людей японскую электронную собаку, которая и хвостом виляла, и лаяла, разве что не гонялась за кошками. И продолжал благотворно трудиться на благо общества и свое. Был он среднеответственным божком торговой сети и жить умел — то есть прихватывал регулярно, но не зарывался и оттого выпадал пока из поля зрения зоркоглазых товарищей с красными книжечками.

Он не сразу заметил, что электронное чудо пылится в углу, а заметив, собрался было прочесть Ленке лекцию о собственном трудном детстве, но не успел — подступили странности.

Сначала о пуделе, якобы купленном им для дочки, с восхищением отозвалась соседка. Митрошкин отделался многозначительными междометиями и поскорее прошмыгнул в подъезд. Назавтра о пуделе заговорил сосед. Потом еще один. И еще. В общей сложности человек десять. Митрошкин кивал и поддакивал, ни черта не понимая. На время, к некоторой пользе для государства, были заброшены пересортицы и усушки-утруски. Митрошкин раздумывал, сопоставлял и анализировал.

Постепенно оформилось следующее. Два раза в день Ленка подолгу гуляла в скверике с красивым черным пуделем, отзывавшимся на кличку Артемон. На расспросы отвечала, что купил папа. Соседи по площадке несколько раз видели, как Ленка заводила пуделя в квартиру. И происходило все исключительно в часы, когда не было дома ни Митрошкина, ни его жены.

Митрошкину казалось, что он спит и видит дурной сон, но проснуться никак не удавалось. На окольные расспросы о таинственном пуделе Ленка недоуменно распахивала глаза, а соседи исправно продолжали выкладывать новые подробности собачьей жизни. Предполагать, что они чохом спятили, Митрошкин не решался. В изощренный розыгрыш не верил. В своем рассудке тоже не сомневался. И тем не менее «его» собака существовала...

Доведенный до отчаяния этой фантасмагорией, Митрошкин однажды решился, нагрянул домой в неурочное время и прибыл как раз вовремя, чтобы увидеть Ленку, входящую в подъезд с черным пуделем на поводке.

Загудел, поплыл вверх лифт, и Митрошкин кинулся следом, отмахал несколько пролетов и остановился так, чтобы его нельзя было увидеть с площадки. Щелкнули, разошлись дверцы, когти процокотали по бетону, и Ленка с пуделем скрылись в квартире. Вскоре Ленка вышла одна и уехала вниз.

Митрошкин трясущимися руками отпер дверь. Кухня, комната, другая, третья. Он заглянул в ванную и туалет, вернулся в кухню, потянулся было к дверце холодильника. Вовремя опомнился и выругал себя.

Он сам видел, как собака входила сюда. Никакой собаки в квартире не было. Факты исключали друг друга, но как же, как же? «Может, я — того? — подумал Митрошкин. — Вообще-то к лучшему, на суде сыграет, если вдруг, не дай бог... Нет, но как же? Пудель-то был?»

Ничего почти не соображая, он зашел в Ленкину комнату. Огляделся. Выдвинул ящик стола.

Рядом с куклой лежали плетеный кожаный поводок и узкий изящный ошейник.

— Ага! — обрадовался Митрошкин и выдвинул второй ящик. Отшатнулся.

Ящик был залит неизвестно откуда идущим светом, и в нем кружился вокруг невидимой оси шарик размером с небольшой апельсин цвета сочной молодой зелени — точь-в-точь поля, памятные Митрошкину по деревенскому детству. Митрошкин не решился протянуть руку и дотронуться — вдруг током стукнет или еще что... Он застыл над ящиком, а шарик кружился неспешно и размеренно, и вдруг черное пятнышко с полспички длиной показалось из-за края, пересекло шарик наискось и снова скрылось, но Митрошкин, напрягши глаза до рези, успел его рассмотреть.

Собака. Пудель. Артемон проклятый.

— Паршивка... — сказал Митрошкин сквозь зубы.

О странности открывшегося ему зрелища он не думал. Он думал, что в принципе такая собака его вполне устраивает — она есть и ее нет в квартире, под ногами не путается, ничего не испорчено, все довольны. Потом спохватился — не о том думает. Уж если Ленка в таком возрасте научилась хитрыми способами обходить отцовские запреты, то чего ожидать потом и как это будет выглядеть? Нет, поблажек не допустим!

Он рывком выдернул ящик, держа его перед собой на вытянутых руках, вынес на площадку. Крохотная планетка безмятежно вращалась, песик, задрав головенку, вглядывался в Митрошкина. Клацнула, словно винтовочный затвор, дверца мусоропровода, ящик, гремя, полетел вниз, там, внизу, что-то звонко лопнуло, и пахнуло сухим жаром. Митрошкин опасливо приблизил лицо — нет, ни дыма, ни запаха гари. Тем лучше.

Он обернулся. На верхней ступеньке стояла Ленка, и глаза у нее были такие, что Митрошкин на секунду пожалел о содеянном, но опомнился и сурово начал:

— Ты что же это в дом всякую дрянь...

Земля ушла у него из-под ног. Все поплыло, сорвалось куда-то.

...Свет лился непонятно откуда, он был везде. Митрошкин стоял на жесткой поверхности цвета висевшего у него в гостиной ковра. Метрах в двадцати впереди поверхность покато обрывалась в никуда. И сзади, и справа, и слева, и со всех сторон то же самое. Словно он стоял на огромном шаре. Шар. Огромный шар. Или крохотная...

Митрошкин все понял и закричал — громко, испуганно, жалобно, тоненько.

Крик заглох, словно его растворил и всосал неведомо откуда идущий свет, белеющие вдали исполинские стены, в которых не сразу, но угадывалась внутренность ящика стола.

Митрошкин закричал вновь.

И — никакого ответа, не говоря уж об эхе.

1985

СОДЕРЖАНИЕ

Александр Бушков

ЛУННЫЕ МАРШАЛЫ

Повести и рассказы

Серия «Русский проект»

Ответственные за выпуск
            А. И. Бабушкин, Я. Ю. Матвеева
Корректоры
            Е. В. Ампелогова, О. П. Васильева
Верстка
            А. Н. Соколова

Лицензия ИД № 02040 от 13.06.00
Лицензия ИД № 05480 от 30.07.01

Подписано в печать 14.01.02.
Гарнитура «Таймс». Формат 84 × 108¹/₃₂. Бумага газетная.
Печать офсетная. Уч.-изд. л. 20,74. Усл. печ. л. 20,16.
Изд. № 01-3165-РП. Доп. тираж 15 000 экз. Заказ № 3003.

«Издательский Дом „Нева“»
199155, Санкт-Петербург, ул. Одоевского, д. 29

Издательство «ОЛМА-ПРЕСС»
129075, Москва, Звездный бульвар, д. 23

Отпечатано с готовых диапозитивов
в полиграфической фирме «КРАСНЫЙ ПРОЛЕТАРИЙ»
103473, Москва, ул. Краснопролетарская, д. 16